報導的技藝

THE ART AND CRAFT OF FEATURE WRITING

Based on The Wall Street Journal Guide

《華爾街日報》首席主筆教你寫出兼具縱深與情感
引發高關注度的優質報導

by
WILLIAM E. BLUNDELL
威廉．布隆代爾 著
洪慧芳 譯

色：既不是律師，也不是學者，不是客觀主義者，也不是公式套用者，那究竟是什麼？

前言

在枯燥乏味的會議上——意思是說，這種時候還挺多的——我只要一放空，就會看到梅爾・布克斯坦（Mel Bookstein）那不修邊幅、脾氣暴躁的形象浮現在我的白日夢中。他只存在我的想像裡，但他的處境卻再真實不過了。布克斯坦是一位記者，面臨糟到無法再糟的麻煩，更慘的是，他根本不知道該怎麼掙脫麻煩。

我常想像他癱坐在椅子上，盯著牆上那幅印著「回小隔間真好」（Cubicle Sweet Cubicle）的針繡樣本發呆，桌上凌亂地擱著幾個保麗龍杯，還有一個爛攤子留下的雜亂資料，包括現在看來已無關緊要的文件、問不出什麼名堂的訪談筆記，以及一些半吊子的隨筆。

即使這些雜七雜八的東西真的能拼湊成一個故事，他也不知道那是什麼樣的故事。翻閱過那些東西後，他唯一確定的是，還欠缺太多東西了。抓不到確切的故事主題，導致他不知如何下筆，因為他根本不知道該從哪裡寫起。在焦慮不堪下，他索性等著吃中飯，看下午的狀況會不會好一點。偏偏他又再次驚覺到一個殘酷的事實：時間是他的敵人，而非朋友。

寫稿的人多多少少都遇過類似的狀況吧？布克斯坦的憂鬱和焦慮讓我深有共鳴，我很能體會那種對眼前的題材一籌莫展的心情。我指導過數百位記者和撰稿者，我也在他們的身上一再看到同樣的症狀。

當然，擲地有聲的好文章肯定都是歷經一番陣痛後的產物，若是感覺不到痛苦，那表示你沒有盡力。但那種痛苦理論上會讓你從最後的成品中，得到苦盡甘來的滿足。遺憾的是，許多作者只體會到很多的痛苦，卻鮮少獲得滿足。

本書的宗旨是想透過一種新型態的系統化教學法，循序漸進地教大家如何精彩地陳述真實的故事，幫大家減一分痛苦，多添幾分的快樂。這本書改編自《華爾街日報》用來培訓撰稿者的內部手冊，尤其是用來訓練那些為頭版提供專題報導的記者。不過，這其實和商業寫作或《華爾街日報》的記者所面臨的獨特難題無關（書裡僅兩三篇例子是商業報導），而是和想要寫紀實作品的人（例如報章雜誌的記者、作家，還有你和我）所面臨的主要問題有關。

我們如何讓讀者跟我們一樣，覺得事實相當有趣呢？有些人跟我一樣，為了寫作，跑遍全國或整個地區，寫著許多截然不同的題材或人物。有些人是待在一個地方，專心撰寫某一種題材。但我們都有一種責任，卻常略而不提：我們除了提供事實以外，更是在講述故事。忽略了那個責任，就無法吸引大家閱讀我們的作品。

因此，我們關注的焦點，其實和古往今來的說書人一樣。我們活在現代，受過良好教育，使用電腦寫作，但相較於古希臘時期遊走於村莊之間的說書人，他們以荷馬史詩為藍本，講述奧德修斯（Odysseus）飽受海難及諸神考驗的故事，以吸引村民駐足圍觀，這和我們寫作的目的有異曲同工之妙。

從說書人的年代到現代，這一行的挑戰從未改變。什麼元素讓故事本身洋溢著魅力？如何瞬間引人注目？如何安排故事的情節，讓人一路關注到底？如何把故事深深烙印在大家的腦海中？

新聞系的學生在這方面的學習太少了，他們只學習採訪和編輯的技巧，但是對周遭的人事物瞭解不多，他們大多覺得那是小說家做的事情。新聞從業人員進入業界以後，可能在這個領域裡學到一些知識，但通常是零零散散的累積。更常見的情況，是什麼也沒學到。這也難怪可憐的布克斯坦先生會那麼痛苦，他沒有能力把分內的工作做好，而且他對此心知肚明。

我們可以從小說之類的虛構作品學到很多，這本書至少起了一個頭，提到哪些小說的撰寫技巧可以套用在報導上。但我覺得這本書與其他的寫作教材有兩個最大的差異：第一，一般認為教新聞寫作時，不必考慮到新聞採訪，但這本書完全推翻了那種說法。第二，這本書把撰稿視為一種流動的程序，而不是連串可單獨分析的獨立步驟。

採訪與寫作是密不可分的。少了貼切的素材及豐富的資訊，或是收集素材時未考慮到讀者的喜好和需求，即使學了再多串接句子的高明技巧（而且這種技巧還挺多的），也只能寫出華而不實的空泛報導。所以，即使本書鮮少探討採訪的技巧，但書中一再強調記者應該努力挖掘的素材性質，以及該如何呈現那些資訊。

至於把採訪／寫作視為一種流動的程序，這點在教學上仍未獲得普遍的認同，但優秀的寫手都無法否認這點。他知道以前的作品對現在的工作有很大的影響，現在寫的東西也會影響到接下來的工作。概念隱約成形時所做的決定，都會影響到後續採訪／寫作的整個流程。整體來說，撰稿無法切分成獨立的步驟，就像一條河川的水無法按支流的源頭分類一樣。

這本書反映了這種不可分割性，所以需要從頭到尾循序漸進地閱讀。讀者也許可以從跳閱章節中擷取到一些實用的見解，就像閱讀其他的寫作書籍那樣。但我不建議讀者那樣做，那樣做很容易錯過大量的內容，導致你無法把零碎的片段組合成完善的觀點。更重要的是，你也無從體會撰稿是一種流程，始於記者腦中閃過的一絲念頭，終於最後修潤而成的報導。

我們會以《華爾街日報》的報導為例，帶大家逐步走過整個流程。那些報導以新聞的標準來看都是不錯的故事，但沒有一篇是完美無瑕的。每一篇之所以雀屏中選，都是因為那篇文字正好可以用來說明一兩個教學重點，而不是因為那是新聞寫作的典範。本書引用的多數例子是我自己的稿子，因為我指導的方式非常強調：構思新聞時，要努力思考故事性。我不知道其他人撰稿時是怎麼想的。

本書從頭到尾都在強調，素材、架構、寫作技巧是讓讀者覺得故事讀來津津有味的關鍵。這三者幾乎只能靠記者／撰稿者自己提供，無法仰賴編輯。編輯可以把故事修潤得更流暢、簡潔、明晰，但無法讓故事躍然紙上，栩栩如生，無法把味同嚼蠟的膚淺內容變成感人肺腑的動人作品。讀者確實需要特定的資訊，我們的首要之務是為他們提供那些資訊。但除此之外，讀者還有更深沉、更廣泛的需求需要獲得滿足，否則他們一下子就溜走了，放棄閱讀向來比任何事情都來得容易。

我們即使知道讀者有那些需求，仍經常忽略它們的存在。就算記得了，也可能只是在忙著撰寫報導時，隨便添個幾筆無關痛癢的零碎字句，我們一心只想著讀者對資訊有立即的需求，所以忽視了所有讀者的唯一共同需求，那也是一切準則背後的終極準則：**拜託，寫精彩一點！我想聽故事！**

那個終極準則，就是本書想要闡述的核心宗旨。

第一章　原始素材

腦中毫無靈感的記者察覺到，總編[1]張著一雙利眼走向他。總編給了他一個點子，那個點子實在很糟，但記者也只能默默吞下，畢竟他自己也拿不出更好的點子，滿心愧疚，不敢據理力爭。於是，他拖著沉重的腳步走出辦公室，去追尋他懷疑根本不存在的終極目標，結果可想而知。

記者的腦中如果沒有隨時醞釀著兩三個案子，那就不算稱職。記者身為最接近新聞事件的從業人員，構思點子應該是他的責任，而不是編輯的責任。然而，很多記者卻長期缺乏點子，或只會捕風捉影，等到實際去採訪或進入寫稿階段時，才發現根本沒那回事。花了好一番功夫跑新聞，卻只能寫出微不足道的報導，或甚至寫不出來。不久，這種記者就只能像那種製作鵝肝醬的鵝一樣，被強迫餵食，硬吞下上頭指派的任務，再也無法發揮工作中最重要的創意功能，而且工作也毫無樂趣可言。

在構思點子方面，生動的想像力有很大的幫助。萬一記者就是欠缺這種想像力，任誰也幫不了他。不過，最常見的狀況其實不是缺乏想像力，而是其他問題造成的，那些問題是**可以**解決的，例如記者的思考或閱讀不夠，或是沒找對人採訪，亦即出現記者版的「感覺剝奪」[2]（sensory deprivation）。

1　美國的記者是由編輯指揮（這裡的編輯是報社總編，不是出版社的文編，雖然英文都是editor）。但台灣的記者和編輯是立於平等地位。

2　故意從一個或多個感官減少或去除刺激，例如用眼罩、頭罩或耳罩可以切斷視覺或聽覺。

有人一聽到這種說法時便反駁：「胡扯！」，他說他定期翻閱《時代》、《新聞週刊》、《紐約時報》、一兩份地方報紙、《富比士》、《商業週刊》，還有他專屬「路線」（beat）的幾種專業刊物。他又補充，除了看那些報章雜誌以外，他也跟很多人談過，名片夾裡塞滿了各種名片，他已經做那麼多了，還缺什麼？

還缺很多。

除了少數一些人有本事做到信手拈來皆題材以外，希望點子源源不絕的人都必須廣泛閱讀，求知若渴，把很少人關注的刊物也列為日常讀物。光是翻閱發行量龐大的報章雜誌是不夠的，那些刊物可以幫記者掌握時事發展及競爭動態，但事件一旦經過那些報章雜誌的披露，往往就扼殺或侷限了記者做類似報導的機會。

通常繼續追同一個事件時，記者頂多只能做一個比較完整的報導，或是從另一個觀點切入，但難免仍帶有一絲老調重彈的感覺。遇到這種麻煩時，記者可能會加油添醋，用許多誇張及虛假的資訊來增加其報導的重要性。編輯通常不會遭到這種手法的矇騙，即使他們真的傻到沒發現，大多數的讀者也不是傻瓜，一眼就能看出那是冷飯熱炒，換湯不換藥。

對於這種問題，解決的方法只有一個：挑選的主題範圍要廣，不僅是你感興趣的，還要牽涉到許多讀者的生活，而且是報社很少報導或幾乎不報導的領域（宗教和家庭關係或許是每個人幾乎都報導不多的領域）。然後，找出那個領域的相關出版品並大量閱讀，例如專業期刊、協會刊物、學術論文、智囊團和基金會的報告、政府機構發布的資訊。

那些讀物可能讀來令人痛苦不堪，很多內容枯燥乏味，但那些刊物不算是競爭媒體。也就是說，我們從中擷取點子不會挨罰，而且他們報導的最新發展和原創思想往往比大眾媒體早了很多。

閱讀這些資訊時，你應該迅速記下這些東西可能做哪些報導，把它們剪輯歸檔。資料可以存在腦中，以便日後回憶，但靈感就像晨霧一樣，轉瞬即逝。如果不一邊註記當下的閱讀心得，幾個月後再重讀剪報時，你可會很納悶當初為何會留下那個東西。

你要有一套條理化的歸檔系統，否則日後可能找不到資料。每位寫稿者都需要建立一套歸檔方式，並且定期整理。至於怎麼歸檔，端看你的報導路線及興趣而定，但每個檔案系統裡都要有一個「備忘檔案」，裡面收錄一些特定事件發生時需要馬上追蹤的點子，或是看起來很熱門的點子（亦即不馬上追蹤的話，機會可能稍縱即逝，或是被競爭對手搶佔先機）。

做了這些事情以後，你等於自己開闢了一個前所未有的路線，並開始像專線的記者那樣追蹤那個領域。至於進一步的作法，我們回頭來看剛剛那位缺乏點子的老兄，看他的名片夾裡塞了什麼。

他剛剛說，他的名片夾裡塞滿了各種名片，裡面有一堆公關業的從業人員，還有不少位高權重或接近高層的人物。他每做一篇報導，就會收到新的名片，認識的高層也愈來愈多。

好吧，他確實跟高層都有聯繫。但是再仔細看那個名片夾，你會發現裡面缺少一種消息來源（source）：中間人。中間人不在高層，但因為接近高層，對政策有足夠的瞭解；中間人也不在基層，但因為接近基層，知道現場的營運狀況。

來自高層的消息來源當然有用，但位階太高往往侷限了資訊的效用。他們可能已經抽離實際的營運太遠了，不知道營運現場的狀況；他們可能工作太忙或大頭症太嚴重，沒時間為地位低下的小記者說明；他們可能太在乎自己和所屬機構的聲譽，不敢誠實地發表完整的見解。

相反的，中間人往往能夠提供更多的具體細節，讓故事顯得更加真實，或能引導記者深入瞭解。他們也比較不會對人抱著猜忌的心態。事實上，中間人看到有人對他們的工作感興趣時，往往會感到受寵若驚，有問必答。而且，有些中間人可能日後獲得拔擢，晉升高層，他們會記得以前聯絡過的舊識。

記者找到那些消息來源後，可能把資料歸檔便逐漸淡忘了那些人，直到下次寫另一篇報導又需要他們的幫忙時才又想起來。上述的仁兄就是如此，他跟多數的非公關人員只聊過一兩次，有些人甚至好幾年沒聯絡了。今天他若是突然打電話給那些人，他們可能會誤以為他是推銷員。他因一時疏忽而失去了這些消息來源。

這位仁兄抱怨道：「但我平時又沒有**理由**去聯繫他們。」他就像很多人一樣，習慣等靈光乍現時，憑空發掘點子。等靈光乍現後（他堅信靈光一定會出現的），他才去採訪那些消息來源，收集資料，但這根本是本末倒置。他應該善用那些消息靈通又樂於合作的人脈（我們稱之為「智者」，後面還會再遇到），來幫他**發掘點子**。這位仁兄平時在辦公桌邊啃著鮪魚黑麥麵包，為自己的省吃儉用及加班沾沾自喜，但他明明可以去找一個比自己更見多識廣的人，一起享用法式香煎比目魚，搭配美味的白酒。

這種平日的交情培養，比遇到某個已經發酵的概念才去採訪對方，收穫更多。後者有如商業交換：記者想獲得有利其升遷或保住飯碗的資訊，而受訪者因為報導可能引述其說法，必須考慮究竟是充分配合、還是含混回應比較有利。

當記者只是和那些人脈純聊天，對方覺得記者不是在套消息時，兩者之間的關係就不同了。這時記者有如學生，對方有如老師。記者的目的不是從對方的口中套出資訊，而是借用對方的專業知識和獨到見解來構思點子。這是一種知性的挑戰，記者對受訪者的關注會讓對方覺得受寵若驚，不會有威脅感。

這種迎合對方的方式可以讓你無往不利。

＊＊＊

大幅增加構思點子的素材後，接下來記者必須以一些方式來思考那些素材以發掘點子，以下是幾種可能的作法：

外推法

事件本身也許不足以寫成一篇特稿，但是套用向外推論的原則，記者也許可以推斷出，事件之外還有更廣泛、意義更深遠的故事。我們以一則老掉牙的新聞為例：聯合勸募基金（United Fund）運作得很好。報導指出，募款總額遠超過目標，文中對募款者的活力與遠見多所讚美，這種制式的報導除了充滿溢美之詞外，似乎別無用處。

這篇報導未能順道提起，明年的所得稅將大幅削減。這表示今年大家慷慨解囊是有原因的，今年多捐一點，在目前的高稅率下，可獲得最大的減稅額。所以，今年募款較多，與其說是基金會的募款者領導有方，還不如說是減稅誘因使然。這也表示，明年聯合勸募基金可能要擔心募款減少了。

記者做向外推論時，應該自問兩個問題：

1. 導致這個單一事件的可能**主因**是什麼？那個原因可能很明顯，也可能不明顯，甚至完全遭到忽略。就像上述聯合勸募的新聞中，對「減稅」這個背景資訊隻字未提那樣。
2. 認為造成這個事件的原因是一種**常見的驅動力**，可能在其他的地方對其他的人和組織也產生類似的效果，這樣想是否合理？以聯合勸募的新聞為例，答案是肯定的，因為減稅對國內的每個人都適用，各種慈善機構可能都因為同樣的因素而受惠了，例如班戈市（Bangor）的博物館、布盧明頓市（Bloomington）的教堂、西雅圖的救援組織等等。

記者在大幅報導國內慈善機構普遍捐款大增之前，應該先打幾通電話詢問，驗證自己的邏輯推論是否正確。事件的發生有時不見得符合邏輯，或者可能牽涉到記者始料未及的其他事情。

不過，在多數的情況下，事情的發展通常是按照邏輯推論的，以外推法自我訓練的記者可以為自己的報導增添利器，讓報導的功力更上層樓。記者可以用這個方法把看似無關痛癢的獨立事件，寫成言之有物的好故事。

綜合法

擅長綜合法的記者懂得從看似無關的事件中找到關聯，把它們連結起來。他可以把一堆雜亂無章的零件拼組成大有可為的故事構想。他之所以能做到這樣，是因為他平時閱讀以及和消息來源交流時，隨時注意**共通性的可能**（possibilities of commonality）。他看各種事件時，總覺得事件與事件之間可能有些關係，並努力發掘可以寫成故事的關聯。一九七四年，克里斯群・希爾（G. Christian Hill）撰寫底下這篇有關聖地牙哥的報導時就是如此，當時的聖地牙哥正經歷一段相當悽慘的歲月。

（聖地牙哥報導）若要針對市民的尷尬度或倒楣度頒獎的話，有幾個城市可以立即擠進候選名單，例如發生水門案的華盛頓特區、因汽車業危機而沒落的底特律，或是衰事層出不窮的費城。

當然，還有這個人口七十七萬一千人的美麗濱海城市，長久以來飽受無能、醜聞、災難頻傳的厄運，彷如被詛咒的城市。聖地牙哥的問題已經糟到了極點，當地前衛報社《門報》（*The Door*）的前總編道格．波特（Doug Porter）現在把任何粗製濫造或失敗的事情都戲稱為「典型的聖地牙哥風」。

以夏令節約時間[3]為例，今年一月開始，全美強制施行夏令節約時間以節約能源。然而，聖地牙哥仍有一些不明就裡的居民過著比全美其他地方晚兩小時的日子，因為聖地牙哥的《聯盟報》（*Union*）叫居民把時鐘調慢一個小時，而不是調快一個小時。報社怎麼會犯下這種錯誤呢？市政編輯艾爾．賈科比（Al Jacoby）回應：「我無可奉告，別引用我的話。」

> 相較於企業界和金融圈的大老所搞出的連串醜聞及爛攤子，搞亂時間似乎沒什麼大不了的。公司倒閉和欺詐事件頻傳，使聖地牙哥的《論壇報》（*Tribune*）評論該市已變成「美國西岸的騙徒盛產地，以及全國騙子比例最高的地方」。

那篇報導接下來又列舉了一些更重大的商業騙局和倒閉事件（連破產法庭所在的那棟大樓的樓主也破產了）。那些事件導致美國國稅局對欠稅者提出有史以來金額最高的欠稅留置權，還有當時規模最大的破產重組案。記者希爾在講完醜聞後，又繼續談到聖地牙哥教士隊（San Diego Padres）以及美式足球閃電隊（San Diego Chargers）的無能。他說聖地牙哥教士隊屢戰屢敗，戰績慘不忍睹，連球隊老闆也受

3 在天亮較早的夏季，刻意把時間調快一個小時，使人早起早睡，善用日照，從而節約用電。

不了了，抓起球場的廣播系統，痛罵無能的球員。閃電隊不僅戰績其差無比，還陷入用藥醜聞。他也提到，閃電隊當年二勝十一負的戰績遭一位球賽播報員嘲諷：球員肯定是嗑錯了藥，嗑到防腐劑福馬林。

那篇報導最後總結，這些事情都無助於提升聖地牙哥的形象，況且聖地牙哥原本就不是很搶眼的一線城市。一位評論家如此描述這座城市：「兩面臨水、兩面臨山、四面楚歌的土地。」（完整報導請見附錄二。）

這篇報導中，串起一切內容的元素是**共同的地點**，所有的事情都發生在聖地牙哥，所以故事的主題是這座城市好像飽受無能和厄運的詛咒一般。那些事件都不一樣，肇因各不相同，但是都發生在同一個地方。

有時，事件不同，發生的地點也不一樣，但背後有**共同的肇因**。記者發現這個共通點後，就可以從同一肇因出發，去收集不同的故事元素。青少年癲癇症、逃學、小竊盜等事件是否以驚人的速度增加？也許那些現象和青少年沉迷於電玩有關。鋼鐵廠減少鋼板產量的同時，玻璃廠是否也減少強化玻璃的產量？也許汽車業正打算削減汽車的產量。

最後，有些事件可能發生的地點不同，肇因也不同，但**同一類**人、機構或地點以類似的方式涉入那些事件。

一九七〇年代天然資源開發的熱潮，為偏遠地區的建築業、礦業、能源業創造了上萬個工作機會。在此同時，退休的藍領階層開始在屋價低、治安好的城鎮購置新屋。年輕的家庭也因為都市的學校及生活環境惡化，而轉往他處尋找更好的生活。

這些人遷居的原因各不相同，但是對同一種人所造成的影響是一樣的：郊區城鎮及當地的居民。數十年來，郊區城鎮的人口穩定地縮減，這下子突然必須面臨人口成長太快所衍生的問題和影響。記者把焦點放在這些城鎮上，可以把多種遷徙的來源彙整在一起。

當其他的記者還吊兒郎當地打混，等著新聞自己冒出來時，積極的記者可以運用外推法和綜合法來擴大故事的主題及統整零散的事件，從而在報導上搶佔先機。不過，原創的機會畢竟有限，俗話說：「沒有新鮮事，只有舊聞新炒。」這話雖然聽來諷刺，卻不無道理。很多的競爭對手可沒有在打混，他們充滿想像力，活力十足，新聞搶得比誰都快。所以我們的挑戰不在於懂得冷飯熱炒，而是要懂得如何擴張主題，為故事加料，或改變性質。

以下是幾種舊聞新炒的方法：

局部定位法

記者放眼大局，把許多小事件匯集起來，構思更廣泛的主題時，可能會失望地發現其他人已經捷足先登，勾勒出類似的全貌了。這時他依然可以反向操作，改從小處著眼，讓其他人去揮灑大壁畫，他則專注於微型彩繪。

競爭對手投入大量的心力去建構故事的規模和重要性，他們的報導可能充滿了統計數據、權威的評論，並大幅羅列了受影響的人事物。為了顯現事件的影響範疇有多廣，列出這些元素也許有必要，但那種資訊不見得能在情感上引起讀者的共鳴。

你告訴讀者「一百一十四萬三千名老人今年領用的養老金會減少六十三億美元」時，讀者看得出來社會保險法改變的幅度，但無法感受到那個數字背後的意義。那些老人都是身份不明的個體，人數多到我們難以想像他們各自的模樣。那些資訊都是抽象的，除非你把鏡頭轉到某些老人的身上，那則新聞才會具體起來，例如，把鏡頭轉到佛羅里達州聖彼德堡市（St. Pertersburg）的某家破爛旅館的門口，介紹讀者認識幾位每月津貼不到四十美元的老人，他們因為買不起食物或繳不起帳單而陷入絕望。讀者雖然無法從這裡瞭解法令改變的影響幅度，但深刻感受到改變的意義。

所以，專注於微型彩繪的記者，會感謝同行的報導證明了那則新聞的重要性，並直接轉往聖彼德堡市為他筆下的故事挹注生命。同行給了他這個機會，讓他為同一主題做性質不同的報導。他馬上把握住機會，畢竟這種從天而降的機會不多見。

記者以顯微鏡觀察事件發展時，就不需要拘泥於整個大局的發展了。有些事件可能跟大局沒什麼關係，但本身相當精彩，因為它具備了出色小說的一些特質，例如主角與對手糾葛不清，動作頻頻，充滿戲劇張力、神祕感和幽微人性等等。

記者只要走出新聞編輯室，就可以在街頭巷尾看到許多這種充滿戲劇張力的情節，但記者往往只關注自己熟悉的事物，而導致新聞直覺日益鈍化，忽略了這些細節。

瑪麗琳·雀絲（Marilyn Chase）沒有錯過這些細節。一九八一年，她為舊金山的一座奇妙公園寫了一篇有趣又感人的報導。底下幾段摘錄可以大致展現其報導的巧妙之處（全文請見附錄二）。

> 長久以來，舊金山一直被譽為全球最容易喝醉以及持續酣醉不醒的城市，這裡具備了幾個必要的條件：酒美價廉；氣候溫和；遊客眾多，很容易被經驗老道的乞丐盯上。除了這些吸引酒鬼的條件以外，現在又多了一點：一座專為酒鬼打造的公園……

這座酒鬼公園的正式名稱是第六街公園（Sixth Street Park），是由舊金山市場南區（South-of-Market）的一塊空曠沙地改造而成的，周圍都是旅社、當鋪和酒鋪。酒鬼可以帶一瓶「雷鳥」（Thunderbird）或「夜間特快」（Night Train Express）來這裡歇息，生火煮飯，倒頭大睡，悠哉閒晃，或打排球打到汗流浹背，也不必擔心被逮。這裡還有一塊黃銅牌匾，上面刻著愛酒名人的名字。酒鬼喜歡大聲唸出這些名字，彷彿在宣讀酒國英豪的名冊似的，他們吟誦著：「致敬：邱吉爾、海明威、菲爾茲（W. C. Fields）、約翰・巴里摩（John Barrymore）、貝蒂・福特（Betty Ford）、珍妮絲・賈普林（Janis Joplin）、狄倫・托馬斯（Dylan Thomas）……」[4]

＊ ＊ ＊

某個溫和晴朗的午後，有三十幾位常在這裡徘徊的酒鬼群聚在小公園裡。在外人的眼裡，乍看之下，那彷彿某種瘋狂的內陸沙灘派對：乾燥的地面吹起了風沙，正午升起的篝火飄著柴火的氣味，戶外煮食正熱絡地進行著，收音機播送著靈魂樂與福音歌曲，酒鬼拿著保麗龍杯飲酒作樂。

留著一嘴灰鬍子的S.Q.今年六十歲，是這個公園裡的大老，他坐在篝火邊的椅子上。儘管春日和暖，他仍戴著仿羊皮的皮帽。帽子上有個紐扣，上面寫著舊金山格萊德紀念教堂（Glide Memorial Church）的標語：「我還活著。」他緩緩說道：「這個冬天真難過，幸好沒事了，沒事了。」酩酊大

4 菲爾茲是喜劇演員。約翰・巴里摩是演員。貝蒂・福特是美國前第一夫人。珍妮絲・賈普林是歌手。狄倫・托馬斯是詩人。

醉的哈格席德一臉不爽地獨自坐在角落，他是這個公園的木材收集者。

約莫五十歲的阿班從S.Q.那裡接手公園的領導權，他身強體壯，頂著一頭花白的頭髮，穿著印花的聚酯襯衫，套著一件背心，背心上的名牌寫著「格萊德人員：阿班」。他以一種類似領主的目光環視著公園，說這裡的醉漢永遠都在跟毒品販子搶地盤。

「我每天都來這裡，每週七天，一大早六點半就來了。我只要拿起掃帚，其他人也會跟著做。」他一邊說，一邊張開臂膀揮向大家。

阿班的女友是三十四歲的佩姬，身材豐腴，滿臉雀斑、綁著馬尾，是個滿嘴缺牙的女酒鬼。她穿著毛茸茸的拖鞋和皺巴巴的格子襯衫，言談之間隱約可以聽出她有中產階級的成長背景。她還問記者能不能報一下股市明牌，記者沒回應時，她說：「我的股票經紀人在康乃狄格州，但我不相信他。我真要投資的話，會買金百利克拉克（Kimberly-Clark）的股票，因為Rely衛生棉條剛鬧出人命……」[5]

＊ ＊ ＊

三十六歲的米基是離鄉背井的討海人，專門跑商船。他有個鍾愛的妻子，但不在身邊。他正努力為妻子戒酒，已經戒了一天。他向皮維女士透露：「我擔心出現戒斷症狀，但目前的感覺還好，我吃了一些東西，也喝了很多水。」去年的冬天，一個外人把蝨子帶進了公園，米基從附近的診所取得了半瓶除蝨劑，把公園的朋友帶到家中，幫他們洗淨身子。

皮維女士說那些舉動證明了理想主義確實存在，她問道：「萬一你身上長蝨子，你的朋友會幫你洗身子嗎？我的朋友不可能……」

＊　＊　＊

酒鬼都知道這個公園尚未達到理想的境界，為了把這個目標放在心上，他們畫了一幅壁畫，畫中的公園像伊甸園那樣綠意盎然，畫中的他們看起來像模範管理員。

一位酒鬼說：「到時候我們就可以抬頭挺胸地說：『這才是這裡該有的樣子。』」

舊金山灣區的媒體已多次報導酒鬼公園，次數多到大家對這個話題都有點膩了，但記者雀絲不以為意，她知道住在灣區的《華爾街日報》讀者也許不會讀這篇報導，但數百萬名不住在灣區的讀者可能會覺得那則新聞很新鮮。相較於其他媒體把焦點放在酒鬼公園所引發的爭議上，雀絲讓公園的那些常客來講述故事，為故事增添了新鮮感和人性。這個例子給我們的啟示是：做局部定位報導時，可以先鎖定自家後院的動態，那可以為你省下車馬費。

預測法

這可能是構思故事的所有工具中最實用的一個。拒絕一窩蜂地跟著其他媒體去報導已經過熱的議

---

5 Rely的超強吸收力可能導致皮膚或黏膜表面破損，使棉芯成了金黃色葡萄球菌的溫床，而引發中毒性休克。後來發生幾起死亡事件後，P&G公司從市場上召回Rely。金百利克拉克是P&G的競爭對手。

題，擅長預測法的記者可以超越他們，另闢新天地。他的作法是忽略事件核心發展的細節，直接鎖定結果，搶先預料。

切記，許多故事是在一段時間內，分成幾個階段展開的，大致上是分成以下幾個階段：

1. **核心發展**。某件事情開始發生，那可能是單一具體事件，也可能是一種隱約的趨勢或社會發展。
2. **影響**。隨著事情的發展，它開始為人、地方或機構帶來具體的影響，他們都感受到它的影響了（不分好壞）。
3. **反動**。隨著影響愈來愈顯著，力道愈來愈強勁，那些受到影響的單位可能會想辦法減緩、中止、扭轉、平息或促進那股力量。確切的行動則看他們是受益者、還是受害者而定。

接著，我們來談幾個術語：故事剛開始出現，影響和反動都尚未具體成形時，這種故事稱為「**幼年期**」（juvenile）故事。當故事的影響和反動有時間成形時，那稱為「**成熟期**」（mature）故事。

切記，記者即使比別人晚追某個故事，依然可以開拓出新的領域。其他的對手鎖定事件的核心發展時，他可以直接鎖定其他人沒時間或沒有眼光關注的一些影響，或是跳過核心發展和影響，直接關注反動階段。

例如，幾年前出現礦產和能源開發熱潮時，多數媒體把焦點放在「新興城鎮現象」上，亦即新油田、礦場和電廠附近的小社群所承受的巨大壓力。由於競爭對手已經報導這股熱潮及主要的影響，《華爾街日報》的報導直接跳到反動階段——為了抒解熱潮帶來的問題，這些城鎮做了什麼？

結果發現，反動還挺多的。例如，有些城鎮原本對能源熱潮所帶來的就業機會感激涕零，現在他們的態度已經強硬起來，要求企業進駐城鎮之前，必須先為興學鋪路、興建汙水處理廠、增加維安警力的費用買單。很多企業則是主動以增設補助金及創意融資的方式來補貼城鎮，因為他們發現，工人的生活環境惡化時，會導致員工流動率提高，生產力低落。此外，之前州政府對開採石油和礦藏的課稅很低，現在都調高了，受影響的區域因此獲得了更多的稅收。所以最後的結論是：這次榮景所造成的破壞不像以前那麼大，這是讀者需要知道的重要資訊。這個主題的報導是以預測法，直接把關注的焦點拉到最後一個階段。

那個廣泛的故事已經成熟了：有足夠的時間讓事情的影響和反動具體成形。當故事仍處於「幼年期」時，如果記者沒有興趣針對事件的核心發展做跟風報導，他可以在一旁靜觀其變，等事件的影響或反動出現時再出擊。

當記者發現某個成熟的故事竟然都沒有人報導時，那是最令人振奮的發現，他可以用預測法的元素來做系列報導。第一篇報導是鎖定故事的核心發展，第二篇探討其影響，第三篇談大家對影響採取的措施。這種進展很流暢自然，不會給人刻意造作的感覺。

觀點切換法

現在，把一個故事想像成涵蓋多種地勢的一大片區域。在西方的叢林中，工人正在開發重大的產業，記者前往當地進行簡短的採訪，從那片土地述說部分的故事。在東方，有一座城市聳立在平原上，城市裡的管理者正在策劃反制措施，記者也前往當地進行簡短的採訪，並告訴我們從辦公大樓的窗戶眺望出去是什麼樣子。其餘的時間，也就是記者的大部分時間，他是待在「客觀山」的頂峰，遠離事件的現場，但可以用更全面的觀點來環顧整個區域。他也可以和長年住在山上的諸神討論（例如勞工顧問、工會會長、產業大老），分享他的廣泛見解。

這是經過時間考驗、確實可行的講故事方式，多數的好故事都是採用這種敘事方法。但是較晚來的記者可能會發現高地已經有人佔領了，這時他唯有轉往其他的地點採訪才有意義。一九八〇年，喬治・蓋茲喬（George Getschow）針對墨西哥移民所做的精彩報導就是如此。請仔細閱讀這篇文章，因為我們在後面的其他章節裡還會提到。

> （墨西哥納皮扎羅報導）在這個一千兩百人的鄉下小村落裡，有一個出奇有效的美國貿易活動正在進行，但美國政府對此事渾然不知。美國政府若是知道真相，肯定會感到不滿。
>
> 納皮扎羅（Napizaro）的街道上有街燈，新蓋的磚房上都裝了電視天線，這裡還有一棟現代化的社群活動中心和一家醫院，以及一座新的鬥牛場，而且名稱挺貼切的，叫做「加州北好萊塢」。興建鬥牛場和其他設施的資金都是來自北好萊塢（North Hollywood），那是以納皮扎羅的主要出口物資換來的：男性人口。
>
> 數十年來，這個村落有系統地把村裡的男性送到北方的加州，去小工廠和小企業裡當非法移工。多年來，這些移工把勞動所得寄回老家，其中一部分變成指定用途專款，專門用來改善村內建設。
>
> 「這個村落就是那些遠走他鄉的工人打造出來的。若是沒有他們的付出，就不會有這一切。」六十一歲的村民奧古斯丁・坎波斯（Augustin Campos）這麼說，他年輕時也是移工。當初就是因為坎波斯先生在北好萊塢闖蕩成功，才吸引其他的村民紛紛前往（他到北好萊塢工作的第一年，收入是四千美元，比納皮扎羅的全村總收入還多）。現在的移工分散在多家工廠工作，其中有一家還是納

皮扎羅人開的。

然而，這番榮景的代價很高，如今的納皮扎羅村幾乎都是老弱婦孺。全村一百五十六個家庭中，有四分之三以上的一家之主在美國工作。他們幾乎都無法返鄉，有幸獲准返鄉的人，也只能趁一月短暫回來過節。離鄉背井多年後，他們最後一次返鄉時就不再離開了，並利用多年的積蓄在村裡蓋房子，有些人的住家氣派豪華，內有造景庭院，甚至還有三溫暖蒸氣浴。坎波斯先生說：「年輕人希望退休時能住在舒適的地方享天福。」在墨西哥，只要八千美元就可以打造出舒適的退休宅邸。

在普遍貧困的墨西哥鄉間，納皮扎羅的富裕榮景顯得格外異常。那些財富是來自異於尋常的自我課稅制度，以及大半輩子離鄉背井的意願。不過，這種大幅移民的現象在墨西哥並非特例，如今已經變成常態。在飽受貧困之苦，以及北方就業機會的召喚下（美國的收入至少是家鄉的十倍），墨西哥鄉間的男性大量湧向北方，人數可能超過估計的最大值。每年穿越美墨邊境的人數約五百萬人，其中有些男性一年內在美墨之間往返多次。

走一趟墨西哥中部的鄉鎮就會發現，每個鄉鎮幾乎長年都看不到青壯年男性的蹤影。在這個無法為人民創造出足夠就業機會的國家，農村的移民潮是如此的龐大，導致很多農地因無人耕種而荒蕪，地方的產業嚴重缺工。現在連城市一些有專業技術的勞工也受到美國高薪的誘惑，紛紛加入北向的移民潮。

移民的困境

不過，多數的移工是貧苦的鄉下人，他們之所以北上，完全是為了生計。不然，村裡的生活實在太窮困悽慘了，那是很少美國人能夠想像的境界。

提奧費羅．戈梅茲（Teofilo Gomez）就是這樣的移工，他的老家在奧古斯丁諾的聖尼古拉斯（San Nicholas de los Agustinos），那是位於墨西哥城西北方兩百五十英里的小村落。他和妻子德蕾莎育有十個孩子，住在土磚和木頭一起搭建的小屋裡，長三十英尺，寬十英尺。屋裡沒有爐子、沒有供熱系統、沒有衛浴。他們僅有的家當是兩張破舊的床、三張椅子、一幅《最後的晚餐》圖畫，以及一隻瘦弱的小雞。那隻雞老是在泥地上找尋食物的碎屑，但幾乎都找不到。

相較於村裡的一些人，三十九歲的戈梅茲先生已經算不錯了，他至少還有工作。每天工作十二個小時，每週工作七天，他是到附近的農場擠牛奶及清理牛棚，週薪四十美元。那點錢足夠買豆子和玉米餅，但買不起其他的東西。他說：「飢餓是我們必須習慣的日常。」他派兒子去附近的馬鈴薯田翻找農民遺漏採收的作物。妻子病了，他貸款支付妻子的醫藥費，那筆債務成了他揮之不去的煩惱。孩子都處於半飢餓的狀態，他北上當移工的時候又來了。

一千五百英里的路程

過去十二年間，他迫於生計，走了這一千五百英里的路程十四遍。離鄉背井的日子頗為孤寂，但是在加州採收蔬果半年的收入，比在家鄉擠四年的牛奶賺得還多。對個頭小、語氣溫和的戈梅茲先生來說，去美國謀生的差別是，家人每個月都可享用肉品和牛奶好幾次，膳食不再老是缺乏蛋白質，衣服也不再破破爛爛。

他說：「如果我不北上掙錢的話，家人的生活會比現在更糟。」他的兒子從馬鈴薯田回來，但兩手空空。當孩子挨餓時，小雞更沒得吃了。

墨西哥有數百萬名像戈梅茲先生那樣無田產的農工，他們是墨西哥政府土地分配失敗的鮮活證明。那個失敗政策導致每天有愈來愈多的墨西哥農工越過邊境，到美國謀生。墨西哥的土地改革原本應該讓每個農民擁有一小片土地，但是在農村人口暴增之下，改革制度崩潰瓦解，沒有那麼多的耕地可以分配給農民。

墨西哥政府控制出生率的措施，在都市收到一些成效，但農村每年百分之五的出生率幾乎沒什麼變化。許多農民是文盲，無法閱讀政府發放的避孕文宣。一位墨西哥的人口專家表示，即使是識字的婦女也不願服用避孕藥，因為那樣做違背了天主教會的教導。所以沒有土地的農民持續生育，讓下一代誕生在貧困的環境中，最後只能選擇北上謀生。

然而，跟美國的一般認知所不同的是，就財力來說，這些移工還不算墨西哥的社會底層。墨西哥市墨西哥學院（Colegiode Mexico）的移民專家喬治·巴斯塔曼特（George Bustamante）指出：「最窮的窮人根本無力負擔移民的開支。那種赤貧者在墨西哥稱為morosos，意指『絕望者』。」

他們毫無希望、精力、或金錢北上謀生。走私客專門幫成群非法的移工潛入邊境，他們的收費往往高達數百美元，那對很多人來說猶如天文數字。所以絕望者只能留在家鄉苦撐，或是到墨西哥城那些擁擠的貧民窟找工作，每天都有約一千四百人湧入那些貧民窟。

有能力北上當移工的人，大多是來自墨西哥中部的六個州，估計比例約佔八成。這六個州分別是米卻肯（Michoacan）、薩卡特卡斯（Zacatecas）、聖路易斯波托西（San Luis Potosi）、瓜納華托（Guanajuato）、哈利斯科（Jalisco）、克雷塔羅（Queretaro）。這些州的政府、教會和地主之間的血腥衝突由來已久，一九一〇年和一九二〇年代末期的革命摧毀了土地，導致無數的農民逃往美國。他們在那裡找到了新機會，移民的傳統因此逐漸形成。

諷刺的是，美國政府也是這股移民潮的助力。一九四二年，美國政府開始實施「短期移工計畫」（Bracero Program），從墨西哥引進勞力以抒解戰時勞力短缺的壓力。後來，農業利益團體習慣了廉價勞力，迫使計畫延長實施到一九六四年才停止。那段期間，有些移工取得了在美國工作的綠卡，所以目前仍可合法地進出美國，但多數的移工沒有綠卡，需要靠走私客或自己的力量潛入美國。很多移工是從墨西哥中部各州搭乘俗稱「偷渡號」的火車（俗稱偷渡號是因為上面載了大量的偷渡客），來到美墨邊境的華瑞茲城（Juarez）。

尤塔提諾（Yotatiro）是米卻肯山區的一個衰頹小村落，全村僅五百五十人。在這種村落裡，移工的傳統顯而易見。最近某天的黃昏時刻，神父龐丘·阿瑪亞（Poncho Amaya）就著燭光，帶著一群婦女和兒童做彌撒。在布道時，他懇請那些在長凳上坐立不安的婦女「堅守信念」，即使丈夫失去信念時亦然。

「教會是我們的磨難」

男人都到哪裡去了？大多在美國工作。阿瑪亞神父在彌撒結束後表示，留下來的男人也「沒有信仰」。在教會的外面，可以看到老人疲憊地騎著驢子從田裡返家，驢子走在只有月光照耀的泥土路上（這裡沒有電），他們在不屬於自己的土地上辛苦耕種了一天。神父跟他們打招呼，但他們都沒理他，把臉藏在墨西哥寬邊帽的陰影下。後來，我聽到村裡的一位長者喃喃低語：「教會是我們的磨難。」他對教會的哀怨遠溯及五十多年前，當時發生了一件事，使尤塔提諾村的農民和許多村民從此失去了擁有土地的機會。

那件事是發生在一九二六年到一九二九年的基督戰爭（Cristeros Rebellion），那是一場介於政府和教會之間的抗爭。當時的墨西哥政府希望收回大地主的土地佔有權，教會則是站在地主那邊，農民被夾在中間。

一九二七年，這場抗爭蔓延到尤塔提諾村。安東尼奧．科特茲（Antonio Cortez）擁有環繞著村落的農地，政府要求他把土地分給當地的農民。當時的神父告訴農民，他們若是接受土地，就會被逐出教會。村民陷在政權和神權的拉扯之間，難以抉擇，最後他們和許多地方的農民一樣，服從教會的指示，因此失去了獲得土地的機會。於是，那些土地被分給了附近村莊的村民，因為他們支持政府反抗教會的支持者，教會的支持者以「基督徒」（Cristeros）自居。

所以，現在的村民別無選擇。四十歲的菲德爾．洛里格茲（Fidel Rodriquez）表示：「神父告訴我們的父母，他們要是接受土地，就會下地獄。他們害我們現在沒有謀生的工具，只能去美國工作，不然就得挨餓。」洛里格茲每年都有半年的時間在加州的農場打工。

離鄉背井的痛苦

最近在葡萄園打工一段時間，讓他存夠了錢，為家裡開的小雜貨店進貨，重新開張。在美國可以賺不少錢，但洛里格茲說，每次他不得不離家賺錢時，都覺得「很恐懼及痛苦」。父母過世時，他正好在加州工作，無法回鄉奔喪。妻子必須一人獨自養育八個孩子。他在美國工作時，總是很擔心家裡的狀況，常夜不成眠。

在這個蒼蠅成群的村落裡，留下來的人也沒有好過到哪裡去。四十歲的茱莉雅．蒙多薩（Julia Mendoza）的身邊有十個衣衫襤褸的孩子，而且她又懷孕了。她抱怨，他們光靠丈夫從美國寄回來的錢已經快活不下去了。她已經搬去與公婆同住，但兩老也很貧困，生活必須仰賴她先生和另兩個當移工的兒子從美國匯款。

蒙多薩哀怨地說：「我們只能吃玉米餅及喝水充飢，毫無其他的物資。」她說話時，破舊的門廊上，有一隻老鼠大膽地鑽進一小包玉米中。六十九歲的公公抓起掃把，往老鼠打下去，他說：「總算少一張搶食的嘴。」

雖然飢餓和貧窮仍是促使村民北上打工的主力，現在連都市人也加入移工的行列。荷西．路易斯（Jose Louis）曾是內薩城（Netzahuacoyotl）的流浪兒，靠著撿拾廢棄瓶罐維生。內薩城是墨西哥市邊緣的貧民窟，擠了兩百五十萬人。他現在仍在內薩城生活，但自己開了一家雜貨店，有一棟兩房的現代住宅，家裡有很多家電、一台彩色電視和一套立體聲音響。

這些財產都是他經常去奧克拉荷馬城（Oklahoma City）打工賺來的。他在那裡同時兼了兩份工作，白天為汽車上漆，一年可賺一萬五千美元，晚上去洗盤子，他也因此學了英語（他說：「叫我喬就好了。」）。他把雜貨店取名為「奧克拉荷馬城」，他很喜歡美國。他說：「我想在這裡過好日子，美國賜給我這一切，讓我美夢成真。」

異鄉的家

然而，路易斯沒想過永久移居美國，絕大多數的移民也不這麼想。對他們來說，身為墨國人，死為墨國魂。況且，既然賺美元回墨西哥可以買那麼多東西，那又何必住在美國呢？他們對美國的感覺，就像乳牛場的老闆看待極品乳牛一樣。他可能真心喜歡那隻為他持續提供大量牛乳的動物，但還沒有愛到想搬進牛棚跟牠同住。

不過，有一小群技術純熟或半熟的墨西哥工人完全是為了發財夢、而不是因貧困所迫，來到美國的城市。這些人雖然為數不多，但正逐漸增加。他們在墨西哥過得還不錯，但是在美國的收入是墨西哥的十倍。有些訓練有素的玻璃工人因此去美國了，許多的建築師傅也是如此。據統計，美國休士頓的建築工人中，有三分之一到一半是墨西哥的非法移民。在此同時，墨西哥城最大的建築公司ＩＣＡ集團已經陷入人才荒，找不到夠多熟練的工人來因應墨西哥迅速的工業化。

建築業的就業機會增加，主要是拜墨西哥的石油榮景所賜。長久以來，墨西哥的一大困境是無法提供足夠的就業機會，讓人民留在國內工作。石油榮景帶來的就業機會，幫墨西哥解決了這個困境。去年墨西哥約多了八十萬個新的就業機會，但每年就業市場會湧進一百一十萬到一百三十萬名生力軍，相較之下，新增的就業機會依然供不應求。況且，美元總是充滿誘惑，如今墨西哥披索貶值，使美元的誘惑力更勝以往，移工賺美元回墨西哥花用的購買力又更強大了。

勞力短缺

所以，墨西哥北上的移工愈來愈多，導致墨西哥中部鄉村的主要勞動力幾乎完全流失。米卻肯州的波佩羅城（Purpero），人口約兩萬。當地的屠宰場裡，都是婦女和老人負責殺豬宰雞，工廠的管理者說，因為城裡找不到青壯年的男性來做這個工作了。事實上，連那些又老又窮的老人也是廠方開巴士從隔壁村落載來的。當地的瓦斯公司、建築公司、醫院都有勞力短缺的煩惱。

諷刺的是，現在連繁榮的納皮扎羅也開始感受到人才荒。太多的男人去了北好萊塢，導致玉米田沒人耕種，新供水系統的興建也遲遲無法開工（供水系統的興建資金是來自移工每週貢獻的數百美元）。為了留住一些男性勞工，當地正考慮設立一家成衣廠，但村裡的老人一致認為，他們根本無法付出足夠的薪資以留下年輕人，所以設成衣廠的點子就此作罷。

政府誓言改變種種導致勞力大量外流的經濟狀況。波蒂略總統（Jose Lopez Portillo）表示，迅速的工業化正縮小就業機會供不應求的落差，他保證未來二十年墨西哥的就業成長率將維持在百分之四左右。

經濟學家則對此感到懷疑。他們指出，如今墨西哥有近半數的勞工失業或大材小用，總人口六千八百萬中，幾乎一半是十五歲以下的孩童。再過幾年，這些孩子將會大量湧入勞力市場，即使經濟持續蓬勃發展，也難以吸收過剩的人力。如此一來，越境打工的壓力只會有增無減。

移民工廠

在納皮扎羅那種地方，赴美打工已是大家習以為常的慣例，深深融入村民的生活中。一位打工致富的移工在北好萊塢自己開立成衣廠，以時薪五美元雇用同鄉。納皮扎羅村裡，還有為即將赴美的移工開設的行前訓練班，以指導他們美國的工作和生活模式。這個訓練班的班主任正考慮把中學程度的英語也列入課程中。

不過，在納皮扎羅的榮景背後，總是瀰漫著一股淡淡的哀傷。這是一個充滿告別的村落，這裡的婦女必須獨自承擔一切。

李嘉圖・坎波斯（Ricardo Campos）是村內老人奧古斯丁・坎波斯的兒子，他剛從北好萊塢返鄉，以迎娶等了他九年的女友。他和一些移工一樣，沒什麼時間返鄉，婚禮後也沒時間度蜜月，必須馬上回去工作。美麗的未婚妻含著淚說：「他離開後，我會很悲傷。」

這篇文章出現時，美國的媒體上已經充斥了記者根據二手資訊所做的非法移民報導。但蓋茲喬從墨西哥中部的貧瘠村落出發，以這個獨特的觀點賦予報導鮮明又生動的價值，讓其他競爭對手的報導相形失色。

他在當地待了很長的時間，因此能夠發現及描述其他人所看不見的廣大故事元素：基督戰爭留下的沉痛遺憾；村落人口持續流失，但全國勞力過剩，導致工作難尋，兩者之間充滿了矛盾的諷刺感；墨國農民對美國的矛盾感受；最重要的是，當地居民的生存條件如此惡劣，讓讀者可以馬上徹底明白移民離鄉背井的原因。站在高山上也許有較寬廣的視野，但是那裡看不到生靈塗炭的面孔。

然而，很多時候，我們必須看到他們的面孔，聽到他們的聲音，才會相信別人告訴我們的真相，偏偏記者在報導時常無法做到這點，因為他對於讀者**喜歡**什麼，以及那些讓故事躍然紙上、不至於沉悶乏味的精彩元素毫無敏銳感。

以下是我覺得**讀者喜歡的元素**，按喜歡的程度由高而低排列：

1. 狗，緊接著是其他的可愛動物和乖巧兒童。記者可能下了很多的功夫才寫出一篇限武談判的分析，他等著接獲讀者的推崇時，卻接到某個國防智囊團打來的電話，吹毛求疵地指責他把SS–20導彈的投射重量寫錯了。在此同時，一位同事三兩下就寫了一篇輕鬆的報導，描述一隻只有三條腿的牧羊犬把小孩從浮冰上救起來的故事，這位同事因此收到許多郵件及四十通讀者來電。人生真不公平。

2. 人物——當事人。很遺憾，我們常找不到狗兒的題材。不過，如果當事人符合以下兩個條件，我們依然可以喚起多數讀者的興趣。第一，這裡所謂的當事人，是指按下按鈕、扳動控制杆，或是身陷在系統中的人。他們不是旁觀者，也就是說，他們不是分析師、顧問（顧問就是講得頭頭是道、但毫無實務經驗的人）、研究者、還有那些把客戶荷包榨乾的律師。他們是讓事件發生或是受到直接影響的人。

第二，他們做的事情或說的話很有趣，而且與事件緊密相關。有些記者生搬硬套一些毫無特色的人物，或是隨便找個路人甲來分享一些無法吸引讀者關注的經驗。記者以為塞一兩個人當實例就可以交差了，但那樣做只是應付了事，根本沒把讀者的興趣放在眼裡。舉例來說，一篇有關倉庫存貨的報導，不會因為報導中有人開著堆高機穿過倉庫，就為報導增添價值。文章中出現那種人物時，即使不可笑，也顯得累贅。

不過，如果亂添人物是一種罪過的話，那下面的情況又罪加一等了：故事的本質需要實地採訪，你卻一直站在山頂遠眺，不去接觸身處在事件中的人物。我覺得這是現今的報導中最欠缺的東西。以墨西哥移民的報導為例，如果你不去那些移工的家鄉，**帶大家看清楚**他們離開的原因，你根本不可能針對問題的根源做一篇有說服力的報導。偏偏很多記者都想以遠眺的方式完成這種不可能的任務。

3.事實。這裡是指推動故事發展的相關事實，這個區別很重要。故事有缺陷時（例如缺乏情節、人物的直接體驗或明顯的主題），記者有意或無意間會想要掩蓋那些缺陷，因此常在故事中塞入微不足道或離題的資訊。那些事實不是資訊，而是雜訊，只會拖慢故事的節奏。

4.人物——觀察者。現在我們開始說到讀者比較不感興趣的元素。相對於當事人，觀察者沒有直接參與事件，他們就是前面提到的顧問、分析師、評論家、律師、各種專家，他們就只會評論而已。雷根下令美軍入侵格瑞那達（Grenada）時，他是那個事件中最重要的當事人。當他譴責蘇聯入侵阿富汗時，他只是另一起事件中的觀察者而已。

觀察者的見解和解讀在很多故事中很實用，但讀者對那些內容的反應冷淡。以棉花害蟲肆虐的報導為例，讀者比較想聽農民談論害蟲對棉花田造成的破壞，而不是聽亞利桑那大學的某教授滔滔不絕地發表顯而易見的專業論點，說害蟲對美國西南部的棉田已構成威脅云云。相較之下，棉農的可信度更高，畢竟他是受害者，是事件的當事人。

由此可見，報導中只能偶爾採用觀察者的觀點，而且應以那些有直接體驗的當事人為重。畢竟，當事人的經驗合起來才是故事的主體，但如今我們在媒體上看到的報導正好相反。記者搬出一群口沫橫飛的專家，但未能以實例闡述真相，僅讓專家評論二手資訊。於是，記者以大家沒啥興趣的元素（觀察者）取代了大家很有興趣的元素（當事人），但記者只看到自己把人物加入故事中了。問題在於，他們挑錯了人物。

5.數字，尤其是龐大的數字，以及在連續幾個段落內塞進好幾組比較的數字。這是馬上扼殺讀者興趣的毒藥，不信的話，你可以找一篇在一兩段文字中塞滿統計數據的報導來讀，看我說的話有沒有道理。而且，讀到那幾個段落時，不要放慢閱讀速度。讀完後，看你還記得多少內容，你可能很難記住那些數據，甚至連那些數據想傳達的大致意義都想不起來。

龐大的數字是抽象的，而不是具體的。一般人一遇到龐大的數字，思緒就會暫停下來，大腦直覺上會想把那些資料轉換成圖像。太多的抽象數字連番地衝擊大腦時，大腦會乾脆放棄處理，連剩下的故事也一併放棄不讀了。

以上的原則所要傳達的訊息很明顯，但很多記者還是太依賴大量的統計數據和專家說法了。現在是拋棄一些數字及專家的空泛評論，改採鮮活的事實及當事人直接描述的時候了，如此一來，才能把故事深深地烙印在讀者的記憶中。

這些原則在新聞故事的採訪和寫作階段最為重要，但是在挑選故事題材時也應該考慮到這些。如果記者腦中有幾個重要性及話題性差不多的點子正在醞釀，他應該先挑選最有可能融入精彩元素的點子，避免那些可能需要引用統計數據和專家意見的點子。

他應該以帶有行動的點子為優先。那表示有事情發生了，那件事情有具體的影響，或許反動正在醞釀。沒有什麼東西能取代故事裡的內建行動，而且，相較於空泛的分析或靜態的檔案資料，以行動為核心的點子更有可能獲得關注。記者想把充滿分析的故事寫得有趣，那需要下很大的功夫。但是只要故事裡有行動，就可以掩飾報導上的不足，尤其故事裡有一隻與事件有關的狗時，那就更好了。

第二章　構思點子

住洛杉磯的人都知道，洛杉磯盛產的娛樂產品是構想（concept）。每個月這裡都有人提出數千個構想，並在洛杉磯西部的派對和酒吧裡買賣或取得優先購買權。公事包或腦袋裡毫無「可行構想」的人（這裡所謂的「可行」，是為了和乏人問津的死點子有所區別），肯定是窮愁潦倒。

但這些構想中，可行度高到足以拍出一部電影的構想少之又少。很多的構想不堪一擊，一寫成故事就漏洞百出，彷彿以榔頭敲玻璃一樣，一敲就碎。那些構想只是模糊的觀點，尚未構思完整，往往寫不出劇本，根本拍不成電影。

新聞編輯台的狀況也是如此。記者的腦中才剛冒出構想，就一股腦兒地追新聞，浪費了許多時間和精力後，才發現根本沒有故事可以報導，或者事情根本不是他原本想的那樣。

他們缺乏的是預想（forethought）。記者衝出去追新聞以前，應該先思考故事的範圍有多大，中心主旨是什麼，最適合的報導方式是哪一種，甚至連敘事口吻都要先想好。這些重點只要有一個或多個出紕漏，整個故事就會大打折扣，或是被編輯台束之高閣。

以下是一些常見的錯誤，以及建議的防範措施：

範圍

記者的思路可能過於狹隘，挑選的故事發展可能很有限，事件內容可能三兩句話就可以界定了。事件之所以發生，原因可能顯而易見，幾乎不值得一提。記者可能沒有跨過事件發展的最初表象，去探究更深遠的影響。結果，他只能寫出很短的東西，而且他大概一直等到坐下來寫稿，才發現原本的宏大構想只能寫出兩三頁文字，這樣根本無法交差。重要的故事不能只用兩頁草草帶過，而記者根據自己的構想所寫的故事，從來都不是無關緊要的。於是，為了增加篇幅，他加入重複的引述內容、無關痛癢的事實、許多數字和其他的廢話。

不過，多數記者也有另一種毛病：想得太廣，野心太大。我們想做很大的報導，投入好一番心力後，才發現自己力有未逮。於是，寫出來的報導長得要命或很膚淺，蜻蜓點水式地這裡提一點，那裡提一點，每一點都只用幾句話草草帶過，點到為止，無法充分闡述，讓讀者信服。整篇報導感覺很凌亂，讀者愈看愈煩。與其寫這種含糊籠統的長篇大論，還不如把有限範圍內的故事講得明白，那比較有影響力及說服力。

解決方法是：**以因果推理來檢視故事的構想**。這樣做有兩個好處：第一，這有助於提前找出故事中可能的行動元素——亦即讀者感興趣的行動和反動。第二，這有助於確立故事的範圍。如此畫出一張大致的範圍圖後，記者可以根據自己可運用的時間和空間，鎖定那個範圍裡的某一塊來報導。

在這個思考過程中，只有故事的行動和反動元素是重點。我們不考慮最後的成品裡有什麼細節、說明、指示或其他元素，這時應該讓想像力自由地馳騁。

舉例來說，目前全國出現醫師荒，記者想構思相關的報導。根據因果推理法，他不僅把醫師荒視為一個事件，也把它視為導致另一事件的原因，而另一個事件又導致下一個事件，如此類推下去。下一頁的圖表顯示這個因果推理練習所衍生的一些元素，你可以翻過去看一下。

有人真的會把那些元素都放進報導裡，把自己累得半死嗎？應該沒有人那麼傻吧。想以一篇專題報導涵蓋那麼多的東西，顯然是不可能的任務。

但是少了這份邏輯推理的草圖，記者確實會在這種錯綜複雜的迷宮中迷失方向。他們就像盲人一樣，抓著白手杖觸碰路面，路愈走愈偏，浪費時間在後來才發現塞不進報導的素材上。他們受到軼事和細節的吸引，但那些內容以嚴格的寫作原則來檢視時，卻是離題的東西。他們花太多的時間做了太多採訪，真正的重點反而缺乏深入的報導。這種事情之所以發生，是因為他們沒事先決定報導中要納入什麼及捨棄什麼，他們沒有從一開始就畫好故事的範圍。

在繪製及分析因果推理圖時，記者必須考慮到三個要素：**時間**、**距離**、**涉入對象**。一個元素離故事的核心發展愈遠，那個元素尚未發生的可能性愈高。例如，醫師荒的一種可能結果是醫療過失責任險的保費大增，這種預期很合理，但是報導出刊時可能還不會發生，因為故事還沒有時間發展到那一點。

此外，某個元素離故事的核心發展愈遠時，外部因素愈有可能干擾其邏輯發展。也許醫療過失的判決一如預期增加了，但保費並未增加，因為承保的保險公司競爭激烈，他們願意壓縮獲利，甚至忍受虧損，也不願提高保費，以免把市佔率拱手讓給殺價搶市的競爭對手。

所以記者對於偏離因果邏輯的元素心存懷疑，除非他很早就看到證據顯示那些元素確實存在，否則他可能選擇不去追蹤那些元素。這樣做雖然會縮小報導的範圍，但如果他考慮到所有的涉入對象（利益

因果鏈

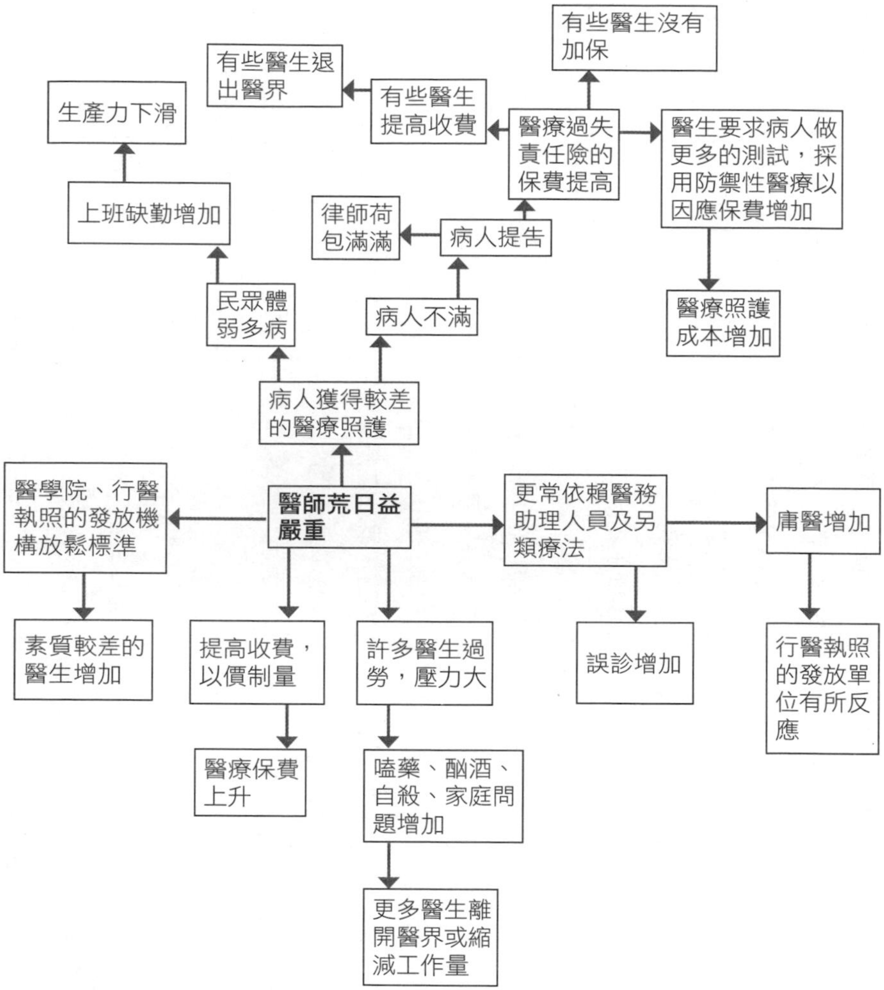
有些醫生沒有加保
有些醫生退出醫界
有些醫生提高收費
醫療過失責任險的保費提高
醫生要求病人做更多的測試，採用防禦性醫療以因應保費增加
生產力下滑
上班缺勤增加
律師荷包滿滿
病人提告
醫療照護成本增加
民眾體弱多病
病人不滿
病人獲得較差的醫療照護
醫學院、行醫執照的發放機構放鬆標準
醫師荒日益嚴重
更常依賴醫務助理人員及另類療法
庸醫增加
素質較差的醫生增加
提高收費，以價制量
許多醫生過勞，壓力大
誤診增加
行醫執照的發放單位有所反應
醫療保費上升
嗑藥、酗酒、自殺、家庭問題增加
更多醫生離開醫界或縮減工作量

團體以及受影響的單位），他還有很多的元素需要追蹤。在這個醫師荒的例子中，醫生就是明顯的涉入對象，病患也是。此外，我們也會看到醫學院、發換行醫執照的主管機關、律師和產業都會受到影響。

因果推理法以及其他的推斷方法，都只能提供可能的故事元素（亦即應該會發生的事情），這幾乎是不言而喻的道理。記者在鑽研故事時，絕對不能拘泥於預想的概念，不要老是在沒什麼證據的地方鑽牛角尖、對相反的證據視而不見，或是因早期沒想到而錯過探索豐富領域的機會。這種不知變通、拘泥預想概念的人會變得敝帚自珍，老王賣瓜，而不是稱職的記者。最終而言，構成報導的是實際發生的事件，而不是記者的預想。推斷是必要的，但只在一開始有效。

主題

因果邏輯分析只是幫記者畫出各種可能性的合理範圍。如果記者沒有挑選他覺得可以充分報導的元素，而且無法用一句話精簡扼要地概述最後出來的報導是什麼樣子，他在報導時還是有可能失焦。記者在採訪完後，被大量的素材淹沒，也說不出最後能拼湊出什麼報導。而且，如果連他自己都不知道了，其他人就更不可能知道了。然而，編輯台每天都會收到這種雜亂無章、毫無重點的文章，而且還要幫這些記者把凌亂的稿子編排整理成像樣的報導。這樣做很冒險，編輯也不喜歡這種苦差事，他們討厭記者逼他們收這種爛攤子。

解決方法是：從你畫好的故事地圖中挑選一塊主題，以兩句話言簡意賅地表達那塊主題。鎖定行動——主要的發展、一兩種可能的影響，以及那些影響可能衍生的合理反動，然後忽略其他的一切。把**主題陳述**（main theme statement）釘在你看得見的地方，讓它來指引你的工作。當你偏離主旨太遠時，讓它來責備你、質疑你。

無論我做什麼報導，我都是把「主題陳述」視為撰稿中最重要的一部分，它讓人一眼就看出這篇報導的行動主軸，至少我在預想階段可以看得很清楚。後來，等採訪結束後，我會根據我發掘的素材，重新修正主題陳述，再以它來指引我撰寫故事的本體。通常，那會變成新聞導言（lead）的基礎。

好的主題陳述是簡潔扼要的，沒有細節，但精確地勾畫出故事的主軸。如果說最後的報導有如一幅油畫，主題陳述則像是最初的素描，以幾筆關鍵的線條來勾勒輪廓，最後的作品就是由這個輪廓發展出來的。

順道一提，這種在採訪之初就寫下來的主題陳述，也可以提交給編輯台，作為撰稿提案的大綱。編輯對於你提議的報導方向，總是希望有明確具體的瞭解。提案中包含結構完整的主題陳述，會讓編輯更清楚知道你的報導範圍。

主題陳述中該凸顯的元素，取決於記者是在寫**幼年期**的報導（事件本身就是新聞），還是**成熟期**的報導（事件本身已經報導過了，但事件產生的影響或影響造成的反應還沒有報導過）。

假設記者偶然發現醫師荒的現象，是因為改寫部門[1]（rewrite）的同事抱怨他找不到一個能幫他治療痛風的醫生。記者最初研究這個構想時，發現醫生短缺的現象很普遍，但幾乎沒有人報導這個問題。所以醫師荒是個新聞，他的主題陳述可以寫成：

> 許多科別都出現醫生嚴重短缺的現象，導致醫療品質及醫療的取得大受影響。

這句主題陳述可以幫記者的採訪貼近主旨，緊跟著新聞的核心發展，只探索一個普遍造成的影響。這句主題陳述是把焦點放在：證明醫師荒的存在，以及詳述短缺的層面——哪個專科和哪個地區最缺人，哪些醫院的短缺現象最嚴重，哪些醫療活動（急救、還是非緊急手術）受到的衝擊最大。接著，記者再開始探索醫師荒對病患的醫療照護所產生的廣泛影響。但是在談到病人照護以前，需要先完成前述最重要的事情。

假設醫師荒的現象以及對醫療照護的普遍影響已經有人報導過了。這個例子的主題陳述應該改成強調成熟期故事的一些未來元素：

> 醫師荒導致的醫療品質惡化，使醫療事故增加，大舉推升了醫療過失責任險的保費。一些保險業者已經放棄這項業務，許多醫生訝於保費的飆漲，選擇放棄投保或改採集資自保。

注意，這裡的中心事件是既定事實，大家都知道有醫生短缺的現象，所以只需要簡單扼要地提一下就好，不需要詳細證明。同樣的，醫療品質下滑也以類似的方式稍微帶過即可。這個主題陳述強調的是法律影響，以及保險公司和醫生的反應。記者看到這段主題陳述時，會隨時記得把採訪的心力放在那裡。

1　美國有專門的改寫部，台灣則是由編輯兼任。

新聞特寫的撰寫

撰寫新聞特寫時，可採用另一種有點不一樣的技巧。這類故事比較棘手，不好拿捏，因為它本質上似乎比較狹隘，記者可能覺得他只要找一個有吸引力的主題，一頭栽進去寫就好了。他告訴編輯：「我正在做某某某的新聞特寫。」然後就馬上投入他始料未及的複雜情境中了。

約翰·麥克菲（John McPhee）寫過一本書，那本書從頭到尾都在談橘子，而且看完時還給人意猶未盡的感覺。但媒體大多只給記者幾千字的篇幅，去報導遠比橘子還要廣的主題，所以你必須自問：「我該鎖定什麼？」問這個問題，也等於是在問：我們可以或應該捨棄哪些素材。我們需要捨棄的東西往往比能納入的還多。編輯喜歡談「終極特寫」，但新聞業裡其實沒有那種東西。

大體來說，特寫分成兩種：宏觀型和微觀型。**宏觀型特寫**（general profile）在挑選主題時，是看上主題本身的特殊性，因為它有獨一無二或罕見的特質。所以在這種新聞特寫中，花最多的心力去詳細說明這些異乎尋常的特質是很合理的作法。

微觀型特寫（microcosm profile）在挑選主題時，是看上主題本身很典型，跟同類的其他事物很**類似**。記者是以它為媒介來描述更廣泛的故事，把它當成其他同類的代表（其他的同類都經歷了相同的經驗，產生相同的反應）。例如，罷工期間報導某位車廠工人的家庭時，會強調他的家庭和其他的家庭很類似，而非不同。

記者為這兩種新聞特寫做準備時，應該先寫下一句簡潔扼要的主題陳述。但新聞特寫的主題陳述不是談行動和反動，而是他打算鎖定的特寫主題面向。那些面向應該具體表達出來，但不能寫得太窄，以免縮限了報導空間，但也不該涵蓋太多面向。

以下是一九八一年我為伐木業寫的宏觀型特寫，我們來看這篇報導把重點放在哪裡。請仔細閱讀本文，因為後面我們還會再以它為例。

（華盛頓州卡拉馬報導）假設你在一棟辦公大樓內上班，整棟樓裡有一千人，每天至少有兩人在上班時受傷。有的人傷勢嚴重，例如多處複合骨折、肌肉嚴重拉傷、肌腱斷裂、神經受損、骨盆碎裂等等，可能再也無法回到工作崗位上。而且每半年左右就有人傷重身亡，送進太平間。

任何地方發生這種事時，大家可能會稱之為「殘殺」，引起公憤。但是在太平洋西北地區的巨木砍伐地帶，誠如伐木工兼作家史坦·黑格（Stan Hager）所言，這是一種存在已久的「驕傲宿命」。在伐木業以外，甚至多數人都對此一無所知。礦工萬一受困在坍方的礦場內，那會馬上吸引全國媒體的關注。但是在陰暗的雨林裡，伐木工人的跌落是突發的個案，沒有任何攝影鏡頭對準他們。

近年來，因要求增加訓練及安全防護的聲浪愈來愈大，所以情況有所改善。但這一行的死傷率依然高得嚇人，部分原因在於伐木工人幾乎都有要命的自尊心以及對傳統的堅持，他們視死如歸，對於使用新設備和技術充滿了質疑。

抗拒改變

「他們非常大男人主義，我想不到比他們更抗拒改變的族群了。」美洲國際林業工人工會（IWA）第三－五三六地方分會的安全協調員喬爾·亨布里（Joel Hemblee）如此評論道。第三－五三六地方分會是代表華盛頓西南區的伐木工人和鋸木工人。亨布里指出，許多會員反對工會推行的措施，所以工會的處境很尷尬。他說：「他們覺得我們是一群硬逼他們接受安全措施的混帳。」

在森林裡，幾個伐木工人坐在瀰漫著臭襪子、濕毛衫、濃菸味的巴士裡，抱怨著安全問題。人稱「蜘蛛」的霍華德．梅森（Howard Mason）今年三十六歲，是威爾豪瑟公司（Weyerhaeuser Co.）的伐木工，他說：「他們已經把我們打扮成聖誕樹了。」他的雙腳上套著濕透的護腿墊，那是法規要求他們上工時必須穿的。另一名伐木工複誦了一首打油詩，描述安檢人員的愚行，那首詩的最後一句是：「誰來保護我們免於保護？」

即使工人把所有的安全設備都穿戴齊全了，森林裡依然潛藏著許多危險，隨時都可能要他們的命。一位工會人員說：「對你們來說，這裡是美麗的地方。但是對我們來說，這裡是黯黑可怕的地方，隨時等著傷害你。」在森林裡，無故倒下的大樹可能壓死任何人。有時明明無風無雨，樹枝卻從兩百五十英尺的高處掉下來，直接把人刺死。有人則是被山上滾下來的石頭壓傷而殘廢。

森林也是不容許出現任何閃失的地方，只要一閃神，就有可能受傷或死亡。華盛頓的森林裡，平日約有一萬五千人在裡頭工作。過去三年間，就有兩萬八千人次受傷，七十五人死亡。一位資深的伐木工說：「這是你和樹木之間的生死較量。」

但工人其實把生死看得很淡泊。梅森高頭大馬，皮膚黝黑，相當健談（一位伙伴說：「梅森十八歲以前就已經講破兩張嘴了。」）他喜歡開玩笑，逗大家開心，但他很認真看待工作的危險性。「每天來上班，你都知道林中有死神守候著。」他說：「家人也知道這點，我太太完全不想聽我談工作。但伐木工一定要樂於冒險，不然就不算伐木工了。」

梅森的家族世代從事林業。他們就像許多的家庭那樣，熱愛森林。但森林讓他們為此付出了代價，不僅奪走他的祖父、伯父、父親、兄弟的生命，也把魔爪伸向全美各地，讓那些走進森林的人付出代價。例如，遠在美國另一端的北卡羅來納州海斯維爾鎮（Hayesville），人口僅三百人左右。克雷倫斯・史戴米（Clarence Stamey）是ＩＷＡ在本地的林務代表，他就是來自海斯維爾鎮，他說他可以想到十位同鄉的伐木工在這個西北岸的森林裡喪命。他又補充提到，他可能還遺漏了一兩人。

他們如此冒險，究竟是為了什麼？為了工作伙伴間稱兄道弟的情誼。

＊＊＊

卡拉馬鎮（Kalama）、長景鎮（Longview）、以及一些較小的伐木村落（一位伐木工說這類村落裡有「三間房子、兩間酒吧」）隱身在喀斯開山脈（Cascade Range）的綠色山巒間。清晨四點，這些小鎮上的屋子紛紛亮起燈來。不一會兒，睡眼惺忪的工人搭上他們戲稱為「克難號」的巴士，前往林地上工。他們都穿戴著數十年不變的工作裝束：長釘靴、厚重的長褲（長度到靴子邊緣）、工作衫、吊褲帶（伐木工不繫腰帶），他們通常留著絡腮鬍或短鬚。

黎明時，鏈鋸的聲音已響徹林間，工人一直做到天色暗下來才返家。在晝短夜長的季節裡，他們甚至會做到天黑。他們做著美國產業裡最辛苦的體力活，深入極其陡峭的山谷。捆掛工把重達一百磅的軸環圍在圓木上，好讓機器以一英吋粗的纜繩把木頭拉上去。伐木工人全身上下穿戴著五十磅重的裝備，在長滿高大灌木叢的山間爬上爬下，尋找伐木的目標。夏天容易中暑，冬天則必須忍受下不停的雨或雪。

西北沿岸這群伐木工之所以在此稱兄道弟，緊密合作，是因為他們都有忍受這種艱辛工作的能力和意願。相較之下，美國東南部的樹木較小，地勢較平、氣候溫和，他們戲稱那裡的伐木工是「劈柴工」。一位工頭指著一片原始林說：「這才是真正的伐木。」那片原始林裡有直徑八英尺、高兩百五十英尺的巨型花旗松，往東九英里處是聖海倫火山（Mount St. Helens），如白牆般峨然矗立著，山峰包覆在濃霧中。

這是一個男性社群，幾乎沒有女性應徵這種上半身需要施展極大力氣的工作，即使真有女性入行，也必須面對毫不留情的陽剛風氣。某個工地裡曾有一位女性捆掛工，男性伐木工以抽籤的方式，決定誰下班時可以在巴士上坐她的旁邊、騷擾她，後來她不堪其擾就辭職了。一位伐木監工說：「有人覺得女性也能幹這種苦活，我覺得這種工作害死她們比較快。」

西北部的森林裡也很少看到黑人的身影。許多伐木工來自美國南方，有根深柢固的種族歧視。一名老工人認真地說：「以前有些人費了好一番功夫，把幾個黑鬼找來這裡幹活。但他們都待不久就走了，我也不知道為什麼。」那個老工人的手臂上布滿了鏈鋸留下的傷疤。

剛來這裡工作的人，都受到無情的折磨和霸凌。如果他長著一對招風耳，他就永遠擺脫不了「小飛象」（Dumbo）的綽號（Dumbo也有「蠢貨」的意思）。如果他剛結婚，他們會故意在他的空飯盒裡塞色情圖片，讓他的新婚妻子發現。老手也會故意在新手的裝備袋裡塞石頭，要求他去做沒必要的粗活，以考驗他的能耐。梅森說：「軟弱的小伙子都待不久。」一個綽號叫「凹坑」的年輕人惹毛了和他一起幹活的老工人，老工人把他舉到頭頂上，丟向山坡，叫他不要回來了，結果那小子還真的一去不回了。

在如此危險的工作中，淘汰不適任和不對盤的人很重要。威爾豪瑟公司第六區的監工傑克．考迪（Jack Coady）負責監管卡拉馬東部佔地十四．二萬英畝的森林。他指出，老鳥捉弄菜鳥的方式若帶有惡毒的成分，那就是新人待不久的第一徵兆。新人可能午飯遭到破壞，或衣服被人放火焚燒。接著，有人可能會把他拉到暗處，賞他幾記拳頭。最後，工頭可能會直接對他說：「你走吧，我們不想再看到你了。」

如果一個人做事很稱職，但是跟其他人都處不來，考迪會直截了當地告訴他，他把事情搞砸了，如果沒辦法跟下一班工人好好相處的話，他就得離開。直來直往向來是伐木工人的表達方式。他說：「這種溝通很好，一對一，清楚明確，不含糊其詞，不打官腔。伐木是一個很開放的世界，這也是我喜歡這一行的原因。」

森林裡有很多人因為受不了這一行的悲苦和危險而離開，卻又一再回籠。這種開放粗獷的兄弟情誼，再加上知道自己做著沒人敢做的工作，讓他們培養出休戚與共的歸屬感，那是在外頭找不到的。

高大魁梧的葛列格．克魯格（Greg Kruger）頂著一頭金髮，他說：「森林工作之所以迷人，是因為你只要把這件事情做好，你想要怎樣，都沒人管你，你要穿小丑服或燕尾服來工作也行，你會被大夥兒譏笑得要死，但大家還是接納你的，你屬於這裡。」

一九七四年，一顆籃球大的石頭從峽谷的峭壁掉下來，砸到克魯格的左半身（當時背他出去的伙伴看到他的傷口後，當場就辭職了）。現在，克魯格的手臂布滿了疤痕組織，體內仍留著一塊骨盆碎片。傷癒後，他喪失了部分的活動能力，目前是在第六區總部（「南營」）的辦公室裡工作。

對於因公嚴重傷殘的工人，工會總是會想辦法幫他們安排工作，儘管那樣做可能違反合約的規定（合約規定按資歷填補職缺），但他們照做不誤。對於這種違規現象，工會代表和公司主管通常是睜一眼閉一眼，他們都很重視兄弟情誼，覺得顧好自己的兄弟比較重要。克魯格希望有朝一日還能回去當捆掛工，但現在能留在這裡工作，依然是這裡的一份子，他已經心滿意足了。

* * *

南營共有二百一十名工人，目前有三十人正在進行一場小比賽。他們每十人一組，共分成三組，比賽規則很簡單：只要六個月內沒發生任何工傷意外，工人和他們的妻子可享用一頓免費的晚餐。一位工人喃喃低語：「他們永遠吃不到那頓晚餐。」分組名單才公布沒幾天，兩組中就有三個人受傷，所以為期六個月的比賽只好重新開始。

這三十個參與比賽的人都是南營技術最好的伐木工，他們面臨的死亡風險也最大。多年來，這個工地裡沒有伐木工人喪命，但營中的元老級工人都認識因為這份工作而喪命的伙伴。與這些伐木工聊天時，總會聽到許多頭骨碎裂、脊椎重傷、鏈鋸把腿切一半的恐怖故事。他們的眼球因為木屑飛濺而傷痕累累，聽力因電鋸的噪音遠超過聯邦設定的高標而永久喪失，手部微血管和神經因長年震動、受潮和受寒而損傷。

安全紀錄

這種傷害叫「白手症」，羅伊・帕爾默（Roy Palmer）的白手症特別嚴重。有時他的一隻手會變得像屍體一樣慘白，毫無知覺，但帕爾默和伙伴都不把這種危險的症狀當一回事。帕爾默半開玩笑地說：「使用電鋸時，你只要以一隻手緊抓著另一隻手就好了。偶爾電鋸的消音器會燙傷手，等手套開始冒煙，你才會發現。」

六十二歲的他已近退休年齡，但他依然是這個工地裡生產力最高的伐木工之一。他從業二十七年來未曾受傷，紀錄驚人。周遭有些伙伴不幸罹難，也遇過一位伙伴眼睜睜地看著圓木朝自己滾來，但腳卡住，動彈不得。他大叫帕爾默，要求帕爾默把他的腿鋸了。帕爾默急中生智，鋸開他的靴子。不過，帕爾默最近也躲不過意外。

去年，他的手被電鋸割傷了。今年七月，他把一棵伐倒的大樹鋸成樹幹長（log length）時，又發生了另一起意外。大樹倒放在不平整的地面時，樹幹上有很多充滿壓力的區塊。工人把大樹鋸開後，那些樹幹可能像蛇或鞦韆那樣在石頭或樹樁上翻滾，壓過前面的任何東西。一根樹幹滾動時，帕爾默被絆倒了，電鋸正好切過膝蓋附近的肌肉，並切進一半的骨頭。

伐木工人因小小失誤而喪命的死法有數十種，所以他們都很清楚工作時全神貫注很重要。蓋瑞·卓伯（Gary Trople）和妻子正在鬧離婚，最近他滿腦子都是煩惱，生產力低落，因為他無法專注時，就不上工了。

他和其他人一樣，對伐木工作又愛又恨。六歲時，他就夢想當伐木工人。他回憶道：「小時候我會拿著短柄的小斧頭，砍著小松木，直到樹倒了為止。」但是他進森林工作四個月後，纜繩斷裂害他摔落在樹樁上，肋骨斷裂，頭骨裂傷，脊椎斷成三段。他說：「我發誓再也不回來了，但五個月後，我又回來了。我曾去從軍四年，發誓不會再回來了，但我現在又在這裡。」

死裡逃生的價值

不久前，卓伯伐倒一棵樹，那棵樹倒下時，正好壓在另一棵樹上，把那棵樹壓得像一個長達兩百二十英尺的巨型彈弓。結果倒下的樹突然反彈回來，折斷的樹枝如奪命箭一般飛向他。幸好他逃過了死劫，身上只有一些撕裂傷。他的上司傑克・戴維斯（Jack Davis）說：「遇到那種狀況時，通常是必死無疑。」但他也補充提到，少了那種死裡逃生的經驗，伐木工可能會誤以為自己很安全，那是要命的錯誤。年輕的伐木工傑瑞・鮑德溫（Jerry Baldwin）在一旁聆聽，對戴維斯的說法半信半疑，他說：「我遇到死裡逃生的經驗時，只會回家發抖一陣子。」

由於工作的風險特別大，伐木工是森林中工資較好的工作。在比較好的年頭，加入公會、領時薪的工人，一年可賺三萬美元。沒加入工會、按伐木量計酬的工人，收入更高。

至於心理上的收益，則是征服林中巨木的成就感，伐木工總是記得自己曾經伐過哪些巨木。一位伐木工人說：「把大樹伐倒在你希望它倒下的地方，那感覺一切都圓滿了，你完成了其他地方很少人能做到的事。」萬一技術不好，導致樹裂開或折斷的話，原木的九成價值就報銷了。

「順山倒！順山倒！」

在原始叢林中，艾爾默・奧斯本（Elmer Osborne）和保羅・克萊（Paul Cline）正在砍一棵在哥倫布發現新大陸以前就已經存在的巨木。樹幹的直徑約七英尺，高度兩百四十英尺。他們在希望大樹倒下的方向先砍了一個楔子狀的切口，接著奧斯本轉到大樹的另一邊，從反方向開始砍伐，直到最後只剩下一小段木頭支撐著上方數百噸重的大樹。這時，大樹失去平衡，嘎吱作響，開始傾斜，奧斯本大喊一聲：「順山倒（Uphill）！」（現在沒人喊「Timber」了）巨杉慢慢倒下，「轟」的一聲巨響，撼動了整片大地。這是一次完美的伐木，完好無損的原木可賣約六千美元，零售價格更高。奧斯本露出大大的微笑，他滿意地說：「我會記住那棵大樹，那棵很棒。」一個小時前，一棵一百六十英尺高的大樹倒錯方向，差點害他喪命，但現在那件事情已經不重要了。

這種砍伐巨樹的景象日益少見。在大型伐木公司的私有林地上，這種原始林的巨木正迅速地消失，取而代之的是單調乏味的人造林，樹木的高度、粗度和種類都一樣，相較之下顯得死氣沉沉。它們永遠沒有機會長得像老樹那樣巨大，因為那不符合經濟效益。砍伐這種人造林也比在原始林工作安全許多，因為人造林裡不會有突然倒下的腐木，樹木頂端的樹枝也不會交纏在一起，更不會有長得歪斜的怪樹。但伐木的魅力也隨著原始林的消失而大幅消散。

「所以我砍下大樹時都會拍照留念。」工頭戴維斯說：「我是為孩子拍的，這樣一來，他們就可以看到真正的大樹長什麼樣子。再過不久，你告訴這些森林裡的人，以前真的有直徑十英尺的巨樹，他們聽完只會哈哈大笑。」

我在這篇故事的主題陳述中，只強調兩個主要元素：

- 伐木是一種極其危險的職業。
- 從事這一行的人因面臨極大的危險，而形成一種獨特的工作群體。

讀者從這篇文章中幾乎不會瞭解到林業工作的美好，不會知道伐木工人跟一般人一樣有妻小和房貸，不會知道伐木工人在整個林業裡的地位，也不會知道許多林業的相關議題。但忽略這些東西不談或是簡略帶過時，我可以用更多的篇幅去描述伐木工作的獨到特質，例如說明他們在林中面臨的各種危險和死亡威脅、他們那種奇怪的兄弟情誼有哪些具體的價值和原則等等。這篇文章之所以有吸引力，是因為我把心力集中在那兩個元素上了。

報導方式

以下是兩名記者的故事。一名記者的個性懶散投機，老是想找簡單的方法來陳述困難的故事。看到某件事情的發展有機會寫一篇新聞特寫時，他直覺就想寫一篇微觀型特寫。於是，他打了幾通電話，收集了一些膚淺的外部資訊，花幾天跟在主角身邊，這樣就把新聞特寫完成了。

另一名記者不像他那麼投機取巧，比較喜歡追根究底，實事求是。他習慣採用經典的綜述法（roundup approach），把許多地方的許多消息來源彙集在一起，不特別關注任一點，這樣做也符合他的新聞從業性格。

這兩位記者寫出來的報導中，有些寫得很好，但有些寫得不怎麼樣，因為他們各自習慣的報導方式並不適合套用在所有的故事上。報導方式的選擇，應該取決於故事本身的性質，而不是記者的偏好。

解決方法是：權衡每種報導方式的優點和缺點，然後選擇最有可能幫你寫出精彩好文的方式，而不是選你習慣的方式。

以下是這兩種報導方式的一些優點和缺點：

特寫法

這種方法可以讓讀者深深融入故事中。記者鎖定單一主題時，可以把複雜及抽象的資訊轉變成讀者明瞭的具體圖像。而且，故事的主題是栩栩如生、立體、全面的，讀者可以深入瞭解一個人、一個機構或一個地方，採用綜述法時無法那麼深入。最後，特寫法也比較好建構，有一條內建的主線（主題）把不同的元素串接起來。

然而，特寫法有個缺點，而且是很大的缺點。萬一那個主題枯燥無味，寫出來的東西會慘不忍睹。有些人雖然為人正派，做事能幹，但個性無聊到連他們的妻子都提不起勁。有的地方和組織非常無聊，連裡面的人都覺得麻木，更何況是陌生人。遇上這種麻煩時，文筆再好的記者也無法化腐朽為神奇。

即使特寫的主角是個豐富多彩的人物，他也可能是錯誤的報導對象。比方說，一位芝加哥記者想報導政府取消蜀黍的價格補貼時，農民受到的衝擊。美國農業事務聯合會[2]（American Farm Bureau）的人斬釘截鐵地告訴他，農民受到的衝擊是真實、普遍的。記者因此覺得這可以寫成一篇很好的微觀型特寫，他馬上前往堪薩斯州去尋找消息人士，請他們幫忙引見一些受害的農民。努力幾天後，他終於聯繫到幾位農民，他挑了其中一位看起來最能言善道、配合度最高的人。這位農民聽說記者要來採訪，一口就答應了，他覺得讓愈多人知道可憐的農民飽受愚蠢政策的衝擊愈好。他承諾受訪時一定會以確切的證據來佐證他的論點。

2　非營利組織，致力於提升農民生活及促進農業社群的發展。

記者一聽喜不自勝，恨不得馬上過去採訪。他連忙向老闆簡要敘述那個故事，取得出差採訪的許可。他訂好機票，填了經費開銷單，領了差旅費，告知妻子，一個下午就這樣過了。翌日早上，他開車一個半小時到芝加哥的歐海爾機場，因飛機誤點，又等了一個半小時才登機。他飛抵堪薩斯州的威奇托市（Wichita），拖著行李去租車，接著開了兩百英里的路程，來到有「蜀黍之都」稱號的西邦斯德（West Bumstead），住進華美達旅館（Ramada Inn），一進旅館就倒床呼呼大睡。第二天早上，他來到採訪對象的農地，那裡感覺像電影《巨人》（*Giant*）裡的場景。

麥田裡矗立著一幢石柱撐起的別墅，幾隻安格斯牛在泵油平台的附近啃草，車道上停著一輛賓士轎車，大後方停著一架賽斯納小飛機（Cessna）。這片土地的主人大步地走來迎接他，腳上穿著要價四百五十美元的蜥蜴皮靴子。

這個人看起來魅力十足，能言善道，對蜀黍瞭若指掌，而且極其富有。他栽種的蜀黍確實賠錢，但小麥的行情始終很好。他投資的公寓開發事業前景看好，土地挖到石油也是好事一樁，而且他投資的購物中心可為其他的事業帶來全面免稅的福利。

這算是飽受衝擊、艱難困苦的農民嗎？好好一個故事就這樣泡湯了。

這個故事給我們的啟示很明顯：記者必須對特寫主題先做徹底的審查，那不僅是為了避免讀者覺得主題無聊透頂；以微觀型特寫來說，那也是為了確保該主題有記者想要的代表性。做新聞特寫時，一半的功夫是花在尋找合適的主題上，而且即使你已經投入大量的心力，風險還是可能存在。

如果記者採混合型報導，亦即所謂的「**集合式特寫**」（collective profile），這種風險比較小。與其把焦點全放在一位農民上，他其實可以把西邦斯德這個位於蜀黍種植帶的農業小鎮當成主題。他肯定可以從這裡找到更適合這個故事的其他農民，也可以在故事中提到其他的面向，例如取消補貼對當地經濟和一般百姓的影響。這樣一來，報導的焦點依然很小，依然可以給讀者一種親近感，但報導失敗的機率大大降低了。

綜述法

這種多管齊下的方法更保險，而且還有其他值得推薦的優點。採用這種方法時，記者有最大的報導空間，最後寫出來的故事可能比較豐富有料，而且故事更加緊湊，更有誘人的新聞味。記者可以逐一走訪不同的農場、不同的農村，以緊湊的步調連續帶過不同的元素。這種寫法處理得宜時，最後可以呈現出新聞特寫常缺乏的效果。

但是記者處理事件發展時，最好是以廣泛的事物為基礎，否則很快就沒東西可寫了。而且，報導中應該提到多種不同的效應和反應，以免給人重複感。如果消費者減少豬肉消費，而且很多豬隻因為感染新病菌而死亡，養豬戶顯然陷入麻煩了。但如果養豬戶還來不及反應，記者卻以綜述法做報導，他可能會一直重複單調的訊息，到最後整篇報導看起來好像是全國養豬受災戶清單及豬隻的傷亡統計表。這種情況下，改用微觀型特寫可能比較恰當。不過，如果這時養豬戶已經有所反應，紛紛歇業，群集到農業部抗議；或是改成飼養對病毒有免疫力的超級豬種，這時採用綜述法報導比較合適，因為不太可能只有一個養豬戶這樣做。

調性

一篇調性有誤的稿子被貼在公布欄上，或是在同事之間傳閱，成了大家的笑柄。有時編輯台一時不察，讓這種稿子過關了。新聞見報後，變成讓讀者看笑話或引發讀者不滿。底下這篇就是一例，這是《華爾街日報》報導引發全國熱議的「波士頓勒人魔」（Boston Strangler），二十年前這個人在麻薩諸塞灣（Massachusetts Bay）謀殺及性侵婦女。

從標題即可看出問題的端倪：

波士頓勒人魔使人更加提防登門推銷者

富勒毛刷銷量下滑；保險推銷員吃閉門羹；計程車和鎖匠生意興隆

《華爾街日報》之所以會登出這篇荒謬的報導，可能是因為他們向來避免報導血腥犯罪的情節。這家報社長久以來一直認為，腰部以下發生的事情沒有新聞報導的價值。後來標準改變後，這個立場雖然稍有更動，但並未消失（勒人魔的報導出現多年後，某位觀念保守的編輯在處理一篇結紮手術正流行的報導時，從中刪除一段描述手術過程的文字，導致對這種手術一無所知的讀者只能自己猜想那究竟是結紮哪個部位）。

《華爾街日報》刊出這篇報導時，可能只是想為這個引起全國關注的新聞，增添新的切入點。但是，由於出手太過刻意，反而弄巧成拙，把觸目驚心的犯罪慘劇變成了微不足道的商業報導，使報紙淪為大家的笑柄。想從不同的視角切入已經廣泛報導的事件其實無可厚非，但是如果新的切入點推翻或扭曲了事件發展的本質，把悲劇變成了喜劇，把宏大變成了庸俗，把甜美變成了酸澀，那問題就大了。

不過，另一種更常見的錯誤是毫無調性可言。這種情況很常發生，一旦出現時，故事就好像死魚一樣，裡面有事實、數據、引述，但讀者覺得看那些文字跟讀百科全書一樣枯燥。記者沒有發現主導故事調性的**戲劇點**並加以發揮，或是不願針對事件的發展表態。我的意思不是指記者應該針對事件提出自己的看法，選邊站。我指的是記者應該設身處地，暫時站在雙方當事人的立場思考，在字裡行間展現出當事人的感受。

解決方法是：**以小說家的觀點來撰寫報導**，尋找可以在採訪與撰稿中強調的潛在喜劇、悲劇、諷刺或衝突元素，尤其是主角和對手之間的緊繃關係。切記，主角和對手不見得一定是個人。以前面那篇伐木的報導為例，典型的伐木工是故事的主角，但他的對手是險惡的森林。如此定位森林後，我自然會把森林描述成一個活生生的東西。如此一來，兩股力量抗爭的結果就充滿了戲劇性。如果不以這種方式處理森林的描述，故事的戲劇性就消失了大半。

在開始採訪故事以前，以及整個報導過程中，你需要隨時想到你對這個故事概念的感覺。如果你對故事的發展或主要面向感到好笑、懷疑或憤怒，應該設法找出讓你產生那種感覺的原因。注意那些感覺，記住你對那些感覺的分析，你的採訪和撰稿可能會被引導到之前沒想到的東西。如果連你自己都對故事或裡面的人物沒有強烈的感覺了，你如何指望讀者會有興趣呢？

最後，對於幾乎所有人都很認真看待的人物或機構，你應該抱持一種健康的懷疑態度。報導企業、金融、政府部門時，抱持這樣的立場很重要。記者接觸這些單位時，若是太畢恭畢敬，可能會被他們的威嚴所震懾，因此寫出正經八百的八股文，使事情顯得比實際還要複雜，鎖定讀者毫無興趣的內部細節，模糊了他們光鮮亮麗外表下的真實人性。相反的，如果記者不是以畢恭畢敬的態度接觸他們，他比較可能把沒必要的複雜素材轉變成簡單易懂的形式，破除主題的神祕色彩，那些報導大多很需要這種親民化的處理。

我們都可以跟史坦・弗雷柏格（Stan Freberg）學習，這位從諧星轉行當廣告人的傳奇人物，就是靠嘲諷客戶的產品謀生的。有一次同行批評他在一場活動中貶抑太陽牌（Sunsweet）黑棗乾，他回應：「拜託，那只是黑棗乾，又不是什麼聖杯！為什麼不能拿來開點玩笑呢？」精明的撰稿著會把那句話當成座右銘，銘記在心。

第三章 故事的構面

有人曾說，《讀者文摘》（*Reader's Digest*）上，最理想的故事標題應該是：〈我為ＦＢＩ臥底而和熊發生肉體關係並找到上帝的始末〉。這個標題還不賴，確實給人充滿戲劇性的感覺，我們剛剛也提到那可以為報導增色不少。

唉，問題是現實生活中沒有那麼多熊和ＦＢＩ的故事可寫。幸運的記者頂多一輩子只會寫到幾篇充滿戲劇張力的報導。但故事還有其他的構面可以為他們的報導增色，而且可以信手拈來，無需靠運氣。本章我們先概略介紹其中幾種，下一章我們會試著把它們納入故事的採訪計畫中。

時間

這是大家最常忽視的構面。記者通常沉浸在當下，那也是我們所屬的時間。但有時候過去和未來在故事中扮演很重要的角色，卻被忽略了。當我們可以掌握過去和未來，並加以發揮時，故事多了一層深度，更能吸引讀者。讀者站在我們建構的時間隧道中，可以回顧事件的起源，也可以展望事件對未來的可能影響。

在有些故事中，過去非常重要，它決定了記者的報導態度，也因此確立了整篇文章的調性。下面這篇報導就是一例，這是一九七九年我對現代山地人所做的報導：

（懷俄明州石泉城報導）一九〇六年，亨利．瑞斯．米歇爾（Henry Reese Mitchell）離開密蘇里州的一個小農場，舉家往西遷徙，橫越一望無際的鼠尾草地。他在沒有親眼看到實景的情況下，在北方買下一百六十英畝的土地，打算去那裡拓展新生活。

原本他夢想那是一塊肥沃的農地，豈料是一塊貧瘠的荒地，灌木叢生。兒子菲尼斯還記得母親斐伊見到那片土地時，不禁聲淚俱下地懇求：「瑞斯，我們回去吧。」但瑞斯說：「沒辦法，我們已經無家可回了。」

於是，他們在當地克難地生活，倚著溫德河嶺（Wind River Range）的青山碧水，在荒野中生活，到山腳下的樹林裡砍材，獵捕麋鹿為食。一九〇八年，年幼的菲尼斯與父親出去打獵時，他第一次登上峰頂（其實只是一個山丘）去搜索獵物。在峰頂上，溫德河嶺的遼闊突然盡收眼底，兩百二十五萬英畝的山地沿著一百英里的大陸分水嶺（Continental Divide）綿延開來。他回憶道：「當下我愛上了這些山地。」

來日不多

多年來，這股熱情轉為癡迷。菲尼斯誓言登上溫德河嶺內的每個山峰，這裡的山峰是懷俄明州最高的。幾十年來，他利用週末和假期，背著重達七十六磅的裝備深入山野，翻山越嶺，每次長達十七天。這裡有兩百五十多座山峰，如今他已征服了近兩百座。

現在他快滿七十八歲了，頂著一頭銀髮，戴著眼鏡，膝蓋愈來愈不靈光，來日不多了。但他不願放棄，依然一次又一次地前進山嶺，踩著釘鞋，帶著冰鎬和繩索，橫越冰河，跟麋鹿和大角羊等老友對話。一九六七年從鐵路公司卸下領班職位退休後，他有更多的自由時間，從事他真正感興趣的志業：在山地間以狩獵為生的山地人。

菲尼斯暴躁易怒，經歷豐富，很有主見，而且熱愛發表高論（五十一歲的妻子艾瑪有時會對他說：「菲尼斯，你又在瞎扯了！」）。一家戶外運動雜誌向他邀稿，他洋洋灑灑寫了一長篇，最後編輯不得不告訴他，整本雜誌不能只刊他那篇。然而，你請他談是什麼東西一再吸引他登上高峰時，他整個人的反應又不一樣了。

他僅淡淡地說：「打從第一次看到它們，我就覺得那是我真正的歸宿。還有哪個地方可以讓人如此接近天堂和造物主，但雙腳依然站在人間？」

菲尼斯屬於一幫特立獨行的人，那幫人可以遠溯及十九世紀初，那時像約翰．庫爾特（John Colter）、吉姆．柏睿哲（Jim Bridger）、傑迪戴厄．史密斯（Jedidiah Smith）那樣的獵人和探險者首度登上那些聳入雲霄的西部山脈，並在那裡找到一種與世隔絕的唯美幽靜感，使他們一輩子心繫著那些高地。那幫人一路傳承下來，到了二十世紀依然存在，例如諾曼．克萊德（Norman Clyde）的一生幾乎都在內華達山脈過著獨居的生活，背著逾百磅的沉重行李，裡面還有希臘語和其它語言的書籍，彷如行動圖書館。

景致的一部分

菲尼斯不懂希臘語，他甚至不知道中學的校園長什麼樣子，他從青少年時期就忙著為機動軌道車上油，以賺取十七美分的時薪。他從來不是真正的山地浪人，而是從家裡前往溫德河嶺探險。他和艾瑪住的那間小屋裡，擺滿了紀念品，那個小屋是艾瑪出生與長大的地方。不過，很少山地人像菲尼斯那樣對溫德河嶺如此癡迷，在那片山峰上留下難以磨滅的印記。

身高六呎的菲尼斯依然身強體壯，戴著寬邊帽，穿著紅色羊毛衫和吊帶工作褲。他在這片山地上已跋涉一萬五千英里路，儼然是這片風景的一部分。一九七五年他寫了一本有關山峰的權威指南，吸引了數百位登山者寫信來向他請教，整個冬天他都忙著回他們的信。

美國地質調查局（U.S. Geological Survey）的一位科學家稱他是「溫德河嶺地勢的頂尖權威」。他也在地質調查局的請求下，為當地的冰河、山峰、湖泊命名，他也幫忙把一座山從錯誤的地圖標示改到正確的位置。如今，許多釣魚愛好者來溫德河釣鱒魚，那些鱒魚是一九三〇年代菲尼斯和艾瑪把兩百五十萬尾魚苗運來高地繁衍的後代。當時經濟大蕭條，菲尼斯暫時失去鐵路公司的工作，他和妻子把魚苗運來高地開漁場。

多年來，菲尼斯用壞了二十幾台相機，拍了十萬六千多張相片（他仔細追蹤了數字），那些照片散見於戶外運動雜誌及政府刊物上。很多照片是群山環繞著原野，黃色野花遍地綻放的景象，但他拍那種照片只是因為其他人喜歡那種景象。

他自己偏好遠高於林線的崎嶇冷峭山地，那裡孑然無物，只有藍天和灰濛濛的一片，冰川嘎吱作響，冰川百合在遼闊冰河的邊緣融冰處綻放，只有它讓人想起山下的遍地野花。這裡是讓菲尼斯真正感到心滿意足的地方，他說：「這個高度上，各方面都很適合我。你可以真正感受到自己的渺小。」

那也是危機四伏、變幻莫測的地方。一九七五年，他在冰川上被冰雪覆蓋的裂縫絆倒，膝蓋嚴重扭傷，關節處腫脹起來，他不得不把膝蓋周圍的布料撕開，半走半爬地回到林線以下的地區，他以兩棵小松樹的枝幹做成粗略的拐杖，蹣跚跛行十八英里返家。還有一次，他攀爬丁伍迪冰河（Dinwoody Glacier）時，腳下的風化岩石鬆動，使他往下跌了兩百英尺，落在一片雪地上，幸好毫髮無傷。那是他唯一一次在山地間感受到真正的可怕。

「但我從那些經歷中記取了教訓。」他說：「現在我在山地間的決定和判斷都萬無一失。」他對自己的健康狀況也頗為自豪，不碰菸酒，不吃辛辣食物，也不吃溫度高於體溫太多的東西。「舌頭是胃的守護者，任何讓胃不舒服的東西，我都不會放到舌頭上。」他這麼說的時候，眼前本來熱騰騰的中國菜已冷卻凝結了。

這種節制口慾的習慣，使他的靜止心率僅五十左右，心臟媲美專業的運動員，所以他常故意捉弄年輕的登山者。帶領年輕人上山時，他會故意拉長兩段休息之間的攀爬時間，稍微拉開他和年輕人的距離，其他人快跟上時，他就加快步伐。最後，他總是把其他人遠遠拋在後面，得意洋洋地站在顯眼的位置，等候氣喘吁吁的伙伴趕上來。

他鄙視冷凍乾燥食品（他說：「價格貴了四倍。」）、上百美元的登山靴，以及其他野外的時髦裝備。他的登山靴是在潘妮百貨（J.C. Penney）買的，他從來不在登山途中烹煮食物，他的乾糧都是在路邊雜貨店採購的。他對露營地點也不挑剔，「有個小夥子曾問我，每天晚上應該在哪裡紮營。」菲尼斯嗤之以鼻地說：「這小子還想紮營呢！我說，太陽在哪裡下山，你就睡在哪裡。」太陽下山時，他常發現自己在岩架上，連躺下來的空間都沒有，只好坐著睡。

年歲漸長為他帶來了愈來愈多的榮譽，不再像以前那樣獨來獨往。現在有一座山以他的名字命名，他也獲得了大學的榮譽學位。偶爾會有陌生人來和他一起登山，他也常受邀去談他熱愛的山地。他做這些事情時，不收分文。他得知這些事情都可以收費時，大吃一驚。

「什麼！帶大家去看原本就屬於他們的荒野，竟然還要他們付錢？」他問道：「我希望他們來，所有人都來。之前有一對來自伊利諾州的登山客，他們從山上下來時，發現有人在他們布滿灰塵的車子上寫了幾個字：『滾回家待著。』那實在太自私了。」

他對周遭的醜化現象也感到難過及氣憤。石泉城是很大的礦產中心，能源開採對當地造成了嚴重的破壞，重型卡車捲起滾滾塵土，電塔矗立在已遭推土機破壞的孤山和平原上，鋁製拖車雜亂地停放在荒瘠的土地上。「我們的美洲山楊不像以前那麼翠綠了。」他望向窗外說：「以前我可以在沙漠上遠眺一百英里，現在看不了那麼遠了，白人正加速自己的滅絕。」

在他喜愛的冰川地帶，幸好一切仍一如往昔，但他還能登上那裡多久呢？萬一他在林線上又發生意外怎麼辦？艾瑪從來不爬山，她從很早以前就學會不要跟山地搶老公，現在她一切都交給上天安排。她說：「我曾經很擔心，但如果老天希望他上去，我想祂可以留下他。」

菲尼斯坦言，他的行動明顯減緩了，他也覺得山坡變得比以前陡峭。但他深信，老天不會對他開那麼惡劣的玩笑，至少現在還不會。他補充說：「我覺得我可以爬到九十歲。」那表示他還有十二年的時間，還可以再征服二十座山峰。

把菲尼斯當成執意投入某種迷戀的怪人，這樣報導起來可能比較容易。但是他個人的歷史，以及山野從早年吸引第一位獵人，到後來持續吸引大家上山的力量，則讓故事呈現出不同的視角。菲尼斯不是離經叛道的怪人，在那條代代相傳、從未中斷的歷史脈絡中，他是其中的一份子。報導中若是忽略了那個元素，可能會讓他看起來像瘋子一樣，那樣的描述不僅不夠敏銳，也不精確。

相關的歷史資料也可以增加我們對當下事件的瞭解，前面那篇墨西哥移民的報導就是一例。如果不瞭解半個多世紀前發生的基督戰爭，就不可能充分瞭解促使墨西哥人持續北上的動力，那次戰爭導致沒有土地的百姓不得不離鄉背井謀生。

最後，有時我們可以從歷史素材中挖掘出好的故事導言，例如下面這段有關科羅拉多河的導言就是如此：

（內華達州黑峽報導）一個多世紀以前，一位名叫約瑟夫．克里斯馬斯．艾維斯（Joseph Christmas Ives）的年輕軍官帶領一支探險隊，沿著科羅拉多河往內地航行。他們來到這附近時，遇到深谷和湍流而無法前進，後來他說：「我們是第一支、肯定也是最後一支，來到這塊不毛之地探險的白人隊伍。」

艾維斯中尉的預言還真是錯得離譜。

這塊不毛之地就是後來的拉斯維加斯。那篇報導接著說明，如今整個現代沙漠文明，是如何依賴一條大河的資源建立起來的，而這條大河現在已無法負荷更多的成長了。

如果過去可以闡明現況，未來則可以為故事添加懸疑與期待感。只要問事件的當事人和觀察者，他們覺得接下來會發生什麼，記者就可以為讀者投射出種種的可能。

但記者往往錯失了這些機會，因為他們無法從智囊團、政府機構或其他專家的口中得到正式的預測時，就不再繼續追問其他人了。他們覺得，既然連專業的預測者都說不上來，未來大概沒有什麼值得報導的內容。但是這樣想就錯了，預測未來並非專家的專利。

所以，與其只向農業部的人口統計專家和經濟學家詢問一般農民的未來，不如直接詢問一般的農民對自身的未來有何看法。農民比任何人更瞭解自己的問題和機會所在，他在這個領域裡反而最有可信度。

記者為故事增添未來預測時，還有另一個很大的好處：那比其他的素材更適合作為故事的結尾。我們將在稍後說明這點。

範疇

我們已經提過，如何在涉及諸多面向的龐雜故事中圈起圍欄，以確立故事的報導範圍。現在，我們需要開始思考如何在那個報導範圍內，處理故事的發展。這裡所謂的「範疇」（scope），是指為了充分處理可信的故事發展，記者必須追蹤的程度以及處理的考量。在有關某事的非特寫報導中，那牽涉到的元素包括：**數量**、**地點**、**多元性**、**強度**。

記者處理「數量」時，他試圖讓讀者瞭解事情發展的程度，有時他會用數字表達，有時可能是用引述，或與規模大小有關的事實陳述。他這樣做是為了回答讀者心中普遍存在的問題：這件事究竟有多大？

在處理「地點」時，記者試圖讓讀者瞭解事件發生的區域。那是地方性、全國性，還是全球性的？

是遍及整個產業，還是只有某家公司？影響的範圍有多廣？這裡記者想回答的讀者問題是：這是發生在哪裡？影響的層面多廣？

記者大多很擅長處理數量和地點。真的發生醫師荒時，記者會立刻去調查整個醫療體系需要多少名醫生，以及各個專科分別短缺多少人力。記者也會找出影響最嚴重的地區、州、城鎮或機構。即使記者忘了這樣做，編輯台也會要求他們補上。

不過，大家對後面那兩個元素就不是那麼關注了。在處理「多元性」時，我們是想顯現故事發展的不同呈現**方式**。在處理「強度」時，我們試圖顯示人、地、機構涉入或受到影響的**程度**。為此，我們往往需要依賴主要當事人的經驗，這些人通常位於整個故事結構的最基層。

以墨西哥移民的故事為例，我們看到一個小鎮缺乏青壯年的男性勞力，不得不用巴士把城外的老人載運到城裡工作，這樣的描述讓我們對移民議題的範疇有更充分的瞭解。此外，我們也看到驅使移民北上的貧窮範疇，我們不是從一般收入的統計數據看出來，而是從一個貧困家庭窮得連小雞都餵不起的實例看出來。這些東西和其他的點滴綜合在一起，為故事帶來了強度和多元性。

在新聞特寫中，「範疇」這個概念似乎有些矛盾，但廣義來看，其實並不矛盾。特寫的主題可能是一個人、一個地方或一個機構。我們從眾多的面向中，只挑其中幾個面向來報導。即便如此，我們還是必須把各個面向充分地展現出來。

在伐木工的故事中，工作的危險性是報導鎖定的一大面向。以下是那篇報導用來界定危險的各種方式：純粹的意外事故可能造成多少傷亡，工人稍有閃失可能導致什麼死傷，全州的死亡率和受傷率，一個小鎮和一個家庭的悲劇，職業病和過勞因素等等。這些資訊顯示那個工作有多危險（強度）以及危險威脅生命的多種方式（多元性），從而為「致命危險性」這個面向界定了範疇。

變化

提升故事的品質有兩種方式：

1. **提供不同類型的消息來源**。即使是最菜的新手，也知道他必須從事情的正反兩面去尋找消息來源，但他可能沒去多想那些消息來源的可信度——他們是當事人、還是觀察者？如果是當事人，他們距離事件的核心有多近？沒考慮這些的話，他寫出來的故事很可能變成一群官僚各說各話，例如官員、政客、管理高層、智囊團、以及其他遠離實務或沒直接參與的人都有話說。記者確實需要在報導中納入這類說法，但只要納入一點點就好了。記者若是深入正反雙方的底層，去挖掘更多的消息來源，那可為故事增添寫實感和市井特質，那是那些官僚永遠無法提供的觀點。哈爾．蘭卡斯特（Hal Lancaster）在下面這篇有關保險詐騙的報導中就是這樣做。

> （洛杉磯報導）酒吧裡的這名男子是某大公司的人事專員。他的衣著整潔，整個人梳理得乾乾淨淨的，像白開水那樣不起眼。這種裝扮很適合他從事的副業：向保險公司詐領保費。
>
> 他叫史泰德（W.T. Stead），這不是真名，而是他為本篇報導使用的化名，他是借用電影《鐵達尼號》裡某位不幸乘客的名字。他很擅長經營詐領保費這個副業，據他估計，過去幾年，他從十五起自導自演的跌傷和交通事故中，獲得了約六萬美元的賠償金。他對此毫無愧疚之意，說：「我是徹頭徹尾的共產主義者。既然財力雄厚的保險公司願意支付那麼多錢，大家又何必客氣呢。」

如果超市的地板上有一顆葡萄，史泰德先生看到了，就會當著大家的面，朝著那顆葡萄踩去，讓自己滑一跤，導致腰骶扭傷，反正超市投保的保險公司會理賠，幫他療傷。如果某個心不在焉的母親，開著一輛坐滿孩子的旅行車，行駛在聖莫尼卡高速公路上，史泰德先生看到了，會突然更換車道，把車子轉到她的前面，刻意製造追尾碰撞事故。當然，那只是很輕微的碰撞，但他說他的頸椎屈伸損傷非常嚴重。

詐死三次

像史泰德先生這種保險詐騙者，至少從一七三〇年代就開始在保險業橫行了。當時，一位倫敦婦女為了詐騙保險金而詐死三次。這類詐騙為保險業者帶來很大的損失，但沒有人知道這些詐騙者究竟讓保險公司損失了多少。不同的保險資料估計，多達百分之三十的保險索賠是誇大或虛構的；每一美元的保費中，有二十美分是用來補貼這類詐騙，這表示這些詐騙最終都是由誠實的保戶買單了……

蘭卡斯特接下來開始說明各種驚人的詐騙行徑。例如，一個人想以膝蓋受傷為由詐騙保費，他宣稱膝蓋受傷導致他無法參加天主教的彌撒活動（結果發現他是衛理公會的教徒）。還有一件詐騙案是發生在佛羅里達州的「斷肢城」，那個小城裡有五十多位居民以槍傷造成的肢體傷殘為由，向保險公司索賠，獲得可觀的理賠金。一位在保險公司任職的懷疑者說：「他們似乎都是傷到最不需要用到的身體部位。」

故事接下來是講述保險業者為了抓到詐騙集團所做的努力，也提到保險業者到法庭對那種小型詐騙者提告，比直接理賠還要麻煩。保險公司指出，訴諸法院的成本太高了，而且陪審團幾乎總是比較同情索賠者。接著，導言裡的那個騙子又出現了：

> 像史泰德那種詐騙高手都深諳這點，他說：「你只要告訴理賠人員，保險公司不理賠的話，咱們法庭見，他就會理賠了。目前我還沒為索賠的事情上過法院。」
>
> 史泰德先生之所以每次都如願索賠，一個原因是他總是花心思去取得索賠的證據，有時他是向願意配合的醫生索取。他說，有一次他自導自演跌傷後，去找那位醫生看診；醫生沒做任何治療，也沒讓他複診，而是直接開了一張高達八百美元的醫療帳單。對史泰德先生來說，那不是漫天要價。他和保險公司都知道，這個案子一旦訴諸法院，保險公司穩輸無疑，陪審團還會根據醫生開的醫療帳單，訂一個「痛苦與創傷賠償金」，金額通常是醫療帳單的好幾倍。所以醫生開的醫療費愈高，賠償金可能愈高，最後保險公司選擇庭外和解，支付史泰德先生八千美元……

那篇報導的後面又出現另一位當事人。一位長期偵察保險詐欺案的探員表示，即使保險公司真的如願提告，獲勝的機率也很小。

> 喬・希利（Joe Healy）抱怨道：「警方對這種事情沒什麼興趣，地方檢察官也是如此。即使你真的提告成功，那個傢伙可能也只是遭到輕微的懲處。」希利在CNA金融集團旗下的CNA保險

公司擔任詐騙調查員，他設法把費城的一個詐騙集團移送法辦，法官宣判他們的罪名成立，卻全部處以緩刑，希利到現在仍為此憤恨不平。

希利先生非常健談，體重兩百四十磅，為了幫CNA調查詐騙案，已累計了十萬英里的飛航里程，而且這份工作也蘊藏著風險。有一次他去調查一名青年的死因，死者的父親在歐斯底里下，以槍口瞄準他十分鐘，逼問他是誰殺了他的兒子。還有一次，希利先生為了追蹤一個詐死的保戶，來到一家墨西哥酒吧，被一群流氓團團圍住。他和同伴敲碎啤酒的瓶底，虛張聲勢，才得以脫險。

希利先生確實有幾次把騙子繩之以法了，但那種情況不多：

他估計，他經手的案子中，成功起訴的比例不到百分之十，最後定罪的比例更少。他常把自己的工作比喻成「傳福音」，聊以自慰。也就是說，他要讓詐騙者明白，他始終關注著他們的把戲，即使沒有足夠的證據可以告發他們，他們最好還是打消詐騙的念頭。

最近洛杉磯某個詐騙集團的案子就是典型的例子。希利先生知道他沒有足夠的證據可以提起訴訟，他乾脆把那群騙子找來，對他們說：「嘿，你們聽好，我們不是傻子，不會持續付錢的。」（CNA已支付約一萬美元的理賠金）

那群騙子欣然接受了這個消息。「那是一群好吃懶做的團體。」希利先生說：「我們其實都知道這一切是怎麼回事，其中一個傢伙還問我，是否知道哪家保險公司**願意**理賠。」希利先生說，一旦索賠停止（他覺得他們會找其他的保險公司下手），這個案子就可以結案了。他說：「我知道這不

「是完美的正義，但至少問題解決了……」

長久以來，保險詐騙一直是《華爾街日報》上經久不衰的報導主題，這是有原因的。這種故事裡有警察和竊賊，而且從未消失過，所以每一代的記者都想追蹤報導一番。我覺得蘭卡斯特的報導在已有很多人關注的領域裡，即使沒加入騙徒史泰德和探員希利這些角色，也寫得很出色。不過，史泰德和希利的說法讓整篇故事變得更加生動精彩，馬上從眾多的類似報導中脫穎而出。史泰德代表事件一方的可靠消息來源，希利則是代表另一方，雙方都是一般的老百姓。

2. 提供不同的論據。記者想以令人信服的方式提出論點時，通常會先提出一個聲明，接著再引用權威，提供事實或專家的見解，或是以實例來佐證論點。這些片段都可以作為聲明的論據，但論據搭配不當時，讀者可能會覺得文章很沉悶乏味，或是缺乏可信度。

反覆強調是一種寫作技巧，有如工具箱裡的鐵錘，但使用不當時，可能敲碎讀者的興趣。你為了證明一件事而寫出三串數據，但讀者看完後已頭昏眼花，轉身看電視。你連續引用三段權威專家和消息人士的說法時，結果也是一樣。即使你是根據當事人的親身經歷，舉了一長串的例子，大家可能也會覺得愈看愈不耐煩。把太多的好東西擠在一起，只會造成物極必反的效果，而且連串的事實描述也缺乏觀點變化。

不過，從這些元素中各取一個例子，混在一起，這樣就可以吸引讀者了。他讀完後不僅被說服了，而且注意力也沒有流失，因為你提供了**多種論據**，讓故事更有說服力，也更加簡明扼要。事前知道這點，你就會從不同的角度去規劃採訪重點，尋找量化證據、引述和事例，而不是像下面這段文字那樣，只用一種素材堆砌文字：

美國醫學會的會長約翰・賽朋醫生表示：「許多專科的醫師荒愈來愈嚴重了。」洛杉磯西達賽奈醫療中心的外科主任詹姆斯・希朋也說：「醫療品質受到影響。」明尼亞波利斯綜合醫院的院長愛德華・安科朋也說：「我們現在缺五名產科醫生。」

我們來看如何從這三位醫師的訪談中抽出不同的元素，重新組合，創造出不同的效果：

明尼亞波利斯綜合醫院裡，因產科住院醫師短缺，接生人手不足，目前由合格助產士接生一些嬰兒。洛杉磯的西達賽奈醫療中心裡，數十件非緊急手術必須延後安排，外科主任詹姆斯・希朋表示：「醫療品質受到影響。」美國醫學會表示，全美尚缺五萬名不同專科的醫生，從內科到放射科都有醫師短缺的問題。

這樣改就好多了。助產士的出現為這個段落增添了聚焦的效果；以量化數據取代美國醫學會賽朋醫生的那句話更為實用；西達賽奈醫療中心的評論保留下來了，但我們把它和迫切的現實問題放在一起。這個段落以反覆強調的方式，用幾乎同樣多的筆墨，提出一樣的論點，但因論據多元，使整段文字看起來更有權威性，也更有意思。

這兩段文字都用了三個論據。我也不太明白為什麼「三」這個數字有一種恰到好處的感覺，但我發現優秀的寫作者舉證時，常一次舉三個。不知怎的，四個元素似乎太多，過於刻意；兩個元素又嫌單薄。在採訪不同的觀點或撰寫故事時，尤其是需要以證據來佐證某個特別重要的觀點時，可以謹記「三個恰恰好」的原則，儘量以三腳架來支撐那個觀點。

動感

讀者喜歡活動，任何形式的活動。那種毫無動感的故事，放著故事裡的人物演說、解釋、闡述、發呆的靜態故事，往往會被編輯台歸為「催眠文」。

最理想的動感，是讓故事的情節按照「發展／影響／反動」的順序自然地進展。但是在那種理想狀態下，記者唯一能做的，是在事情發生時，發現那個進展，然後去採訪並報導出來。如果事情沒有發生，他也沒辦法無中生有。不過，有一些類型的動感是記者可以自行製造的，最常見的一種是**對立元素的交替出現**。

記者採用這種方法時，是讓讀者的焦點持續在對立的元素之間來回切換，例如時而抽象、時而具體；時而廣泛，時而詳細；時而宏觀，時而微觀。

確切來說，這種對立元素的切換其實是一種寫作技巧，我們之所以在這裡提起，是因為記者必須在採訪階段就找到這些對立的元素，如此一來，後面寫稿時才能拿出來使用。對多數記者來說，發掘廣泛、抽象、宏觀的素材並不難，但是要挖掘和其他資料緊密交織的細節和具體素材時，則感覺困難重重。所以很多記者乾脆忽略細節，儘量多放點籠統的概況。當我們意識到引人入勝的報導中**一定要**放入難以到手的素材時，我們才會鞭策自己去挖掘足夠的細節，讓故事產生動感。

以下是從伐木工報導中節錄出來的段落，注意那幾段文字裡的動感：

這是一個男性社群，幾乎沒有女性應徵這種上半身需要施展極大力氣的工作，即使真有女性入行，也必須面對毫不留情的陽剛風氣。某個工地裡曾有一位女性捆掛工，男性伐木工以抽籤的方式，決定誰下班時可以在巴士上坐她的旁邊、騷擾她，後來她不堪其擾就辭職了。一位伐木監工說：「有人覺得女性也能幹這種苦活，我覺得這種工作害死她們比較快。」

西北部的森林裡也很少看到黑人的身影。許多伐木工來自美國南方，有根深柢固的種族歧視。一名老工人認真地說：「以前有些人費了好一番功夫，把幾個黑鬼找來這裡幹活。但他們都待不久就走了，我也不知道為什麼。」那個老工人的手臂上布滿了鏈鋸留下的傷疤。

剛來這裡工作的人，都受到無情的折磨和霸凌。如果他長著一對招風耳，他就永遠擺脫不了「小飛象」（Dumbo）的綽號（Dumbo也有「蠢貨」的意思）。如果他剛結婚，他們會故意在他的空飯盒裡塞色情圖片，讓他的新婚妻子發現。老手也會故意在新手的裝備袋裡塞石頭，要求他去做沒必要的粗活，以考驗他的能耐。梅森說：「軟弱的小伙子都待不久。」

這三段有關性別歧視、種族歧視和霸凌的概論，都是採用簡潔平實的寫法，再輔以生動緊湊的說明。讀者一開始是從遠處看到一個概況，接著突然拉近距離，仔細觀察。然後，記者又把他們拉遠去看另一個概況，接著又把他們拉近（注意這裡如何利用加入廣泛觀察、推論、實例、引述當事人等方式，來增添內文的變化）。

有些情況下，記者會在報導中巧妙地插入故事主角或其他當事人的一些具體行動。他不會讓那些人物只對讀者說話，而是讓他們做點事情，任何事情都行。他知道若不那樣做的話，那些人在報導中會顯得很死板。

例如，後援投手的職業生涯大多是坐在牛棚裡枯等。就算有機會上場，他們的動作也一成不變：快速球、滑球、曲球，如此日復一日。但蘭卡斯特在這篇一九七三年的報導中，運用巧妙的手法，為後援投手挹注了鮮明的活力。

> （土桑市報導）這是週日晚上舉行的棒球聯賽，資深的後援投手在牛棚等待徵召。他坐在折疊椅上，雙臂擱在球場的低矮圍欄上，坐立不安。他隨手撿起一顆球，拿在手上把玩，時而拋上拋下，目光盯著球不放。這是後援投手打發時間的方法，每個晚上他都必須想辦法和無聊對抗。
>
> 他曾是美國職棒大聯盟的先發投手，在洋基球場、芬威球場（Fenway Park）等著名球場上展露風采。如今他是在海寇貝特球場（Hi Corbett Field），打的是地方性的3A太平洋海岸聯賽（triple-A Pacific Coast League），而且還只是後援投手。這裡的牛棚侷促狹小，年輕好奇的觀眾喜歡伸手抓球員，格格發笑，或搶他們的帽子，拔腿就跑。這位後援投手嫌惡地說：「這裡跟馬戲團沒啥兩樣。」
>
> 在第一場比賽和第二場比賽的前兩局，他都在牛棚裡，飽受無聊的煎熬。後來，上場機會終於來了，他開始在攝氏三十二度的高溫下做熱身運動。播音員透過廣播系統，滔滔不絕地唸著五花八門的廣告：「皇家抽獎」，抽中的幸運家庭可獲得免費門票；可樂和花生；箭術表演；「食品巨人」

猜謎比賽（贏家可獲得五美元的食品和免費的糧票）；「幸運座位」抽獎，贏家可獲得免費的保齡球票、免費的洗車服務、免費的兒童看護服務。

小聯盟的球賽上，總是充斥著這種瘋狂的廣告促銷，連場外的牆壁上也掛滿了廣告，從熊貓牛排館到賈維斯房地產公司，什麼廣告都有。左外野圍欄的上方架著麥當勞的金色拱門看板；只要把球打進拱門內，即可獲得五百美元。三十歲的小盧．克勞斯（Lew Krausse Jr.）目前是土桑奔牛隊（Tuscon Toros）的球員。對他來說，這一切景象都很刺眼，彷彿在提醒他：以前參與的大賽事、大聯盟已是過眼雲煙。

克勞斯旋動著右手臂，拉起袖子，走向投手區……

在接下來的故事中，我們看到這位後援投手的過去、挫敗，以及他亟欲重返大聯盟所做的努力。如此說明完後，故事的場景又出現變化：

奔牛隊的休息室狹隘，悶熱潮濕，堆滿毛巾。六呎高的克勞斯身材精瘦，他一邊思考著這個看似無法挽回的職業生涯，一邊擦去額頭的汗水。如今落到這步田地，只能怪他自己。「要是以前更努力一些，收入可以更多，現在還留在大聯盟裡。」他說：「一九六五年人稱『鯰魚』的杭特（Catfish Hunter，運動家隊的明星投手）加入大聯盟時，他才十九歲，那時他已經在場上練習曲球了。當時我只知道把球投給觀眾，現在我還是這樣。有些人就是如此。」

他怪自己太混，但語氣中仍帶有一些怨懟，言談裡不時提及大聯盟和小聯盟的天差地別。克勞斯腳下的釘鞋在地板上嘎嘎作響，他脫掉濕透的球衣，換上另一件汗臭味一樣濃厚的衣服。他說：「小聯盟就是這樣，球衣破爛，球鞋不合腳。你知道這個球隊的助理教練還在讀大一嗎！我們去外地打球時，每天的餐費才七．五美元，運動家隊每天的餐費是十九．五美元。在那裡，你上路是穿三百美元的西裝和鱷魚皮的鞋子，在這裡是穿牛仔褲和涼鞋。」

接著，蘭卡斯特詳細描述了大聯盟和小聯盟的區別：外地打球的辛苦奔波；老闆小氣，捨不得花錢；老球員充滿不安全感，因為球隊的前途有賴年輕球員，裁員計畫總是先拿老球員開刀。一位曾任球隊經理的聯盟負責人說：「以前我不得不裁掉老球員，有些球員因此哭了，但裁掉是最好的選擇。不及時引退的話，最後只會變成球場上的廢人。」

在這之後，記者突然把讀者拉進了球員到外地的巡迴比賽。底下是一些片段：

週日：在對鳳凰城巨人隊（Phoenix Giants）的比賽中，克勞斯上場投了三局半，沒讓對方得分，他很滿意。他說：「上次我怎麼投也投不好，我氣死了，扯下身上的球衣，扔進啤酒冷卻機裡。」他向來脾氣暴躁。他回憶道，以前打少棒聯盟時，一顆高飛球落在中外野手的頭盔上，彈向場外，使克勞斯輸了那場比賽。克勞斯說：「中外野手看了我一眼，翻過圍欄。回家的路上，我追著他打了一整路。」在往後的歲月裡，他的暴躁脾氣有增無減，破壞了多個球隊的休息室，扯下牆上的電話，在酒吧裡打架鬧事……

＊　＊　＊

週二：球隊搭巴士前往鳳凰城。車上總是有人打牌，拉美裔的球員彈著吉他唱歌。捕手荷西．莫拉萊斯（Jose Morales）覺得，太平洋海岸聯賽的巴士旅程已經比德州聯盟舒服多了，他不禁抱怨：「從阿瑪里洛到曼菲斯有十六小時的車程，一路顛簸……」

＊＊＊

週五：上午搭機前往阿布奎基（Albuquerque），那是整支球隊都畏懼的城市。恰克抱怨道：「在旅館裡看完A片後，根本沒事做，悶得發慌。」在機場的候機室裡，克勞斯做著他擅長的事情，為他身為後援投手的第一千場比賽做準備。他伸直雙腿，彎著腰，前身儘量前傾，彷彿不受重力影響似的。他大搖大擺地走過一群一臉迷惑的路人，其他的球員倚著柱子在一旁叫囂……

這篇報導最後是以阿布奎基的週六比賽作結。

後來，在球隊的休息室裡，奔牛隊的投手蘭迪．斯卡伯利（Randy Scarbery）談到他打算怎麼運用簽約金。據報導，他在第一個賽季就拿到五萬美元的簽約金。克勞斯在一旁默默聽著，他稱不上貧困，但他的簽約金幾乎都揮霍在名車、華服和美酒上了，而且那筆錢還要先扣四萬美元的稅金。

退休後打算做什麼呢？他說：「我不知道，我投資了一家二手車經銷商，也有房地產經銷商的執照，可以試著做房地產的生意。不過，我很想當投球教練。」

這一週，克勞斯參加的比賽中，有九局半沒讓對方得分，但也沒贏得比賽，沒有精彩的救援。賽季已進入尾聲，他重返大聯盟的希望日益渺茫。克勞斯說：「我想，到頭來都是徒勞無功，白忙一場。」他們在阿布奎基還有三場球賽，接著就要打道回府，回土桑市參加El Taco公司贊助的比賽。

我們在這篇報導中看到克勞斯在牛棚裡打發時間、暖身、旋動手臂、拉起袖子、擦去額頭的汗水、穿衣、在機場候機室搞笑。在球場的休息室裡，釘鞋踩在地板上咯咯作響。在巴士上，球員們唱歌、彈吉他、打牌。沒錯，這些都是瑣碎的小事。但是在缺乏動態的故事裡，這些細節讓報導顯得格外不同。

此外，蘭卡斯特也巧妙地運用故事架構，為故事增添動感。他把部分場景拉到外地比賽的旅途上，為故事裡的角色打造一個動態的環境。有時你可以把故事的主角放在不斷變換的場景中，追蹤他們從一地到另一地，從一項任務到另一項任務，從一個時間到另一個時間的行動，讓整個故事因此動起來。

為了有效使用這些技巧，記者必須觀察入微。他必須注意自己周遭及筆下角色的一切相關事物，並在需要時，隨時想起那些細節。就像之前說的，這看似一種寫作技巧，但其實是源自最初的採訪。

然而，不是所有的報導都應該採用這種技巧。如果故事的「發展／影響／反動」本身就有真實的動感，故事的主角已經有充滿戲劇張力的舉動時，你又摻入瑣碎的細節和花俏的文字，那只會削弱故事的魅力。劇院失火時，再怎麼精彩的魔術表演都是沒必要的干擾。

底下這篇厄爾．戈特夏特（Earle Gottschalk）的報導就沒用到這些花俏的技巧。在這篇有關迪士尼製作公司（Walt Disney Productions）的報導中，他是以單一特質貫穿到底，雖然這個特質一開始似乎不太明顯。

當時的迪士尼公司還不是美國娛樂業的巨擘，也不是其他人亟欲仿效的創新者。它在市場上佔有獨特的利基市場，那裡發生的事情不太能套用在其他地方。這種情況使記者的報導面臨兩大困難。其一，記者的報導範疇受到限制。更糟的是，一九七二年做這篇報導時，迪士尼也沒發生什麼引人關注的新聞，沒有新的發展方向、新政策或大膽的投資。其二，故事的動感明顯不足。我們來看戈特夏特如何克服這些困難：

> （加州柏本克報導）在糊塗蛋大街（Dopey Drive）和米老鼠大道（Mickey Mouse Boulevard）的交會處，有一棟淺黃色的大樓。在那棟大樓裡，有兩個奇特的房間，房內的時間似乎在行政命令下暫停了五年多。那是華特．迪士尼（Walt Disney）打造夢想的地方。
>
> 一九六六年，這位迪士尼製作公司的共同創辦人因肺癌過世，此後那兩個房間就再也沒變過了。他最後的筆記仍放在低矮的黑色桌面上，他正在評估的劇本分類擺放在桌後的書架上，這裡的擺設都和他離開時一模一樣。辦公室外有一架鋼琴，音樂家在此彈奏配樂，以徵求他的同意。鋼琴上擺著一個小巧的發條玩具，是兩隻關在金絲籠裡的小鳥。他創作的發聲機械動畫人偶（audio-animatronics），就是這個玩具給他的靈感。所謂的發聲機械動畫人偶，就是讓各種模型（從海盜到總統等等）像真實生命那樣移動和說話，栩栩如生。
>
> 曾有人問迪士尼先生，他一生的最大成就是什麼，他回答：「打造一個組織並維持初衷。」他的辦公室彷如他的殿堂，即使斯人已遠，但他對整家公司的強大影響依然隨處可見。迪士尼製作公

司的每間辦公室牆上，高掛著他微笑的照片以及米老鼠的掛鐘。許多高階管理者的手上戴著米老鼠的手錶。在這裡，員工獲得的最高評價是：「迪士尼先生一定會喜歡的。」

追隨迪士尼的夢想

他的繼承者依然堅守著他的理念。公司的總裁卡登・沃克（E. Cardon Walker）指出：「我們善用迪士尼先生的構想，沒有發展新的方向。」沃克和其他的管理高層都明確表示，他們無意做任何明顯的改變，他們的目標是巧妙地經營迪士尼先生已經實現的夢想，並幫他實現尚未完成的夢想——包括在佛羅里達州以現代科技打造一座城市，迪士尼先生希望藉此打造更美好的都市生活。

這一切讓迪士尼製作公司在美國的企業界裡，儼然成了明顯的異類。一般企業的領導者或創辦人過世後，不會對企業的政策產生長遠的影響，更不可能對員工的價值觀和態度產生潛移默化的效果。繼任者往往只是口頭上尊重前人留下的遺澤，過一段時間後，再以不同的產品、管理技巧和目標來建立個人的功績。

但是在迪士尼製作公司裡，沒有一位繼任者淘汰以前留下的構想，每個人都清楚表示：迪士尼先生不會喜歡那樣。連他的胞弟羅伊・迪士尼（Roy Disney）也不例外。羅伊在兄長過世後，接任董事長兼執行長，並於去年十二月過世。一般認為羅伊是兩兄弟中比較有商業頭腦的（佛羅里達州迪士尼樂園的建造，主要是靠他公開募資二・六二億美元），但羅伊也致力實現兄長的夢想。

改變的時候到了嗎？

然而，一些批評者認為，迪士尼模式確實需要改變了。他們覺得迪士尼現在變成一個龐大的多元事業，專門販售各種膚淺廉價的文化，包括娛樂、建築、藝術、電影、音樂等等，令人眼花撩亂。他們認為迪士尼的影響已經太大了。評論家理查・席克爾（Richard Schickel）在著作《迪士尼模式》（*The Disney Version*）中指出：

「迪士尼的機器是用來摧毀童年最寶貴的兩個東西——童年的祕密和安靜——迫使每個人從小到大懷抱著同樣的夢想。它在每個小孩的頭上戴上了米老鼠的帽子。從資本主義的角度來看，這簡直是天才之作；但是就文化來說，無異是驚悚的恐怖片。」

對此，迪士尼的管理高層回應了。戈特夏特繼續以事實來支撐他的主題：迪士尼新推出的電影依然獲利豐厚，那些都是按迪士尼先生的構想製作的。迪士尼世界和迪士尼樂園反映了他對秩序、掌控和清潔的熱情，以及開創虛幻世界的喜好。佛羅里達的EPCOT中心也是後繼者幫他實現的夢想，那些後繼者似乎都沒有自己的夢想。

戈特夏特指出，迪士尼製作公司其實很精明。電視問世後，他們不像其他的製片廠那樣與之對抗，而是熱情地擁抱這項新科技，在電視上開闢自己的節目。他們也沒有出售電影資料館，而是堅守迪士尼先生的遺訓，保留完整的掌控權，把經典的電影一再播放給一代又一代的兒童觀賞，藉此大發利市。

然而，也有一些令人不安的跡象顯示，這個堅守創辦人理念和原則的公司，已經落後時代愈來愈遠了。它的動畫師都上了年紀，作品老舊過時。迪士尼最近推出的電影裡，可以明顯看到一些缺陷。他們要求入園遊客必須符合某種服裝規定，也是失敗的策略。此外，勞工問題也浮上台面，扮演熊兄弟（Brer Bear）的員工已經罷工了。然而，這些問題在迪士尼先生打造的神奇王國裡，似乎都不算什麼。這篇報導最後是這樣結束的：

> 不過，這些問題在平靜的湖面上，只是微不足道的波紋。迪士尼製作公司裡，有很多員工從未在其他地方工作過，他們都很融入「迪士尼模式」。這套概念有部分是由迪士尼的檔案保管員負責保管，也持續反映在迪士尼「大學」的訓練課程中。雖然訓練課程主要是針對樂園裡的年輕工作人員設計的，但資深員工也會去上複習課程（主要是迪士尼先生的思想和理念的彙編）。一位年輕的迪士尼講師帶著參觀者瀏覽一系列說明「迪士尼模式」的海報，第一張就寫道：「我們是做什麼的呢？我們是製造歡樂的。」

這篇報導後來證實有預言的效果。報導刊出後，後續那幾年，迪士尼果然因為落後時代太多而業績受創，之後又經歷管理高層的巨變。現在的迪士尼公司出了許多賣座電影，但那些電影肯定都不是迪士尼先生喜歡的。

這篇報導沒有使用任何花俏的技巧，但是洞察力深刻，報導中加入一些衝突作為戲劇元素。戈特夏特在迪士尼公司和評論家席克爾之間建立了明顯的「主角─對手」關係。除此之外，還有另一個比較隱約的對立關係：長年堅守理念和標準的迪士尼公司 vs. 社會文化改變的力量。當創作者享有新的自由，可以恣意在書中與電影中加入色情和暴力內容時，迪士尼旗下的動畫師也想以比較現代的風格創作，迪士尼公司很難找到純淨無暇的電影淨土。

不過，最重要的是，我們從這篇文章中看到一個富於想像力的主題報導，那也是記者戈特夏特選擇強調的重點——迪士尼公司如何由一位過世六年的創辦人持續掌控著。文章從一開始就抓住了這個重點，並在過程中持續發展，貫穿了整篇報導。迪士尼先生的辦公室所打造出來的殿堂，員工表現良好所獲得的讚許（「迪士尼先生一定會喜歡的」），後繼者幫他實現夢想的忠誠誓言，為了履行誓言而興建的EPCOT中心，以及持續傳授迪士尼理念的培訓課程等等，這一切都顯示這位已逝創辦人的影響力之廣，掌控力之強。由於採訪和寫作過程中反覆強調這個特殊面向，整篇故事才會如此引人入勝。

此外，這篇新聞特寫也恰如其份地強調了迪士尼公司的其他**獨特**之處。在一般的公司裡，卸任的領導者或創辦人鮮少留下遺澤，因為繼任者往往會抹除他們的遺跡，但迪士尼公司裡不會出現這種情況。多數的電影公司畏懼電視，想辦法對抗電視，但迪士尼公司積極和電視合作。多數電影公司在電影上映後，出售或出租電影版權，但迪士尼保留完整的掌控權，藉由再次發行，大發利市。

最後，戈特夏特沒有讓故事草草結束，而是以具體的實例作結。整體來說，作者的巧思讓故事的價值得以展現，使原本可能枯燥乏味的內容，變成了一篇出色的報導。

有些人認為這種巧思是渾然天成、無法教導的。我不認同那種看法，我指導記者寫作時，看過後天學習的實證。所以，這也帶出一個令人費解的問題：既然這是可以教導的技巧，為什麼在這個生產故事的行業裡，編輯長年呼籲記者把稿子寫好，投入許多時間培訓記者，而且出色的作品可以立即獲得肯定和讚許，但真正會講故事的人依然如鳳毛麟角？

我想，答案在於太多的記者沒把自己當成講故事的人，而把自己當成其他人了。

有些記者覺得自己是律師，他們認為記者的任務是要說服讀者相信他們的是非判斷，所以他們的報導中充滿了說教或強硬的語調。他們對自己的觀點深信不疑，報導中缺乏人性。他們可能以高人一等的姿態對讀者說話，或是講個沒完，但很少像講故事的人那樣與讀者交談。為了提出主張，他們不斷在文章中堆砌數據和研究結果，引用許多專家和權威的論點。對這種律師型的記者來說，相較於有頭有臉的大人物，那些有真實經歷的「小人物」無足輕重，沒什麼說服力。

由於報導中缺乏變化，這種律師型的記者特別喜歡反覆強調、兜圈子，在故事的不同段落裡，重複傳達一樣的資訊。編輯台若是要求他提供更多的素材，或是把他的法律摘要統統刪除的話，他就覺得很受傷，憤恨不平。在他的眼裡，明明他的稿子寫得那麼清楚，那麼有說服力。

另一種記者是學者型，他們不知怎的，堅持要全盤瞭解一切資訊後才肯動筆。他們對範疇毫無概念，不停地到處採訪，直到辦公桌堆滿了筆記，成了故事的俘虜。我曾聽說，有個記者每天下班扛著一堆資料返家，步履蹣跚。

這種學者型記者終於開始動筆寫稿時，資料往往多到難以處理，而且他通常會花很多時間，寫出太過冗長的故事。他的文章通常索然無味，他常注意那些只有圈內人在乎的小事。他的長篇大論往往乏善可陳，因為重點被大量無關緊要的瑣碎資訊淹沒了。編輯這種文章就像是提煉一噸的礦石，編輯一勺一勺地提煉，但煉不出黃金，只得到鉛塊。運氣好時，才偶爾寫出幾篇像樣的故事。

第三類是客觀主義者，這種記者的問題不是那麼明顯。他可以準時交出不少報導，內容看起來完善，結構合理。他不會想辦法逼讀者接受他們的觀點，也不會為了寫出權威報導，而花太多的心思去鑽研主題，但他們的作品很少讓人留下深刻的印象。

那是因為他只把自己當成事實的傳聲筒，只用平鋪直敘的寫法，因為他覺得生動的表達會讓讀者感覺到他出現在報導中，那感覺像在發表社論。他也避免以單純的事實做出肯定的結論，只給出含糊不清、若有似無的結論。更多時候，他是讓消息人士來幫他說出明顯的結論。他擔心自己下結論的話，讀者可能會覺得那是放肆的干擾。他沒有凸顯出故事的戲劇張力，因為那樣做令他不安，他怕被指責那是在炒作或聳人聽聞。

根本是一派胡言！記者身為說故事的人，也是身處在戲劇業裡。我們不可能做到完全客觀，至少就我對「客觀」這個詞的認知來說是如此。光是寫稿時你決定要用哪些素材、要強調及忽略什麼，那其實已經放棄了絕對的客觀。我們唯一能做到的是公平，以事實為基礎，撇開個人成見。公平報導是絕對必要的，那是從事新聞工作的戒律。

然而，公平報導不是要讓記者躲在讀者找不到的地方。這種躲起來的記者寫出來的故事索然無味，因為他的故事中失去最重要的元素——他自己。一篇特寫故事中，如果記者從頭到尾都沒出現，在詮釋和結論中也沒提出主張，沒做到實話實說，只找來一個哈佛專家陳述論點，那篇報導一定會顯得虛軟無力。讀者**預期**在報導中看到記者的身影，卻看不到時，他們會感到失望。

我這樣說，絕對不是在捍衛所謂的「個人新聞學」（personal journalism），我覺得個人新聞學只是一種傲慢。個人記者（personal journalist）公開沉溺於自我感覺中，擅自過濾事實真相，以類似哈哈鏡的效果，呈現出現實的扭曲面貌。相反的，誠實的說故事者是真情流露的，事實和事件決定他報導的態度，而不是讓他的態度反過來支配事實和事件。

即使受到這些限制，他依然有很大的自由空間，他也會充分利用這種自由。他會明確做出結論，忽視偽善的言辭和自吹自擂的話語。他會做簡潔扼要的摘要，而不是提供一大堆類似的資訊。他不時在報導中加入自己的觀察，因為他是讀者的代理人，是讀者的現場特派員。他掌控故事的說法，不讓他人代勞。

記者做到這一切時，讀者會逐漸意識到，故事裡有一個親近又熱情的嚮導為他追蹤消息，那個嚮導是有血有肉的人，透過報導文字跟他交談，而不是從遠處對他說教的冷酷無情者，而且那個記者還會有反應。

由此可見，出色的說故事者必須有膽量。如果說有些記者不會說故事是因為誤會了自己的角色，那麼有些記者不會說故事，則是因為恐懼。

我們不想公開談論這種恐懼，因為在這個硬漢裝酷比較吃香的行業裡，公開談及恐懼容易凸顯出自己的脆弱。但不少同事曾私下告訴我，這種恐懼對他們的影響，我也從他們的作品中看到了一些蛛絲馬跡。很多記者窩在小酒吧裡，對著一杯啤酒發愁，但他們其實很會說故事。我就認識這樣一個人，他很機靈詼諧、聰明敏銳，是天生的劇作家。但後來我讀到他的初稿時，簡直不敢相信那是他的作品，那篇報導呆板拘謹，看不出有人執筆的人味。讀者從文中感覺不到記者的性情和指引，只覺得記者似乎不敢下筆，縮手縮腳的。

這種記者在撰寫新聞稿件時很有自信，可以輕易在截稿期限內交出高難度的新聞報導。但是面對重要的特寫報導，需要考慮到錯綜複雜的情節，不能只看單一事件時，他就卡住了。這種特寫稿件不需要他馬上完成，有很大的自主及判斷空間。

記者負責寫重要的專題報導時，會有一群人圍在他的桌邊。一會兒主編來了，又一會兒版面編輯也來了，或許連總編也會過來。如果這個記者又是新手的話，整個《華爾街日報》的聲譽似乎都落在他肩上，彷如扛著千斤萬擔。這可不是什麼簡單的新聞報導，不是今天見報、明天就拿來墊便當的東西，而是像摩西的石板一樣重要。萬一他的報導無法讓各方的重要人物感到滿意，大家會覺得他不是稱職的記者。

他很清楚新聞特寫確實有可能搞砸，不像突發新聞的處理那麼簡單。一位對新聞特寫感到畏懼的記者告訴我：「你為明天的報紙報導數十億美元的交易時，不管你寫得怎樣，至少你知道明天**一定**會上報。」

在滿心焦慮及自我期許的壓力下，記者可能很難掌控故事的寫法。他忙著取悅他人，亟欲瞭解編輯台和主編喜歡什麼及不喜歡什麼，把那些人的癖好和成見視為令箭，想辦法套用所謂的《華爾街日報》公式，這樣做至少有個保險的依據。到最後，他幾乎感受不到工作的樂趣，因為那篇報導裡幾乎沒放入自己。

我希望我能告訴你，這種恐懼心理總會隨著時光流轉而消散，但我的親身經歷並非如此。我寫的報導向來頗受好評，編輯台很少更動我的文字，所以我沒什麼理由害怕。但現在每次遇到重大的專題報導時，我依然有強烈的不安感，就像一九六一年剛入行時那樣。暗地裡有個聲音悄悄地告訴我，也許這次我沒那麼幸運了；也許這次編輯台會對我的文章嗤之以鼻，大改特改；也許這次我會大出洋相，令讀者大失所望。

所以，我們必須一次又一次地擊退對新聞特寫的恐懼。我不知道其他人是怎麼辦到的，以我自己為例，一開始我總是提醒自己，即使是我最好的作品，一刊出後，也會遭到成千上萬人無情的批評。這樣想可以讓我更加謙卑，也給我不同的觀點。我不是在追尋聖杯，也不是在刻十誡。

接著，我的好勝心就冒出來了。別人可能覺得我的故事還不如洗手間的衛生紙，但是那依然是我的故事。任何編輯都不像我那麼貼近故事，沒有人對那個故事的瞭解比我還多，所以再多的編輯來關切我的專題報導，我都不會讓他們干預我形塑及講述故事的方式。那些像幽靈般圍在我旁邊的人，以及他們的癖好和成見，就此退散吧！

記者只要瞭解報社和編輯的運作方式，知道一味迎合他們有多愚蠢時，內心更容易施展上面的驅逐令。首先，這世上根本沒有所謂的《華爾街日報》公式，至少沒有像某些記者捏造的死板規定。記者太在乎編輯口中的術語，例如「核心段落」（nut graf）、「第二段落」（hoo-hah graf）、「重錘段落」（hammer graf）等等，編輯使用這些術語時，彷彿把故事的元素當成五金行裡的零件。

記者被這些謬論制約後，以為他的工作就是按照一張根本不存在的萬用藍圖，把那些零件拼組在一起就好了。於是，內容成了形式的奴隸。記者寫出來的每篇文章，感覺都好像從絞肉機裡擠出來的香腸。

但是話又說回來，難道真的沒有公式可套嗎？真的沒有《華爾街日報》模式嗎？我們確實想要馬上抓住讀者的目光，我們確實想讓讀者一開始就清楚知道我們報導什麼，我們確實努力以細節貫穿全文來佐證我們的主張。如果這些原則合起來算是公式的話，我想這種公式確實是存在的。但這種公式給予記者很大的寫作自由，也是數百年來擅長講故事的報導者所套用的公式。

編輯看到好故事時，個人的癖好和偏見也會消失，因為好故事才是大家真正想要的。我從來沒看到編輯因為記者的故事違背他的一些小原則，而亂改或扼殺出色的作品。最終大家判斷的標準，是看那篇故事是否精彩，編輯不會因為記者勇於實驗、打破常規而抱持提防的心態，他們反而希望有更多的同仁也那樣做。編輯也是讀者，他們也希望從字裡行間感受到記者的存在。

我聽過一個故事，是有關一位臨終臥床的老師。學生們知道他是虔誠的信徒，不怕死亡。他們圍在他的床邊，問他最後一個問題：「老師，您見到上帝時，您覺得祂會對您說什麼呢？」

老師沉吟半晌後回答：「首先，我知道祂不會對我說什麼。他不會說：『為什麼你在人間，沒有努力做得更像我一些？』他會說：『為什麼你沒有更像你自己一些？』」很多編輯在面對拘謹呆板的稿件時，也可以向記者提出同樣的問題。

第四章 計畫與執行

記者寫起稿來，跟瘋子沒什麼兩樣。他們寫稿時有一些奇怪的習慣，換成別人的話，肯定會被送進精神病院的軟墊病室。[1]他們對使用的紙張、筆記或筆有特殊的堅持（我習慣用一種筆做筆記，用另一種筆打草稿，用第三種筆寫信），對辦公桌上的擺設也特別龜毛。

有些人在還沒寫稿以前就有怪異的行為，甚至開始採訪前就出現詭異行徑了。不過，這些行為不單只是古怪的癖好或迷信而已。這些記者其實是在提前思考，研擬故事的編排，忖度哪些地方需要強調，思量最後如何把每個部分串連起來。同行看到其他記者的怪異行徑時，可能也不知道對方在想什麼，但無論那行為看起來有多詭異，他大致上可以理解對方為什麼會那樣做。

我剛入行時，看過一位同事在寫稿前把八張白紙擺在桌上。接著，他把預想的故事元素一格一格地畫出來，為每個元素分配不同大小的空間，擺在不同的位置上。這種具體的圖像法幫他確立了大致的採訪和寫稿方向。

後來，我又遇到另一位同事，他似乎完全沒有計畫。多數的記者是先採訪，再寫稿，他不一樣。他

1 或稱個人安全病房，牆面地面都用減震軟墊覆蓋，以避免病人用頭或身體的其他部位撞牆，多數被送進來的人是非自願的。

是雙管齊下，一下子採訪，一下子寫稿，交替進行，我完全看不出任何型態。他採訪一兩天或幾小時後，就會認真坐下來寫一兩段（那些段落不見得相關），接著把寫好的東西放進桌上的籃子裡。等那些紙片累積到一定的高度，他再把那些片段拼組起來。驚人的是，這個方法似乎很適合他。他的腦中似乎有一張詳細的故事藍圖，不需要實體的藍圖。

這些方法可能都不適合你，至少它們都不適合我。不過，你採取什麼方法並不重要，唯一重要的是你要有計畫，無論那個計畫有多麼粗略或詳盡，並讓它發揮最大的效用。我認識的優秀記者在採訪前都會做某種計畫，等到開始寫稿以前，他們還會再計畫一番。至於那些完全靠靈感去採訪和寫作的記者，通常交出來的稿子都不知所云。有計畫的人老早就下班回家了，他們還坐在電腦前一籌莫展。

下面介紹我的計畫方式，那不是故事的提綱，只是指南。我不相信嚴格的提綱，那會扼殺自發性和創意。你可以把它全部套用在工作上，也可以部分採用，當然也可以置之不理。那套計畫不見得適合各種故事，我自己也覺得它不是萬靈丹。一套工具若能製作出像罐頭那樣一致的故事，那肯定有什麼問題。不過，根據我的經驗，它能套用的故事比例挺高的，而且可以幫我把故事寫得更好，做起事來也更有效率。

每當我準備報導一個故事時，這套指南在我開始採訪及動手寫稿前，會問我六個方面的問題。我們來看這個指南如何套用在最常見的故事類型——亦即側重於事件發生和結果的報導——的採訪階段。本章後面會討論到這個指南如何套用在特寫報導上，並於下一章探討如何運用指南來組織稿子。

第一步：全面思考

我的故事構想已經成形了，也獲得編輯的認可，手上有一些素材，只是不多。於是，我看一下那個構想，再看指南提出的六大問題，接著自問：這六個可能納入故事的面向究竟有多重要？通常只有其中一兩個面向需要在採訪及寫稿時完全展開，另外一兩個面向則是稍微著墨即可。但一開始，我會全面考慮這六個面向。它們是：

1. 歷史

A. 這個故事的主線是否源自於過去？是的話，那是什麼？

B. 這個故事是否與過去截然不同？不同在哪裡？

C. 這個故事是過去的延續嗎？怎樣延續？

D. 如果歷史可能和這個故事有關，有什麼歷史細節可用來增添故事的真實性和趣味？我可以在故事中**簡略帶過**那些歷史嗎？

我們通常不會只對往事感興趣，除非過去與現在有所關聯，我們已經看到這種關聯有時很重要了。若是沒有山地人世代傳承的歷史資料，我們可能會覺得菲尼斯的舉動很復古，不是一種歷史傳承。當初要不是艾維斯上尉覺得科羅拉多高原一片荒涼，認為白人再也不會到那裡，我們今天看到拉斯維加斯時，也不會覺得今昔對比如此強烈（當然，也就錯過笑他預言失準的機會。發現預言失準總是一件很有趣的事）。

在最後一項D中，我們的目的是想為故事增添一點對比的張力。例如，現代的牛仔是吃牛排和豆類，這對習慣吃臘腸配洋蔥圈的現代人來說，不是特別有吸引力的細節。但如果我們告訴讀者，一個世紀以前，牛仔是吃牛雜湯，他們會覺得很有趣，因為我們看到牛仔的生活出現了細微的變化。

2. 範疇——故事核心的事件發展有多廣泛，程度有多強，變化有多大？

A. 計量因素：

①我可以用數字或其他的計量方式來界定事件發展的範疇嗎？如果可以的話，哪些數字最有意義？

②我可以用評論和觀察來定義事件的範疇嗎？

B. 地點因素：

①事件發展的實體範圍是什麼？是國際、國內、區域、還是地方性的？

②哪些地方是故事的熱點？

C. 多元性／強度因素：

①事件發展大概有幾種**不同的**表現方式？人物、地點、機構涉入事件的程度有多深？

②事件發展趨勢是變強、還是減弱？是擴散、還是集中？

D. 觀點因素：

①其他發展對這個事件有影響嗎？它們是凸顯、還是淡化這個事件的重要性？

最後一個因素把整個故事放在更廣大的脈絡裡。例如，假設美國的優質農田正迅速消失，這是單一事件。如果我們又得知每畝農地的產量持平，農業出口壓力變大，採用新農業技術的農家穀倉幾乎是空的，那個單一事件的重要性就變大了。在這些背景資訊的烘托下，農地流失變成更加不祥的惡兆。相反的，如果我們得知出口需求下滑，新研發的高產量穀物即將出產，農地流失的重要性就**減少**了。

所以，中心事件本身就是備受關注的焦點時，它的範疇也會受到強調。但即使故事發展不是大家關注的焦點，如果我們關注的是事件的影響和反動，我們仍需要使用範疇因素來界定其他的行動。所以，幾乎所有的故事都會考慮到範疇。此外，要注意故事裡的元素多元性，因為我們想為讀者提供不同的切入角度，而不是反覆灌輸他們同類的素材。

3.原因——導致某事**現在**發生的因素

A.經濟因素：是不是涉及金錢？金錢的涉入是從哪裡開始、哪裡結束？

B.社會因素：文化、習俗、道德或家庭生活的變化可能影響故事嗎？怎樣影響？

C.政治／法律因素：法律、規則或稅收的變化會影響這個故事嗎？怎樣影響？

D.心理因素：自尊、復仇、願望實現是推動故事發展的主要動力嗎？故事主角的性格對事件有很大的影響嗎？

我特地把「原因」這一項另外列出來，是因為很多人太關注故事的動態而忘了原因，或只是點到為止，其中D是最容易忽略的項目。情感上的動機很難挖掘出來，它們往往被其他的理由給遮掩了。

有些行動一經分析無法讓人信服時，記者應該密切關注情感動機和性格因素。例如，甲公司想收購乙公司，甲公司宣稱兩家公司合併可衍生更好的綜效，所有的股東都會受惠，但股市的投資人對此深感懷疑。甲公司已經擴張過度，乙公司的業務又不適合甲公司的營運方式。如果我們可以告訴讀者，甲公司的董事長跋扈自大，而且他恨透了乙公司的董事長，這樣就可以幫大家解惑了。這種素材很難找到嗎？確實不容易，但是對這種故事來說，卻是必要的素材。

有時，整個故事可能完全取決於這個元素。一九七六年，羅伊．哈里斯（Roy Harris）寫了一篇令人信服的報導，描述羅爾公司（Rohr Corp.）的興衰始末。羅爾公司從一家單調、但獲利豐厚的航空轉包商，發展成都市大眾運輸的佼佼者，後來那個事業完全崩解。這個興衰歷程都和執行長伯特．雷納斯（Burt Raynes）的迷人性格密切相關。雷納斯聰明絕頂，遠見過人，充滿魅力，對共事者有強大的影響力。所以他犯錯時，沒有人能指出他的錯誤，最終導致公司垮台。

這篇報導詳細說明了公司由盛轉衰的過程，並強調最後結果的諷刺性：雷納斯有真知灼見，以及過人的想像力和領導力，這些都是高階管理者備受讚賞的特質，但是到頭來，那些能力卻摧毀了他為公司建構的夢想，因為他太能幹了，可見物極必反。

4. 影響——事件發展導致的結果

A. 這件事的發生可能對誰或對什麼有好處？有什麼好處？好處的**範疇**有多大？（參見第二部分的「範疇」，並套用於此）

B. 這件事的發生可能對誰或對什麼有害？有什麼傷害？傷害的範疇有多大？（同樣參見第二部分）

C. 那些受益者或受害者有什麼**情感反應**？

很多故事應該要提到最後那點，卻沒提到。我們可以利用提問的方式來瞭解當事人的反應，你可以問他們對事件有什麼**感受**，也可以問他們對事件有什麼**看法**，他們的回答可能因性格和強度而異。

例如，一位底特律的婦女在貧民區經營聯邦政府補助的幼稚園，現在因補助遭到刪減，她不得不關閉幼稚園。你問她對關閉幼稚園的看法，她可能會說，希望政府優先考慮貧民的生活，而不是以國防軍備為重。

接著你可以問她：「妳說妳經營這所幼稚園十年了，妳一定投入很多，妳對這件事有什麼感受？」她可能會回答：「我覺得很痛苦，那天聽到政府不再補助的消息後，我回家大哭了一場。」我們詢問當事人的想法時，很多人會很自然地掩飾個人的情感，或是以保守、理性的言語來掩飾內心感受。那是因為我們關注的是他們的想法，而不是他們的心靈。當我們問當事人的感受時，他們就有機會展現出本性的另一面。如此一來，讀者就能看到一個人的完整形象，而不是只看到一半。

5.反動——相反力量的形成及行動

A.誰可能對發生的事情抱怨最多？他們抱怨什麼？

B.有哪些實際的作為是用來彌補、對抗、改變或轉移事件發展的影響？這種作為的**範疇**有多大？（參見第二部分的「範疇」，並套用於此）

C.這種作為的結果如何？

反動是故事中最後一個行動元素，而且只有成熟期的故事才有。記者判斷這個元素在報導中的重要性時，應該把焦點放在「做了什麼」，而不是「說了什麼」上。隨口說說很容易，唯有行動才是難能可貴的。

如果故事尚未成熟（亦即事件剛發生，仍在發展），通常這時有時間發展出來的反動元素是反對者的抱怨和文字資料。你應該挑一兩則抱怨放在故事裡，但是簡短帶過就好。如果目前只有口頭抱怨，讀者對反動部分不會有什麼興趣。其實懶人也可以當編輯顧問，甚至還可以當大師，他不必閱讀文章，只要對每篇文章拋下同樣的評語，就可以去逍遙了。那句評語是什麼呢？少說話，多行動；少觀點，多事實。

6. 未來——如果事件不受限制，繼續發展下去，那會發生什麼？

A. 對於這個事件的未來發展，有相關的正式研究或預測嗎？他們怎麼說？

B. 事件的當事人和觀察者對這個事件有什麼非正式的看法？當事人如何看待自己的未來？

C. 我能指出未來前景嗎？

注意，第C項的用詞是「指出」。我們不必對未來直接下結論，但我們確實有權利和義務讓大家知道未來可能發生什麼，尤其是其他人的預測有缺陷的時候。

例如，在那篇有關科羅拉多河的報導中，記者強調，美國西南部已過度使用河流資源，如果沙漠城市化再迅速發展下去，這個問題會變得非常嚴重。然而，有些人不把這種威脅當一回事，他們認為利用「種雲」的人造雨技術，可以讓科羅拉多的河水迅速回升。但我覺得人造雨那派論點不太有說服力，於是我以下面的文字為那篇報導作結：

但是萬一沒有足夠的雲可以做人造雨呢，那怎麼辦？七百多年前，印第安的普韋布洛文明（Pueblo civilization）發展到顛峰。那些印第安人利用山裡流出的溪水與河水灌溉土地，建立城市，發展文化。西元一二七六年大乾旱來襲，重創了這片土地，文明也隨之衰亡，只留下一座座隱匿在峭壁懸崖邊的空蕩城市，一片死寂。

那場大乾旱延續了約二十五年。如今的沙漠文明是依賴科羅拉多州的兩大水壩：鮑威爾湖（Lake Powell）和米德湖（Lake Mead）。它們負責在乾旱時為沙漠地區供水，儲備了四年的用水量。

這個結尾並未給出明確的結論，但結論還是很明顯：大自然只要稍微動怒，那些大壩和沿河興建的水利工程、所有的計畫和預測都無以回天。

以上指南只是把優秀記者在規劃及執行報導時會問的常見問題整理在一起。但事先思考這些井然有序的書面問題，讓我變成更完善、更有效率的記者。我可以從這份指南中看出我需要哪些素材，並在取得素材後，在那個項目上打個勾。最重要的是，這份指南迫使我考慮到故事講述中一些最重要的面向，並把它們納入採訪中，尤其是時間、範疇和多元性。

前面提過，這份指南適合套用在非特寫的報導中。至於**特寫報導**，我使用的版本稍有不同，以下是特寫報導的指南：

1. 歷史

A. 這個主題的過去如何形塑他／她／它現在的本質？

2. 性質（取代「範疇」）

A. 這個主題有哪些與眾不同的特質值得報導？（個性、專業或其他方面；在綜述中強調這點）

①這個主題有哪些行動或行為顯露出這些特質？

②這些特質如何影響這個主題的命運和生活？

B. 這個主題有哪些**典型性？**他／她／它與同類有什麼相似的地方？（在微觀型特寫中強調這點）

①他們有共同的特色嗎？是什麼共同的特色？

②他們有同樣的經歷嗎？是什麼相同的經歷？

3. 價值和標準（取代「原因」）

A.這個主題最相信什麼？這種信念對他／她／它努力實現目標的行動有什麼影響？

B.其他同類跟他／她／它抱持同樣的信念嗎？在哪些方面相同或不同？同異的程度有多大？

C.這些價值觀、標準、目標是從哪裡來的？

4.影響

A.這個主題如何影響其周遭或同類？是什麼影響？（正、負面影響都寫出來）

B.這個主題如何受到環境、周遭或同類的影響？同樣的，是什麼正、負面影響？

5.反動

A.其他人對於這個主題，以及他／她／它的行為和態度有什麼反應？可能的話，請寫出他們的行動。

B.這個主題如何因應環境、周遭和同類對他／她／它的影響？同樣的，也是以行動表示。

6.未來

A.這個主題認為他／她／它的未來是什麼樣子？

B.其他人覺得他／她／它的未來是什麼樣子？

這個特寫的指南是強調行動與反動。少了這種指南的提醒，記者可能會被滔滔不絕的主角所吸引，結果整篇文章都是那個人的誇誇其談，言之無物。記者覺得很迷人的特寫主題，在報導中看起來卻是空話連篇，令人厭煩。

第二步：選定優先順序

現在你可能會覺得寫一篇報導還要遵守那套指南很麻煩，其實我解說指南反而比較費時，真正做起來不需要花很多時間，我通常不會花超過一個小時。你根據那套指南寫出來的計畫，通常沒那麼複雜。

我做計畫時，確實一開始會考慮到所有面向的每個問題，但思考的同時，我也會把那些對故事構想不太重要的問題剔除掉，或是決定稍稍帶過就好。考慮優先順序和輕重緩急後，你會得出比較簡單的計畫，只關注少數幾個重點。

以典型的非特寫報導為例，一開始，我會先全面觀察整個可能的行動順序——發展／影響／反動，但是在我的故事計畫中，我只會強調最新的資訊。如果這個故事尚未成熟，我知道我會把精力放在詳細敘述事件的核心發展上，亦即鎖定指南中的「範疇」。我會把「範疇」底下的問題都納入故事中，盡可能在報導中回答那些問題。但是，如果故事已經成熟了，大家可能很熟悉事件的發展，我只需在報導中稍微提及事件，不需要詳細描述，而是把焦點轉移到影響或反動上。

下面是我在一九八一年寫的新興城鎮報導。你可以從這篇報導中看出我把焦點放在指南的哪些面向上嗎？

（懷俄明州萊特鎮報導）這裡不是大草原上的巴黎，街頭沒有咖啡館，也沒有醫院、劇院、修車廠或比薩店。在這個人口僅一千六百人的小鎮外面，只有綿延到天邊的灌木叢林地，長年颳著永不停息的風。

儘管如此，萊特鎮仍是值得關注的地方。這是一個為鎮民量身打造的新興城鎮，裡頭的一磚一瓦在五年前還不存在。

萊特鎮是翱克煤炭公司（Arco Coal Co.）為黑雷礦場（Black Thunder Mine）的勞工規劃及興建的小鎮。翱克是大西洋富田公司（Atlantic Richfield Co.）的旗下事業，他們在這片灌木叢林地上開闢了一個新市鎮，以聚集礦場周邊的民眾，目的是為黑雷礦場的勞工提供滿意的生活環境。

礦工顯然對此都很滿意。以新興城鎮來說，萊特鎮顯得特別寧靜，甚至寧靜到有點乏味。這裡只有一家酒吧，而且是開在新建的購物中心裡，與隔壁的家庭式餐廳共用一個空間，不是那種可以讓顧客發酒瘋或朝天花板開幾槍的地方。此外，他們也在灌木叢林地上興建了網球場、現代化的學校，以及內建標準泳池的社區中心。如今鎮上還有少棒聯盟和瑜伽課程。

萊特鎮的生活不僅有點太寧靜，它也一舉推翻了一般人對新興城鎮的刻板印象。以往大家擔心迅速的能源開發可能為美國西部帶來所謂的「新興城鎮症候群」——亦即突然過度成長，配套服務跟不上，導致城鎮不堪負荷，住屋嚴重短缺，犯罪率增加，人口擁擠和許多社會問題。

更好的防範機制

造訪萊特鎮和其他的能源城鎮後，你會發現那些狀況已無需擔憂。首先，州政府已大幅提高礦產開採的稅率，並以新增的稅收補貼新興城鎮，以抒解那些城鎮所承受的壓力。此外，一九七〇年代初期能源開發所造成的亂象，也讓州政府和地方政府記取了經驗。如今他們規劃新興城鎮時更加謹慎，對能源公司的態度更為強硬，要求公司必須提供新興城鎮更多的協助。

對此，能源公司的回應包括：提供現金補助，資助學校和其他公共設施的建設，興建更多的住屋，並積極參與城鎮的規劃。北洛磯山脈平原區的聯邦能源影響局局長伯曼・勞倫森（Burman Lorenson）表示：「地方政府的態度已和過去不同，能源公司現在都會聆聽地方政府的意見。」很多時候，能源公司不得不接受政府的要求，因為有些地方政府現在要求能源公司必須先同意幫忙建設城鎮，才願意批准能源開發案。

恐怖故事

這種強硬的立場是現實教訓換來的。懷俄明州的石泉鎮是一九七〇年代初期的新興城鎮，那個年代的新興城鎮出現許多問題，並受到媒體的廣泛報導，石泉鎮可說是那個年代的失敗典型。城鎮的迅速發展使當地人口在四年內翻了一倍，犯罪率和房價迅速飆漲，導致當地變成美國西部最慘不忍睹的城鎮，其他地方因此記取了教訓。

近幾年，許多杞人憂天的研究也提高了地方領導人的警覺心。那些研究指出，目前這波新興城鎮的浪潮可能複製出許多類似石泉鎮的悲劇。例如，據報導，埃克森美孚公司（Exxon Corp.）將在西部打造價值三兆美元的合成燃料產業，預計於二〇一〇年投產。這項工程估計將為幾個人口稀少的地區帶來上百萬名礦工、工廠勞工、營建工人，並導致供水不足。密蘇里河可能需要為此改道，以便為這些地區供水。

很多專家知道，現在的能源開發案不像那些報告說的那麼大，而且是分散在較長的期間進行。有些提案已經延後、取消或縮小規模，所以西部地區有更多的時間去因應已經開發的案子。

不過，目前新興城鎮的成長速度已經夠快了，為了消除城鎮成長所帶來的負面影響，能源公司一改過往的態度，與地方政府積極合作。某能源公司的管理者表示，如果是幾年前，「多數的公司會說：『別拿那些環境影響評估來煩我們，反正你可以徵收房產稅。』」

但現在愈來愈多的公司意識到，抒解新興城鎮的成長壓力也對公司的營運有利。他們發現，毫無節制的發展可能大舉破壞城鎮，導致技術純熟的工人離開。勞工流動率上升時，只會導致生產力下滑。以石泉鎮的某個礦場為例，一年內所有的礦工都換了一輪。另一個建築工程也因勞工流失，導致生產力降至原來的三分之一。

所以，現在能源公司比較不吝於提供金錢上的補助。目前懷俄明州西南部的城鎮正迎向掩衝斷層帶（Overthrust Belt）所帶來的石油榮景，加州美孚石油旗下的雪佛龍公司（Chevron USA）和印第安納美孚石油旗下的阿莫可公司（Amoco Production Co.）都參與了當地的石油開發工程，並分別捐贈當地政府五十萬美元。翱克煤炭公司也捐款資助科羅拉多礦場附近的道路、土地和水利開發。

此外，翱克公司也花了一千七百萬美元興建萊特鎮。他們認為公司可透過土地銷售和其他收入回收那筆投資的百分之七十五。翱克公司堅稱那筆錢花得很值得。為黑雷煤礦招募及訓練一名重型設備的操作員需要花一萬五千美元，萬一他因為無法為家人找到合適的住所而離職，重新培訓人才的成本以及生產力的損失，反而讓翱克公司得不償失。幸虧翱克公司打造了萊特鎮，目前礦場每年的勞工流動率僅百分之十。

其他公司也記取了教訓。在科羅拉多州西部，埃克森美孚公司正在集群油頁岩專案（Colony Oil Shale Project）的附近興建梅薩城垛（Battlement Mesa），這個社群預計可容納兩萬到兩萬五千人。在猶他州，消費者電力公司（Consumer Power Co.）旗下的高地資源公司（Plateau Resources）正在為他們的鈾礦場興建提卡布鎮（Ticaboo）。

能源公司也透過「創意融資」的方式，幫助一些城鎮興建設施。懷俄明州的惠特蘭鎮（Wheatland）就是一例，總部位於北達科他州俾斯麥市（Bismarck）的北新電力公司（Basin Electric）領導財團在這裡興建了一個發電廠，這個案子導致當地學校的學生爆滿。由於當地教育局的舉債額度已達極限，沒有資金擴充校園，無法再招收新生。

於是，這個能源財團出資成立一個非營利機構，由該機構發行債券。這個機構獨立於教育局之外，但委由教育局管理。這些債券是由能源公司作擔保，並以最低利率發售。等到大樓落成後，教育局再向非營利機構承租大樓，租金是按發電廠建成後所繳納的房產稅計算。

目前受到能源榮景影響的社群，都把以前受到影響的城鎮視為研究目標。北達科他州的能源三角區是在默瑟郡（Mercer County）一帶，褐煤蘊藏量使當地出現愈來愈多的大型電廠，當地政府因此派出代表團到惠特蘭鎮仔細考察一番。考察的結果是，北達科他州的比尤拉鎮（Beulah）在綿延數英里的土地上實行嚴格的分區管制。

如今的新興城鎮也有較多的收入來源。一九七五年以前，政府對於石油、天然氣、煤礦、鈾礦等能源的開採大多未徵稅，即使有徵稅，稅率也很低。如今政府預計每年從能源公司徵收數十億美元的稅金。

扎普鎮的救星

目前各州的能源稅率不一，其中以蒙大拿州對煤礦業徵收的稅率最高，高達百分之三十。最近反對者向最高法院控告蒙大拿州的稅率過高，但遭到駁回。目前各州的開採稅都有日益提升的趨勢。例如，懷俄明州剛把石油和天然氣的開採稅從百分之四提升到百分之六。據估計，這次加稅可為該州每年增加九千五百萬美元的稅收。

能源開採難免有耗盡的一天，為了因應能源耗盡後的地方發展，懷俄明州、阿拉斯加州、新墨西哥州等地的地方政府正在籌設數十億美元的信託基金。在此同時，各州也從開採稅中撥出專款，為新興城鎮興建道路和學校，增設警力和多種必要的設施（蒙大拿州的一個城鎮運用那些資金購買掃路機，接著又申請更多的經費來修建道路，好讓掃路機發揮功效）。

對北達科他州的扎普鎮（Zap）來說，這些資金讓小鎮得以脫胎換骨，煥然一新。扎普鎮隱身在能源三角區的山地間，該鎮的主計長齊普．昂魯（Chip Unruh）表示：「我們曾因為缺少資金而傷透腦筋，鎮上非常缺錢。後來州煤開採影響局的前置資金撥給我們需要的經費，成了我們的救星。」

延遲與失和

無論是州政府的資助，還是能源公司的補助，都無法讓西部城鎮完全不受能源榮景的衝擊，例如計畫也可能出錯。科羅拉多州的海頓市（Hayden）預期附近即將開採煤礦，於是發行債券以擴建排水系統。豈料，開採專案未如預期龐大，後來的稅收也不夠支應債券的償付。

在其他地方，地方政府與能源公司之間並未培養出和諧的關係。在科羅拉多州的加菲爾德郡（Garfield County），當地官員最近投票決定，暫時不同意聯合石油公司（Union Oil Co.）擴建附近的油頁岩開採專案。他們要求該公司的總裁弗雷德・哈特利（Fred Hartley）或另一位掌權的高管來向他們保證，擴建不會帶來更大的衝擊。「我們需要該公司的高層帶著補助款過來。」一位政府官員表示：「想讓聯合石油公司合作，跟拔牙一樣困難。」

有些情況，採取行動時為時已晚。在懷俄明州的埃文斯頓（Evanston）附近，三十五家能源公司組成一個掩衝斷層產業協會（Overthrust Industrial Association），以協助地方的社群取得資金，進行研究，以及因應成長過熱的問題。但是該協會直到一九八〇年才成立，那時石油榮景都已經開始五年了，鎮上的道路早就被重型卡車壓得殘破不堪，住屋嚴重短缺，公共設施也不堪負荷。

丹佛研究院的資深經濟學家及新興城鎮症候群的專家約翰・吉爾摩（John Gilmore）表示：「現在他們只能以權宜之計暫時因應問題。」

使發展更順遂

不過，整體而言，過去的經驗教訓，再加上新稅收的挹注以及能源公司的態度轉變，確實讓這一波新興城鎮少了很多痛苦。吉爾摩表示：「這些都大幅提升了新興城鎮負荷成長的能力。」

那個負荷力仍持續提升。最近，科羅拉多西部的里奧布蘭科郡（Rio Blanco）聘請華盛頓特區著名的阿諾與波特律師事務所（Arnold & Porter）來和西部燃料公司（Western Fuels）進行協商。西部燃料公司想在科羅拉多州和猶他州的邊界處開發一個礦場，為發電廠供應原料。基本上，那份協議的內容是讓該鎮居民不必為小鎮新增人口的需求多繳稅或多付費，這裡所謂的新增人口包括教師、警力和其他的必要人員。據估計，西部燃料公司將為此負擔一千五百萬到一千七百萬美元。

然而，即使能源公司的補貼和稅收可為城鎮增添設施，即使能源開發可為在地青年提供就業機會，新興城鎮還是必須為能源開發付出代價，西部鄉野的民眾都很清楚這點。蒙大拿州福賽斯鎮（Forsyth）的一位居民表示：「以前在鎮上住一輩子的老人，走在街上，叫得出每個人的名字，可以跟每個人寒暄幾句，現在那種情況已不復見。」如今的福賽斯鎮受到礦場開採及電廠興建的影響，已變了模樣。在北達科他州能源三角區的遼闊平原上，挖土機挖著牧地，拉鏟挖掘機聳立在煤堆前，彷如巨大的黑色螳螂，許多牧場主人哀嘆現在的變化。

五十歲的沃納・班菲特（Werner Benfit）就是其一，他一輩子在這裡經營牧場，如今他的部分牧場遭到挖土機破壞。「我們和他們抗爭了三、四年，但我們輸了。」他說：「我真希望他們沒來過。」

仔細分析這篇報導，我們發現這篇報導很少涉及「範疇」面向，亦即核心發展（取得資源的動力），因為事件發展是既定事實。至於事件的「影響」，也只是以「新興城鎮症候群」的概略描述簡單帶過，沒有數字、引述和細節，只有簡潔的陳述，讓讀者對故事背景有所瞭解。

整篇報導幾乎把精力全放在事件的「反動」上——採取哪些具體行動以減輕影響，以及那些行動有什麼效果。報導中加入了一些歷史，但僅限於能源公司和城鎮從過去經驗記取的教訓，唯一強調的細節是石泉城。

相反的，蓋茲喬那篇有關墨西哥移民的報導沒有提到任何「反動」元素，而是把重點放在「原因」上，尤其是經濟原因，並以歷史和地方因素作為輔助元素。在科羅拉多河那篇報導中，記者強調的重點是事件發展的「範疇」（河流資源的過度使用），以及依靠河流生存者的「未來」。

當然，在採訪之前就決定哪些面向重要、哪些不重要，是一種既危險又主觀的選擇。在那個階段，我們知道的很有限，很難為故事確定具體的計畫。所以記者必須保持靈活，在採訪的過程中不斷地重新評估計畫。

如果能做到這樣，計畫的優點將凌駕所有的不確定性和風險。首先，深思熟慮的計畫通常執行得比較好，即使有突發狀況，也很少大幅改變故事的方向。一般情況下，記者只需對報導重點進行微調就好了。再者，一開始看起來雜亂無章、令人畏懼的素材，在計畫之後會變得比較簡單可行。最後，計畫可以把不太重要的因素刪減或省略掉，以凸顯出最重要的元素，讓記者花更少的時間，寫出更好的故事。

在完成精簡版的計畫後，我會在想要強調的部分多加一個元素，我稱之為「焦點和人物」。這個元素要求我在報導故事的關鍵部分時，儘量關注最基層的行動。它提醒我，如果我不那樣做，故事就無法引人入勝。

這種素材往往很難取得，需要大費周章跑到現場，或是打許多通枯燥的電話。相反的，去找可提供整體看法和統計資料的專家則容易多了，因為他們和媒體往往有固定關係，我們知道誰是專家，很容易找到他們，我們使用他們提供的資訊時，也公開證實了他們的權威性。他們容易接觸到，是因為常透過媒體發表高見對他們有利。

但專家通常不是故事的主角，他們頂多只是幫你講故事的助手。真正的故事發生在大街小巷，那裡沒有公關人員向記者招手示意，也沒有電腦吐出誘人的統計數據，只有很多人不為任何好處，提供資訊給你。陌生人要深入那個領域可能很辛苦，但是記者必須實地走訪現場，去收集細節及直接體驗，讓讀者看到我們究竟在講什麼，讓他們相信我們的主張。最重要的是，我們親臨現場也是為了說服自己。

我所謂的行動最基層，是指事件發生的最底層。假設一位記者想做一篇報導：少數族裔的年輕人失業率高，導致犯罪率增加，各大城市因此為那些年輕人開設職業培訓中心，尤其是有前科者，以排解這個日益嚴重的危機。我們的記者決定前往一兩家職業培訓中心採訪，他的決定很正確。他對於自己深入去探索具體細節也感到很得意，他在故事裡描述培訓中心、受訓的年輕人，以及他們的日常生活。文中大量引用培訓中心的主任和培訓師的說法，他們談到要讓這些年輕人突破一再失敗的陰霾有多困難。

很抱歉，這樣還不夠好。真正的故事不在主任和培訓師那裡，而是在那些年輕的黑人和拉美裔身上。他們可能鬱鬱不得志，甚至帶有敵意，但真正的故事藏在他們的腦中、心中和親身體驗中。他們是培訓中心存在的原因，但記者手邊有關他們的資訊卻是二手的。培訓中心的主任和培訓師很靠近行動的最底層，但他們依然不是最底層，那些受訓者才是。受訓者的直接見證才是這篇報導中最有份量的資訊。

我們的記者是受過高等教育的白人，四十幾歲，從未擔心失業，他的內心當然明白上述的道理，但他迴避了主要的消息來源，也許他曾試過和一兩位年輕人溝通，但遇到溝通障礙後就打退堂鼓了。沒把那些年輕人列為優先採訪的對象，也沒有堅持去採訪他們，導致記者的故事缺乏可信度，讀者可能從故事中獲得一些資訊，但不會深受故事吸引。

第三步：採訪

對我來說，採訪過程中最重要的部分，是瞭解你需要哪些素材才能讓故事引人入勝，這點我們已經講過了。市面上有很多好書說明新聞採訪的流程，以及怎麼把這項技藝做好，這裡無需贅述，所以我們只談如何讓採訪井然有序，如何決定採訪的優先順序和輕重緩急，以及如何透過訪談把某些說故事的重點融入報導中。

記者首先想要採訪的對象是**智者**（wise man），幸運的話，他可為那個主題找到一兩位合格的智者。前面已提過，智者可以幫記者發想及形塑故事的點子。把他們當成消息來源時，他們也同樣寶貴，可以為記者提供進一步採訪的指引，為主題提供見解深刻的概觀，最重要的是，他們見多識廣，可針對記者的原始構想提出公平的評論。他們不見得會出現在最後的報導中，但他們常影響故事的報導方向。

這種智者很少見。一位消息人士若要符合智者的身份，必須對那個主題有廣泛的瞭解，平常就有深入的研究，而且樂於合作，願意協助記者，因為他喜歡看到自己深感興趣的東西獲得真實的報導。他不僅能告訴我們事件是什麼樣子，也能夠說出事件的意義或可能的意涵。他會做分析和預測，但不會信口開河，他的立場還必須是超然平衡的。這種智者可能為某個黨派機構工作，有自己的感受和意見，但他能夠抽離黨派，從各種觀點檢視議題，包括他不認同者的觀點。此外，他和說故事者一樣能夠設身處地為讀者著想，為故事提供引人入勝的內容。

這些智者因所處的地位不同，也可能提供一些檔案資料，但通常檔案資料是來自下一個消息來源：**文人**（paper man）。他們為專門的機構做研究及統計東西，定期發表大量的研究成果。有些文人沒什麼真知灼見，他們的存在只是協助檔案的傳播。我們不需要和這種人交談，但可以請他們提供一些專家的名字。不過，在看過那些專家的論文以前，最好也不要貿然找那些專家交談。

原因很實際。如果一位記者要寫一篇有關蝴蝶的報導，他可能會去國家蝴蝶研究院諮詢某位頂尖的鱗翅目昆蟲學家，硬著頭皮聽專家講一小時的昆蟲學，回去又花一小時消化專家講的內容。三天後，他收到研究院寄來的書面資料，發現內容幾乎和那天專家講的一樣，而且更有條理。所以，記者應該先讀資料，再去採訪。

如果記者想做的是特寫報導，智者和文人可能沒多大的幫助，他需要的是**師傅**（Rabbi）。在紐約市警局裡，他們所謂的師傅，是經驗豐富、人緣亨通的人。年輕的警員會善用他們的專長，讓自己的職業發展更加順遂。在特寫報導中，師傅通常是處在事件核心或非常接近核心的人。他們可以提供記者實用的背景資訊，並指引記者去找能夠提供協助的人。他們通常會協助記者找到及招募新聞特寫的主角。

我把以上工作視為最重要採訪工作的序曲——亦即深入故事行動的最底層，收集能夠給故事帶來活力的細節、軼事和當事人。我喜歡等我對故事有廣泛的瞭解後，才開始做這個工作。因為欠缺廣泛的瞭解時，我到了現場可能不知道該找什麼及注意聆聽哪些重點。不過，你不見得每次都能等到對故事有廣泛的瞭解後才行動，有時深入底層蒐集素材的機會會突然提前出現，這時我會馬上把握機會。我們總是需要看著故事應變，最後能拿到什麼素材還是取決於故事決定提供什麼資訊。又或者，就像我最喜歡的一位政治人物所說的：「得不到牛排，拿三明治也行。」

有些故事確實無法提供大量的現實例證，但也有很多故事明明可以提供很多現實例證卻沒納入。還有一種故事是，你不去關注「焦點和人物」就寫不出來，我稱這種故事為「閒逛型」（hanging-around piece）。底下這篇一九七七年的報導是我一直很欣賞的範例，這是凱倫・愛略特・豪斯（Karen Elliott House）對農業部的運作方式所做的實地報導。

（華盛頓報導）達頓・威爾森（Dalton Wilson）的薪水優渥，頭銜很長，辦公桌整理得一塵不染。

威爾森先生五十二歲，在農業部對外農業局（Foreign Agricultural Service）擔任助理管理局長的助理。前幾天記者來訪時，看到他的桌上只有三樣東西：一條糖果、一包菸和威爾森先生的腳。他正靠著椅背，瀏覽《華盛頓郵報》的房地產廣告。

記者問他，掛那個頭銜的人是做什麼工作呢？

「你是說我應該做哪些工作嗎？」威爾森先生笑呵呵地說：「我來說說去年我做了什麼吧。」

原來年薪二・八萬美元的威爾森先生去年花了一整年，評估農業部的油脂出版品是否恰當及其時效性。他說一九七七年的步調依舊緩慢，他正在規劃另一項研究，以證明利用衛星預測作物產量的合理性。

一個公務員服務三十四位農民

威爾森先生的步調是農業部運作的典型，這裡有八萬名全職員工，等於每位公務員平均負責三十四位美國農民。現在卡特總統正準備改組政府，讓政府運作得更有效率。然而，仔細看一下農業部的狀況，可以清楚看出他改革時面臨的問題。

近幾年隨著農民數量縮減，農業部開始加強宣傳，除了熟練地處理舊有的職務以外，也策劃了一些新的工作專案，結果導致大批官僚從事許多含糊不清、似乎毫無意義的工作。

「農業部長也管不了農業部。」民主黨的眾議院農業委員會主席湯瑪斯・富利（Tomas Foley）說：「這個部門太龐大了。」

農業部除了全職員工以外，還有四萬五千名臨時雇員，這些人佔據了華盛頓特區的五座大樓，另有一萬六千人分散在全美各地。這些員工負責開辦婦女自我認知專案，制定西瓜標準，衡量十幾種作物的種植面積，儘管政府對農作物栽種面積的限制早已作廢了。

接下來，這篇文章告訴我們，農業部長鮑勃・伯格蘭（Bob Bergland）即將要求所有的員工提交一份對自身工作的評估報告。

但農業部的員工似乎都不著急。一位年輕的統計員說：「他不會那樣做的。」他的腳也是擺在桌上。另一人補充：「他沒時間讀那些報告。」第三人說：「別擔心，那些工作量最少的人，最有時間證明自己的工作有存在的必要。」

即使在農業部隨便逛一圈，也可以看出這裡有很多不對勁的地方。主要辦公大樓裡，每間辦公室的老舊時鐘各自停在不同的時間點上，彷彿時間已經停了。任何時間都有數百人在走廊或陽光明媚的自助餐廳裡閒逛。

去年這種打混摸魚的現象變得很嚴重，農業部長辦公室因此發了一份備忘錄給各處室的主管，要求他們嚴懲「總部辦公大樓裡的嚴重蹺班現象」。部長也發了另一份備忘錄給所有的員工，警告他們「遲到、上班打卡後馬上去吃早餐、休息時間太久、午飯時間太長、早退」都「有損公共形象」。

然而，今天懶惰的現象仍十分明顯，而且已經變成辦公室裡的玩笑話題。一位年輕員工在自助餐廳外的長椅上休息，他說：「我對工作唯一在意的是早餐、午餐、兩次休息時間，以及每天下班第一個衝出辦公室。」有些玩笑甚至連當事人都不覺得奇怪，一位女員工對電梯裡的同伴說：「我真希望明天生病請假，可是我不行，因為我同事已經先請了……」

＊ ＊ ＊

許多員工很難找到工作動力，因為他們的工作似乎毫無意義。農業行銷處的保羅．畢透（Paul Beattle）去年大部分的時間都在為西瓜制定標準，包括畫出優良西瓜的樣子。那個標準是以西瓜的形狀、花紋斑點來區分西瓜的好壞，但他也坦言瓜農或零售商幾乎不用那套標準。他說，大多數的消費者其實光看西瓜外表就能辨別好壞了。

農業部家政局的副助理局長艾瓦．羅傑斯（Ava Rodgers）表示，她有一半的時間是在全國各地出差，協調四千位家政專家的活動。記者請她描述一下辦公室裡典型的一天，她說：「今天早上我接聽了幾通電話，平常大概就是這樣，普通的一天。」她的年薪是三．三七萬美元。

在農業部的其他地方，有兩千名員工正忙著規劃新的水壩專案，儘管那個計畫十年前就有了，一直等著興建。伯格蘭部長表示，幾週前他下達一項命令，停止進一步的水壩興建計畫。但水力資源助理局長喬‧哈斯（Joe Hass）表示，他並未接到命令……

這類例子很多。如果沒有豪斯提供這些生動的軼事，那些打混摸魚、無所事事、毫無意義的官僚作為就不可能以令人信服的方式呈現在讀者面前。豪斯是以最簡單的方法取得那些資料——在農業部裡閒逛，詢問員工的工作情況。

這種「閒逛型」的故事很少，原因很多。首先，這種類型的故事風險很大，記者預先怎麼想都行，但是萬一閒逛後發現，沒什麼東西可報導怎麼辦？老闆願意簽核你閒逛所衍生的費用嗎？

另外，這類報導很花時間，記者往往需要花好幾小時、好幾天、甚至好幾週，耗在那裡等待事情發生。

這類故事的採訪技巧，也和我們習慣的技巧不同。我們受到的採訪訓練是在過程中收集資料，資料收集無疑是採訪的最大目標，但這種導向使我們習慣採用條列式的採訪方法。記者為了挖掘事實，在採訪前細心擬出一系列具體的問題，然後逐一對消息人士發問。如果我們只對事實感興趣，這種方法可能有效，但是這種方法很難套在「閒逛型」故事上。記者為閒逛型故事做採訪時，比較關注閒逛過程中偶然碰到的所見所聞，而不是請受訪者回答特定的問題。記者必須明白，他一開始獲得的資訊可能很少，因為那些消息來源必須先習慣他出現在他們身邊，等他們消除對他的疑慮後，才會展現出真實的一面。如果記者一開始就硬生生地闖入他們的圈子，對他們猛發問，那只不過讓他們更加確信記者只會咄咄逼人、死纏爛打罷了。

其實為各種故事進行採訪時都應該謹記這點。好的採訪意指取得事實，但好的故事需要更多。當我們鎖定行動的最底層時，唯有讓消息來源知道我們是以一般人的立場出發，真心對他們感興趣，才有可能獲得我們需要的資訊。千萬不要讓他們覺得我們只是想利用他們，把他們當成檸檬那樣，在幾分鐘內盡快榨乾就棄而不顧。

我知道很多記者常因為挖不到好的引述內容而苦惱。故事裡的人物很拘謹，講話小心翼翼，不願展現真實自我。我猜他們之所以如此反應，是因為他們覺得記者想套話。記者的採訪像是冷漠的商業交易，而不是熱絡的對話。

我不喜歡和那些對我沒興趣、只在乎我能為他們做什麼的人交談。故事的消息來源也是如此，所以先跟他們培養三十分鐘的友好關係通常是比較好的作法。記者可用聊天的口吻介紹一下自己的工作；如果對方不太忙，你可以表示自己對他從事的工作以及所屬的情境（例如居住地、組織、公司、涉及的議題）感興趣。這不是虛偽的欺瞞，記者是真的感興趣，或者他應該要感興趣才對，因為這種談話可以幫記者大致瞭解對方是什麼樣的人、影響力有多大、對人生的看法等等，這些都可以用來評估他以後說的話。

記者一開始提出的問題應該是廣泛、沒有脅迫性的，這樣可以讓受訪者有幾分鐘的時間，判斷一下記者的意圖，以及記者是否可信。培養了信任以後，記者的問題逐漸具體、明確了起來。通常這時得到的回答比較坦白與全面，效果也比一見面就單刀直入地盤問對方要好。

我不是建議你努力和消息來源培養虛假的親近關係，他們大多可以一眼看穿那種虛情假意，也會因此提高警覺。我的意思是說，記者身為講故事的人，不該只把消息來源當成提取資訊的資料庫。做不到這點的記者，可能改行去當程式設計師比較好。

有些記者則有話太多的毛病，假裝自己對主題很熟悉，已達到或接近專家的水準。他擔心自己顯得很無知，但實際上，他**確實**很無知，而且應該在採訪一開始就坦白說出來。當記者以學生自居，抱著向老師請教的心態去接觸消息來源時，可以激發對方想要分享專業知識的慾望。如果記者假裝自己很在行，對方通常會出現兩種反應，那兩種反應對記者來說都不是好事。

對方可能馬上識破記者是冒牌專家，因此不再理他。或者，更糟糕的是，他沒識破記者的偽裝，開始講一堆專業術語和艱澀的背景資訊，他以為記者應該很熟悉那些東西。記者只好繼續裝懂，勉強應個幾句，實際上卻像鴨子聽雷，完全不懂對方在說什麼。如果記者又笨到把這種糊裡糊塗收集的素材放進報導中，那非常危險。

調查型記者有時必須不懂裝懂，以騙取消息來源的許可或認同。我們來看下面這段荒謬的對話，看嗅覺敏銳的記者如何從涉嫌貪腐的工會領袖口中套話。

記者（沒有絲毫證據）：為什麼你從工會的退休基金中暗自提領五千萬美元給胖子路易．班尼迪托（新柏拉圖主義者）？

工會領導者（驚駭）：天啊，你哪來的消息？只有兩百萬……

記者：被我逮到了！

電影中的調查型記者都是這樣演的，但是在現實世界中，記者根本無法接觸到工會領袖，他很可能躲在墨西哥的阿卡普爾科（Acapulco）幫胖子路易花那些錢，但我們也無法證實那點。

在採訪過程中，如果記者習慣以閒聊方式填補空檔，那往往會錯過引用對方精彩發言的機會。你應該讓消息來源自己去填補空檔。如果你問對方問題，覺得對方的回答不完整或沒有表現出他的真實想法和感受，你應該繼續等待下去。他可能會感到有點不自在，意識到他的回答似乎無法滿足你。這時他通常會對之前的發言做一些補充，或是換一番說法。這時他說的話往往比之前透露的更多。

你在採訪中提供對方太多的協助時，可能什麼也得不到。例如，記者採訪一位牛仔，記者希望他談一下對那份工作的感受，他問道：「史利姆，既然這份工作報酬那麼少，又那麼枯燥費力，為什麼你仍繼續做呢？你喜歡這一行的什麼？」這個問題對任何人來說都不容易回答，史利姆不是演說家，他只淡淡地告訴記者，因為他喜歡戶外活動。這個答案沒有足夠的戲劇張力，於是記者立刻縮小範圍，追問道：「你是因為喜歡在空曠的原野上看日出嗎，還是因為喜歡和牛馬相處，或是喜歡這種樸實無華的獨立生活？」

牛仔一聽，鬆了一口氣，感恩地說：「對，就是那樣。」記者剛剛的自問自答，幫他省了麻煩。你應該讓消息來源自己回答，不要幫他們回答。

記者什麼時候才算完成採訪？什麼時候可以停止採訪，開始動筆寫稿呢？我認識的多數記者通常不忍放下電話，因為他們總是覺得素材還沒有收集完整。那往往是因為他們沒有故事計畫，無法看出他們收集到的素材是否符合需求。

採訪時，我總是單刀直入，從故事計畫中我覺得最重要的一兩個面向下手，頂多挑三個面向。當我做了足夠的採訪，足以說服我自己，也足以為讀者提供不同的證據和詳細的例子後，我就會開始思考寫稿。我收集最重要的素材時，通常次要的素材也會自動冒出來，所以這時可以開始寫稿了。

我開始寫稿時也常感到不安，但我總是提醒自己，每次稿子寫完時總是比實際需求長，為了讓定稿維持在一定的篇幅內，可能需要刪除很多內容。這些年來，從來沒有記者跟我說，他已經與他想採訪的對象都談過了，但寫出的故事還是太短。但我常聽到記者煩惱怎麼幫故事瘦身，因為篇幅限定七頁，他寫了十一頁還收不起來。

設定交稿期限會有一些幫助，但是必須切合實際，不是隨便設一個期限，沒有考慮到不同故事的要求，也沒有考慮到意外的干擾，那種期限毫無幫助。所以，你需要仔細追蹤故事計畫，衡量採訪和寫稿大概需要多少時間。為看起來很難的工作多留一些時間，如果那篇報導很重要，你可以額外多留幾天餘裕，這樣就不會有無法按時完成的藉口了。

如果故事和未來事件沒有關聯，或不是緊急的話題，那就不必訂定具體的完成日期，只要給自己設一個完成的天數就好了。這樣可以因應突發狀況，例如你必須騰出一兩天寫另一篇突發事件的報導，你突然感冒無法工作，或你必須幫出差的同事寫稿等等。但其他時候，只要你去上班，沒有突發事件的干擾，你就應該把時間花在那個故事上，不管你能不能寫出東西。

這種方法對於記者慣用的逃避藉口毫不留情。你是不是一整個上午都在看雜誌，午飯吃到下午，接著一整個下午都在跟同事閒聊？那都是在浪費你自己的工作時間，只要記錄一下，你就會馬上發現你浪費了多少時間，還剩多少時間。

隨著交稿期限的逼近，你必須更拼命去做該做的工作。誠如薩繆爾・詹森（Samuel Johnson）所言：「一個人要是知道他兩週後會被吊死，他馬上就專心了。」

第五章　組織

我們這裡直接跳過記者採訪的混亂階段。他可能有一位消息來源正在肯亞打獵，一個月內不會回來；另一個消息來源曾吃過其他記者的悶虧，所以對他避之唯恐不及；記者為了尋找焦點和人物而出外採訪，卻被暴風雪困在內布拉斯加的汽車旅館裡，只能看電視消磨時間。

最後採訪結束時，他就像多數的記者一樣，覺得手上素材不如預期。其實記者永遠不會有完美的素材，他只需要有夠好的素材就行了。但是，我們該怎麼處理桌上那些夠好的素材呢？

你問編輯台，新聞寫作最常犯的毛病是什麼？多數編輯會說：「缺乏組織。」但那其實是症狀，不是疾病，真正的疾病是思考隨便，尤其是早期的故事構思和形塑階段。這本書到目前為止就是在教你怎麼把那件事情做好。所以無論你有沒有意識到這點，其實我們的組織工作已經完成大半了。這一章主要是談草擬大綱及劃分區塊，包括如何凸顯出故事的焦點、適切地分配素材，以及建立一條串接整個故事的敘述主線。

這一切有一套法則可尋，我稱之為「漸進式讀者參與法則」（Laws of Progressive Reader Involvement）：

第一階段：**有本事勾引我啊！**給我一個理由，讓我讀你的故事，而不是去做別的事。切記，我本來對你沒什麼興趣。

第二階段：**告訴我，你在做什麼？**夠了，別賣關子了。你的故事到底是在說什麼？拜託，不要給我空泛的解釋，也不要瑣碎的細節，直接告訴我那是關於什麼？

第三階段：**真的嗎？**你怎麼證明你說的是真的？讓我看你的邏輯，讓我看你的證據。我已經花時間在你的故事上了，我會耐心地看下去，但你最好要有說服力。

第四階段：**我相信了，你要幫我記住這個故事**。把故事寫清楚，寫得強而有力，而且結局要讓我牢牢記住這個故事。

我們先不談第一階段，那是故事的導言。但許多記者堅稱，他們一定要先把導言寫出來，才能做別的事情。沒那回事！只要你願意嘗試，你可以先寫其他的部分。如果你暫時想不到合適的導言，可以先擱著不寫，這其實有很重要的原因。本章最後，我們會解釋那些原因。現在我們先來看怎麼寫稿。

第一次泛讀素材

大略瀏覽所有的採訪資料和檔案，迅速讀過一遍就好，不需要熟悉細節，而是為了大致掌握狀況。把不相干或重複的素材擱在一邊。

現在，對**主題陳述**進行最後的修改，主題陳述是故事計畫中最重要的部分。前面提過，在開始採訪以前，你需要先擬一份簡明扼要的概述。之前，這段概要指引你整個採訪過程；現在，它要指引你組織素材。

就像之前一樣，主題陳述應該儘量簡潔扼要，鎖定故事的主要面向。如果有強烈的動態元素，一定要強調它們，省略細節和說明，那些東西等以後再說。

用心撰寫主題陳述，因為它不僅是寫作過程的指引，也會變成故事的一部分。它雖然只是大意，但明確地提醒你，故事的本體應該強調什麼。

這個修改主題陳述的步驟，可以幫你滿足讀者在「漸進式讀者參與法則」的第二階段所提出的要求：告訴我，你在做什麼？用最簡單的文字直截了當地回答我。這樣做也可以讓你的思路更加明確，如此一來，在「漸進式讀者參與法則」的第三階段中，當讀者要求完整、合乎邏輯的報導時，你可以說服他相信你的故事是真的。最後，好的導言往往是從主題陳述蘊藏出來的，後面我們會談到這點。所以寫稿過程中，主題陳述的撰寫最為重要。

編輯常把故事中包含主題陳述的部分稱為「核心段落」（nut graf），你不必全盤接收這種論點，而淪為形式的奴隸。主題陳述確實可能自然地形成一個簡潔的段落，但沒有規定要求一定要如此，許多情況下也不該如此。在有些故事中，好的主題陳述只有一句話。在有些故事中，好的主題陳述是好幾句話，從一個段落的中間開始，到下一段落的中間結束。還有一些故事可能需要好幾個段落，才能講完主題陳述的內容。重點在於主題陳述的性質，以及它是否清楚地定義整個故事，而不在於它的形式。

在第一遍泛讀時，你也應該注意那些引起你注意的**結論**，把它們記下來。你的研究中潛藏著許多分散的資訊，把這些資訊組織起來，往往可以推導出故事的結論。你在草擬主題陳述時，已經決定了故事的走向，現在你要把零散的論據整合起來。

例如，在那篇伐木工的報導中，我採訪了伐木社群的各個面向，但我後來泛讀素材時，才真正注意到伐木工這個社群的本質。他們喜歡霸凌新人，排斥外人，排擠女性，那不是跟大學裡的兄弟會很像嗎？

第一遍泛讀也是尋找可能**結尾**的好機會。結尾和故事一樣千變萬化，但新聞報導的結尾往往有一個共同特徵：即使編輯以節省空間為由而刪掉結尾，也不影響整篇故事的事實完整性。結尾被切掉時，可能不太美觀，感覺故事好像結束得很倉促，或懸在半空中，但本質上並未受到影響。故事的結尾是為了把故事留存在讀者的心中，它的作用就像油畫的美麗外框，是可以拿掉的。拿掉外框後，圖畫依然完整。

由此可見，千萬不要把影響故事重點的事實和說明放到結尾。它們是具體的證據，最好用它們來佐證故事本體的論點。這類素材通常不多，不該浪費在結尾上。除了這項限制以外，結尾要怎麼寫都可以。

第二遍精讀素材並標註索引

這是組織素材的挖掘階段。在這個階段，你緩慢、仔細地閱讀所有的素材，以熟悉之前忽略的細節，然後為每個資訊標註索引，加以分門別類。這裡的分類和採訪指南的分類一樣，不是憑空分類的。這樣做是有原因的，但後面談到敘述主線時，我們會再解釋。

如果你的記性很好，能有條不紊地記住資訊，而且故事很簡單，你可能不需要做很多索引。但我的記性不太好，所以我總是乖乖地做索引，我也會勸其他的記者這樣做，尤其是故事涉及很多方面、消息來源和檔案的時候。

我的作法如下。首先，我把採訪指南拿出來，讓它發揮新的用途。我把幾張空白的A 4紙釘在一起，把採訪指南的主要標題寫在白紙上，每個標題之間留下許多空白，以便做註記。雖然我知道在故事中我只會鎖定其中幾項重點，但我還是會把那六個部分都列出來——歷史、範疇、原因、影響、反動、未來（如果是特寫報導，就列出特寫報導的六大要素）。目前，我只是想把可能有興趣的東西都列出來。

接著，我一邊詳讀所有的採訪紀錄和檔案，一邊為每份資料編碼，並以速記法把它的內容記錄在適合的標題底下。例如，我想寫一篇報導，內容是有關幾個城市和印第安人的水權糾紛，我做了一次豐富的採訪，那次採訪正好是第五次，所以我把它標註為T5，T代表interview。

我的消息來源是印第安部落的律師，這裡姑且稱之為科科莫（Kokomo）。他告訴我最近他剛打完一件訴訟案，印第安部落是原告，他們控告附近濫用印第安水源的布斯維爾市（Boomsville），獲得勝訴。那位律師也提到濫用印第安水源的情況愈來愈嚴重了，他說：「如果放任那些城市濫用，他們會把國內每個印第安保留區的水源都耗乾。」他讓我看美國審計處（GAO）發表的數據，那些數據顯示美國有多少水源衝突與印第安人有關，我把那些數據都記下來了。

接著，他比較目前的爭端和二十年前他剛成為部落律師的狀況。二十年前還沒有衝突，因為當時城市還沒發展起來，只是小鎮，印第安人的灌溉農業也很少，他們主要是靠牧羊為生，所以有足夠的水資源供雙方使用。現在草地都被羊群吃光了，印第安人想開發五萬英畝的灌溉農地來彌補收入的萎縮。當年的小鎮都已經發展成大都市，用水量大增，水資源已不敷雙方使用。

以下是我為T5訪談標記的方式：

歷史欄：T5——O. Kokomo econ 20, sheep

這些標註告訴我，這些素材是對部落經濟（econ代表economy）二十年前的觀察（O代表Observation），同時提醒我部落的經濟基礎是牧羊（sheep）。

範疇欄：T5-q, druthers, dry up—nf ind wtr gao.

這裡標註兩項。第一項是說，T5採訪中有一個很好的引述（q代表quote）和事件發展（印第安人的水權受到侵犯）有關，druthers和dryup是這條引述中的關鍵字。第二項告訴我，在同一份採訪中，我有美國審計處（gao）發布的印第安人水源問題（ind代表Indian，wtr代表water）的國家數據（nf代表national figures）。如果律師提供檔案給我，或我從審計處直接取得檔案，我會幫檔案加註D（代表documents）。

反動欄：T5-Ill. kokomo w/litig Bmsvl

這是指我在T5採訪中有實例（Ill.代表Illustration）說明印第安人如何和城市爭奪水權。在這個例子中，他們是對城市提告（litig代表litigation），kokomo對Boomsville勝訴（w代表win，Bmsvl代表Boomsville）。

原因欄：T5-O. Kokomo-Bmsvl comptn: grwth v. ltd. sply

這是指我對雙方衝突（comptn代表competition）的原因有一項觀察結果（O代表Observation）——雙方不斷成長（grwth代表growth），需要爭搶有限的水資源（ltd代表limited，sply代表supply）。

我閱讀每篇採訪紀錄和檔案時，都會把那些資料加以分解，分門別類，歸到那六個欄位中。我的組織方式不是按消息來源分類，而是看那個素材屬於故事的哪個面向。所以，對故事最重要的欄位裡，條目最多。其他的欄位裡，條目較少或甚至沒有條目。如果一則資訊可以歸入不止一個欄位，例如一條引述不僅說明了事件發展的範疇，也解釋了背後的原因，我會在兩個欄位裡都記錄那條引述。最後，我可以知道自己掌握了哪些資訊，而且透過編碼，我也知道那些素材的性質：是數字、引述、事實觀察，還是生活實例。

很好，但是為什麼要這樣做呢？很少採訪像前面的例子那樣包含那麼多有價值的素材，但我也不會騙你，索引確實是很費時費力的工作，我也討厭編索引，但我還是做了，因為不做的話，我會更痛恨那種混亂的狀況。

寫稿時容易感到混亂，稿子改了又改。那是因為我無法清楚看到我有什麼素材，也不知道那些素材說什麼。我很容易把素材忘得一乾二淨，或扭曲素材在我心中的意義，導致我不得不刪稿，大幅重寫，增添段落，或調整段落的順序。出現這種狀況時，那是假設我至少還寫得出東西。如果不把採訪內容分門別類，我通常會刪刪改改好幾次，才得出一條合理的主線。我的研究雜亂無章，亂成一團，我只好趁午餐時間逃避到外面，大吃大喝兩小時，希望飽餐一頓回來後，所有的困惑都消失了，結果當然是沒有。到最後我只能急就章，即興發揮。等一切都搞定時，我寫稿的時間比正常的時間多了一倍，而且寫故事的樂趣也大打折扣。

編寫索引為故事元素勾勒出井然有序的圖像，避免在寫作過程中浪費時間及痛苦不堪。就像一開始構思故事概念可以幫日後的採訪鎖定最重要的領域，讓故事更加精彩一樣，做好索引有助於整理採訪的素材，讓寫稿更加順利。不僅如此，編寫索引還有其他的好處。

記錄細節也有助於記憶，讓我更熟悉採訪的素材，寫稿時更有把握。我可以記住精確的數字、引述和事件。萬一我忘了，那些註記可以提醒我。所以我主要是根據索引來寫稿，等我寫好草稿後，才會拿草稿比對原始消息來源的資料，通常比對時不太需要更動草稿。

根據索引寫稿比較自然，尤其寫得順手、文思泉湧的時候，我不希望為了查閱某個依稀記得的朝鮮薊出口數字（我是真的有資料，還是我以為我有？）去翻找文件，而打斷思路。我可能找得到原始資料，但找到時，寫稿的靈感也消失了。

敘述主線（Narrative lines）

每個故事就像一條流動的河流，沿途有多個控制水量的水壩。水壩後面有大水庫，在那裡河流似乎不見蹤影，但它仍在流動，只是湖面看起來是靜止的。儘管我們看不見水流，但河水仍持續流向大海。身為講故事的人，我們應該讓讀者意識到他們是處於流動的河流中，故事的動態和進展仍持續在平靜的湖面下進行著。讀者在旅程中搭乘的船，就是我們講述故事時所選擇的敘述主線。

我用的敘述主線有三種。有時它們會同時出現在一篇報導中，但總有一條是掌控故事結構的主線。這三種敘述主線分別是：

1. 區塊遞進主線

為採訪素材編寫索引，並把它們歸入六大類標題，有很多好處。最後一個好處，也是最重要的一項是：這些分門別類的索引就像積木，可以幫你有效拼組出精彩的故事。

多年來，我仔細檢閱了那些看起來特別有條理的文章。我想瞭解它們為什麼看起來條理分明，以及它們和那些雜亂無章、令人費解的報導究竟有什麼不同。後來，我發現原因了：那些文章的記者在文章本體中（亦即主題陳述後），把素材分門別類，歸納成不同的區塊，每個區塊分別處理故事的某個面向。那些區塊正好呼應我在採訪／寫稿指南裡列出的六大類。

那些記者在確定故事主題後，會以一種井然有序、強而有力的方式來發揮主題。例如，他們可能先把和事件「範疇」有關的素材都彙集起來；接著把和「原因」有關的素材也彙集起來，依此類推。他們這樣做，是依循組織素材的第一個重要原則：**把故事裡相關的素材集中在一起**。

這個原則的意思是，你撰寫故事本體時，應該根據指南的六大面向，把同一面向的素材加以集中。當你為素材編完索引時，這項工作就輕鬆多了。例如，你可以清楚看到，有多少素材與故事的「影響」有關。你也會大略知道那個面向在講什麼，而且你知道那些素材有多種形式，因為你已經把它們標註成實例、引述、數字、實地觀察了。

把相關的素材彙集在一起，幾乎可以套用在各類素材上，唯一的例外是歷史素材。如果歷史素材不太重要，不必多加著墨，我會把那些歷史素材集中於一處。但我更常用的作法是，把歷史素材分散在整篇文章中，適時地把它摻進其他的段落，為現在發生的事件增添對比的效果、加強故事的真實性，或是幫讀者更深入瞭解現況。太多的歷史素材集中在一起時，很容易導致讀者抽離現實事件，但現實才是故事的主場。

所以，除了歷史素材以外，把相關的素材彙集在一起可以讓故事的表達更加清晰、合乎邏輯，進而說服讀者。那樣做也可以讓故事更有吸引力，因為素材分散時，故事的邏輯及力道會大打折扣。素材太過零散，故事會顯得雜亂無章，編輯台也束手無策，不知從何改起。

不過，把相關的資料彙集在一起只是一種原則，不是鐵律。我們不太可能在每個故事裡，把所有的相關資料都全部集中在一起，但是在多數故事中，那是有可能辦到的。記者只要大致遵循這個原則就夠了。

好，我們先總結一下：首先，你先以一個主題陳述來簡要說明故事中最主要的部分。這個主題陳述是以清晰明確的語言，說明這些部分串接起來想表達什麼。接著，你把相關的素材彙集成一個區塊，以凸顯出主題陳述的重點。下一步的關鍵是：這些區塊的排序。

至於怎樣排序最為恰當，最好的線索在主題陳述中。你在主題陳述裡已經提到這些區塊的相對重要性。主題陳述中最強調的部分，是你應該先詳細說明的內容。例如，如果核心事件本身的新聞性很強或很重要，你可能要從「範疇」部分先著手，讓它馬上扣緊主題陳述。接下來，如果你對核心事件背後的動力很感興趣，你會接著寫「原因」部分。然後，你可以寫「影響」和「反動」部分。最後，以「未來」作為結尾。

這是幼年期故事的典型進展順序。假設核心事件是眾所熟悉的議題，不再是新聞，而且主題陳述也強調影響或反動，而不是強調範疇。這時記者可以把核心事件視為既定事實，或是以一兩句概略帶過，讓讀者大致瞭解全局即可。文中第一個**詳細說明**的區塊，應該是談「影響」。

在有些故事裡，核心發展似乎不合邏輯。所以，即使核心發展仍有很強的新聞性，作者可能會先告訴讀者事件背後的「原因」，接著再充分說明事件的「範疇」。

故事有好的起頭很重要，只要起頭寫得好，後面的排列順序就沒那麼重要了。作者不需要為故事苦思一套完美無缺的敘述順序，其實完美的順序並不存在。某種敘述順序可能比另一種好一點，但同一篇故事以幾種不同的順序寫出來時，效果可能都很好。

知道這點後，記者就可以更自由地講述故事。他可以順其自然，讓自己剛寫下的某個想法、句子、地名、人名或事件指引他接下來寫什麼。這種方式比你為了符合預設的方向，刻意寫一些空洞的過渡片段來串接更好。總之，你只要認真思考一開始那一兩個詳細段落該寫什麼就好了，至於後面的部分，就讓故事自己來告訴你接下來的走向。在動手寫稿之前，不必預先規劃整篇故事的敘述順序。

為了說明這個流程怎麼運作，我們找一篇文章來拆解分析。底下這篇是一九八〇年我為耕地流失所做的報導。這篇文章的複雜度適中，可以歸納出它主要強調三個部分：範疇、原因、反動；次要強調的是未來。歷史部分僅稍稍提及，影響部分則完全沒提到，因為耕地流失尚未影響到作物產量。不過，由於未來的後果可能不堪設想，大家已經開始設法阻止耕地流失。這也是為什麼「影響」尚未感受到，但「反動」已經出現了。

1.（佛羅里達州霍姆斯特德市報導）番茄種植者羅西．史川諾（Rosie Strano）開著小卡車穿梭在戴德郡（Dade County）的南部，他指著窗外一塊又一塊的土地。那些土地因帶有天然的石灰石成分，特別適合栽種番茄。但現在這裡不再種番茄了，取而代之的是購物中心和公寓林立。

2.史川諾先生最近剛失去一塊六四〇英畝的承租土地，地主對土地開發比較感興趣，覺得種番茄沒什麼價值，所以收回土地，細分成建地。在這個濕熱的氣候下，體格壯碩的史川諾先生汗如雨下，他抱怨道：「一切都沒了，總有一天城市化會把我們都趕走，這些土地再也無法挽回了。」

3.這十五年來，邁阿密大都會的擴建，從東北部開始延伸到其他地區，導致戴德郡失去五．五萬英畝的農地。由於戴德郡的南面是鹽沼濕地，西面是大沼澤地國家公園（Everglades National Park），農民沒有發展空間，慢慢被排擠到邊緣的零碎地帶。這裡原本到處都是尚未開墾的農地，如今幾乎都消失了。

這篇報導是採用一般的軼事型導言（anecdotal lead），素材是來自「範疇」部分的採訪焦點和人物。故事挑選的地點（戴德郡）是典型的受害區，這樣做可以把史川諾先生的個人遭遇和那個郡的遭遇連在一起。

4. 同樣的情況也在全美各地上演，從新英格蘭到加州都是如此。新英格蘭一帶已經沒有農場了，只剩下空蕩蕩的老舊穀倉，等著拆除開發。加州的海岸谷地，如今放眼所及皆是新建的住宅。

5. 全球市場對於美國的糧食需求量持續增加，但美國最重要的資源之一——生產那些糧食的土地——卻以令人擔憂的速度消失。各州及地方政府意識到問題的嚴重性，正緊急通過法案以保護鄉間農地，但成效有限。現在有愈來愈多的推土機駛向那些曾是耕地的地方。

6. 美國農地研究小組（National Agricultural Lands Study，簡稱NALS）的資料顯示，每年土地開發商摧毀的農地多達三百萬英畝。NALS是去年成立的多部會聯邦小組，主要任務是評估耕地流失的問題，並探索可能的解決之道。那些摧毀的三百萬英畝農地中，有一百萬英畝屬於優質農地，亦即可以最低成本栽種多數作物的最肥沃平地。每年失去的優質農地面積，相當於一條半哩寬的通道，從紐約一路延伸到舊金山。

7. 在這之前，土地流失問題並未引起太多的關注。二次大戰以來，農業生產力大幅提升，使作物的總產量每年穩定地成長。此外，許多農民雖然因都市化而失去土地，但他們仍可以在國家的預留地上開墾其他的土地。

8. 但現在，農民開始感受到壓迫所帶來的痛苦。美國約有二・三億英畝的優質農地是用來栽種作物，但近十年來農地逐漸減少，如今美國尚未開墾的優質農田只剩下七千兩百萬英畝。此外，還有一些跡象顯示，農業科技的改革速度正迅速地下滑。

9. 美國仍有很多未開墾的優質土地，但那些土地的農業開墾成本很高。長遠來看，農地開發的前景十分黯淡。NALS的負責人羅伯．格雷（Robert Gray）指出：「如果我們指望的新科技沒有實現，又無法控制都市化和土地遭到摧毀的速度，我們將會失去選擇。」

10. 農業部科學教育局的局長安森．伯特蘭（Anson Bertrand）也警告，不要指望新科技能夠快速地解決一切問題，「我們已經把現有的知識都廣泛運用到各地了。」他說：「即便如此，各地採用新技術的速度，依然跟不上土地流失的速度，所以作物的產量已達顛峰，以後只會下滑了。」

11. 此外，土地的肥沃度也大不如前。一九五〇年代，每畝農地產量的年均成長率可達百分之三，近幾年則只剩百分之一。儘管現在使用更多的化肥和農藥，一些地區的作物產量都不如以往。在此同時，國際市場對美國作物的需求量則是迅速攀升。過去十年間，美國農產品的出口額從每年六十億美元飆升為每年三百二十億美元。比原本預估的時間，提早十年達到那個規模。

這幾個段落是寫「範疇」，並把主題陳述也嵌在文章裡了。第四段出現另一個**地點**元素，顯示這個事件是全國性的。注意，這裡是採用圖像描繪法，我從新英格蘭的空蕩穀倉寫到加州谷地的新建住宅，讓讀者跟著文字聯想到畫面。

第五段的主題陳述，幾乎是把一開始組織素材時所草擬的主題陳述逐字抄寫過來。這個主題陳述把後面想要強調的特定元素都涵蓋進去了，它強調的是**行動**——土地流失、緊急挽救、推土機繼續推進。

在第六段中，我們以**量化**元素來顯示土地流失的總量。同樣的，我們也是採用圖像描繪法，以一條道路的圖像來比喻流失的面積有多大。在第七段，我們加入一些歷史資訊，以及另一個更具體的量化元素：只談優質農地的數量。第七段和第六段的數字雖然可以放在一起，但是放同一段時，會給人感覺數字太密了。

在第八段的最後，我們加入**觀點**元素。這個素材讓我們把農地流失的問題放進其他事件的脈絡裡思考。第十一段是「範疇」區塊的結尾。從第八段的最後一句到第十一段，我們看到其他因素導致農地流失的問題更加嚴重：農業科技的發展減緩、土地肥沃度降低、農產品出口的壓力大增。

整個範疇區塊（包括從這裡衍生的導言）有豐富的多元性。我們以多種不同的元素來說服讀者，而不是持續以同一種元素反覆強調。段落中也穿插著簡潔、獨立的引述，這些引述來自於不同的層級，從高層到基層都有。這裡也包含三組數字，分散在不同的段落。這裡有一個熱門地點，有一個來自基層的主角，有一條線勾勒出地理範圍的廣泛，還有三個使核心事件惡化的其他事件。

12. 未來二十年間，全球人口預計將成長百分之五十，突破六十億大關。而且，這些人口成長區長年來大多有食物短缺的問題，全球對美國農產品的需求將有增無減。各地氣候只要稍有變化，就有可能破壞脆弱的糧食供應關係，導致早已營養不良的地區受到饑荒的衝擊，造成數百萬災民挨餓致死，目前東非的情況就是如此。氣候學家認為，二十世紀的多數時間，全球氣候對農作物的生長已算是格外有利的狀況。

13. 「以後會出現更多像東非那樣的地方。」伯蘭特先生說：「發生更多的饑荒，出現更多的難民。目前糧食充分的國家，以後可能也不再有餘裕，所有的耕地都需要用來開墾才行。」

這兩段是談「未來」。為什麼把「未來」放在這裡呢？我們回頭來看第十一段（「範疇」最後一段）的結尾，那裡提到美國農產品的出口量大增，可見未來幾年外國對美國農產品的依賴會持續增加——這是很有可能的結果（至少目前看來是如此），尤其考慮到氣候因素和全球人口的成長之後。所以，第十一段最後的內容，清楚地指出我下一段的寫作方向——合理地預測未來可能的狀況。這種自然的過渡是最好的寫法，值得把它列為組織文章的原則：**讓你已經寫出來的東西指引你下面該寫什麼**。

這不是說你寫稿時可以隨心所欲地跳來跳去，在還沒結束某個面向之前，就根據前面剛寫的一兩句話，直接跳到別的面向，然後再跳回來。你應該把一個面向寫完，才轉到其他面向。上述的原則是幫你在同一面向內排列相關的素材；也在你完成一個面向時，指引你去寫下一個面向。

在第十二段裡，記者突然冒出來掌控那個段落，以免繼續空泛地寫好幾段。我不是躲在氣候學家和人口學家的背後，引用研究和報告，而是把他們的普遍發現湊在一起，以自己的語言寫出一個任何人都能做出的結論。接著，我再寫到伯蘭特先生對未來饑荒的預測，藉此強調那個結論。

14. 未來可能真的是這樣。但是對個別農民來說，現實生活中有許多的誘惑，吸引他們趕快變現，離開農業。例如，金錢就是一大誘因，美國的肥沃農地大多位於兩百四十二個大都市的附近，以及許多鄉鎮的周圍。隨著城市化不斷擴展，城市周圍的土地價格不斷攀升。把土地分割出來當建地，價值是農地的十倍。戴德鎮有一位農民最近拒絕了每畝十二·五萬美元的土地收購提案，但那個價格對很多農民來說充滿了吸引力。

15. 出售土地的另一個原因是：農民可能後繼乏人，沒人願意繼續耕種那些土地。北加州農業事務聯合會（Farm Bureau）的一位長官表示，農民的後代普遍湧入都市工作。「一個二十歲的年輕人幫老爸耕種，每小時的工資僅三、四美元。他的朋友在都市的超商裡工作，時薪是八．五美元，而且是負責驗收他種出來的蔬菜。這樣一比，你還願意待在農地工作嗎？」這位長官反問道。

16. 而且，一個農民賣地後，其他的農民也會跟進。今天這裡關一家飼料與穀物販售店，明天那裡關一家農業機具經銷商，剩下那些不願放棄土地的農民會開始嚐到「無常症候群」（impermanence syndrome）之苦。也就是說，他們會日益相信，再過不久整個農業社群都會消失，務農在社會上將難以立足，整片土地都會重新開發。於是，這些地方出現愈來愈多討厭農場噪音和味道的新居民。農民與新居民之間的衝突，往往導致更多的農民放棄土地。

17. 這種衝突在亞利桑那州鹽河谷（Salt River Valley）之類的地方特別嚴重。在那裡，鳳凰城及其他城鎮的居民與一群數量愈來愈少的農民不太和諧地生活共處。亞利桑那州史考茲戴爾鎮（Scottsdale）的居民聲稱，附近農場飄來的農藥嚴重影響他們的健康。一九七〇年以來，河谷地區的耕地面積已減少近三分之一。以前這一帶有九成以上的土地是耕地，如今有半數以上的土地已改建為城鎮。

18. 無常症候群也導致另一種土地流失現象：土地受蝕。農民有感於土地開發日益逼近，遂放棄等高耕種（contour plowing）和一些水土保持方法，也不再投資持久改善農地的技術（例如階段構築、更有效率的灌溉系統等等），只想盡快從土地榨取最大的獲利。

19. 此外，農產品的需求增加，促使一些農民開始墾土壤容易流失的邊緣丘陵地。從大草原地區到密西西比三角洲，農民為了使用更有效率的巨型牽引機，不惜拆除防風林和護田林帶以擴充耕地。這些舉動導致更多的土地受到風吹及暴雨的侵蝕。

20. 在很多地方，包括愛荷華州、田納西州的西部、密蘇里州，以及太平洋西北部種植小麥的帕盧斯地區（Palouse），土地受蝕的速度比回補的速度還快。NALS的土壤學家艾倫．海德堡（Allen Hidlebaugh）表示，農民一心想要提高產量，他們「以不該使用的方式耕種田地，只是為了多賺點錢」。

21. 儘管農業部提供資金與設備，以協助農民控制土壤受蝕的問題；也推出優惠貸款政策，以鼓勵農民繼續耕種，但政府的其他行動反而導致農地流失的問題日益嚴重。例如，環保署積極設立新的汙水處理廠，提高了鄉鎮的汙水處理能力，但鄉鎮也因此擴大居住範圍，佔用了更多農地。

22. 在佛羅里達州，國家公園管理處把一些最適合栽種番茄的土地徵收為國有地，好讓那些土地恢復成天然植被。大沼澤地國家公園裡有三萬三千英畝的私人土地，其中有部分就是這類適合栽種番茄的土地。但如今那些土地上長滿了從外地引進佛羅里達的「垃圾」植被，已根深柢固。番茄種植者對於這些被政府徵收的土地依然感到憤恨不平，史川諾先生就是其一，他央求地主不要把土地賣給國家公園管理處，但徒勞無功。

23. 許多農民和史川諾先生一樣，無法掌控自己耕種的農地，因為他們不是地主。許多農地已經落入開發商的手中，他們正在囤積土地，以因應未來的住屋需求。有些農地落入了投機者手中，他們為利所趨，把農地分割成建地。在戴德鎮上，有半數以上的農地是由農民向非務農的地主承租的。一般普遍認為，那些地主中也包括佛羅里達南部的古柯鹼毒梟，他們把販毒的非法收入拿來投資房地產。

這幾段是講「原因」。我們把導致耕地流失的所有原因都彙集在一起了。第十四、十五段描述兩個原因：一個是明顯的經濟動機，另一個是比較不明顯的社會動機。注意，這裡從概述轉為具體描述的變化：先概略說明土地分割出售的價值，緊接著舉一個具體的地方實例。同樣的，後面也是先講土地繼承問題的概略結論，緊接著是由基層的消息人士舉一個大家都懂的具體實例來佐證。

在第十六、十七段中，我們得知農地開發會產生滾雪球的效應，導致問題愈來愈嚴重。不願放棄土地的農民開始飽受「無常症候群」之苦，到最後也不得不出售土地。提出那個症候群後，作者很自然地轉進第十八段，並與另一種土地流失現象（土地受蝕）連結起來。說到土地受蝕，文章又很自然地轉進第十九、二十段，談到其他和土地受蝕有關的因素。注意，一個想法如何連到另一個相關的想法，以及這種作法如何幫我們把相關的素材集中在同一區塊裡。

在第二十一、二十二段，我把聯邦政府的政策單獨拉出來，寫成導致土地流失的另一個原因。第二十一段的第一句是為了凸顯出整個問題的諷刺性：農業部努力保護農地的同時，其他部門的政策似乎導致農地縮減。第二十三段談到許多農民不是地主，那些地主往往分不清大頭菜和朝鮮薊，而且也不在乎。對他們來說，土地只是金錢的另一種形式。這種態度顯然是導致農田分割出售的原因。「原因」這個區塊就在第二十三段結束。

我們仔細來看第十七段，這段是以**多重元素的例子**為基礎，描述鹽河谷的情況。這個例子可用來說明兩個不同的故事區塊：一個是「範疇」區塊，因為這個河谷是一個熱點，很多農地改建為城鎮；另一個是「原因」區塊，因為它顯示農民與鎮民之間的衝突是「無常症候群」的一部分。我選擇把這個例子放到「原因」區塊裡，是因為那裡最需要它，而且雙方衝突的性質很鮮明。

我把鹽河谷的素材都集中在一個地方，是因為如此一來讀者對那個地區會有更完整的印象，更瞭解當地的狀況。於是，這也帶出了組織文章的另一個原則：**儘量把同一消息來源的素材放在一起**。

也就是說，把某人提供的所有證詞，把與某地、某人或某機構有關的所有事件，都集中在故事的同一地方。注意，這裡提到「儘量」兩字。這個原則比其他的原則更籠統，不是鐵律，可以經常打破。在特寫新聞中，這個原則就不能、也不該套用在主題上，那樣做顯然太愚蠢了。即便是在非特寫新聞中，如果某個消息來源或某個事件的素材比其他的素材更重要，而且它本身就是重要的故事元素，那就不該套用這個原則。最後，即使一個故事裡有很多的消息來源和事件可以挑選，也許某個消息來源就可以為故事的不同區塊提供實用的素材，你不用它，反而會導致故事失色不少。在這種情況下，你應該拋開上述原則，分散使用那個消息來源的素材。我在上面那篇報導中，就是這樣處理史川諾先生這個人物。

但你決定打散素材以前，最好先三思，因為把同一消息來源的素材集中在一起有助於釐清論點，對寫稿者來說也是一種很好的紀律。

這樣做可以避免一種常見的通病：過度引述。當你把一個人講過的話都集中在一起時，比較可能只挑最犀利、最重要的部分，放在最需要那些話的區塊裡。這樣做當然很好。

此外，這也可以在讀者心中隱約地強化那個消息來源、地點或事件的重要性。當素材四處分散時，重要性也會跟著減弱。最重要的是，把素材集中在一起可以避免健忘，健忘往往扼殺了文章的易讀性。

舉例來說，假設讀者在某個故事的第二頁裡看到一個不顯眼的銀行家，名叫史密斯。但是名叫史密斯的人實在太多了，本來就很容易遺忘。史密斯是聯合信託銀行的執行副總裁，他在故事的第二頁裡講了一些有關存款單的事情，內容無關痛癢，然後就消失了。後來到了故事的第六頁，作者又再次提到他：「聯合信託的史密斯先生……」

讀者再次看到這個名字時，難免會皺眉，他已經忘了史密斯是哪位。自從在第二頁首度見到他以後，又發生了很多事情，也出現了其他的消息來源。於是，讀者停下來回想。但讀者只要一停下來，故事的進展就停了，作者馬上就面臨失去讀者的危險。如果故事裡有好幾個消息來源都是這樣分散出現，讀者肯定會棄故事而去。即使作者把相關的素材都彙集在同一區塊裡了，讀者還是可能被太多名字搞得頭昏腦脹，最後因為記不了那麼多名字而棄讀。千萬不要指望讀者記住那些瑣碎的細節。

24. 佛羅里達和美國另外的四十七州，都試圖以降低農地稅的方式來保護現有的耕地。不過，這種政策顯然無效，部分原因在於降稅使投機者覺得炒作農地的成本更低。有些地方的作法是設立農業專用地，但那樣做也無效，因為地方政治干預，地主也強烈反對，他們不希望農地被排除在都市計畫之外，而喪失潛在的巨額獲利。

25. 不過，奧勒岡州不顧那些反對，依然推動嚴格的全州土地分區政策。現在該州的法律要求地方政府登記所有的土地，確立土地的用途，並圈出最好的土地區域作為「農業專用地」。農業專用地的地主可享有優厚的賦稅福利。

26. 其他地方的縣郡也各自採用類似的措施。例如，愛荷華州的黑鷹郡（Black Hawks County）為土地建立「穀物栽種適宜度」的評級標準，避免優質農地淪為城鎮開發的目標。聖克魯茲郡（Santa Cruz County）是加州中部海岸的重要農產區，一九七八年該郡居民投票通過保護農地後，該郡把當地所有的農地劃分成六個不同的等級。最好的土地等級是1A，完全不准分割；最低的等級是2D，那種土地通常是農民和其他居民爭執的小土地，可用於城鎮開發。

27.農民若希望土地重新分類，另作他用，需要先接受一個委員會的嚴格審核。那個委員會是由其他的農民組成的。在最近一次會議中，一位果農表示他的農田有橡樹根真菌肆虐，不再是優質農地，他想申請分割農地。委員會當場提出質疑，說那種真菌在當地非常普遍，而且可以控制，所以駁回他的申請。地方農業事務聯合會的會長小查理斯・巴爾（Charles Barr Jr.）表示：「想改變一英畝1A級的土地，恐怕要通過國會法案及老天許可才行。」

這幾段是講「反動」，直截了當地描述一些地區為了控制或防止農地流失所採取的措施。同樣的，我也是利用上個區塊的最後一句話，帶出這個區塊的內容。第二十三段的最後一句提到「佛羅里達南部的古柯鹼毒梟」，所以我以「佛羅里達」作為銜接語，提起佛羅里達州和其他州的稅收政策，以此展開「反動」區塊。

在整個區塊內，我又使用較小的銜接資訊來串接不同的內容。例如，提到稅賦政策失敗後，自然地帶出另一項政策失敗：土地分區政策。提到土地分區政策後，又自然地帶到奧勒岡州的全州實驗。接著，我們進一步探索其他鄉鎮的創意應變措施，最後的焦點是落在聖克魯茲郡上。

28.現在，評估這些政策和其他保護措施的效果仍言之過早，也沒有人知道這些措施是否會推廣到全國，普遍獲得採用，以阻止各地的農地改建。NALS表示，如果這些措施無法普遍發揮功效，從現在到二十世紀末，美國失去的優質農地面積，可能與印第安納州的面積差不多。光是美國中西部的玉米帶就可能因農地流失，每年減少約十億美元的玉米產量。在瘋狂炒作房地產的佛羅里達州，所有的優質農地都將消失殆盡。加州身為美國最大的農業州，將失去百分之十五的最佳土地。

這一段為「反動」區塊作結，先以一句話客觀地看待那些抑制農地流失的措施，接著概略地描述未來。你可能注意到，我在這裡打破了「把相關素材集中在一起」的原則，因為稍早前也有一個小區塊提到未來（第十二、十三段）。我之所以把未來拆成兩部分來寫，是因為這兩段素材有自然的分隔。前面那段素材是談全球糧食供應短缺的可能狀況；這裡是談農地繼續流失的可能後果。由於兩者截然不同，分開使用也沒有關係。

29. 在戴德鎮，史川諾開著小卡車去巡視他失去的土地，每年他都會這樣看個三、四次，每次看了都氣憤不已。在華盛頓，土壤專家海德堡先生把一首從專業期刊剪下來的詩貼在牆上。那首詩的最後兩節是這樣寫的：

30. 遼闊的購物中心下，
埋著隱祕的哀愁——
陽光雨露召喚著大地，
但大地無以回應。

31. 注意那些城鎮和它們的產物：
在那些錯雜的街道下，

密封著
沃土的棺木，
未萌穀粒的亡魂。

結尾是把主線拉回去呼應故事的主題。我們通常不會使用詩詞當文章的結尾，而且上面那首詩又不是大師之作。但那首詩充分反應了現實狀況，讓我難以抗拒。注意這個結尾採用的情感元素：先描述史川諾先生的憤怒和哀傷，再以這首無名小詩來凸顯出有苦難言的悲怨。

在這種故事中，不同的區塊有其各自強調的重點，你不需要太在意各區塊內的組織。每個區塊內都有幾個關鍵元素，你可以循著這些元素的指引來寫稿。即使中間遺漏了幾個，結果也不至於太差。

但是，如果故事有頭重腳輕的現象，太強調一兩個區塊，導致其他的區塊顯得微不足道，那種故事就需要下功夫做額外的組織了。例如，在上一章的新興城鎮報導中，「反動」區塊佔據了大部分的版面，其他的內容很少。在組織那個故事時，我先問自己：在「反動」區塊中，有哪些不同的當事人？他們採取了什麼行動？我發現有三種當事者各自採取不同的行動，他們是能源公司、地方政府和各州政府，所以我以這三種當事人為基礎來建構區塊。

按照順序，我們先看到能源公司的行動，包括提供資金贊助、建設整座城鎮、提供福利設施、提供創意融資。接著，我們看到一小段描述城鎮的反應，並引用某個嚴格實施分區管制的城鎮為例。最後，我們分述各州的行動，包括提高開採稅、建立數十億美元的信託基金、撥款補助受影響的社群。如此一來，就有條有理地說明了發生的事情。接著，我再用一小段來客觀分析這些反動行為（一些衝突仍在，還有一些錯失的機會），最後對這些反動行為的效果進行評估，以此作結。這個區塊的最後一段顯示，那些反動行為仍在延伸與擴張。

這種組織模式也可以套用在其他內容太長的區塊上，基本作法如下：找出差異，接著組織素材以凸顯出差異。在那篇新興城鎮的報導中，我的組織模式是以那些當事人為基礎，因為他們各自的反應不同。如果他們都是做同樣的事，例如各州和地方政府都在幫能源公司興建新興城鎮，我會改用不同的**行動**來組織素材，而不是以不同的當事人為基礎。

「範疇」區塊很長時，處理的方式也是如此。在「原因」區塊中，我會權衡當事人及其行動背後的不同**動機**。在「影響」區塊中，我會權衡**受影響**的類別和感受到的不同**效應**。

在組織特寫報導時，可以按照特寫指南的六大面向，依循這種區塊遞進主線寫稿，但我覺得大多時候沒必要這樣做。區塊遞進主線最適合沒有明顯主角的故事，需要靠許多元素來處理故事的行動、影響和反動，所以採用區塊遞進主線可以確保資訊的表達清晰有力，避免混淆，使故事顯得有條有理，循序漸進。相反的，在特寫報導中，有主角貫穿整個故事，提供自然的統一效果，記者可能還是希望把那個主題的相關素材按不同的性質集中在一起，編列索引也可以在這方面幫上大忙，但記者在組織素材時享有更多的自由。

2. 時間主線

故事的本體或絕大部分的內容是按簡單的時間順序進行。例如，在特寫報導中，主角順著時間或某種時序，從一地到另一地，從一個行動換到另一個行動。以下這篇寫於一九八一年的職業特寫就是一例：

1.（亞利桑那州拉夫特十一[1]農場報導）馬背上的男人想把一頭小牛從牛群裡拉出來，他旋動著手上的套索。突然間，套索套住了小牛的後腿。他迅速把套索收緊，把繩索的另一端繞在馬鞍前面的鞍頭上，接著把那頭倒楣的小牛拖到其工作團隊的面前。

2.旁邊的人用鞭子抽打著小牛的背部，另一人為小牛打預防針。接著，在鮮血、塵土與號叫聲中，以及皮肉燒焦的刺鼻煙霧中，小牛被割下牛角，烙上印記，劃下農場的獨特記號（牛仔辨識牛隻時，比較注意那個獨特記號，而不是烙印），也被閹割了，這一切動作是在一分鐘內完成。

3.吉姆．米勒（Jim Miller）坐在馬鞍上，笑看著小牛奔向母親。米勒今年六十四歲，在這附近土生土長，從五歲開始在亞瓦派郡（Yavapai County）放牛，他打算一直做到腿無法跨過馬背為止，他說：

「我只懂得放牛，也喜歡放牛。」

4.他全身上下都是牛仔獨有的特色：雙腿和膝蓋磨損、肩膀和手肘脫臼、鞍頭拉傷大腿、右手的手指嚴重變形，無法完全彎曲。那是套索牛仔的特色：手指因拉扯繩索而變形，因撞擊鞍頭而骨折。儘管手指嚴重受損，米勒依然是牛仔套索比賽的冠軍。

這種導言其實很老套乏味，我想過換點別的，但想不到更好的寫法。那段導言裡確實納入了很多與

1 拉夫特十一（Rafter Eleven）是一條環道的名稱，這裡是那個農場的名稱。

故事密切相關的行動，也讓故事的主角如我所願，以工作的狀態出現在讀者的面前。

5. 米勒是一名牛仔，如今美國西部仍有許多牛仔。有些牛仔戴著彩色羽毛裝飾的黑帽，開著大卡車在西部馳騁，駕駛座的旁邊放著半打庫爾斯啤酒（Coors）。他們是小鎮牛仔，唯一認得的馬，是引擎的「馬力」。

6. 還有一些牛仔是下班後才變身為牛仔，他們放下公事包，脫下三件式西裝，換上名牌牛仔褲，套上蜥蜴皮的靴子，配上閃亮如車頭燈的銀色皮帶扣，到西部風格的夜店裡，打量其他人的行頭。他們是都市牛仔，唯一認得的牛，是酒吧裡的騎牛機。

7. 最後，是一群像米勒這樣的少數人。他們的靴子又破又舊，對牛馬的習性以及曠野上的日出瞭如指掌。他們也知道，這個在美國被過度美化的職業，實際上有多危險、多沉悶、收入有多低。這種貨真價實的牛仔如今已寥寥無幾，米勒說：「我認識的真實牛仔大多過世好一陣子了。」

8. 米勒的個頭高大魁梧，笑聲爽朗，對於大眾流行的牛仔風潮感到既好氣又好笑。「那些歪風幾乎讓人以身為牛仔為恥。」他說：「現在連醫生、律師、商家也戴牛仔帽、穿牛仔靴到處跑。」他不相信那些人願意過真正的牛仔生活，他們對牛仔生活的認識純粹只是幻想。

9. 米勒表示，在這個傳統的放牧小鎮裡，典型的牧場工人是十幾歲、二十出頭。這種小伙子都太菜了，還不知道怎麼幫馬兒釘上蹄鐵，必須做各種枯燥卑微的瑣事。現在沒有人想雇用只會騎馬放牛的大爺，那種大爺拒做各種牧場雜活（烙印除外），因為那些雜活在馬背上無法完成。現在牧場裡的工人大多是附近小鎮的小伙子，他們每天通勤來上班，米勒也是如此。以前工棚裡住滿「鋪蓋牛仔」，他們在西部穿梭，從一個牧場換到另一個牧場，如今這種情況已不復見。

10. 不過，有些事情從未改變。米勒指出，「以需要具備的知識和投入的勞務來說，牧牛仍是最低薪的工作」。一九三〇年代，在亞瓦派郡，牛仔的每月收入是四十五美元，而且包吃住。現在的標準收入是每月約五百美元，但不包吃住。現在的牛仔有社會保險和一般的工傷保險，但沒有退休金，也沒有生活費用的調整補助、健保或壽險。

11. 米勒是牛仔界的菁英，他工作的牧場是費恩公司（Fain Land & Cattle Co.）這個家族企業經營的，月薪一一五〇美元，但那是因為他是牛仔工頭。牛仔工頭是整個牧場的指揮官，他以身作則，和手下的人一起工作，並負責日常的牲畜管理。在不同的時候，牛仔工頭或其他的優秀牛仔也必須兼任牧場的遺傳學家、會計、鐵匠、廚師、植物學家、木匠、錫匠、醫生、心理師、機師、護士以及其他工作。米勒難過地說：「現在的年輕人做別的工作可以賺更多，實在沒有必要學習當優秀的牛仔。」

這個區塊描述我在主題陳述中確立的內容。前面提過，在特寫報導中，主題陳述不是行動的摘要，而是列出故事主角與眾不同的特質，或典型的兩三個面向（若是綜述型的特寫報導，就是列出與眾不同的面向；若是微觀型的特寫報導，就是列出他典型的地方）。這種主題陳述不能放進故事中，但它的目的和那些可納入故事的主題陳述一樣。它聚集了整個故事的焦點，並告訴讀者為什麼這個主角值得做特寫報導，所以必須儘早確立。

我為這個故事確立的主題陳述很簡單：在這個牛仔風潮盛行的年代，真實牛仔的生活和工作是什麼樣子。這句話告訴我，我應該去尋找真牛仔和偽牛仔之間的差異，並在寫作過程中比對兩者。上面那個區塊一開始先描述兩者的差異，讓讀者知道為什麼我們要花心思去描述米勒這號人物。

12. 那麼，為什麼還有人願意當牛仔呢？

這是很自然的疑問。在這之前，我先列出放牛為生的諸多缺點，以增添這個問題的份量。讀者一路讀下來，會愈來愈想知道為什麼還有人真心喜歡這個工作。所以，我站在讀者的立場，幫他提出這個問題，這是讓讀者感受到記者存在的一種方式，但這種方式只能偶一為之，不能頻繁使用，不然會使整篇文章看起來像益智節目的問答一樣。

注意，這裡並未直接回答問題，因為剩下的整篇內容就是在回答這個問題。故事的時間線從這裡開始，自然地發展到最後。

13. 現在，米勒的管區還是清晨。這個管區裡放眼望去都是綿延起伏的山地和半乾燥的小丘，總面積逾五萬英畝，由他帶著兩名全職的助手一起管理。今天他們要登上海拔七千八百英尺的明格斯山（Mingus Mountain），去找最近春季趕牛時走失的牲口。米勒仔細地觀察土地，牧草綠意盎然，但牧場若要維持這片綠意，還需要豐沛的雨水滋潤才行。

14. 對此，牛仔工頭也只能默默祈禱，聽天由命了。畢竟，這片土地實在太大。從事其他職業的人大多與大自然隔離，關在工廠或辦公室裡，拼命想讓工作環境順從己意，或強行擷取環境中的資源。但牛仔知道自己在廣袤的草原上只是一小點，其工作微不足道，掌控土地的力量幾乎是零，大自然才是拉夫特十一牧場（Rafter Eleven Ranch）及其他牧場的唯一主宰。所以牛仔必須學會虛心面對大自然帶來的危險和挫折，並真心感謝大自然的恩賜。

15. 一頭公羚羊從圍欄底下鑽了出來，在草原上奔馳，活力十足地踢著蹄子，一位牛仔喃喃自語：「那是好兆頭。」

16. 他們幾個牛仔不是騎著馬兒悠閒地翻山越嶺，而是開著卡車一路顛簸到這裡。牧牛用的馬匹是搭著特殊的拖車而來，那些馬兒也是通勤到牧場上工作。儘管米勒是在篷車、野營、簡易工棚以及毫無圍欄的放牧年代成長的，他仍然推崇現代的放牧方式。他使用電烙鐵來烙印牛隻，因為速度較快。在牧場上，他也會利用拖車載運一小群牛隻，幫牠們移位，而不是讓牛群自己走路過去，因為食用牛每少一磅肉，牧場就損失六十七美分。

17. 不過，對於是否繼續騎馬放牧，米勒和其他經驗豐富的牛仔都非常堅持。他們覺得牛和馬之間有一種微妙的默契，馬有馴服牛群的效果，那是無法取代的。米勒嗤之以鼻地說：「附近有一些蠢人曾試過騎摩托車牧牛，那根本行不通！」他補充，敏銳的良駒有與生俱來的本能和靈性，牠可以輕易走入牛群，把公牛和母牛分開，那是任何機器都無法取代的。

18. 到了明格斯山後，馬兒開始上工。這裡沒有平坦的草原讓馬兒奔馳，只有崎嶇、陡峭、灌木叢生的山谷，需要辛苦緩慢地攀爬。帶刺的樹幹不時地戳著馬背上的牛仔，這是辛苦又危險的工作，但高地對任何牧場來說都是寶貴的資產。冬天的冷空氣集中在谷底，高地反而比較溫暖。而且，營養豐富的胭脂櫟和其他的灌木全年生長，即使在雪地上亦生氣盎然。

19. 在四周長滿橡樹、檜柏和松樹的空曠高地上，十八歲的特洛伊．湯莫林（Troy Tomerlin）停下腳步，嘴裡嚼著一根細枝，想著自己的未來。他會駕駛反鏟裝載機，駕駛那種機具的收入幾乎是現在工資的兩倍，他現在的月薪是五百美元。「但我不確定我想每天挖化糞池。」他說：「在這裡，我可以與動物為伍，跟牠們一起工作，在山野間穿梭。換成辦公室的話，你整天只看到辦公桌，其他什麼也看不到，我也不喜歡別人盯著我做事。在這裡，米勒只告訴我們該做什麼，你想怎麼做都可以，我喜歡這種工作。」

20. 突然間，烏雲開始盤據山頭。上週牛仔遇到冰雹襲擊，冰雹大如高爾夫球，但那也是牛仔工作的日常。在開闊的空地上騎馬時，其實更可怕的是閃電，很多牛仔是被雷電劈死的。去年夏天，特洛伊也差點被閃電擊中。有時馬兒因閃電受驚而四處狂奔，把牛仔摔落馬背，或是以繩索或馬鐙絆住牛仔，拖著牛仔奔馳，導致牛仔喪命或殘廢。米勒輕聲說：「我有三個好友都是那樣被馬拖死的。」

21. 幸好，烏雲很快就飄走了。他們設法把躲在石頭和灌木叢後方的牛隻趕出來，繼續往高地前進。湯米．史都華（Tommy Stuart）曾參加過牛仔競技比賽，他騎著馬，不斷地衝撞灌木叢，把迷失方向的牛隻逼出來。他們用連串帶有奇妙音樂旋律的叫聲、喊聲和嗥叫聲，呼叫著牛隻。一頭倔強的公牛不聽召喚，史都華只好用套索來對付牠。只有在牛隻不聽話時，牛仔才會使用套索。米勒說，經常使用套索的牛仔根本不懂得怎樣趕牛。

22. 米勒說，趕牛的訣竅在於觀察牛耳，牛耳的指向就是牛隻想走的方向。在趕牛的過程中，米勒也常讓牛群停下來休息，讓母牛和小牛有更多親密相處的時間。這樣做有助於馴化牠們的脾氣，或安撫容易激動受驚的牛隻。他指出：「你不讓牠們休息的話，牠們會開始奔跑，愈跑愈燥熱，然後就瘋了，再也不聽使喚，你必須讓牛群保持冷靜。」

23. 秋季的小牛斷奶期是特別敏感的時期，牛仔會把小牛和母牛隔開，直到牠們完全獨立，擺脫母子依賴關係。在這段隔離期間，小牛已經長得很大，但分離的壓力容易使牠們感染肺炎。牛群結束一天的勞動、躺下來休息時，任何車聲、狗吠或鳥啼都有可能驚動牠們，使牠們倉皇逃竄，衝倒柵欄，或在牛群中擠壓踩踏彼此的身體。米勒在約勒大牧場（Yolo Ranch）當牛仔工頭時，曾遇過這種情況兩次。

24. 這次上山，幸好一路沒發生意外，他們終於順利抵達高地。現在沒有像蓋比．海伊斯（Gabby Hayes）那種大鬍子老粗開著篷車，為牛仔提供熱騰騰的牛雜湯（典型的牛雜湯是由牛腦、牛舌、牛心、牛肝、牛髓和洋蔥燉煮而成）。如今是每個人緩緩走回牧場小屋，由牛仔工頭為下面的人料理午餐：牛排、豆子、麵包淋上肉汁，以及用沙拉醬的罐子盛裝的冰茶。

25. 根據傳統，牛仔工頭必須負責照顧手下的牛仔，他也負責招募及開除他們。在米勒底下工作，除了不適任會遭到解雇以外，還有兩件事也會遭到開除：虐待馬匹及抱怨連連。抱怨連連至今仍是牛仔圈的禁忌。牧場希望以每月五百美元的工資換得牛仔的絕對忠誠，他們幾乎都能找到這種人手。對牛仔來說，工會是全然陌生的概念。牛仔若不喜歡工頭、工作或任何事情，他大可當場辭職不幹。

26. 解雇也很簡單，不會為了遣散費而爭執不休，也不必擔心員工控告。米勒表示：「我只告訴他們：『就到此為止吧。』他們就自己走了。」

27. 以前牛仔工頭需要得力助手時，只要走一趟普雷斯科特市（Prescott）的酒吧街，進入一家名為宮殿酒吧的地方就行了。那裡是勞力中心及社交場所，裡面有很多人在當地遊蕩了好幾個月，米勒說他們是「欠債七百美元的酒鬼」，他現在已經不去那裡找人了。他說：「現在那裡都是嬉皮，連牛馬都分不清。」如今牛仔需要工作的話，會主動打電話給他。

> 28. 吃完午餐後，牛仔起身去哺育一頭生產時受傷的小母牛。萬一他們無法讓牠站起來行走，牠就死定了。

放牧的路程和我們的時間主線在此重疊。我刻意挑選放牧的自然流程，是因為這個流程充滿了潛在的動態元素。

這個區塊很長，它的組織架構是依循另一個重要的組織原則，這個原則比其他的原則更嚴格：**經常離題無妨，但不能偏離太久**。

根據我們的定義，故事元素只要缺乏明顯的動態都算是離題，所以舉凡觀察、說明、描述、指示或分析都是離題，其實故事裡的最佳引述也是一種離題。簡言之，典型的故事內容大多是由離題構成的。唯一不算離題的元素，是實際發生的事情，它們是推動故事進展的動態元素。

你接受這個原則，等於是把讀者對動態元素的喜愛放在首位。如果一篇故事是一條沿途有好幾個水壩的河流，那些狀似靜止不動的水就是離題的段落。讀者若是在平靜的水面上漂浮太久，他可能會忘了底下河流的存在，而在陽光下睡著了。所以，我們應該盡快讓他離開平靜的湖面，使他的船重回湍急的河流（亦即故事的動態）。

我寫稿時，這項原則是最有效的糾察隊。每次我開始寫離題段落時，我知道我必須儘速寫完離開。這條原則敦促我寫得更精簡，刪除重複的素材，只選最有價值的元素，儘量言簡意賅，不要拖沓。我之所以離題，是因為離題可以增添變化和資訊，但我要是叨叨絮絮個沒完，肩上的糾察隊就會把我敲醒。

在趕牛的路程中，你可以看到這條原則發揮監督的效用：

第十三段：沒有動態元素可講，我們還在準備上路，但這段主要是牛仔工頭的觀察。

第十四段：依然沒有動態元素。這段是記者的觀察。

這裡我暫停下來講另一條經驗。在這個故事裡，我覺得我必須凸顯出放牛這個工作與其他工作的不同。但怎麼凸顯呢？那些牛仔無法告訴我很多，因為他們沒有參照對象。同理，非牛仔也無法告訴我。研究牛仔的社會學家也許有答案（這種人確實存在），但讀者對這種非當事人不太感興趣。所以，既然我看過牛仔和其他的職業，我又是讀者的現場代理人，我可以告訴讀者我看到哪些差異。

第十五到十六段：大多是行動，以解釋作結。

第十七段：牛仔工頭的解釋。

第十八段：先寫行動，接著是觀察。

第十九段：沒有行動，使用引述。

第二十段：行動；天氣元素出現了，帶讀者看工作時的危險。

這個故事是按沿途出現的跡象發展。天氣元素的出現，帶我們看與天氣有關的危險：閃電。危險的概念，又帶出另一種不同的危險：被受驚的馬匹拖死。前面的段落提到，馬匹是搭乘拖車通勤。那個現象讓我們離題思考現代的放牧方法，以及馬匹仍存在的重要性。辛苦攀登明格斯山上的路程，則讓我們觀察到高地對牧場的重要。

第二十一段：都是動作，牛仔趕牛。

第二十二到二十三段：沒有動作。離題談趕牛的訣竅。

第二十四段：動態段落。牛仔抵達高地，緩緩地走進牧場小屋，享用牛仔工頭烹煮的午餐。

注意歷史素材的片段——提到牛雜湯並詳細介紹食材。這可以增添一點真實性，同時也呈現出今昔對比。

第二十五到二十七段：離題談牛仔的雇用及行規，從工頭為底下的人煮食可見一斑。

第二十八段：動態段落。描述放牧路線的區塊在此結束。

接下來，我把時間線拉遠一點，去造訪牧場的辦公室，並提到牛仔工頭下班回家，以維持時間線的進展。結尾是詢問米勒對未來的看法，藉此繞回故事的主題。

29. 在拉夫特十一牧場的辦公室裡，費恩公司的副總裁及家族第三代比爾．費恩（Bill Fain）從電腦上得知，他即將出售的食用牛，每磅肉的畜養成本約六十八美分，但賣價可能只有六十七美分。費恩說，這就是當今的牧牛業。如此微薄的利潤，使米勒這種專業人士顯得更加重要。

30. 一般認為米勒是這一帶最精明的牲畜行家，他負責為牧場採買種牛及汰換母牛，所以在維持牛群的品質方面，他比任何人的功勞更大。牧場上有七百頭母牛，他設法讓小牛的出生率達到百分之八十的高水準。此外，他也把牧場的土地保護得很好，讓土地獲得充分的休息和再生的時間。

31. 「我們的產品不是牛，而是草地。」費恩說：「米勒很清楚這點。很多牛仔會套繩索、騎馬，也熱愛這種生活，但是像他這樣萬能的人已寥寥無幾了。」

32. 牧場外，汽車在曾經名為「寂寞山谷」（Lonesome Valley）的馬路上奔馳，如今那裡約有居民六千人。費恩家族眼看著依賴牧牛業的風險日增，為了分散風險，他們把部分牧地賣給開發商，開闢新城鎮。此外，費恩公司也在另一塊牧地上自行開發建設。

33. 這也導致牛仔的工作日益艱難。有些屠夫開著貨車四處營運，他們趁機射殺牛隻，當場以電鋸肢解牛體，把牛肉丟上貨車，扔下牛頭和內臟後，逃之夭夭。附近居民把牛欄拆下來當柴火，開槍射破牧場的水箱，破壞圍欄，潛入牧場內虐待小牛。費恩坦言：「人和牛無法共存。」米勒說：「那些人的舉動實在太令人心寒了！」他的眼裡閃過冷酷的怒火。

34. 目前，老式家族牧場都出售了，大多是賣給對牧牛一竅不通的投資者，他們連海福特牛（Hereford）都不懂，比較關心如何避稅，而不是經營牧場。這些投資客的出現，使牧場的價格大幅上揚，導致真正想養牛的年輕人買不起牧場，或難以靠牧場營利。米勒表示：「我真的看不到牧牛業的未來。」

35. 也許沒那麼糟。在亞瓦派郡，那些倖存下來的家族牧場裡，放牧生活的週期依然沒變。在皮伯斯山谷（Peeples Valley），今年有十五頭小牛命喪美洲獅之口，獵獅人喬治・戈斯維克（George Goswick）正在織女山脈（Weaver Mountains）追尋那些美洲獅的蹤跡。在草原上，有數匹母馬懷著小馬。那些小馬誕生後，都將獲得馴馬師特威斯特・赫勒（Twister Heller）的細心指導。在海斯牧場（Hays Ranch）上，牧場主人約翰・海斯一邊忙著為一頭激動的海福特牛注射抗生素，一邊煩惱牧場內隨處可見的蚱蜢。牧場太大，蚱蜢太多，他只能勉強接納那些不速之客。

36. 夜幕低垂，米勒返家。他家位於普雷斯科特的市郊，他在那裡擁有五英畝的土地和一個養馬的圍欄，他和妻子瓊安在此生活了十年。婚後最初的二十七年，他們是住在米勒工作的牧場上，並在那裡養育了四個兒子和兩個女兒。米勒教會他們套索和騎馬，但子女都不想承襲父業，因為當牛仔無利可圖。

37. 明年，米勒就六十五歲了，他打算辭去拉夫特十一牧場的牛仔工頭職位，開始領社會保險金，但他說他永遠不會停止工作。這裡，在馬背上生活一輩子的人，大多捨不得離開。米勒的朋友湯姆・里格登

（Tom Rigden）失明近八年了，但現在仍在自己的牧場上趕牛及閹割小牛。

38. 米勒覺得，以後要到牧場找白天的工作並不難。他說，這個年代，真正的牛仔有如鳳毛麟角，頂尖的高手永遠不愁沒事做。

在整個放牧路線的區塊中（亦即本文的核心），讀者常被拉到路程之外，但沒有逗留太久。多數的離題內容是侷限在半個段落到一個半段落之間，之後又馬上銜接新的動態。最長的離題內容是談雇用牛仔的制度，只有三段。

這篇故事的動態元素不是特別吸引人，而且它們傳達給讀者的資訊，也不像補充及說明那些段落的離題部分那麼重要。但是，話又說回來，我就只有那些動態元素，我知道動態元素對文章的可讀性來說很重要，所以我利用那些動態元素來串接故事。

時間線可以賦予故事一種自然的順序，但它也侷限了作者。當某個元素遠比其他的元素重要，而且又是新聞核心時，作者會很想先寫那個元素，把它凸顯出來。但是萬一作者受到時間線的限制，他往往無法巧妙地做到這點，尤其那個元素又發生在很後面的情況。如果故事只需要強調主題的兩三個面向，我認為那種故事就不適合採用時間主線來敘事。

時間主線之所以適合這篇牛仔故事，是因為故事的性質——真實牛仔的工作和生活——暗示著這個故事需要採取廣泛描述的方式，列舉許多組成牧場工作的小事，沒有單一事件特別重要。所以我可以跟在牛仔的身邊一整天，注意及評論那些小事，因為我的目的是提供讀者一個通盤的印象，而不是傳達精挑細選的特定訊息。

3. 主題線

這種形式是用來傳達具體的訊息。作者不是按照時間順序寫稿，而是挑幾個和主題有關的面向，專心寫那幾個就好，主題陳述會告訴他哪些面向最重要。他可以先寫最戲劇化的元素，不管發生時間的早晚。如果那幾個重要面向彼此相關，他可以把它們交織在一起，也可以分開處理。

我們回頭去看第二章的伐木工報導。你一定還記得，在可選擇的所有元素中，我挑了兩個重點元素：這項工作本身的高危險性，以及伐木社群的特質。我不想只讓讀者大致瞭解這些工人的工作，所以刻意把焦點放在他們面臨的危險及遵循的行規上。如果我是採用時間主線來敘事，那可能會逼我加入這個範圍以外的元素，並按照時間順序來描述，而不是按照重要性來描述。這樣一來，我想傳達的訊息就削弱了。所以，我是採用主題線，把焦點放在危險和死亡以及伐木工作的行規上，以那幾個重點為基礎來組織素材。

故事的前五段完全符合主題陳述，介紹了我想強調的那兩個面向。首先我把數字轉換成一般上班族能夠理解的圖像，接著顯示伐木社群的一大特色：不顧死活的大男人主義。

接下來，我把兩個面向分開處理，先詳細談論危險和死亡。我用五個段落，從多方面來說明這份工作有多危險，以佐證我在故事一開始所做的主張。接著，我用十二個段落來描述伐木工稱兄道弟的情誼。最後，我在談他們兄弟情誼的段落裡，把兩個重點面向交織在一起，談到這個危險工作的參與者：伐木工。故事的結尾是展望更平順、更安全的未來，但是仍帶著一絲淡淡的失落感。

我之所以引用上面的故事，是因為每個故事都代表一種類型的敘述主線。不過，在很多故事裡，可以同時使用兩種、甚至三種主線。以那篇後援投手的故事為例，其中一條主線是主題線，交織著故事的兩個面向：投手日益強烈的空虛感，以及大小聯盟的差異。不過，作者也採用時間線，按順序記錄奔牛隊一週的比賽行程。故事的主題仍持續進行著，但敘述結構改變了。

採用區塊遞進主線的非特寫報導，也可以加入另一種或另兩種敘述主線。例如，在兩家公司正面交鋒的報導中，可以加入一條時間線，講述兩家公司連串的衝突事件。此外，如果某個當事人的性格對故事的動態有影響，作者也可以加入一個主題區塊，描述那個當事人的性格。這就好像寫一篇迷你的特寫報導一樣，只有幾個段落，插在整篇故事裡。

* * *

記者把素材整理完畢後會發現，故事雖然還沒寫出來，但已經有腹稿了。他知道故事要講什麼，也知道怎麼以簡潔扼要的方式表達。他對敘述主線的結構有了大致的概念，也找到故事本體的起始點。他的素材幫他得出幾個結論，有助於文章的收尾，他可能連結尾都想好了也說不定。

所以，他開始打開電腦檔案，準備寫稿，但是一看到游標，他就卡住了，因為他還沒想到導言該怎麼寫。

他寫了一點，但覺得不滿意，開始煩惱了起來。他試了其他的寫法，依然不滿意。於是，他去找同事聊天，回來以後再試一次，依然失敗。不久，午餐時間到了，他又消磨了很久……

明明他已經反覆思考、整理資料、建立索引、組織素材了，現在卻還是寫不出東西，這個結局似乎很不公平。但是，如果人類左右腦功能的研究是正確的，這種令人苦惱的結果其實都在預料之中，而且有解決之道。

研究顯示，人類的左腦負責理性思考，服從命令。它是採線性運作的，依循一條合理的路線邁進，從一個點邁向另一個點。它沒有想像力，只會埋頭苦幹，你告訴它怎麼做，它就會照著做。它可能會發出微弱的抗議聲，說它比較想去逍遙，但你可以不理會它的抗議，舉起鞭子來鞭策它，它就會乖乖就範。

相反的，人類的右腦對理性毫不在乎，它是直覺、感性、有創意的。這裡是靈光乍現的地方，是想像力馳騁的地方，是構想卓越畫作、音樂和文學作品的地方。許多出色的故事導言也是來自這裡。

然而，右腦就像任性的小孩。如今有很多的工作坊推出駕馭右腦的課程，但我從未遇過真正駕馭右腦的人。右腦只有在它想工作時才會運轉，這也是為什麼即使作者按本書的指導，正確地完成了所有的前置作業，卻依然卡在導言那裡，寫不出來。那是因為之前的所有思考幾乎都是靠左腦完成的，那是由主觀的意願所掌控，但現在他必須使用不聽使喚的右腦。

如果大腦科學家的研究結果是正確的（我相信他們是對的），那個堅持先想好導言才肯繼續寫稿的頑固記者，其實是在跟自己的本性作對。他可能花了好一番的時間和精力後，終於想到導言該怎麼寫，但是寫好導言後，時間可能所剩無幾，只能匆匆趕完剩下的稿子。

所以，如果你被導言卡住了，那就先擱著吧，別理會那個難以駕馭的孩子，先去找聽話的左腦。由於主題陳述已經確立了，你可以在主題陳述的引導下，開始寫那些有條理又符合邏輯的故事區塊和元素。你知道那些東西在講什麼，也知道它們會指引你寫下去。

你寫著寫著，可能就會出現驚喜：導言突然浮現在腦海中。我常遇到這種狀況，也常看到別人遇到這種狀況。我覺得這種現象證明了科學家宣稱的另一項主張：人類的左腦和右腦可以同時運作，並獨立思考不同的事情。由於你有交稿期限的限制，你當然希望大腦是這樣運作的。

但是，萬一你寫完整篇故事後，依舊對導言毫無靈感，那怎麼辦？萬一遇到那種事，你可以再看一遍主題陳述，好的導言可能隱藏在裡面。下一章中，我們會說明如何從主題陳述中尋找導言。目前，你已經完成很多了。

這點很重要。你應該順著自己的本性。只要這樣做，你下班時已經有一些成果了，你也有理由期待明天的到來。如果你非得跟本性作對，堅持先搞定導言才繼續寫稿，你下班時，游標可能還是停在頁首。你整天下來刪了一堆用不上的導言，內心滿是空虛。你為頑固不化所付出的代價太高了。

第六章　處理關鍵的故事元素

組織素材時，我們就像打造藝術品的工藝師，需要做上百個小決定。每個故事有如不同的工藝品，都是獨特的挑戰。然而，儘管每篇故事遇到的問題和決定不盡相同，但整體來看，每篇故事都有一些共通點——亦即每篇故事中所做的重要考量。巧妙地處理這些關鍵元素，就能為故事增添可讀性。這些元素都很重要，值得詳細探討。

處理導言

一個人花了二二．九五美元買下小說後，通常會耐著性子讀完前二十幾頁的內容。即使一開始讀得懵懵懂懂，他也會堅持下去。一來是因為他不願承認自己浪費了二二．九五美元，二來是因為小說的形式讓他已有心理準備，願意長時間坐下來翻閱，他並未期待故事迅速地展開。

但同一人閱讀報紙時，態度就全然不同了。一份報紙很便宜，所以報上若沒有吸引他的內容，他會毫不猶豫地把報紙扔在一邊。他在報紙上投資的金額很小，小到可以忽略不計。他懶洋洋地翻著報紙，不耐煩地瀏覽版面，想立刻看到吸引他的內容，而且希望故事的內容迅速發展。他讀小說時，不會有那種態度，但是翻閱報紙時，讀者參與的第一階段是：要求作者必須吸引他，抓住他的好奇心，給他繼續讀下去的理由。如果導言沒有那種效果，他會馬上跳過，所以故事的後面寫得再好，他也不會知道。

我們的目標是馬上讓讀者投入時間，繼續讀下去。所以，任何導言——尤其是第一段（如果導言不止一段）——不僅要抓住讀者的注意力，還要讓他產生讀下去的慾望。只要他多讀幾行，投入一些時間，他就會耐著性子繼續讀下去。導言究竟是什麼形式，其實不重要，只要它與故事有關，又能激起讀者的好奇心就夠了。導言可以寫令人難以抗拒的主題，例如火星人入侵紐澤西，作者只需要把這個資訊放在第一段，就能吸引讀者的關注。導言也可以是優美的背景鋪陳，讓讀者讀來心曠神怡，想繼續看更多精彩的敘述。

拋開這些誘人的手法不談，我看過的最出色導言，大多有一個共同的特質：神祕感。第一段讀完後，讓讀者心中留下一個懸而未解的問題，促使他繼續讀後面的段落，找出答案。底下的導言就是一例：

> 去年暑假的某天，小男孩比利．夏農（Bill Shannon）來到唐瑟薩海灘（Don CeSar Beach）。他跳進墨西哥灣裡游泳，游到接近深水區的標示時，突然感到腳邊擦過一個很有彈性的東西，眼前浮現了魚鰭。*

這段文字是佛羅里達州聖彼得市灣點國小的四年級學生凱林．傅雷澤（Karin Fraser）所寫的。那個魚鰭其實是某隻友善的海豚，但傅雷澤的導言吸引讀者繼續讀下去，一探究竟。他那樣寫也滿足了讀者未說出口的要求。

導言使用引述時，也可以製造神祕效果，以下是一例：

（肯塔基州路易斯維爾報導）查爾斯・戴維斯（Charles Davis）說：「我的工作就好像每天有人吻我，吻到我嘴巴都疼了，但我很愛這份工作。」

這個導言讀來俗氣，但它發揮效果了。讀者一看就想知道這個人是誰，他的工作究竟是什麼。繼續讀下去以後，我們發現戴維斯是奇異公司（General Electric）的貨運部高管。貨運公司為了拿到奇異公司的生意，都非常積極地拍他馬屁，而且奇異公司和其他公司都覺得貨運工作愈來愈重要。

注意，這段導言裡也沒有細節，核心句子裡沒有雜訊，這是處理故事開頭的好方法。由於這時讀者只是漫無目的地瀏覽著報紙，還沒決定看哪篇報導，他們看到充滿多餘細節的導言時，很容易直接跳過。省略細節的導言不僅看起來很簡潔，也可以清楚地展現神祕感。現在，我們拿戴維斯那段導言來比較下面這段有關藥品行銷的導言：

愛速得（Isordil）是一種硝酸類血管擴張劑的品牌，用於治療心絞痛。該藥品是由美國家庭用品公司（American Home Products Corp.）的艾夫斯實驗室（Ives Laboratories）研發製造，於一九五九年上市，如今在年銷售額一．五億美元的市場中，囊括百分之四十六的市佔率，為市場上的第一品牌。

*作者註：此例是由寫作教練羅伊・彼得・克拉克（Roy Peter Clark）提供。他是佛羅里達州聖彼得堡波因特學院（Poynter Institute）的副主任，兼職講師，也是灣點（Bay Point）《獅報》（*Cougar Chronicle*）的寫作顧問（這是小學生為同齡學生發行的報紙，他們的理念是：「只要是五年級生需要知道的事情，我們就會刊出」）。

這段導言讀起來像藥品字典裡的藥品說明，一開始就拋出許多數字和名稱，毫無吸引讀者的元素。底下是一種改法：

> 愛速得和其他類似的硝酸類血管擴張劑一樣，都是用來治療心絞痛，但它幾乎囊括了半個市場，原因不在於它的成分不同，而是因為藥廠從未停止宣傳。

這樣修改雖然不是最佳改法，但比之前好多了。這段導言說明了市場行銷的重要，那也是故事的重點所在，但這裡刻意不提愛速得的宣傳性質，讀者需要往下讀才會知道答案。導言中只提到這種藥品成功的主因，簡單明瞭，原本那些有礙理解的數字和名稱都不見了。在導言中，市佔率、銷售額，甚至製造商的名稱都不重要，那些資訊可以放在後面的一兩段裡。那時讀者已經投入時間和精力閱讀了，更有意願接納那些資訊。

有時作者可以為導言增添神祕感，例如下面這段導言是有關DC-10噴射機的艙門設計出現致命缺陷：

> 土耳其航空公司的DC-10噴射客機，滿載三四六名乘客和機組人員，從巴黎的奧利機場（Orly Airport）順利起飛，前往倫敦，但是在一萬兩千英尺的高空上突然發生可怕的狀況。

最後一句話是刻意插進去的，目的是吸引讀者繼續讀下去。在下面的段落中，作者以文字說明，重現失事現場：飛機升空後，尾部貨艙門剝離機體，機艙內瞬間減壓，導致飛機的控制系統失靈，最後導致機毀人亡，無一生還。

更常見的情況是，作者刻意從第一段省略一些資訊，而不是增添資訊，以引發讀者的好奇。作者刻意省略的元素可以各式各樣，諸如動機、身份、一般說明等等。有時候，在較長的導言中，作者可以在第一段裡製造神祕，接著在第二段裡解開部分疑惑，直到第三段才完全揭開謎底，藉此增添懸疑感。那篇墨西哥移民的報導就是一例：

（墨西哥納皮扎羅報導）在這個一千兩百人的鄉下小村落裡，有一個出奇有效的美國貿易活動正在進行，但美國政府對此事渾然不知，美國政府若是知道真相，肯定會感到不滿。

這裡有兩個神祕點：哪種國際貿易正在進行，但美國不知道？為什麼美國知道真相以後會不高興？

納皮扎羅的街道上有街燈，新蓋的磚房上都裝了電視天線，這裡還有一棟現代化的社群活動中心和一家醫院，以及一座新的鬥牛場，而且名稱挺貼切的，叫做「加州北好萊塢」。興建鬥牛場和其他設施的資金都是來自北好萊塢，那是以納皮扎羅的主要出口物資換來的：男性人口。

這裡我們得到進一步的資訊，但還不夠。這項交易的本質是什麼？

數十年來，這個村落有系統地把村裡的男性送到北方的加州，去小工廠和小企業裡當非法移工。多年來，這些移工把勞動所得寄回老家，其中一部分變成指定用途專款，專門用來改善村內建設。

現在我們知道一切了，而且也花了時間和心力讀完故事的前三段。不過，作者為導言製造神祕感時，過猶不及。如果導言故弄玄虛，毫無實質內容，只是想讓讀者臆測後面的內容，或是為後面的內容打廣告，那種作法最好避免。最常見的錯誤是布告型或吹噓型的導言，那種導言只會說：「嘿，我有一個有趣的故事要告訴你。」底下就是一例：

這是真人實事，集結了八點檔連續劇的所有元素。

這個故事是描述一位婦女因罹患罕見的血液病，無力負擔龐大的醫藥費而債台高築。讀完那篇報導後，我很確定影集《杏林春暖》（*General Hospital*）不會想要買下那個劇情的翻拍權。

吹噓型的導言大多令人失望。導言吹得天花亂墜時，後面的故事最好非常精彩，扣人心弦，否則一定會令人大失所望。但多數故事都做不到那樣，即使是那些真正精彩的故事，最好還是以開門見山的方式處理，直接切入行動，讓故事的戲劇張力去吸引讀者，不需要作者在導言裡大肆宣傳。

事實上，開頭刻意輕描淡寫，反而有漸入佳境的效果。注意下面這段導言的作者是如何以看似冷靜輕鬆的方式，為足球聯賽中發生的種族衝突揭開序幕。

> （洛杉磯報導）前陣子，某個冷冽多雲的上午，厄瓜多足球隊和美國足球隊對戰。厄瓜多隊的教練胡利歐．瑪切桑（Julio Marchesan）在場邊觀戰，美國隊落後很多，後勢不利。突然間，一位美國隊的球員一氣之下衝向瑪切桑，打歪了他的鼻子。

接下來，我們來談出色的導言有哪些形式。例如，在特寫報導中，何時採用直截了當的硬性新聞導言比較好，何時採用軟性導言比較好？何時該採用聚焦較為明確的軼事型導言（anecdotal lead）或舉例型導言（illustrative lead），亦即使用跟主題相關的引述或生活片段來吸引讀者的目光？何時該採用帶有故事轉折、較為廣泛的摘要型導言（summary lead）？

導言形式的挑選，有部分是取決於故事的性質。撰寫特寫報導時，很多記者常自動捨棄直截了當的硬性新聞導言，改用比較討喜的開場或賣弄一些花招，畢竟那是一篇特寫報導，不是嗎？但是，如果故事發展有扎實的新聞價值，記者應該直接切入新聞重點，以下的導言就是一例：

> （比佛利山報導）保險史上最大的醜聞，正在保險業績傲人的美國公平籌資公司（Equity Funding Corp. of America）上演。

這篇文章是揭露美國公平籌資公司的崩垮內幕，接下來的段落詳細地描述這起醜聞，後來證實這是美國史上規模最大、最明目張膽的企業詐欺案，罪行包括偽造數十億美元的保單銷售紀錄，再轉而欺騙再保險公司；偽造死亡證明和保單文件；大幅做假帳等等。

這段導言雖然不是很精巧，但有迫切性。它立刻告訴讀者，非常重要的事情發生了。若是改用軼事型導言或舉例型導言，會掩蓋了那條新聞。若是採用帶有巧妙轉折的概述型導言，那可能會淡化新聞的重要性。

不過，特寫故事大多缺少可以拿來當硬性導言的事件發展，所以作者在挑選導言形式時，通常是在「舉例型」和「概述型」這兩種形式之中二選一。很多人習慣採用舉例型導言，那可能是因為寫起來比較容易，而且很多作者認為，既然要吸引讀者關注，採用這種生動的寫法絕對萬無一失。那樣想確實有幾分道理，但是萬一作者挑選的生活片段沒有達到以下的標準，很可能會產生適得其反的效果。

1. 簡潔

導言裡的例子必須清楚明瞭，讓人一看就懂。這時讀者還不願意思考複雜的東西，如果你描寫的情境還需要解釋它與故事主題的關係，故事會馬上出現阻礙，讀者看到阻礙就逃了。理想的舉例型導言可以用幾個字，或頂多簡單的一兩句，連接到後面的內容。

如果你無法寫出簡單巧妙的銜接，可以改用其他形式的導言。把那個複雜的例子留在故事的本體中，讀者看到故事的本體時，已經投入不少時間，比較願意動腦筋去思考那個例子。導言應該採用比較簡潔的東西，例如底下這篇有關ＰＩＫ計畫[1]的故事。當時美國政府為了減少未來作物過剩的問題，決定只要農民同意休耕，就以過剩的農產品來補償農民。

（明尼蘇達州羅徹斯特報導）喬・湯普森（Joe Thompson）的農場上，玉米堆積如山，那是兩年來玉米豐收的產量，總計二十七萬蒲式耳，足夠讓全郡的居民連吃兩週的玉米片，但政府還想給他更多。

這個描寫很簡單，也充分反映了PIK計畫的狀況，不需要額外解釋。作者在後面說明PIK的定義後，就可以破解導言衍生的謎團了。

2. 主題相關性

有一篇報導是描述邁阿密一帶古巴人群聚的小哈瓦那（Little Havana），作者在導言中提到一位老人，他只知道大家稱那個老人為「帶畫者」，因為他隨身帶著古巴獨裁者巴蒂斯塔（Fulgencio Batista，後來在古巴革命中遭到卡斯楚推翻）的肖像到處跑。導言裡寫道，老人抱著畫像，在咖啡館裡滔滔不絕地講述革命以前的古巴榮景。

那段描述寫得很好，很有感召力，甚至有點動人。如果那篇故事是描述離鄉背井的古巴人在離鄉多年後，依然對家鄉戀戀不忘，渴望返鄉，那算是很好的導言。

然而，這篇故事其實是在描述，這個古巴社群多年來首度**切斷**他們與故鄉的情感關係。他們已經放棄返鄉的可能，定居成為美國公民，而且積極地參與政治。那段導言和故事的主旨完全相反。

1 PIK計畫（payment-in-kind program），亦即實物支付計畫，由政府發放等值的商品提貨卷，讓農民提領等值的農產品。目的是希望減少庫存的農作物，穩定市場價格及降低政府的倉儲成本。

發生這種情況時，記者不得不在文中坦承事實的真相，讀者的預期也跟著產生一百八十度的變化，他們不喜歡那樣，誰都不喜歡被誤導的感覺。在這個例子中，把那位老人放在「範疇」區塊裡當一個觀點元素（以顯示有些古巴人仍思鄉情切），或是放在結尾，效果會更好（後來編輯台修改了老人的描述，把他放在故事的結尾）。

3. 本身生動有趣

使用生活片段的導言是否夠精彩，完全看素材而定。事實上，如果導言中是無聊的人做無聊的事，說無聊的話，那還不如換成一般的概述型導言，至少概述型導言還可以讓讀者迅速進入狀況，而不是逼他看下面這種單調乏味的東西。

> （愛荷華艾斯特維爾報導）約翰莫雷爾公司（John Morrell & Co.）宣布於十一月關閉牛肉加工廠的計畫，迪恩．漢森（Dean Hanson）表示：「每個人都憂心忡忡。」他在那家工廠裡屠宰牛隻及切牛肉二十五年了。

這是典型的廢話式導言。引述很普通，完全在意料之中，整個段落單調乏味。漢森的觀點缺乏舉例型導言本身應有的趣味。

報紙上，這種導言太多了。如果說有些記者誤以為使用反例當導言很有吸引力，那麼有更多的記者深信舉例型導言充滿魅力，他們覺得導言裡只要有人物出現，就能夠化腐朽為神奇，把青蛙變成王子。

但事實證明，根本沒那回事。如果你拿不出生動的例子，就乾脆採用一般的概述型導言。

4. 有焦點

導言挑選的例子應該反映故事的關鍵部分，因為導言通常會影響讀者的預設立場，他會預期導言和文章本體說明的重要事情有關。如果導言的例子只和不太重要的部分有關，或是故事後面再也沒談過了，讀者可能會指責你廣告不實。

相反的，導言從故事的關鍵部分挑選例子，而且很快就在後面詳細說明時，讀者會覺得導言的宣傳屬實。在那篇耕地流失的報導中，導言裡提到番茄栽種者史川諾先生以及他失去的土地，接著馬上把問題擴大到整個戴德鎮，並在主題陳述的前後，把問題擴展到全國層面。那段導言顯示「範疇」將會是重要的區塊，接下來的內容也證實了這點。

不過，你應該靈活運用這個標準。如果你從故事的關鍵部分挑不出精彩的例子，但你有一段很誘人的小軼事和故事的其他部分有關，而且可以輕易加入主題陳述中，那當然要把它拿來當導言。相較於導言本身的生動趣味，導言的焦點反而不是那麼重要。一個導言即使符合其他的要求，卻平淡如白開水，那其實犯了最致命的錯誤：無法吸引讀者讀下去。

不過，導言一定要有焦點，千萬別寫出大雜燴型的導言，從故事的各個部分擷取細節和軼事，通通丟進導言裡，讓讀者看到雜亂無章的開場。我最喜歡舉的例子是多年前看到的一篇文章，原作已不可考，但我記得非常清楚，這裡只略改了幾個名稱。

> （衣索比亞阿迪斯阿貝巴報導）從這個有全新噴射機場和玻璃帷幕大樓的現代首都，經過巫姆卡茲高原（Umgatz Plateau）的貧瘠土地，來到西南部的崎嶇山區以及布基烏基部落（Boogie Woogie）的圓頂帳篷。部族長老阿布布魯（Abu Blu）每天早上起床都會到帳篷外灑泡尿，以觀察風向……（後略）

這確實是有趣的段落，但不是導言。從首都寫到高原，再寫到山區和部落，感覺地貌很多元，但讀者還是不知道這篇文章究竟想說什麼。我們只知道這是在衣索比亞，但是那點資訊根本不夠。

以上，是出色的舉例型導言需要符合的條件。由此可見，作者應該率先考慮使用概述型導言或摘要型導言，因為這種導言可以更快把讀者帶入故事的核心。底下這段一九七七年的導言就是如此，這篇報導是談企業大幅增加迷你電腦的運用所衍生的詐騙問題：

> 迷你電腦來了，騙子也隨之而來。

作者只用十三個字，就點出故事的關鍵要素，並提到迷你電腦和騙子之間的關係，而且留下足夠的神祕感，吸引讀者繼續讀下去。在接下來的幾句話中，我們得知迷你電腦的普及範圍，以及迷你電腦促成的資料處理分散化，使更多的貪汙和詐欺行為有機可乘。

概述型導言也可以把「焦點與人物」這種寶貴的素材留到後面使用。這類題材通常很有限，若是放太多在導言裡，故事的本體會缺乏例證，顯得薄弱，難以說服讀者。

不過，概述型導言確實不好寫，它是故事行動的摘要，但作者如何把這種摘要寫得生動有趣？去哪裡找故事轉折呢？

前面提過，作者用左腦撰寫故事的本體時，導言的靈感可能會從右腦突然冒出來。萬一沒有靈感，他可以在寫完故事的本體後，把主題陳述拿出來重新組織一番，寫成概述型導言。

這樣做時，作者可以採用比主題陳述更輕鬆、更戲劇性的筆觸來撰寫導言。同時，他可以省略主題陳述中的一個或多個重要元素，為導言增添神祕感，以吸引讀者讀下去。這樣做，就可以把主題陳述改寫成概述型導言。我撰寫下面的故事時，始終沒有靈光乍現，所以我寫完故事的本體後，把主題陳述拿出來改寫成導言：

> （亞利桑那州麥道爾堡報導）亞利桑那州上千萬英畝的土地上，曾住著數千名亞瓦派印第安人（Yavapai Indian），如今僅剩三百六十人生活在狹小的保留區裡。最近，他們終於首度打贏對抗白人的官司。白人端出三千三百萬美元，希望亞瓦派族收下，但亞瓦派族不領情，叫他們滾開。
>
> 那筆錢是用來購買亞瓦派族擁有的沙漠土地，那裡預計興建的歐姆水壩（Orme Dam）將淹沒那片沙漠。在耗資十億美元的聯邦水利計畫中，歐姆水壩是最關鍵的案子，亞利桑那州的政經界已覬覦那項專案十三年了。但是那座位於索爾特河（Salt River）與弗德河（Verde River）匯流處的巨型水壩，將淹沒一．七萬英畝亞瓦派族的土地。該族目前擁有二．五萬英畝的土地，水壩的興建意味著他們不得不遷居他處。
>
> 一九六八年首度通過興建水壩的提案時，相關單位從未諮詢過亞瓦派族的意見。如今他們決定

背水一戰，堅持反對到底。他們去國會遊說；發起「血淚之路」遊行，朝州議會邁進；在公共場合對參議員貝利・高華德（Barry Goldwater）舉牌抗議。「這是我們僅剩的家園。」部族長老諾曼・奧斯丁（Norman Austin）表示：「我們在這片沙漠上漂泊多年，無其他的容身之處。」

政府讓步

政府大可直接徵收那片土地，付一筆錢，就把亞瓦派族打發掉。但是面對亞瓦派族拒絕以任何金額出售土地的堅決態度，大眾對亞瓦派族的日益同情，以及印第安人和環保盟友提起的訴訟（水壩也將淹沒弗德河兩岸的生物棲息地和禿鷹築巢區，並破壞考古遺址），水壩的支持者終於讓步。

現在，水壩的支持單位大多已經改變念頭，支持不會影響到亞瓦派族的替換方案。最後的決定將由內政部長詹姆斯・沃特（James Watt）做出，他私下已經表達對替代方案的支持立場，官方決策則有待環境影響報告出爐以後才會宣布，但一般認為歐姆水壩專案已經撤銷了。

美國原住民民權基金會（Native American Rights Fund）的律師勞倫斯・阿肯布雷納（Lawrence Achenbrenner）是協助亞瓦派族抗爭的主要成員，他表示：「真是太棒了！很多人出於善意勸導亞瓦派族，說他們的抗爭是在逃避現實，勸他們好好跟政府協商，以便獲得更大的補償。他們說三千三百萬美元只是暫定的補償金額，實際上可能更多。但亞瓦派族的行動，如今可以作為其他部族仿效的典範，他們現在可以說：『蒼天在上，只要我們團結起來，永不放棄，勝利在望。』」

在此同時，在群山環繞的索諾拉沙漠（Sonoran Desert）上，印第安人正在慶祝他們不必搬離這片土地。一個月前，沃特部長私下支持替代方案的消息傳來時，一些老人喜極而泣，歡呼不已。七十三歲的編籃工貝希・邁可（Bessie Mike）回憶道：「我大呼小叫地跑來這裡，女兒問我：『妳怎麼了？身體不舒服嗎？』」

貝希的身型圓潤，穿著印花洋裝，坐在屋外的樹下。她家是以爐渣磚搭建的小屋，漆成淡紫色。一輛載著籃子的生鏽汽車剛駛離這裡，消失在附近的沙漠裡。她剛收到一千一百美元，那是她編織籃子四個月的收入。為什麼她不願拿十萬美元左右的土地徵收金？為什麼她不願賣掉土地？她只回應：「因為這是我們的地方。」

亞瓦派族並非人人都反對興建水壩。米歇爾・格雷羅（Michele Guerrero）不住在保留區，他住在梅薩市（Mesa）。他曾公開批評部族的決定，他說出售土地的錢可以大幅改善部族的生活和教育水準。許多白人也基於同樣的因素，無法理解部族的決定。一位州政府的官員表示：「試想，他們拿了那些錢，可以做多少事？」

不過，一些亞瓦派人坦言，他們拿了那筆錢以後，很可能大肆揮霍，最後所剩無幾。一位印第安人提到，一九七〇年代中期，他的表親從五百一十萬美元的土地徵收金中分到一千五百美元。他把那筆錢拿去買昂貴的西部牛仔裝備，包括一雙紅色皮靴，接著開始飲酒作樂，大方借錢給身邊那些奉承他的人。翌日醒來，他已身無分文，身上的貴重物品都不見了，連那雙新皮靴也不翼而飛。

所以對亞瓦派族來說，白人的錢就像沙漠裡的冰塊，轉瞬即逝，只有土地才是真正的鑽石。亞瓦派族之所以堅決反抗，那是源自於他們對土地有一種深厚又神祕的情感，那是許多白人無法理解的。五年前，部族曾就土地出售的議題，舉行投票表決。結果有一四四人支持保留土地，五十七人支持出售土地，那五十七人大多居住在保留區外。現在，要在麥道爾堡找到坦承當初投票支持出售土地的人，已經很難了。

亞瓦派族和其他的部族一樣，土地是由族人共有的，而不是私人所有，他們把土地視為信仰和文化的一部分。維吉尼亞．莫特（Virginia Mott）對於水壩專案的反對向來直言不諱，她表示：「土地不該歸屬於人，人是屬於土地的。」

部族的信仰和文化，在眾人的忽視以及白人的影響下，逐漸衰頹。亞瓦派族的語言已近乎滅絕，族裡最後一名巫醫也過世了，只有老人還知道古老的信仰和習俗。幸好，亞瓦派族仍有足夠的部族意識，他們知道，即使只是想要淹沒土地，那都是一種褻瀆神靈的想法。

慎終追遠

在亞瓦派族的保留區裡，有古代巫醫認定的祈福聖地，也有細心整理的墓園，裡面的墳墓都排列整齊，面向名叫四峰山（Four Peaks）的聖山。對亞瓦派族來說，逝者依然是部族的一份子，打擾他們會招惹厄運。其中有一座墳墓埋葬著社會行動家卡洛斯．蒙特祖馬（Carlos Montezuma）的遺骨。他是亞瓦派族的醫生，一九二三年過世以前，致力為所有印第安人的利益發聲。他曾預言白人會興建水壩，淹沒亞瓦派族的保留區。他寫道：「白人有先見之明，他們可以看到多年後的事情。」

聖地裡還住著亞瓦派族的守護者卡卡卡（Kakaka），他們是神祕的古人。在亞瓦派族的傳說中，他們是一群小矮人，身高三或四呎，長生不老，住在四峰山、迷信山（Superstition Mountain）和紅山（Red Mountain）裡，也住在亞瓦派族迴避的麥道爾堡廢墟裡。想用大水沖走卡卡卡嗎？那太荒謬了，大家想都不敢想！

除了對土地的崇敬以外，亞瓦派族基於一些歷史因素，也對白人的承諾感到懷疑。一九六〇年代，美國騎兵隊跟他們協議，只要他們搬到軍隊要塞的附近，就提供他們食物、衣服和土地，結果他們非但沒得到那些東西，還陷入饑荒，感染天花。不僅如此，他們也被迫和好戰的阿帕契人（Apache）住在一起，現在仍有人稱他們是莫哈維—阿帕契人（Mohave-Apache），儘管兩個部族的語言截然不同。後來他們在骷髏洞（Skeleton Cave）、血腥盆地（Bloody Basin）、頭殼谷（Skull Valley）[2]等地慘遭軍隊開槍射殺。

落腳保留區

後來，亞瓦派族再次聚集到白人聲稱屬於他們的土地，但白人又欺騙他們，把他們趕到一八〇英里外的聖卡洛斯（San Carlos）阿帕契人保留區，許多人在遷徙途中喪命。一九〇三年，亞瓦派族終於在這裡獲得自己的保留區，此後他們一直堅守在這裡，即使一再遭到威脅，硬逼他們搬到附近的索爾特河保留區，和世仇皮瑪人（Pima）住在一起，但他們始終沒有離開。

有鑑於過去的遭遇，對於白人承諾以利益交換水壩興建權的說法，亞瓦派族特別謹慎。其中一項承諾是在水壩興建完成後，賦予亞瓦派族在人工湖上划船及釣魚的獨有權。其實亞瓦派族討厭釣魚，也不喜歡平靜的水面。而且他們最近才知道，那個人工湖的水位有極大的季節性落差，大多時

2　這些都是後來的命名，用來紀念那些遭到射殺的族人。

候只是一片泥灘，印第安人只能經營全美獨一無二的旱地碼頭。

儘管這次亞瓦派族在歐姆水壩的抗爭中似乎獲勝了，但他們和盟友對於從此以後能否過著不受外界干擾的生活，仍然沒什麼把握。卡羅琳娜．巴特勒（Carolina Butler）從一開始就積極聲援亞瓦派族，她是活躍的白人主婦，來自斯科茲代爾市（Scottsdale）。她希望能以立法保護全美各地的印第安小部落，以免他們因類似專案而受到威脅。亞瓦派人菲爾．多切斯特（Phil Dorchester）指出，鳳凰城和斯科茲代爾市的水井都受到化學物質的汙染，他無奈地說：「他們遲早會來這裡，從弗德河取得更多的水，他們將來非這樣做不可。」

七十七歲的約翰．威廉姆斯（John Williams）坐在輪椅上說，年輕人需要時時提高警覺，「我現在已經是廢人了。」他是指自己沒用的雙腿：「但我會告訴年輕人：上蒼為我們族人打造了這片土地，絕對不能賣掉，也不能租借出去，一定要代代相傳下去。我父親也是這樣告訴我的。」

導言的第一句話就告訴讀者，亞瓦派族是一個瀕臨滅絕的小部族，在過去的白人擴張運動中，他們被逼上了絕路。此外，導言也提到部族的大小，那可以讓讀者更客觀地看待那筆土地補償金，看出人數和金額的對比。導言的第二句揭露了故事的意外轉折：印第安人從古至今一直是輸家，這次終於一改頹勢，打贏官司。導言的最後是以一句話提綱挈領地指出發生了什麼事。

基本上，這段導言就是我一開始準備故事時所擬定的主題陳述，只是刻意省略了其中幾個元素：為什麼給三千三百萬美元？那是為了買什麼？不過，最令人疑惑的問題是，為什麼印第安人會回絕那筆鉅款，那筆錢足以讓部族和保留區的每個居民脫離貧困，達到小康的境界，為什麼不收呢？正因為導言裡沒有說明他們的動機，那個神祕感吸引讀者繼續讀下去，因為他們想發掘問題的答案。

在其他的導言中，讀者感到困惑的可能不是「為什麼」，而是「如何」。他從導言中得知故事的梗概，但不知道導言裡提到的流程是如何進行的。作者只要在導言裡加入這個小小的神祕感，就足以吸引讀者了。底下就是一例，這個故事很簡單，它是描述一種人的工作是指導他人尋找快樂：

（洛杉磯報導）如果你不知道如何打發空閒的時間，可能需要花時間去尋找打發的方式。但是你只要付一筆小小的費用，休閒顧問就可以幫你解決這個問題。

這段導言告訴我們所有的重點了，除了休閒顧問究竟做些什麼以外。作者想利用這個職業異乎尋常的特質，來誘發讀者的興趣。他刻意不在導言中明講那個職業的工作方式。

不過，我們還可以為這段導言增添更多的神祕感，例如以下的寫法：

（洛杉磯報導）如果你不知道如何打發空閒的時間，可以花點時間去聆聽一種專家告訴你如何運用那些空閒。不過，別忘了帶錢去！

這段導言不僅模糊了「如何」的問題，也為專家的身份（「誰」）蒙上了神祕面紗。

處理數字

我們知道數字太多是嚇跑讀者的毒藥，所以作者寫稿時應該先省略無關緊要的數字。但是對整天面對數字的記者來說，尤其是《華爾街日報》的從業人員，數字對突發的企業消息和財經消息特別重要。你叫記者省略數字，那簡直像根管治療一樣痛苦。在許多商業新聞中，數字可以解釋新聞，或者數字本身就是新聞。

因此，有些記者逐漸相信，數字本質上有一種神奇的力量，可以讓新聞變得更加明確。他們努力蒐集各種統計數據，而且既然辛苦蒐集了數據，不塞進報導中怎麼對得起自己，所以寫稿時他們會以各種藉口，把所有的數字都塞進故事裡。但事後他們又百思不解，為什麼編輯台覺得他們的特寫報導乏味至極。

做特寫報導時，必須改變這種看待數字的態度。故事的價值必須由其他的元素來解說，不能只靠數字。改變那種態度很痛苦，但記者只要想到小說家絕對不會那樣使用數字，改變就容易多了。如果數字真的能夠讓故事更加明晰，小說家還可以自己瞎掰數字，但他們知道數字沒有那種效果。

我的意思不是說，為了避免讀者感到無聊，你應該省略那些有意義的統計數據，那樣做是為了形式而犧牲意義。小說家犯那種錯誤時，可能沒有人在意，但記者不行。幾乎所有的故事都需要數字，而且有些故事裡，某個數字可能非常重要或相當驚人，省略它或簡略帶過，會削弱故事的力道。我只是主張，記者應該慎選數字，而且寫稿時要小心處理數字。

把數字加入故事時，優秀的作者不會在一個段落裡堆砌太多數字，那會形成一堵抽象的牆，難以跨越。如果連續兩三段都是如此，那堵高牆已經高到無法翻越了。築起這種高牆比其他的寫稿錯誤更嚴重，讀者更容易因此放棄閱讀，所以千萬別這樣做。

優秀的作者也會儘量改寫數字，把數字改得更簡潔，或是更有畫面感，讓它不再那麼抽象。如果精確的數字不是那麼重要，他會把它四捨五入。例如，「二六〇萬美元」比「2,611,423美元」簡單俐落多了。如果某個東西「成長百分之三十六・七」，他可能會說「漲幅超過三分之一」。如果是「成長百分之九十八」，他可能會說「幾乎翻了一倍」。這種表達方式比較有畫面感，因為它讓讀者想像圓餅圖的三分之一，或是從一個餅變成兩個餅。

另一個訣竅是，以比率來簡化龐大的數字。不要說「58,013,261位美國駕駛人中，有14,654,231人開進口車」，他可以簡單地告訴讀者：「每四個美國駕駛人中，就有一人開進口車。」數字愈小，愈容易記得；數字愈大，感覺愈抽象。

如果報導涉及一系列相關的數字，作者必須決定他確切想傳達什麼訊息，然後建構一個段落，以最簡單的方法傳達那個訊息。假設，我們想描述一個政府機關開始正視某個問題，所以投入更多的資金在那個問題上。在不加思索下，我們可能會這樣寫：

> 「無關緊要事務處」在「多餘研究」上的經費，由一九八三年會計年度的八・四七億美元，增至今年的十二・六億美元，增幅高達百分之四十九。

這句話裡有四個數字，密度太高了。我們的目的是指出：該部門目前對問題的投入程度，以及投入資金的增幅是多少。改寫成下面的形式後，效果更好：

> 在上一個會計年度裡，「無關緊要事務處」在「多餘研究」上的經費增加了近一半，達到十二．六億美元。

如果某個難以理解的龐大數字對故事很重要，作者可以提供一個更容易想像的畫面，讓數字的意義變得更清楚。例如，在一篇有關亞利桑那州的廢水報導中，我們必須指出該州每年都有地下水抽取過量的現象（從地下蓄水層抽出的水量，超過自然回補的水量），而且多達二五〇萬英畝呎[3]（acre-feet）。但是那個數字究竟意味著什麼？我可以想像一呎深的水，但我難以想像一英畝的水，更何況是二五〇萬英畝呎。但是，如果我說那些水量足以讓整個紐約市泡在十一呎深的大水裡，那個水量就比較容易理解了，也顯得更驚人。我知道紐約市很大，現在我可以想像那個水量有多可觀了。如此一來，一個抽象的數字轉變成一個畫面，同時增加了震撼度和讀者的興趣。

處理人物和引述

很多故事因塞了太多的人物，而顯得凌亂不堪。那些廢話連篇的多餘人物，掩蓋了少數幾個真正有趣的人物，讀者很快就搞不清楚誰是誰（這種錯誤很容易毀了調查性的故事，因為作者一開始就面臨比較錯綜複雜的情節發展，如果他又加入一堆次要的消息來源，那會導致故事變得更加凌亂。這種故事也許只有他的親戚和執法單位有興趣閱讀，但多數的讀者讀到第五段就開始頭痛了）。

一齣戲裡若是沒有主角，只有二十幾個人在台上跑龍套，每人說兩三句台詞，我絕對不會花三十美元去看那種戲，但很多記者就是以類似的報導來荼毒讀者。他們的故事裡充滿誇誇其談的人物，那些無關緊要的人說了一兩句無關緊要的話以後就消失了。有的報導更糟，在文章後面又讓同樣的人物出來胡亂說個幾句，但讀者早就把他們忘得一乾二淨了。

這種錯誤會導致故事的步調大幅減緩，破壞故事的明晰度和力道，導致文章又臭又長，這又是何苦呢？

有些記者之所以拉龍套角色出來講一些顯而易見的言論，是因為他不敢自己講，所以隨便找人來充數。我想，應該沒有記者為了證實明天太陽從東方升起，而大費周章去引用太空人說的話。但有不少記者在不加思索下，直接去找消息人士來為故事做沒必要的結論，或者明明該由他自己做結論，卻找別人代勞。

有些記者之所以引用那些無關緊要的話，只是想讓讀者知道他認真做了功課，跟很多人談過。你看，我跟那麼多人接觸過了。這種記者寫兩個段落後，若是發現文中毫無引述，他會感到坐立不安，擔心讀者不相信他寫的內容。其實讀者根本不在乎，他們更想看的是事實和行動。

在上述兩種情況中，恐懼導致記者放棄了講故事的職責，躲到消息人士的背後。有時候，他們可能是深受消息人士的吸引。如果某位消息人士配合度高，格外親切和善，讓記者特別有好感，即使那個人提供的素材很薄弱或毫無價值，他可能在寫稿時不自覺地把那個消息人士放入故事中。這時記者成了爛

3 面積為一英畝、深為一英尺的水容積。

好人，他只是想答謝那位消息人士的幫忙，但讀者已經讀得不耐煩了。

優秀的記者在決定把誰納入故事時，應該是鐵面無私的。納入故事的人物必須對講述故事有利，否則就應該排除。記者可能採訪了數十位消息人士，但是採訪並不構成寫入故事的理由。

當然，這不表示那些略而不寫的採訪內容都是浪費時間。我們之所以廣泛地採訪，不是為了說服讀者，而是為了說服自己。可能有七、八個採訪對象不會出現在最後的故事裡，我們之所以採訪他們，只是為了自信地寫下一句簡單、有力、確實的陳述。那才是讀者想看的東西，而不是龍套角色的誇誇其詞。

挑選引述時，採取嚴格的高標，對寫稿很有幫助。消息來源通常需要符合以下至少一個標準，才值得引用：

可信度：消息來源是某方面的專家或有豐富經驗，他針對某事提出重要的主張或做出重要的詮釋。他的資歷使他講的話比你自己說更有份量，所以你一定要提到他的資歷。

每個記者都明白這點，但有些記者求好心切下，容易犯一個錯誤：過分強調他的資歷，而忽略了他講話的內容。如果這位消息人士是業界權威，但他的發言含糊不明，晦澀難懂，或只會講一些顯而易見的道理，那就不值得引述。專家受訪時，往往希望記者能多發問，而不是乖乖地記下他滔滔不絕的言論。有資歷是好事，但如果言之無物，再多的資歷也是枉然。

情感回應：設法以直接引述呈現這種情感回應。我無法為這點提出絕對合理的理由，我只是覺得受訪者表達想法時，讓他真情流露是最好的方式。我可以總結受訪者的觀點和評論，但我恐怕沒有資格去編輯他的內心世界。

犀利：消息人士的表達要中肯有力，一針見血。我遇過一位小鎮的房地產業者，當時他和鎮長鬧得不可開交，直言鎮長是「十足的蠢貨」。消息人士的話語可能一語中的，充滿鮮活的意象，或是使用充滿地方風格的說法或俚語，讓他的談話顯得更獨到真實，生猛有力。

多元性：有時引述可以發揮臨門一腳的效果，幫你做出關鍵論述，就像三腳架的最後一支腳，讓你的論述變得更加穩固。但是如果引述沒有實質的內容，又缺乏情感或力道，那最好捨棄為妙，不要拿來作為輔助。

＊＊＊

記者嚴格慎選引述後，會發現故事變得更加清晰，因為少了無關緊要的人物干擾故事的動線。故事裡的行動變得更加鮮明突出，步調也明顯加快了。少了毫無意義的廢話以後，那些精挑細選的引述在故事裡變得特別顯眼。看到這種結果時，記者就會相信，故事裡不是人物愈多愈好，人物多無法說服任何人任何事情。

在那篇新興城鎮的報導中，我大概採訪了三十五人。但最後的文章中，我只連名帶姓引用了四個人的說法，另三人的引述沒有名字，但我覺得那篇文章依然有說服力。在那篇耕地流失的報導中，我採訪了數十人，但最後只引述六個人，我覺得引述更多人並不會使那篇文章更好。

隨著故事裡的人物數量減少，那些留下來的人物在讀者心中會變得更加重要。他們不再只是龍套角色，而是各有各的獨特身份。那正是講故事的人想要的，他們也努力呈現出這種樣子。

如果某個人物比其他的人更重要或特別顯眼，而且在故事中不止出現一次，作者可能想以幾個字來描述他的細節，簡單勾勒出他的形象，好讓讀者記住這號人物。在耕地流失的報導中，我形容史川諾的用語是「在這個濕熱的氣候下，體格壯碩的史川諾先生汗如雨下」，這一小段對故事的進展毫無重要性，我之所以插入這句，是為了凸顯出史川諾的身份，因為他是故事裡的要角。

同理，我在伐木工梅森的身上也採用同樣的作法。讀者第一次看到他時，他只是坐在通勤巴士裡的工人。不久，文章即將談到其家族的悲慘歷史時，我又重新介紹他一遍：「梅森高頭大馬，皮膚黝黑，相當健談（一位伙伴說：『梅森十八歲以前就已經講破兩張嘴了。』）……」

在凸顯一兩位主角時，作者往往會淡化其他人物的重要性，以增強主角和配角之間的對比。作者為了凸顯主角，有時也會給配角一些事做，但不會讓他們說話，他們就像電影裡的臨時演員，為背景增添活力。例如，在那篇牛仔報導中，特寫主角是米勒。利用他的話語和行動來幫他塑造身份，就是最重要的任務。如果其他人說了太多話，會搶走他的風采。所以我在文章中只直接引述另兩個人：一位是牛仔助手，一位是牧場主人。

但是，我也必須在文章中顯示米勒是牛仔社群的一份子，是某種生活方式的代表。所以我用了六名臨時演員，他們沒有說話，而是默默地襯托出上述的論點。他們大多出現在靠近結尾的觀點段落中，在米勒說他看不到牧牛業的未來之後。

> 也許沒那麼糟。在亞瓦派郡，那些倖存下來的家族牧場裡，放牧生活的週期依然沒變。在皮伯斯山谷，今年有十五頭小牛命喪美洲獅之口，獵獅人喬治·戈斯維克正在織女山脈追尋那些美洲獅的蹤跡。在草原上，有數匹母馬懷著小馬。那些小馬誕生後，都將獲得馴馬師特威斯特·赫勒的細

心指導。在海斯牧場上，牧場主人約翰．海斯一邊忙著為一頭激動的海福特牛注射抗生素，一邊煩惱牧場內隨處可見的蚱蜢。牧場太大，蚱蜢太多，他只能勉強接納那些不速之客。

明年，米勒就六十五歲了，他打算辭去拉夫特十一牧場的牛仔工頭職位，開始領社會保險金，但他說他永遠不會停止工作。這裡，在馬背上生活一輩子的人，大多捨不得離開。米勒的朋友湯姆．里格登失明近八年了，但現在仍在自己的牧場上趕牛及閹割小牛。

另一種更常用來隱藏身份的方法，是匿名引用。在人物眾多的故事中，這種方法特別實用。隱藏一些人的身份，可以避免整篇故事看起來像電話簿。

相較於牛仔故事只凸顯一個人物，伐木工的故事則是關注一個群體，只不過裡面的每個人各有不同的經歷。這種故事裡需要納入很多人物，但是人一多就容易讓讀者混淆。所以，我在故事裡引用了二十人，但只有十二人有名字。而且除了兩個例外以外，我讓他們只出現一次，以進一步減少混淆的可能。

不過，匿名引述應該謹慎為之，因為這種作法在新聞界已經氾濫成災。許多記者還等不及消息人士開口，就想立刻以匿名的方式引述他的說法。一篇故事裡若是充滿神祕人物的說詞，任何讀者都會感到懷疑，甚至產生反感。讀者想看有血有肉的人物摘下面具，說出內心的想法。當他們看不到這種情況時，無論故事的內容再怎麼精確，說服力都會大打折扣，因為通篇都是竊竊私語，而不是令人信服的言論。

所以，如果說話者的可信度是證明資訊的關鍵，作者應該儘量標明引述的出處。匿名引述應該用在不太重要的事物上，或隨口帶過的觀察或說法。它只是用來確立或支持其他的證據，如下所示：

> 森林也是不容許出現任何閃失的地方，只要一閃神，就有可能受傷或死亡。華盛頓的森林裡，平日約有一萬五千人在裡頭工作。過去三年間，就有兩萬八千人次受傷，七十五人死亡。一位資深的伐木工說：「這是你和樹木之間的生死較量。」

這條引述強而有力，而且為這個段落增添了多元性，但真正說服讀者的是數字。

有時消息人士的資歷顯赫，但說出來的內容枯燥乏味或雜亂無章，難以直接引述。你從整段談話中，可以瞭解他的主旨，但他的表達方式令人混淆。這種情況下，作者應該指明那位消息人士的名字和資歷，但概述他發言的大意。這樣一來，你保留了他的可信度，同時以更精簡扼要的語言來呈現他的意見。

概述大意或轉述（paraphrase）也可以套用在直接引述太多的故事中，或連續使用太多引述的段落中。當然，這種情況原本就應該避免，但有時你找不到多元的證據，又必須依賴許多證詞。這個時候，你應該直接引述最犀利、最重要的說法，並把其他的說法都改成轉述。這樣做也許可以呈現出多元化的假象，感覺起來也比全部使用直接引述更好。

在挑選引述時，應該挑簡短犀利的說法，捨棄冗長枯燥的說法，並且儘量只擷取核心。你會發現你可能只引述一個片語或一個詞，那也沒關係，只要那個字詞很貼切或生動就好了，把其他的雜訊刪除以後，更強而有力。不過，千萬不要從一句話中引用多個不完整的字句，像底下這樣：

波蘭德先生說李子是「很麻煩」的水果，很難向年輕的顧客推銷，因為它給人的印象是「老年人」的「通便救星」。

讀者讀到這句話時，必須經常停下來分辨，哪些是引述，哪些不是。而且，讀者可能跟我一樣，懷疑記者可能沒有完全瞭解受訪者想表達的意思，所以才想用這種方法掩飾。

處理結尾

好的結尾可以幫你滿足讀者的最後要求：幫助我記住這個故事！不過，小說裡常用來達到這個目的的結尾方式，並不適合套用在新聞結尾上（小說常以「意外揭露真相」作為結尾。也就是說，某個非常重要的新事實、劇情發展或邏輯推理突然揭曉，把故事帶進高潮後，隨即劃下句點）。我們可以從小說家那裡學到很多實用的技巧，但報紙的讀者沒有時間和耐心去等待意外揭露的結尾。我們必須以其他的方式，使讀者記住我們既定的故事主題。我讀過的最佳結尾，基本上可以分成以下三大類：

1. 前後呼應型

這種結尾提醒讀者故事的主旨或關鍵元素，但它往往是以間接的方式提醒，使用記者不會拿來當事實證據的素材，例如象徵、情感回應、觀察，甚至是詩詞片段。

例如，在那篇迪士尼的報導中，作者把大家帶進迪士尼的「大學」裡，告訴我們：

雖然訓練課程主要是針對樂園裡的年輕工作人員設計的，但資深員工也會去上複習課程（主要是迪士尼先生的思想和理念的彙編）。一位年輕的迪士尼講師帶著參觀者瀏覽一系列說明「迪士尼模式」的海報，第一張就寫道：「我們是做什麼的呢？我們是製造歡樂的。」

這段簡單的結尾充分暗示及呼應了故事的本體，我們想起了這家公司的核心目標，也再次看到已故創始人以另一種方式延續影響力。他的理念代代相傳，使他在某種程度上永垂不朽。此外，讀者也感受到一種對秩序和控制的追求，那是故事裡直接提過的。迪士尼表示：「我們是製造歡樂的。」彷彿他們只要運用公司的意念，就能召喚出那種珍貴的東西，把它變成跳舞的小熊和會說話的汽車似的。

在耕地流失的報導中，故事的核心主題反映在史川諾的失落和那幾句詩詞中：

在戴德鎮，史川諾開著小卡車去巡視他失去的土地，每年他都會這樣看個三、四次，每次看了都氣憤不已。在華盛頓，土壤專家海德堡先生把一首從專業期刊剪下來的詩貼在牆上。那首詩的最後兩節是這樣寫的：

遼闊的購物中心下，
埋著隱祕的哀愁——
陽光雨露召喚著大地，
但大地無以回應。
注意那些城鎮和它們的產物：

在那些錯雜的街道下，
密封著
沃土的棺木，
未萌穀粒的亡魂。

其實，簡單的摘要往往就能提供讀者想要的完結感。在那篇後援投手的報導中，最後一段就是如此：

這一週，克勞斯參加的比賽中，有九局半沒讓對方得分，但也沒贏得比賽，沒有精彩的救援。賽季已進入尾聲，他重返大聯盟的希望日益渺茫。克勞斯說：「我想，到頭來都是徒勞無功，白忙一場。」他們在阿布奎基還有三場球賽，接著就要打道回府，回土桑市參加El Taco公司贊助的比賽。

這個結尾讓讀者回想起文章中描述過的內容：小聯盟賽事的瘋狂廣告，後援投手心中的失敗感日益強烈，令人疲憊的路程。

2.展望未來型

前面簡略地提過，採訪時探索「未來」面向很重要。如果採訪的結果很豐碩，以未來作為結尾的機率比其他的元素還高，因為在多數的故事中，未來很自然就落在結尾或接近結尾的段落。當然也有例外，但由於未來總是未知的，那通常不是故事計畫裡的關鍵要項。在故事的本體中，我們常強調正在發生的事情，而不是可能發生的事情。

這很合理。但是那些在故事本體中看起來沒多大用處的臆測，放在結尾時，往往會變成發人深省的好素材。在老山地人菲尼斯的報導中，我們用這種結尾來幫讀者記住故事的主題。作者問菲尼斯，在傷病、死亡或孱弱征服他以前，他可以繼續登山多久：

> 菲尼斯坦言，他的行動明顯減緩了，他也覺得山坡變得比以前陡峭。但他深信，老天不會對他開那麼惡劣的玩笑，至少現在還不會。他補充說：「我覺得我可以爬到九十歲。」那表示他還有十二年的時間，還可以再征服二十座山峰。

只要讀者有想像力，在故事結束後，他的腦中會浮現一個老人持續登山、跟時間賽跑的形象。

在亞瓦派族的故事結尾，我們看到兩名印第安人展望未來：

> 儘管這次亞瓦派族在歐姆水壩的抗爭中似乎獲勝了，但他們和盟友對於從此以後能否過著不受外界干擾的生活，仍然沒什麼把握。卡羅琳娜．巴特勒從一開始就積極聲援亞瓦派族，她是活躍的白人主婦，來自斯科茲代爾市。她希望能以立法保護全美各地的印第安小部落，以免他們因類似專案而受到威脅。亞瓦派人菲爾．多切斯特指出，鳳凰城和斯科茲代爾市的水井都受到化學物質的汙染，他無奈地說：「他們遲早會來這裡，從弗德河取得更多的水，他們將來非這樣做不可。」

七十七歲的約翰．威廉姆斯坐在輪椅上說，年輕人需要時時提高警覺，「我現在已經是廢人了。」他是指自己沒用的雙腿：「但我會告訴年輕人：上蒼為我們族人打造了這片土地，絕對不能賣掉，也不能租借出去，一定要代代相傳下去。我父親也是這樣告訴我的。」

多切斯特的未來是以邏輯為基礎，偏重事實，不帶感情。威廉姆斯的未來則帶有詩意，也是全文中最精彩的引述。這兩種未來讓故事產生了自然的結尾，也為故事增添了另一個面向。這種素材不會憑空出現，你必須自己去尋找。

3. 展開型

前面說過，作者應該限制故事的範圍，以便把特定範圍內的故事說好，而不是什麼都談，導致內容鬆散。但是，使用展開型結尾時，記者必須刻意打破這個原則。

這個原則對結尾以外的部分依然適用，但是在結尾處忽略這個原則時，你可以提供讀者新的東西，讓他思考，那會使讀者的視野突然拓展開來。這種結尾會使故事變得更大，更值得記憶與回味。

以新興城鎮的報導為例，這個故事的範圍被嚴格限制在新興城鎮的問題引發了哪些反動。它詳細說明了企業、州政府、地方政府的具體行動，內容非常實際，是一篇有關金錢與其他利益的故事。

但是在故事的結尾，作者突然拋出一個不同的新元素給讀者：

然而，即使能源公司的補貼和稅收可為城鎮增添設施，即使能源開發可為在地青年提供就業機

> 會，新興城鎮還是必須為能源開發付出代價，西部鄉野的民眾都很清楚這點。蒙大拿州福賽斯鎮的一位居民表示：「以前在鎮上住一輩子的老人，走在街上，叫得出每個人的名字，可以跟每個人寒暄幾句，現在那種情況已不復見。」如今的福賽斯鎮受到礦場開採及電廠興建的影響，已變了模樣。在北達科他州能源三角區的遼闊平原上，挖土機挖著牧地，拉鏟挖掘機聳立在煤堆前，彷如巨大的黑色螳螂，許多牧場主人哀嘆現在的變化。
>
> 五十歲的沃納．班菲特就是其一，他一輩子在這裡經營牧場，如今他的部分牧場遭到挖土機破壞。「我們和他們抗爭了三、四年，但我們輸了。」他說：「我真希望他們沒來過。」

讀者現在面對的是「新興城鎮症候群」的一部分，但之前沒提過。這些小社群的社會特徵，隨著社群的成長而改變，他們曾經擁有的美好環境正逐漸惡化。這些影響無法估計，也沒有務實的解方。不僅如此，這個結尾也寫出了那些居民的真實感受，原本這個故事幾乎不帶任何感情。加入情感反應後，作者藉此提醒讀者，那些新興城鎮不光只是解題案例裡的抽象地名而已，而是真的有人居住的地方。

處理你自己

我們知道記者應該出現在他寫的故事裡，但是何時出現呢？他應該對讀者揭露多少自己？記者可以扮演三種角色。

1. 歸納者／總結者

在說故事的過程中，作者必須把相關的素材一點一滴地彙集起來，為組成的文稿賦予意義。通常他會在段落的一開始做出摘要與結論，接著讓讀者看那些促使他提出那些論點的引述、數字和例證。這個流程在故事中一再地重複：論點、證據、新的論點、新的證據。

不過，這些摘要和結論在強度和戲劇性上，不該超越佐證它的素材。例如，在迪士尼的故事中，記者歸納那些迪士尼批評者的觀點，說迪士尼「現在變成一個龐大的多元事業，專門販售各種膚淺廉價的文化」。這句話不太好理解，但記者馬上引用評論家席克爾的說法作為例證，而且效果一樣強而有力。

「迪士尼的機器是用來摧毀童年最寶貴的兩個東西——童年的祕密和安靜——迫使每個人從小到大懷抱著同樣的夢想。它在每個小孩的頭上戴上了米老鼠的帽子。從資本主義的角度來看，這簡直是天才之作；但是就文化來說，無異是驚悚的恐怖片。」

假設席克爾不是那樣說，而是換成下面的說法：

「從資本主義的角度來看，迪士尼是天才之作。但是從文化的角度來看，它太鮮明了。從事娛樂業並沒有錯，但是太多兒童從迪士尼那裡獲得夢想和幻想，而不是出於自己的想像。」

這段話依然是批評，但語氣較為和緩，而且沒有影射迪士尼的邪惡設計。記者若是在摘要後面，緊接著放入這段文字，讀者會覺得記者誇大其詞。

有時候，聰明的記者會避免使用明確的摘要和結論，而是小心翼翼地把自己的意見穿插在整篇故事或某些段落中。記者報導非常專業的領域，或是處理爭議性很高或備受關注的議題時，通常會這麼做。

例如，除非記者剛好是電漿物理學家，否則他沒有資格因為七位專家中有五位表示核融合即將實現，而在報導中做出同樣的結論。記者缺乏相關的專業，無法評估那些專家的意見和證據，讀者也知道這點。所以，在這種情況下，任何結論或摘要都很有限，最好別做。記者可以說，許多專家看到實驗證據顯示，熱核能的研究已有突破發展，或即將突破。接著，他就退居幕後，讓專家和證據自己說話，其中也包含反方的證據。這種專業領域不適合記者出來做概括性的主張。

有些主題充滿情緒能量，令人激動，備受關注，即使記者恰好有那方面的專業，也看到證據指向明顯的結論，但他提出主張時，還是應該考慮再三。例如，精通腫瘤學的醫學記者正在寫一篇癌症文章，即使他收集的所有證據和觀點都顯示，有一種新的酵素療法可以治療癌症，但他最好不要輕易下結論說這種療法可以治癌。他的結論必須很謹慎，只告訴讀者目前的測試結果和其他的真憑實據。畢竟，這種研究攸關太多的人命。你主張那個療法可以治癌時，可能使許多人懷抱希望，最後卻陷入幻滅。所以，記者應該讓讀者自己去判斷。

除了這種特殊情況以外，記者應該撇除害怕犯錯的恐懼，以及想要迴避主張以求自保的衝動。他應該清楚及確實地告訴讀者，他掌握的證據意味著什麼。他為每個區塊做的摘要和結論是整個故事的脊幹，整體來看傳達了故事的核心訊息。記者不敢做出結論時，會削弱核心訊息的力量，如下面的例子所示：

火星人似乎已經佔領紐澤西州北部的多數地區。當地的指揮官透過無線電發出最後的訊息，聲稱柏根郡（Bergen County）的部隊「幾乎已全數殲滅」。逃離里奇伍德（Ridge Wood）的民眾表示，外星人已殺死鎮上所有的報社編輯。空拍照顯示，哈肯薩克（Hackensack）和派特森（Paterson）的所有建築皆已全毀。試圖從南部反擊的海軍遭到擊退，傷亡的兵力多達百分之六十。此外，火星人的粒子束武器擊毀了多數戰機，僅五架倖存。第三軍區指揮官詹姆斯．威甘德將軍（James Wiegand）表示：「他們已經掌控全面空中優勢，而且似乎已經切斷本地的一切聯繫，孤立我軍僅剩的所有單位。」

這個段落的第一句就是含糊不清的結論，什麼叫「似乎已經佔領多數地區」？火星人已經打敗我們了，而且佔領了整個紐澤西州北部。

2.裁判

身為說故事的人，記者必須掌控故事或段落中互相爭執的雙方，否則他會被晾在一邊，看著衝突的雙方爭論不休，自己只能在一旁乾著急。衝突是戲劇張力，但是衝突轉變成口水仗時，讀者得不到任何新知，很快就厭倦了。

如果記者把複雜的衝突當成乒乓球賽來處理，可能會陷入那種陷阱。例如，A對B做出具體的批評，所以記者在故事裡緊接著寫B，以回應A的批評，並向A開火。接著，記者又馬上把鏡頭拉回A，就這樣持續在兩邊切換。衝突的範圍不斷地擴大，爭論的內容愈來愈瑣碎，但記者很難就此打住。等到這種你來我往的唇槍舌戰終於停止時，整篇故事或段落已經變得又臭又長，裡面加了太多的引述，而且組織凌亂，令人困惑。

為了避免這種情況，記者面對衝突時，可以使用思辨判斷和不同的結構。首先，把雙方的指控和批評彙集在一起。接著，捨棄多數無謂的辱罵（只留一兩句以顯示雙方激動的程度就夠了），那些無法證實或毫無根據的指控也一併拿掉，這樣就剩下爭論的核心了。

然後，他開始以炮戰的形式來組織雙方的爭執。讓一方先發射炮彈，接著再讓另一方發射。如此歸納整理後，雙方的論點變得更強而有力，也更容易理解，整個段落更加緊湊簡練。

3. 觀察者

處理故事的重要區塊時，記者要像嚮導一樣。他提出門外漢都會做的謹慎結論，但也必須列出一些證據來佐證那些結論。如果沒有證據，文章會顯得自以為是，空洞不實。不過，在故事的邊緣區塊，記者不再只是嚮導，他可以利用讀者賦予他的代理權，成為故事裡的另一個消息來源。

有何不可呢？畢竟，他很熟悉主題，或至少他對主題應該有充分的瞭解。他是訓練有素的見證者，已經見到故事裡的人物，去過故事發生的地方，看到故事的發展，那些都是讀者無法親自做到的。這一切賦予了記者一些可信度，雖然是有限的。

如果記者對自己掌握的知識很滿意，他可以針對一些次要的事情，提出直接的評論或見解。那些事情不是故事的核心，不值得拉外面的素材進來闡述。想在主要結論後看到真憑實據的讀者，會相信記者對那些細節的敘述。

記者應該好好利用讀者賦予他們的代理權，為讀者提供臨場感及人物的實感，這兩個元素對小說家來說都很重要。我們都看過那種沒有臨場感或毫無人物實感的報導，其實那種文章只要記者打幾通電話就能寫出來了，還可以省下實地採訪的機票錢。

通常，記者只要用幾個詞，具體描述一個地方或一個人，就足以讓他們躍然紙上，栩栩如生。有時候，記者可以簡單評論某地或某人的**本質**，以凸顯出他們的形象。他可以說新墨西哥州的退休好去處特魯斯城（Truth）或康西崑西斯城（Consequences）是「黑棗汁產帶上的遙遠省城」，或形容聖地牙哥「如此悠閒慵懶，有時令人昏昏欲睡」。

缺乏可信度更高的消息來源時，讀者偶爾會接受記者針對某些較為重要的議題做出評論，那篇牛仔報導就是一例。我想展現牛仔工作與其他工作的不同時，就是利用讀者賦予我的代理權。我身為兩個世界的觀察者，覺得我有資格自己評估兩個世界。同理，伐木工報導的最後，也出現了主觀的見解。我告訴讀者，隨著原始林的消失和人工林場的出現，伐木的一些魅力也會跟著消失。

記者應該自己處理次要的議題。記者閃避觀察者的角色時，通常有兩種反應：第一種，找一些次要的角色來幫他做這件事；第二種，完全忽略次要議題。在第一種情況下，他在文章中加入太多無關緊要的消息來源及微不足道的資訊，導致故事的重要區塊遭到掩蓋，引述氾濫，節奏緩慢，內容冗長，讀者感到困惑的機率大增，而且文章又臭又長。在第二種情況下，文章往往平淡乏味、缺乏情感。

不過，記者身為觀察者時，應該小心翼翼地出現。他的見解不該是基於純粹的臆測、模糊的二手證據或個人偏好，而是來自於採訪故事和人物的真實體驗，而且他一定要考慮再三，時時自問：我這樣報導公平嗎？我的感受和研究是否提供足夠的證據，讓我提出那樣的見解？輕率的概括評論不僅會傷人，也會傷害自己。

即使以上問題的答案都是肯定的，記者也不該在故事中太常出現。記者的見解也是一種離題，那會減緩故事的行動。故事中出現太多記者的身影時，故事性就顯得不足了。

第七章　用字遣詞

還有一種道聽塗說是這樣講的：記者講故事時，生花妙筆沒你想的那麼重要。相較於用字遣詞，其實完善的構想、令人信服的例證和闡述、完好的故事結構更為重要。缺乏以上元素時，即使記者依循各種書籍的指導，把文章寫得再怎麼美妙，也不過就是一篇華麗的失敗之作罷了。讀者一開始可能還不覺得糟，但還沒讀完，就會發現文章華而不實。滿漢全席吃來爽快，但吃多了也會膩。

不過，一篇構想、例證、闡述、架構皆好的文章，若再加上生花妙筆，肯定更引人入勝。原本普通的故事，變成了上乘之作；原本乏味的文字，變得令人回味無窮。每個記者都應該把這個境界列為終極目標。

用字遣詞的第一步是從正確的文法、句法和用法開始，但這裡沒有太多的篇幅講這些，我也沒什麼資格談論這個主題。所以，這裡就假設你已經過了第一關，已經熟練正確的語法。接下來，我們是從專業寫手的角度來談用字遣詞。對已經熟悉語法基礎的寫手來說，他最感興趣的，是如何運用文字的力量，讓故事在特定的段落裡，發揮特定的效果。

以下是他需要考慮的一些重點：

具體

有些字句像模糊的畫作，意思模稜兩可。有些字句像精心勾勒的畫作，意思明晰，馬上在讀者的腦海中浮現鮮明的意象。它們是具體、明確的，不是概括、抽象的。

講故事的人應該儘量運用畫筆來精心勾勒作品。如果他寫稿時，沒多想就寫出「問題」、「情況」、「反應」、「效益」之類的抽象名詞，他應該馬上停下來自問，能不能改成更有畫面的具體用語。他指的「問題」、「情況」、「反應」、「效益」究竟是什麼？他能不能捨棄這些模糊的字眼，改用更精確的文字？

有時他可能改不了，那些模糊的字眼之所以存在，總是有它的用途。但是，如果他只是因為懶惰或粗心而那樣寫，他可以再花點心思，思索更好的用語，故事會因此變得更加明晰、精彩。

所以，說故事的人會仔細推敲每個名詞，即使是乍看之下很具體的文字，也值得斟酌再三。例如，「客輪」可以改成「七百英尺長的豪華客輪」，改了以後更加具體、更有畫面感；「反應」可以改成「害怕」、「憎恨」、「懷疑」、「熱情」、「厭惡」或其他更明確的情感；如果他原本想寫「戰鬥」，他會先自問，改成「戰役」或「小衝突」會不會比較精確。

慎選名詞可以讓故事變得更加清晰，慎選動詞則可以為故事增添活力，讓意義變得更有深度。底下片段是節錄自貝瑞・紐曼（Barry Newman）對某位性格火爆的政治人物所做的報導：

「別以為我是瘋子！」市長怒吼道。

很好！我們馬上看出市長的脾氣確實火爆，而且他毫無自知之明（注意，我用了二十六字解釋「怒吼」那個動詞傳達的畫面感）。

這篇故事原本可能很囉唆拖沓，但是用了這類生動的動詞後，整篇文章也鮮活了起來。在下面這個接近文末的段落裡，這種動詞更是發揮了畫龍點睛的效果：

下一位進來的是承包商，他為市府整修大樓，索價六萬美元。市長氣得直眉瞪眼，咆哮道：「你自己也知道你做得很糟！你把案子外包，欺騙了我們！我覺得你從頭到尾都在瞎扯！我希望我是錯怪你了，那我至少還可以對你有點耐心。但我上任以來，從來沒有錯怪過誰！」

承包商尷尬地離去，換市區的某位惡房東進來了。他希望安檢人員別再去找他麻煩，市長一聽大發雷霆：「你怎麼會讓人住那種畜生住的地方？你大概給安檢人員灌了不少迷湯吧。」

房東連忙起身反駁：「我沒有給任何人任何東西！」市長暴跳如雷，怒吼道：「把你那棟該死的房子給我修好！」兩人怒目相視，相互叫罵……

為了達到上面那種效果，講故事的人不斷地修改動詞。瓊斯先生究竟是「偏好」某個想法，還是「積極採納」那個想法？這兩種動詞想表達的意義是不同的。史密斯先生是「剛離開」，還是「逃離」、「離棄」、或「漫步離去」？市長究竟是「不滿」，還是「暴跳如雷」？

多數作者常犯一種錯誤：使用薄弱、籠統的字眼，而不是使用強而有力的明確文字。不過，也有不少作者需要緩和語調，而不是加強，他們習慣使用浮誇的詞藻，言過其實，使文章產生一種虛假的迫切感，虛飾過度。對他們來說，暫時的難關是「危機」；任何矛盾都是「極大困境」；針對總統法案所做的修正提案，都是對總統的「重大打擊」。他們使文字的運用顯得浮濫，萬一發生真正的危機，那要用什麼字眼形容，才能和之前宣稱的虛假危機有所區別呢？難道要說「巨型危機」嗎？

不過，無論是下筆浮誇，還是下筆膽怯，這類毛病的療法都一樣：選擇恰如其分的用語，在字詞的精準含義以及其描寫的現實狀況之間，巧妙地拿捏平衡。

嚴苛

嚴苛的作者總是用字精準，言簡意賅，他們對自己的要求就是那麼嚴格。

這裡所謂的嚴苛，不是指文章給人苛刻的感覺，而是指作者對自己的態度。你可能覺得寫作還要考慮到「態度」很奇怪，但是把兩位才華一樣出眾的作者擺在一起，你唯一能用來分出高下的關鍵，就是態度。文章寫來平淡無力，囉嗦繁複，那往往是因為作者對自己的態度不夠嚴苛。

嚴苛的作者寫稿時有雙重身份，他會在那兩種身份之間不斷地切換。第一種身份是敏銳的藝術創作者，第二種身份是毫不留情的批評者，專門挑剔作品中的缺點。他鐵面無情，極盡吐槽之能事，非常龜毛。當作者使用炫技的筆法，寫下矯情的文字時，他會在一旁冷嘲熱諷。當作者下筆忸怩、縮手縮腳，使用被動語態或結論含糊不清時，他會罵作者膽小。他質疑每個邏輯，要求故事裡出現的每個人物和事件都必須合情合理。最重要的是，他對作者的囉哩八嗦毫不留情。他討人厭，惹人嫌，比任何編輯都難應付，但他是藝術家最好的朋友。

唯有接受這個分身的嚴苛批評，藝術家才能學會自我鞭策，達到第一次下筆就達標的狀態。溫和的批評無法讓藝術家產生足夠的痛苦，並激勵他奮發成長，充分發揮潛力。因為他可以把那些批評當成耳邊風，依然故我，或反過來跟批評者爭論。例如，有些編輯待人處事比較圓滑，他們會好言說服作者改動某篇文章，但作者後來交出來的文章依然犯同樣的錯誤，因為上次犯錯並未讓他吃到苦頭。

我們來看對自己嚴苛的作者，如何評論下面的文字。底下的對話是虛構的，但文章是真實的，那是有關金融圈嗑藥現象日益嚴重的報導，文字是擷取自那篇文章的導言草稿。

> 二十八歲的邁克是成功的債券交易員，在華爾街一帶的某大公司任職。他跟很多同行一樣，有優渥的薪水（市場好時，年薪逾十萬美元），大致上喜歡自己的工作，也有幸福的家庭生活。
>
> 然而，他也像全美各地愈來愈多的同行那樣，吸食古柯鹼。他說他沒有染上毒癮，只是偶一為之——有時是在上班的時候吸一下——因為他相信古柯鹼帶給他力量及無限權力。邁克的古柯鹼大多是自己買的，但是經紀商為了跟他打好關係及做生意，偶爾也會給他一兩克當贈禮。

藝術家：呃，這是我想放在導言裡的東西……

批評家：你在開什麼玩笑，整段文字充滿廢話。以它作為新聞報導的開頭，那顯然太長了。以它作為小說的開頭，又太遜了。第一段簡直跟名片沒什麼兩樣，完全沒把讀者帶入主題。我才不在乎那些西裝筆挺的年輕小伙子到底多有錢，日子過得多幸福。那跟故事的主題有什麼關係？

藝術家：但是……

批評家：閉嘴，給我聽好。「二十八歲的邁克……」這個起頭太弱了，你應該把主角放在前面，改成「邁克二十八歲」，這樣還可以省一個字。接著，你說他很「成功」，然後又說他有「優渥的薪水」，「逾十萬美元」。這種寫法就好像說，「他很胖，是個重達三三〇磅的臃腫肥仔。」你何時才會明白什麼叫贅字？你還說「在華爾街一帶的某大公司」，真是囉嗦，你可以直接說『華爾街某大公司』，從原來的十一字減為七個字，那就減少百分之三十六的贅字了。「跟很多同行一樣」，誰在乎他的同行？他們是你的朋友嗎？這幾個字可以刪掉！「大致上喜歡自己的工作」，天啊，這有寫跟沒寫一樣，所以他到底是喜歡，還是不喜歡？你要寫清楚啊。「也有幸福的家庭生活」，老天！我一直以為這篇文章是在講毒品，而不是講家庭關係，這句也可以刪掉。你應該隨時謹記故事主題，第一段就放進有關古柯鹼的內容，否則大家都睡著了，連我都準備好就寢了。

藝術家：我只是想為他塑造一個更完整的形象……

批評家：誰在乎啊！這個故事又不是在講他，而是在講他的問題。他只是一個例子，我們沒那麼多閒工夫描述他。即使有，你的描述也毫無助益。你說，邁克大致上喜歡他的工作，也喜歡他的家庭生活。這很吸引人、很引人入勝嗎？這種言不及義的廢話就省省吧。

藝術家（心虛）**：**那第二段呢？第二段有什麼問題？

批評家：好一點。雖然不好，但還不算爛。第一句話裡，你又把同行扯進來了。你太急著把故事展開，這個段落以後，我們會以具體的證據，證明吸毒的現象有多普遍。既然可以讓證據自己說話，你又何必自己說呢？你應該先把邁克這個例子單獨講完，再把故事展開。

接著你寫道，他吸毒是「因為他相信古柯鹼帶給他力量及無限權力」。有一種書，叫做字典。字典告訴我們，「力量」是力量，「無限權力」意指「力量無限」，你那樣寫會不會太多「力量」了？還有，什麼叫「他相信」？你有某種感覺時，不是「相信」某種感覺。你要麼就是有感受，要麼就是沒感受，那跟你是否相信無關。夠了！你的稿子毛病還真多！趕快回去改吧！

藝術家聽從了批評家的建議，把文章修改如下：

> 邁克二十八歲，是華爾街某大公司的債券交易員。市場好時，年薪逾十萬美元。他喜歡自己的工作，也喜歡古柯鹼，通常是下班吸食，偶爾上班時也會吸一下。
>
> 他聲稱他沒有染上毒癮，只是喜歡毒品帶給他的無限權力感。邁克的古柯鹼大多是自己買的，但是經紀商為了跟他打好關係及做生意，偶爾也會給他一兩克。

藝術家的初稿用了二〇二字，接受批評家的嚴苛指導後，最後修改成一三九字，減了百分之三十一的贅字。修改後不僅縮短了篇幅，文章的步調也加快了。刪除贅字和無關緊要的內容，可以讓整個段落顯得更輕快。

作者除了有「自我批評」的分身以外，還有另一個分身是「自我編輯」。這兩種分身都很注重文章的簡練，但兩者之間有一些重要的差異。自我編輯是在工作的尾聲才出現，他是評斷整篇文章。他關心文章的簡潔度，還有文章的韻律、流暢性，以及最重要的說服力。他可能為文章增添一些內容，讓它變得更有說服力或更有趣味。

相較之下，「自我批評」是在作者動筆期間如影隨形，他從來不是看整篇文章，他只關心當下檢查的段落裡，表達是否精準，邏輯是否正確。他沒有自己的創意思維，他的工作是只做修剪，不做創作。

為什麼不乾脆趕走批評家，讓自我編輯在寫稿的尾聲包辦一切呢？這個提議聽起來很誘人，但通常行不通。

如果沒有自我批評不斷地鞭策作者，藝術家會寫得一發不可收拾。他把分配到的空間填滿時，才發現還有三分之二的故事沒講完。放任他繼續寫下去的話，他會寫出拖泥帶水的長篇大論。輪到自我編輯出現時，他已經不知道該從何改起。這時編輯無法只做簡單的增修和潤飾，他必須揮動大刀，披荊斬棘，才能理出文意脈絡。這種大刀闊斧的修改，並非編輯最擅長的工作。

如果藝術家創作到一半，自己開始修改，不仰賴批評家，他很可能為了讓文章維持適當的長度，而採用概括性的描述，刪除具體的內容和細節。即使他把文章修改成想要的樣子，有些部分仍不免流於誇誇其談，有些部分則顯得薄弱無力。而且，這種文章到最後還是需要自我編輯花很多的心力修改。更重要的是，在上述兩種缺乏自我批評的情況下，藝術家失去了精進寫作技巧的機會。簡練是寫作的一大特質，自我批評是幫作者寫出簡練好文的最佳良師。

描述

作者處理描述時，是個人自尊最難搞的時候。他靈感一來，文思泉湧，洋洋灑灑地使用大量的形容詞，彷彿把炮彈扔進一鍋湯似的。詞藻華麗過頭時，會顯得格格不入，但他自己愈看愈滿意，覺得那簡直是藝術品，是自己的縮影。要是哪個編輯敢刪除那些東西，他馬上衝過去掐住他的喉嚨。

在同一篇文章的其他段落，同一個作者可能犯了疏漏的錯誤，沒有善用眼睛、耳朵和五感去描繪事物，讓讀者有更深入的瞭解。如果編輯要求他增補內容，他可能還會惱怒地說，他覺得沒有必要添加瑣碎的描寫，而把文章搞得亂七八糟。整體來看，那篇文章的描述要不是華麗過頭，就是細膩不足，呈現出一種失衡的狀態，因為他太任性妄為了。他寫作完全是為了滿足自己的文學慾望，但讀者根本不在乎那些。相反的，訓練有素的作者知道自己是為了讀者寫作，他做任何描述都只為了達到某些目的。這些目的中，最重要的一個，就是為了推動故事的進展。

很多描述段落其實都是「離題」。無論文字究竟是優美、還是精簡，那些描述都會干擾故事的前進動態。但是，當描述與主題息息相關時，那種描述會跟著故事推進，不會減緩故事的進展。以人物特寫為例，描寫主角外貌、態度和行為的字眼，都讓讀者對主角有更深入的瞭解——那也是說故事者希望這篇文章達到的終極目標。在都市更新的報導中，如果我們想充分瞭解受影響的地區及當地的居民，就必須描寫他們的狀況。

描寫若能佐證和故事主題有關的證據，也有助於故事的進展。以那篇墨西哥移民的報導為例，那篇文章的目的是展現墨西哥中部的貧窮程度，讓讀者從感性和理性去理解，為什麼有那麼多的墨西哥鄉下人來到美國。文中除了運用事實、數字和專家的分析來說服讀者以外，也使用描述作為輔助，例如下面這段文字：

> ……她說話時，破舊的門廊上，有一隻老鼠大膽地鑽進一小包玉米中。六十九歲的公公抓起掃把，往老鼠打下去，他說：「總算少一張搶食的嘴了。」

上面這段小插曲若是放在別的故事裡（例如發生在墨西哥，但不是談貧困是移民動機的文章），那段描述就明顯離題了。然而，放在那篇墨西哥移民的報導中，它增加了讀者對故事主題的理解，所以有助於故事的推進。

只要能幫讀者沿著故事的主線持續推進，講故事的人不會吝於使用文字來描述任何東西。事實上，他知道那種情況下，他一定要好好地描述事物，才能為故事帶來活力。相反的，如果描寫的事物與主題沒多大的關係，他很少花心思去描述，以免離題。

例如，他不會想要描述每個次要角色或地點，也不會想要描述每個偶然一閃即過的事件。但必要的話，他會從那些次要的事物中挑一兩個來描述，以達成另一個目的：吸引讀者參與。

一個從頭到尾都在故事外旁觀的讀者，永遠不會被故事所打動。所以，作者可以運用前面提過的代理資格，親身走訪一兩條當地的街道，親自採訪一兩個故事裡的人物，親眼目睹一兩個故事裡的事件，藉此把讀者帶進故事中。這些描述可能對故事的發展不太重要，但可以讓讀者參與其中。

作者為此目的挑選描述的東西時，他希望讀者看了描述之後有所收穫。例如，他不會大費周章地描寫某位高階管理者的辦公室，因為大多數的讀者對辦公室已經很熟悉，除非那間辦公室有與眾不同之處，或反映出那位高管的人格特質。但他會描述大草原上的露天採礦：「……挖土機挖著牧地，拉鏟挖掘機聳立在煤堆前，彷如巨大的黑色螳螂……」因為很少讀者看過那種景象。他不會描述漢堡裡有什麼食材，但他會告訴讀者牛雜湯裡有什麼東西。他不會凸顯出農業部官僚的德行（多數人對官僚都很熟悉），但他會介紹番茄種植者讓讀者認識。

有時，作者也會利用描寫來製造戲劇性的反差效果。為此，他往往是挑選其他情況下他不會著墨的東西。例如，木訥溫吞、毫不起眼的辦事員，通常不是作者挑選的描述對象。但是如果這個人其實是瘋狂殺人犯，忘了描寫其外表的三流記者應該被踢出寫作協會，因為犯人的平凡外表使他的罪行更令人驚駭。

一般的文章中，比較常看到隱約的對比描述所產生的反差效果。例如，底下這篇文章是談華盛頓州哥倫比亞高原上，殼牌石油（Shell Oil）的神祕開採專案。

> 表面上看來，這裡是平靜的鄉野。在綿延的山嶺和丘陵之間，隱藏著一座座果園和農場。頂部積雪的亞當斯山（Mount Adams）和雷尼爾山（Mount Rainier）屹立在西邊，望著哥倫比亞河滔滔往東流，滋潤著大地。但果園底下是石油開發商的夢魘，那裡有厚達兩英里的玄武岩層——那是一種黑色火山岩，是地震導致岩漿噴發凝結而成的，硬度足以讓開採石油的鑽頭變成鈍鐵。

鄉野的美景和故事的主題無關，但是這一段若是少了祥和大地的畫面，大地底下的景象也會失去衝擊力。

所以，任何描寫一定要有原因作為後盾。但如何描寫才能引人入勝呢？

這個問題涉及了藝術領域，無法直接回答。沒有人能提供一套公式，保證你每次都寫出完美的描述。就像名畫家林布蘭（Rembrandt）無法告訴業餘畫家如何成為林布蘭一樣，名作家約翰·厄普代克（John Updike）也不可能把他的文學造詣全部傳授給我。不過，描述的技藝總是有辦法提升的，注意以下幾點有一些幫助：

1.精確想像

描述的目的，是為了在讀者的心中勾勒出清晰的畫面，而不是讓讀者使勁地瞇著眼看，還是搞不清楚那模糊的畫像。因此，在多數的報章雜誌中，描述的用語必須講求精準。

如果我們說一頂翹邊帽是「黑色」的，那個影像已經夠精準了，不需要再補充什麼。但如果我們說戴那頂帽子的人很「慷慨大方」，焦點就模糊了。他是哪方面很慷慨大方？大方到什麼程度？我們可以清楚看到他的帽子，但不太清楚他有多大方。如果作者無法賦予那個特質更精確的形象，「慷慨大方」這個字眼始終是模糊的。講故事的人通常會避免使用那種抽象的描述，除非當下或後來他們還會舉例說明。他使用形容詞和副詞時，就像使用名詞和動詞那樣，會儘量講求精確。

能夠做到這點，就能運用簡短的字句，為故事增添新的意義。湯姆．沃爾夫（Tom Wolfe）在著作《泵房幫》（*The Pump House Gang*）裡的寫法就是如此。那個故事是描述一九六〇年代加州海岸出現的衝浪次文化。那群小伙子刻意以與眾不同的語言、習慣和價值觀，組成緊密的小團體，以追求標新立異。他們很酷，以青春和美貌為傲，擔心年齡增長會導致他們遭到那個小團體的淘汰。正因為害怕年老，他們會刻意去嘲諷其他人的衰老。故事裡提到，一對普通的中年夫婦在拉霍亞（La Jolla）的溫丹希海灘（Windandsea Beach）上，爬著階梯，朝他們的方向走去。這群小伙子調皮地盯著他們，嘲諷他們幾句。中年男子想避開衝突，有意把妻子帶往別處，但妻子不想改變方向：

> 「羅伯茲太太，」丈夫直呼妻子婚後的正式名字，雖然那不是衝著那群金髮孩子講的，但那樣稱

呼妻子彷彿意味著，既然妳在婚禮上宣誓了，我講的話就是金科玉律：「再往上走遠一點，羅伯茲太太。」

他們繼續往上走，想走到人行道邊，但有個孩子不肯把腳收起來讓他們過。羅伯茲太太乾脆一腳踩上去。哦，天呀，她先生的臉上露出抖得厲害的微笑……*

「露出抖得厲害的微笑」，這幾個字馬上使讀者的腦中浮現鮮明生動的畫面。我們看到，他其實很怕激怒對方，怕他們以肆無忌憚的行徑，摧毀他的自尊和人格，把他變成嚎啕大哭的小丑。正因為如此，他面對這群胡鬧的小伙子時，刻意自貶身份，不敢招惹他們。他的笑容是虛假的，其實是哭笑不得的痛苦表情，他討厭那群小流氓，也怕他們。「抖得厲害」那幾個字傳達了作者的感受，但讀者也有同感。看到一個成年男子如此低聲下氣的模樣，實在令人不忍卒睹。

文筆較差或偷懶的作者，可能會乾脆省略描述，或是像我剛剛那樣，用了一大段來解釋那個小插曲的意義。沃爾夫僅用九個字就勾勒出鮮明的圖像。我們一看到那幾個字，就馬上明白他想表達什麼。

2. 人物原則

相較於地方和事物，讀者更喜歡人物，所以作者通常會在情況合宜下，設法加入人物的描寫。艾瑞克・卡洛尼爾斯（Erik Calonius）寫過一篇文章，談曼菲斯市比爾街（Beale Street）附近的衰頹。他大

---

*作者註：湯姆・沃爾夫，《泵房幫》（New York: Bantam, 1969），十七頁。

可在文章中描寫破窗、塵垢、破敗的人行道、雜草叢生的空地，以及其他反映衰頹的實體景象。但他沒有那樣做，他以下面的方式，介紹這個藍調音樂的誕生地：

> 晨光灑落在第四大街和凡斯街上，照著四方酒吧（4-Way Bar）的破舊門面、隔壁的撞球店，也灑落在通往樓上妓院的老舊樓梯上。
>
> 在這個十字路口的上方，某處飄來陣陣的歌聲。歌聲傳到了正在送信的郵差耳中，也傳到了樓下三兩人群的耳中。有些人坐在樹下輪流喝著一瓶酒，有些人面無表情地坐在工地入口。
>
> 在樓上的妓院，敞開的落地長窗前，一個人形單影隻地站在那裡，手肘倚著裝飾性的欄杆，他是史威特・查爾斯（Sweet Charles）。他的身材魁梧，穿著無袖汗衫，戴著黑色假髮和珍珠項鍊，唱著命運的不幸及酸楚的愛情。

破舊的門面、老舊的樓梯，以及設施的本質，都暗示著這個地方的衰頹。但這篇文章之所以是一篇「街坊鄰里」的報導，關鍵不在於那些雜亂的磚瓦與建物，而是人物。這種手法相當聰明，我們對鄰居比較感興趣，不是那麼在乎他們居住的房舍。

3. 動感

查爾斯高歌時，郵差忙著送信，街角的人輪流喝著一瓶酒，這些「人物」元素充滿了動感。

讀者喜歡在故事裡看到人物，但他們最喜歡看到正在活動的人物。任何事物只要動起來，總是更受讀者的青睞。所以，即使故事裡沒有人物，說故事的人也會想辦法讓其他的元素動起來，如下面的文字：

那裡空蕩無物，只有藍天和灰濛濛的一片，冰川嘎吱作響，冰川百合在遼闊冰河的邊緣融冰處綻放，只有它讓人想起山下的遍地野花。

冰川嘎吱作響，以及盛開的百合，都為這段文字帶來了活力。若是沒有這些，描寫會變得空洞無趣。

作者想寫出動感時，會主動避免軟弱無力的被動語態，改採生動有力的描寫手法。例如，在描寫威利斯頓盆地（Williston Basin）時，他不會寫「平原上的天然氣加工廠，彷如銀色的蜘蛛」，而是這樣寫：「天然氣加工廠彷如銀色的蜘蛛，蹲伏在平原上。」這樣一改，動感就出來了。

動感可為原本缺乏描述的段落，增添細膩的描寫。例如，在伐木工人的報導中，有一個重要的段落原本可能這樣寫：

梅森的家族世代從事林業。他們就像許多的家庭那樣，熱愛森林，也為此付出了代價。梅森的祖父、伯父、父親、兄弟都命喪林中。遠在美國另一端的北卡羅來納州海斯維爾鎮，人口僅三百人左右，但至少有十人在這個西北岸的森林裡喪命……

實際上的段落是這樣寫的：

> 梅森的家族世代從事林業。他們就像許多的家庭那樣，熱愛森林。但森林讓他們為此付出了代價，不僅奪走他的祖父、伯父、父親、兄弟的生命，也把魔爪伸向全美各地，讓那些走進森林的人付出代價。例如，遠在美國另一端的北卡羅來納州海斯維爾鎮，人口僅三百人左右，但至少有十人在這個西北岸的森林裡喪命……

在第一個版本中，森林只是一個地方。在第二個版本中，森林變成凶殘的動態實體，殺人不眨眼，讓走進森林的人都付出了慘痛的代價，那正是整個段落的主旨。

4. 打破常規

冰川確實會嘎吱作響，花朵也會盛開，但是要讓森林殺人，作者必須使用「詩的破格」（poetic license），突破行文的規則。只要畫面精確地反映出事實給人的感覺，讀者會因此受惠。作者太拘泥於字面意思時，只會作繭自縛，也使讀者失去想像的機會。

有些記者不用詩的破格，因為他們根本不知道自己有此特權。他們覺得自己是在寫新聞，不能耍花招，必須嚴肅面對文字。有些記者知道自己有這種特權，但不敢放手執行，他們覺得「詩的破格」是文學的東西，搞新聞的人不是在搞文學。

也許吧，但是記者不需要這樣畫地自限。在新聞特寫中，記者使用「詩的破格」來營造畫面時，不會自問那些畫面美不美，只要讀者覺得描述得很清楚，衍生的畫面也精確地反映出實況，讓人有身歷其境的感覺，他就心滿意足了。

我在一篇文章中寫道：「一般普遍認為，哪天共和黨掌權的亞利桑那州議會也通過醫療補助計畫（Medicaid）提案，牛也可以飛上天了。」其實沒有人真的那樣說，但那段描述精確地反映出現實狀況。牛當然不可能飛上天，所以醫療補助計畫也不可能在亞利桑那州通過立法，至少那裡的人是這樣想的。

交談感

有交談感的故事，會讓我覺得作者是在跟我單獨聊天，而不是在體育館裡對著一群觀眾演講。作者因此顯得更加真實，因為我感覺到他把我當成真實的對象，是實在的個體，而不是微不足道的人。

有一些訣竅可以幫記者建立這種關係。不過，就像寫作的其他技巧一樣，培養良好的讀者—作者關係，是從作者的態度開始。優秀的作者是為個人而寫，而不是為群體而寫，那樣做是完全合宜的。畢竟，六百萬名讀者又不是每天都坐在一起讀《華爾街日報》。

記者寫稿時，如果腦中只想著一個人，比較容易讓讀者融入故事中，不會犯下類似群眾演講的錯誤——沉悶呆板、故弄玄虛、言過其實、刻板疏離。交談型的作者可以避免那些錯誤，因為他寫稿時總是一再自問：**如果今天我是跟一位感興趣又聰明的朋友聊天，我會這樣說嗎？**

我的意思不是說，我們應該完全用說話的方式來寫稿，除非你講話總是非常精準，言簡意賅又正確。我自己也做不到那樣。但是，如果我們能以近似正常對話的方式來寫稿，通常會受益匪淺。

謹記這個原則時，寫出來的東西就不像說教。畢竟，哪個朋友受得了說教呢？而且這樣一來，故事就不再沉悶乏味，或是太中規中矩了。令人消化不良的官樣文章也會消失。搶匪就直接寫搶匪，不要寫「歹徒駕駛新型Oldsmobile汽車離開現場」。我們也不說「座落於莫里森工業園裡的設施」，而是直接稱之為「工廠」。當你腦中總是想著某位讀者時，下筆自然就平實易懂，我覺得那是最吸引人的交談特質。

用語平實的作者，寫出來的稿子比同事簡短，但文字簡練就是加分。他的目的是簡單明瞭，所以比較不可能寫出下面的句子：

> 巨人汽車為了開發噴火鳥跑車，斥資二十億美元，但上個月中止生產，公司聲稱銷量「遠低於最低預期」。

他會這樣寫：

> 巨人汽車以二十億美元開發噴火鳥跑車，但上個月停產，公司表示銷量太慘。

一般人說話時，通常是使用比較簡單的字眼，而不是「斥資」、「中止生產」、「聲稱」等等。他們習慣使用比較簡單的主動句子，而不是被動語態。此外，使用轉述的頻率也比直接引述高。其實第一版的架構沒什麼嚴重的錯誤，但我喜歡第二版的平實感，那更像實際說話的樣子。

一個人交談時，還會做什麼呢？他可能會像我剛剛做的那樣，提出問題。有些問題只是一種反問句，例如：

他們如此冒險，究竟是為了什麼？為了工作伙伴間稱兄道弟的情誼。

有些問題是為了傳達資訊或邏輯推理，例如：

BWAB公司為公司及有限責任股東承租了九十萬英畝的高原土地，但目前尚無鑽挖計畫，他們想等殼牌公司公布他們從地下發現什麼以後，才開始行動。其他人跟他們一樣，都在靜觀其變。既然可以袖手旁觀，讓大企業先打頭陣、試水溫，我們又何必花一千萬到兩千萬美元，去鑽探玄武岩層呢？

善於發問的作者，可以抓住讀者的注意力，讓作者與讀者的關係更加深厚。好為人師的作者，喜歡以絕對的口吻講述一切，那會給人一種賣弄學問的感覺，令人厭煩。讀者會覺得他難以親近，因為我們看不出來他對我們感興趣，他只是想炫耀學識罷了。但是，偶爾提出問題的作者可以吸引讀者融入，讀者願意繼續聽他聊下去。

健談的人為了讓言談更加生動有趣，常會使用俗話、甚至俚語，尤其那些通俗的講法更能表情達意的時候。作者也一樣，用字遣詞不需要綁手綁腳，猶豫再三。所以，在印第安人保留區的報導中，亞瓦派族叫白人「滾開」，因為那個詞不僅反映了他們的行動，也充分顯現出他們內心的想法。記者寫稿時，應該採用自己覺得最貼切的字眼，至於那些字眼是否適合上報，那讓編輯台去煩惱就好了，用字標準是編輯的守備範圍。

一般人講話時，有時會使用感嘆詞、驚嘆語、一兩個字所組成的驚呼，或很多作者避免使用的形式。對於這種用語，你不需要避之唯恐不及。在有關石油開採的報導中，有句話只有一個詞，但發揮了畫龍點睛的效果：

> 此外，鑽油業有個不成文的行規，一個人拿人好處後，總是欠人一份人情。忘恩負義會遭到孤立，以後有好康沒他的份，有事相求也沒人理。史萊特先生最近打電話向某位消息人士打聽資訊時，就吃了閉門羹。對方在電話裡懶洋洋地說：「我重新評估我們的友誼，發現你不過是泛泛之交。」咔嚓！

少了最後那個的狀聲詞，整個段落也少了某種完結感。

不過，這個技巧只能偶一為之，用多了會使整篇故事看起來很像搞笑。太多的問號、感嘆詞或隻字片語，會分散讀者的注意力，使讀者忽略故事核心，只看到作者的表演。這世上沒有人買報紙是為了看作者表演。

不過，說真的，其實作者只要維持正確的態度就夠了。即使你不用前述的任何技巧，即使你只做到為一個人寫，而不是為一群人寫，你可能還是無法寫得更平實。你只要確定，你鎖定的那個讀者是正確的對象就好了。我始終覺得，報上之所以會有那麼多沉悶乏味的故事，是因為記者下意識想利用那篇文章，向某個消息來源賣弄自己，而不是為了一般的讀者寫稿。他的用字遣詞中規中矩，甚至過於僵化，因為他們擔心措詞直率輕鬆，可能給人不夠莊重認真的感覺。我不知道那種態度能不能迎合他們預設的讀者（一小群律師、官僚、高階管理者等等），但肯定無法打動成千上萬的一般讀者。實話實說才是最好的作法，讀者最喜歡看到作者直言不諱。

流暢度

故事流暢時，讀者悠遊其間，幾乎是一口氣看完，沿途毫無障礙，也沒有令人暈頭轉向的急轉彎，因為作者已經把障礙都剷除，也把九彎十八拐都拉直了。

為了讓故事順暢無阻，作者必須特別注意三個潛在的麻煩元素：

1. 過渡段落

故事從一個區塊轉移到另一區塊，或是從一個段落轉進另一個段落時，很多作者似乎習慣使用廢話來當過渡句，那些廢話只是告訴你：「嘿，我們剛談完蘋果，接下來要講橘子了。」有些作者甚至連接下來要談什麼都沒提。

這是作者可能犯下的大錯之一。任何段落或區塊的第一句特別重要，因為它塑造及定義後面的內容。如果第一句話很空泛無聊，毫無重點，用了很多文字去轉移讀者的注意力，卻沒提到主題的發展，故事的流暢度會無故中斷，接下來的內容很可能失去清晰的輪廓。

擅長講故事的人，會先試著不用任何銜接詞來完成段落的轉換，他會直接轉到下一個行動。只要他把相關的素材彙集在一起，依循沿途的指示寫稿，通常都能直接轉進下一段。很多人以為不同區塊或段落之間一定要有過渡，所以畫蛇添足，塞進廢話。例如，在比較李子和酪梨的文章中，作者提完李子經銷商的觀點後，可能沒想太多，就開始寫另一邊的觀點：

> 但是酪梨支持者當然不認同那種觀點，酪梨種植協會的會長索沃斯．威姆斯（Sotworth Weems）指出：「根本胡說八道！李子只是那些靠社會保險金過活的老人用來對付便祕的醜陋水果罷了，酪梨才是高級的水果。」

作者大可直接轉進酪梨的話題，引用威姆斯的說法，但他又畫蛇添足，加了多餘的過渡句。故事無法直接轉入下個話題時，顯然需要用到過渡句，這時就考驗作者「具體描述」的功夫了。糟糕的過渡往往把焦點放在籠統抽象的字句上，涉及的層面太廣。作者能不能以具體的描寫來取代抽象的詞語呢？如果他剛剛寫了「情境」，他能告訴讀者那是什麼「情境」嗎？如果答案是肯定的，他其實可以把兩句合成一句。也就是說，把本來的過渡句和緊接著過渡句的下一句合而為一。

例如，一篇文章描述內華達州克羅卡鎮（Cloaca）的淘金熱所帶來的影響，作者剛談完淘金熱的經濟效益，接著想談缺點。他第一次嘗試的寫法如下：

> 然而，發現金礦也為克羅卡鎮帶來嚴重的住屋短缺問題。許多礦工和建築工人蜂擁來這裡，小鎮上沒有那麼多的地方容納他們。

第一句話把焦點放在籠統的概念上：**嚴重的住屋短缺問題**。第二句話才解釋那個籠統概念的意思。於是，作家套用「具體描述」原則，把兩句話結合起來：

> 然而，淘金熱也吸引許多礦工和建築工人蜂擁來克羅卡鎮，小鎮上沒那麼多的地方容納他們。

第一版那種「連體嬰」的句子，其實在其他的地方也很常見，不是只有過渡的段落才有。你應該儘量以簡潔扼要的方式，把它們合併成一句，我們想要的是一個健康的嬰兒，不是連體嬰。

我們來看在真實報導的較長段落中，如何自然地使用過渡句。我們使用前面那篇金融界嗑藥盛行的報導為例。這裡除了過渡句以外，其他的句子都重新編輯過了。

經紀人保羅說明古柯鹼對其生活的影響，首先談到事業上的影響，最後談到個人的影響：

> ……他的體重持續下滑，血壓不斷升高。他不得不與妻子分居，他也不確定自己是否完全掌控了吸食古柯鹼的惡習。
>
> **雖然古柯鹼可以帶來快感，但是包括保羅在內的人都坦言，交易時間嗑藥可能是自找麻煩**。芝加哥的專業交易員法蘭克表示：「古柯鹼讓你感覺良好，這時萬一交易部位對你不利，你反而會加碼，而不是趕快抽離市場。」法蘭克是以自己的資金做投機交易。最近另一位交易人就是因為這樣貿然加碼，而在十五分鐘內賠了八千五百美元。這位交易員說：「賠錢了還加碼，是交易的第一大忌，但是當時我正處於嗑藥的亢奮中。」

> **古柯鹼對交易員的生活有可怕的破壞力**。他們對毒品產生的依賴往往超乎尋常，甚至可能出現嚴重的妄想症，俗稱「古柯鹼精神病」。例如，交易員熱愛社交的典型特質……

第一個過渡句是用來擴大例子，從保羅的個人經歷轉移到其他人的經歷。但是那句話除了說其他人有同感外，並未多說什麼。那點是我們早就知道的，而且「麻煩」那個詞太抽象了，無助於理解。於是，我們套用「具體描述」原則，淘汰那個過渡句，換成底下的句子：

> 在毒品的影響下，經紀人和交易員可能貿然做出決定，而且拒絕更改，因為他們不相信自己可能犯錯。

這才是「麻煩」所在。

第二個過渡句是用來改變強度。我們從嗑藥會影響交易判斷，談到嗑藥可能導致妄想症，但那個過渡句講得很籠統，幾乎毫無意義。我們已經看過毒品對吸毒者的生活和判斷的影響，所以這一段是談什麼新內容？此外，「可怕的」也是含糊抽象的字眼，無助於理解。改用以下的寫法後，一切就豁然開朗了：

> 重度吸毒者最終會陷入一種妄想的狀態，俗稱「古柯鹼精神病」。

那個多餘的過渡句後面，不就是寫這個內容嗎？何不直接把它當成第一句呢？

有時，光是做到具體描述還不夠，作者精心打造的過渡句依然讓人讀起來不太順。那很可能是因為你寫剛剛那一段時，忽略了沿途的某個路標，把故事導向了岔路。這時你應該倒車，回頭再看一遍。注意故事中隱藏的細微線索，是避免過渡障礙的最好辦法。

唉，但有時怎麼做都行不通，作者不得不用過渡句來交代故事的重要轉折。這種情況下，過渡句應該儘量簡潔扼要。例如，假設文章從「範疇」區塊轉入「原因」區塊，但轉折太過複雜，無法具體描述，這時他可以直接說：「（事件發展）的背後有好幾個強大的趨力」或是同樣簡潔平實的句子。最重要的是，避免用冗長曲折又毫無意義的句子來轉進新主題。任何概括說法都應該簡潔為上。

2. 消息出處

為了證明消息的可信度，我們可能需要標明消息的來源。但是，那些資訊可能變成閱讀中的障礙，形成理解上的干擾，讓人不禁懷疑標明出處的必要。底下就是一例：

> 「詩歌在美國已經瀕臨滅絕了。」阿勒格尼大學麥基斯波特分校英語系麥昆講座的衰頹大眾文學教授艾爾德里奇·貝孫（Aldridge Bassoon）說道。

這怎麼改？我們沒辦法拿枕頭蓋住教授的臉，悶死他，但至少可以縮短他的頭銜，改成「阿勒格尼大學的英語系教授」就夠了。許多官僚和專業人士也有一長串花俏的頭銜，你只要把那些空泛的頭銜砍掉，告訴大家他是吃哪一行飯的就好了。

不過，如果消息來源是群體和機構，那就需要花更多的心思琢磨了。許多報導是以這類消息貫穿整個故事，例如某部門宣稱這個，某銀行否認那個，某醫生堅稱這個，某經紀人宣稱那個，某農場主這樣說，某企業家那樣說。

乍看之下，作者似乎不需要花時間去煩惱那些名稱。畢竟，那些名稱大多是幾乎無法察覺的路障，省略沒必要的名稱只是節省幾個字而已，你又何必費心呢？

問題不在於節省字數，而是為了確定感。附上沒必要的消息出處會削減故事的力道，因為它把事實表述變成類似觀點的東西。對讀者來說，觀點的份量不如事實。而且，每次讀者必須在腦中交叉比對某個說法和某個消息來源時，故事的流暢度都會受阻。讀者會覺得他無法一口氣讀完文章，感覺磕磕絆絆。

決定保留及刪除哪些消息出處，完全取決於作者的主觀判斷。在判斷時，作者需要自問兩個問題：我確定這個證據是真的嗎？即使我相信是真的，讀者讀到那個資訊時會覺得很意外嗎？

如果第二個問題的答案是肯定的，作者就應該附上消息出處。每次我們傳達出乎意料的消息時，讀者很自然會想要瞭解資訊的來源。所以，如果你要傳達的資訊連你都很訝異，你就應該註明消息出處。

如果你的資訊根本不會令人起疑，只要你確定那個資訊是真實的就夠了。確定性有程度之分，有的很容易辨別。如果是眾所皆知或大家有目共睹的事情，那就是真實的，沒有作者會為這種資訊標註出處。但是，除此之外的情況，那就很難說了。

例如，作者也許可以說，「商務部的資訊顯示」，一九七八年的酪梨出口總量是五百萬噸。除非某位專家曾經質疑那個數字，否則我在文章裡不會載明出處，因為商務部本來就應該追蹤酪梨的出口資訊，我沒有理由質疑他們的資料。由於商務部是大家公認的公正資料來源，我不需要在文章裡標註資料的具體來源。

但很多情況下，我們沒有這種標準、權威性的消息來源，而且作者的說法其實是綜合多方消息的結論。這時，他必須謹慎處理這些消息，因為即使十五個專家中有十一人贊成某種觀點，那也不見得是事實；即使只有一人反對，只要那個人的論點強而有力，合情合理，謹慎的作者就不會貿然提出單一論點。多數人認同的觀點不見得是事實，就像烏合之眾不見得就是民主。

但是，如果一句話沒有確切的例外，而且記者請教的專業社群普遍認同那個說法，那句話就可以算是事實。外界不見得每個人都認同那是事實，但是最接近事件核心的人都認同。這種情況下，作者就不需要載明消息出處。例如，記者不需要寫：「交易員普遍認為，古柯鹼是一九七〇年代中期開始在華爾街流行的。」只要他跟很多交易員談過，大家都認同那個說法，他就可以直接說出事實。

我們常因粗心大意、過於謹慎，或誤以為任何說法只要掛了消息出處（即使只是稍微帶過事實）就比較有說服力，而影響了文章的流暢度。還有一些更糟的情況，是刻意用消息出處來掩飾採訪內容的薄弱。

記者可能不想大費周章去採訪夠多的對象，所以對事件缺乏根本的瞭解。等到坐下來寫稿時，他發現採訪不足，又懶得回頭去採訪更多的人。例如，關於古柯鹼在華爾街開始流行的時間，他可能只採訪兩位經紀人，但他又不能寫：「兩位經紀人說……」，那樣太沒權威性了。於是，他寫：「經紀人說……」，以藉此呼嚨讀者。那樣的消息出處會讓人誤以為他問過很多人了。那種寫法不是為了增添資訊的可信度，而是變成作者的擋箭牌，他只是為了自保罷了。

3. 解釋

每個故事中，作者都需要偶爾暫停故事的動態，以便解釋某個小細節。這種解釋和「原因」區塊裡的素材是不同的，「原因」區塊是解釋導致故事發生的主因，那些素材通常很有意思，而且非常重要。

這裡所指的解釋，是分散在四處。這類解釋會減緩故事的步調，不會推進故事的發展。除了少數的例外以外，這類解釋大多平淡無奇，甚至很乏味，它們只是用來說明一些迅速帶過的瑣碎小事，例如機器如何運轉、某個配角為什麼會有某種舉動、過程有哪些步驟，或某種法律論點等等。

這些內容通常沒什麼吸引力，但作者又不能忽略不寫。它們可能是討厭的小干擾，卻是必要的。一旦忽略它們，小問題只會變成大問題。讀者也許一開始不介意你留下的小謎團，但是到了故事的本體，如果你還不說明清楚，他很可能會受不了，乾脆放棄閱讀。任何可能導致讀者納悶不解的細節，都需要解釋。

不過，解釋一定要言簡意賅。囉嗦的解釋會破壞故事的流暢度，你必須竭盡所能用最精闢的字眼去解釋。這是苦差事，因為我們都想把精力集中在故事最重要、最有趣的部分。那或許是人之常情，但優秀的作者都知道，簡練地寫好平淡無奇的細節也很重要，因為那樣做才能讓讀者更投入精彩的部分。

為此，作者必須拿捏好分寸，只解釋讀者當下絕對需要知道的內容。例如，假設你正在寫一篇文章，談貨幣市場基金為了搶銀行的存款戶，使出種種花招，以及銀行如何避免存戶流失。你在文中提到，銀行為了留住客人，除了送烤麵包機、收音機、飯店招待券以外，也積極宣傳銀行存款的安全性。這時你不宜用長篇大論解釋美國聯邦存款保險公司（Federal Deposit Insurance Corp.）及其歷史和種種權力。你只需要告訴讀者，存戶的存款有聯邦保險，萬一銀行倒閉，存戶最高可獲得十萬美元的理賠金，貨幣市場基金則沒有這種保險。只要這樣稍稍解釋，讀者就明白銀行為什麼要宣傳存款安全性了。你甚至不需要提到聯邦存款保險公司的名稱，以免故事裡多了新的機構。如果讀者只是需要知道時間，你不需要告訴他們怎麼製作鐘錶。

精心設計的結構

這些結構就像電影裡製作特效的工具。作者只要精心打造結構，安排段落和語句，就可以營造出想要的效果，讓讀者留下特定的印象。

1. 速度感

想要營造速度感的作者，可以使用貨運列車句型（freight-train sentence），亦即以主詞（或主詞加動詞）當火車頭，後面拖著連串的受詞或子句。這種句子是以最少的字數，傳達最多的資訊，所以最適合用於資訊量很多的段落，例如無法用三言兩語帶過的長型解釋。

在一篇有關新墨西哥州總工程師及水利專家史蒂夫．雷諾茲（Steve Reynolds）的文章中，我必須帶讀者瞭解某個法律案件的細節，那個案件對故事很重要。如果不管文章結構的話，那個段落可能會寫成這樣：

> 工程師以無懈可擊的精準邏輯證明了這點。首先，他證明地下水的供給與河川的主流是相連

的。接著，他證明胡亂抽取地下水會減少河川流量，因為這兩個水源是相通的。他主張，這表示新墨西哥州將無法履行對德州的法律義務，因為那條河流是兩州共有的。這樣下去的話，過不了多久，為了補償德州的供水，盆地居民的用水將會遭到切斷，導致地方城鎮衰頹。

但是套用貨運列車句型後，整段改寫成：

> 工程師以無懈可擊的精準邏輯證明，地下水與河川的主流相連；胡亂抽取地下水將減少河川的流量；新墨西哥州將無法履行對德州的法律義務，因兩州共享那條河流；這樣下去的話，過不了多久，盆地居民的用水就會遭到切斷，以補償德州的供水，導致地方城鎮衰頹。

其實兩個版本都很沉悶乏味，但至少第二版把讀者的痛苦縮減成一一八字，不像第一版有一六〇字。我之所以能夠縮減字數，減少讀者的痛苦，是因為我用單一的「主語＋動詞」（工程師證明）來拉動後面的資訊列車。這個句子很長，但理解起來不會比第一版困難，因為它的核心結構很簡單。後面的子句形式很類似，而且是按實際的法理順序，做合理的論述。

不過，我也不願經常使用這種句子。這類句型後面拖的列車愈短，行進的速度愈快，讀者也更樂於搭乘這種列車。

簡單的貨運列車句型，可為結論和摘要增添明快的確定感和速度感，例如下面這句摘要說明山地人菲尼斯對裝備與補給的態度。

他鄙視冷凍乾燥食品（他說：「價格貴了四倍。」）、上百美元的登山靴，以及其他野外的時髦裝備。

這種句子結構可以幫作者營造連串動作同時發生，或接二連三迅速發生的感覺：

他們去國會遊說；發起「血淚之路」遊行，朝州議會邁進；在公共場合對參議員貝利・高華德舉牌抗議。

在鮮血、塵土與號叫聲中，以及皮肉燒焦的刺鼻煙霧中，小牛被割下牛角，烙上印記，劃下農場的獨特記號（牛仔辨識牛隻時，比較注意那個獨特記號，而不是烙印），也被閹割了，這一切動作是在一分鐘內完成。

注意上面這段的第一句（「在鮮血、塵土與號叫聲中……」），以及前面水利工程師那段的第一句（「工程師以無懈可擊的精準邏輯證明……」）。這是另一種增添速度感的工具，我稱之為**掛鉤**（hook-on）。

離題的素材是靜態的，那會使故事的流動轉趨平淡。當作者引述某人的話，或描寫山地的日落，或解釋聯邦存款保險公司的保險條款，一切都會停下來。這種素材很多時，作者可能被迫在有趣的元素和故事的流暢度之間二選一。但其實作者沒必要二選一，他可以兩者兼顧，只要把簡短的離題句子改成片語或字句，然後把它和有動作的句子掛在一起就行了。這樣做通常可以省掉一些字，還有一個更重要的功能：讀者不會注意到這些平淡點，靜態跟著動了起來，整個句子變得更吸引人。

所以，把牛欄裡的**氣氛**（鮮血、塵土與號叫聲）和**行動**（去角、烙印、標記、閹割）結合在一起後，整個段落比拆成兩句的字數更少，但更加生動。在水利工程師的修改版本中，我把工程師的特徵和後面的論點結合在一起，以減少原始版本的平淡感。

作者本能上會使用「掛鉤」來避免不連貫、過度簡化的段落，以免文章讀起來像童書一樣。那種簡練的複合句可以把**描述**和行動連在一起，例如：

> 冬天，遊客大量湧入國家麋鹿保護區（National Elk Refuge），這時公牛的嚎叫聲就像法國號的音色一樣嘹亮。
>
> 隨著太陽從綿延起伏的褐色大草原升起，窩在這邊汽車旅館裡的人紛紛拿起電話，開始打電話回美東地區。

我們可以用「掛鉤」來排除獨立的**解釋句**可能衍生的平淡感，例如：

> 「流水鋪位」（hotbedding）——讓兩家、三家、甚至四家人擠在一間公寓裡生活，輪流睡覺——

不僅會導致健康問題惡化，也使學校變得更加擁擠。

「掛鉤」也可以套用在引述上，讓句子變得更生動，例如：

> 戈梅茲說：「飢餓是我們必須習慣的日常。」他派兒子去附近的馬鈴薯田翻找農民遺漏採收的作物。

切記，萬一使用「掛鉤」會使句子變得很複雜，導致句義模糊，或讀者失去耐心，讀不下去，那就不要使用「掛鉤」。

2. 力道

作者想營造「強調」的效果時，採用的方法和營造「速度感」不一樣。他會放慢步調，通常是使用比必要還多的文字來傳達意思。他不是合併句子，而是把長句拆成若干短句，讓每個短句都像鐵鎚一樣，一再地敲擊，以傳達訊息。如果他選用較長的句子，他可以用獨立子句、而不是從屬子句來營造類似的效果。

為了增強力道，他特別依賴的工具是「**重複**」。新聞寫作常把「重複」視為大敵，避之唯恐不及，因為那通常意味著故事的結構很糟，記者老是以相同的方式，一再地傳達同樣的內容，那種情況確實很糟。但有些記者有點矯枉過正，甚至連同樣的**字眼**也避免使用兩次（例如，有段時間，《華爾街日報》

裡有些一味追求變化的記者，在文中第二次提到香蕉時，就改稱為「長長的黃色水果」）。

為了營造特殊效果，重複使用特定的字眼並沒有錯。一般人講話時，也常以重複的字眼來強調，而且效果很好。下面是引述內華達州銀市（Silver City）某位居民的話，那個城鎮受到露天採礦提案的威脅。休士頓石油礦產公司（Houston Oil & Minerals）之前才在附近的維吉尼亞市（Virginia City）營運，為了尋求維吉尼亞市的支持而贊助多項公共設施，但這位銀市的居民不希望銀市也步上維吉尼亞市的後塵。

「我們的立場是，我們不要休士頓公司來這裡，不要他們的救護車和水塔，不要他們從德州派來的遊說者，不要他們的礦場……我們做了二十次離開這裡的決定，也做了二十次留下來的決定，最後決定留下來抗爭到底。我們無法相信這家公司告訴我們的話。」

這種段落可以輕易刪減，然而，若是為了速度感而刪減字數，重複文字所產生的力道和感受也會消失大半。

所以，作者會從對話中尋找訊號，自己套用這個工具。例如，在有關城市居民遷居郊區的故事尾聲，亞利桑那州維特曼小鎮（Wittman）的社群領導者談到，為什麼城市居民會搬到當地：

他指出，在維特曼，耶誕節時，我們仍然可以派志工扮演聖誕老人，到每個學童家裡送禮。身為校董會的成員，他仍然可以認得校內幾乎每個學生。鎮上沒有官僚，所以鎮民仍然可以合力為學校打造儲物櫃及籃球場，不需要跟官方簽合約……「大家想要的是守望相助的情誼。」他說：「那是你在鳳凰城買不到的。」

重複使用「仍然可以」帶給整個段落適度的強調感。若是省略那四個字，強調的味道就消失了。關鍵字的擺放位置，也可以為故事增添力道。關鍵字若要發揮最大的效果，應該放在句首或巨尾，而不是中間。作家卡夫卡的奇異小說《變形記》（*The Metamorphosis*）就是一例，小說的開場白，可說是文學史上最妙的開頭之一：

一早，葛雷戈・桑姆薩（Gregor Samsa）從不安的睡夢中醒來，發現自己在床上變成一隻駭人大蟲。

「駭人大蟲」給人一種驚嚇感，若是夾在句子中間，那力道就弱了：

一早，葛雷戈・桑姆薩發現自己在床上變成一隻駭人大蟲，他才剛從不安的睡夢中醒來。

3. 變化和韻律感

讀者喜歡故事的內容有變化，也喜歡故事的結構有變化——時而輕快活潑，活力四射；時而峰迴路轉，細膩微妙；時而簡潔明瞭，平實直率。

多種不同的句子長度和構句可以幫作者營造想要的效果。作者也可以利用其他的技巧，自然寫出這種變化。例如，作者想以交談方式拉近讀者的距離時，他可以用一兩字所組成的短句、喊叫或簡短提問，來構成結構上的對比。當作者交替使用那些營造速度感和力道的工具時，也會產生變化的效果。

> 他鄙視冷凍乾燥食品（他說：「價格貴了四倍。」）、上百美元的登山靴，以及其他野外的時髦裝備。他的登山靴是在潘妮百貨買的，他從來不在登山途中烹煮食物，他的乾糧都是在路邊雜貨店採購的。他對露營地點也不挑剔。

這個段落的第一句是整段內容的摘要，描述菲尼斯的態度，這個句子的寫法可以營造速度感。接下來的三句話則是一再敲打主題的重錘，強調菲尼斯的行動，用來營造力道。

作者使用不同的句型來處理不同類型的素材時，可以增添更多的變化。撰寫結論和摘要時，我常使用簡短的陳述句，或簡短的貨運列車句型。這種主動語態和簡單結構使文字更加簡潔有力，肯定踏實，那正是這種素材所需要的效果。但是處理模糊籠統、困難處境、複雜推理和動機，或某種盤根錯節的解釋時，我比較常用較長的複合句型，甚至有時會使用被動語態。這種句型比較容易用較少的字數，展現出細微之處，至少對我來說是如此。

還有一種比較難以捉摸的特質是「韻律感」。當編輯要求記者把文章寫得「引人注目」時，他可能是指好幾種特質，「韻律感」一定是其一。他希望文章帶有一點旋律、一點詩意。

但可憐的記者為了滿足編輯的要求，往往走火人魔，過度使用比喻，想盡辦法押頭韻，也押尾韻，卻忽略了故事核心。

與其花心思炫技，他其實可以再次借助「重複」的技巧。前面提過，重複幾個字眼可以增強文字的力道。那也可以營造一種前進的韻律感，你再回頭讀我們在「力道」那個區塊所舉的例子，應該可以感受到重複字眼所衍生的韻律感。

另一種可增添韻律感的重複形式，是**平衡的對稱構句**（balanced parallelism）。一篇散文的不同元素有某種合理的關係，而且每個元素都採用同樣的語法結構時，那就會形成對稱構句。這種情況下，重複的是構句，而不是字眼。如果每一句的長度都差不多，就會形成平衡的對稱構句。例如：

> 蝗蟲吞噬了猶他州的田地，洪水淹沒了愛荷華州的鄉野，高溫烤乾了亞利桑那州的棉花。

比較上面的句子和底下的非對稱構句。下面的中間那句從主動語態改成被動語態，破壞了整體的韻律感：

> 蝗蟲吞噬了猶他州的田地，愛荷華州的鄉野被洪水淹沒，高溫烤乾了亞利桑那州的棉花。

底下這個版本是對稱構句，但其中一句比另兩句長，也比較複雜，所以失去了平衡。

> 蝗蟲吞噬了猶他州的田地，洪流淹沒了愛荷華州中部一些玉米歉收的地區，高溫烤乾了亞利桑那州的棉花。

貨運列車句型也可以寫成不錯的對稱構句：

> 來自北極的冷氣團，導致美國中西部的北方氣溫下降至攝氏負四十五度，新英格蘭地區停電，佛羅里達的柑橘蒙受致命霜害。

由相關句子組成的段落，也可以形成對稱構句：

> Smith favors ham. Jones likes chicken. Brown loathes both foods.
>
> （史密斯喜歡火腿。瓊斯喜歡雞肉。布朗討厭那兩種食物。）

這種短句給人一種類似小孩敲玩具鼓的節奏感。把它們分別改成獨立子句，然後拼組成一個句子，感覺更為順暢、輕快：

> Smith favors ham, Jones likes chicken and Brown loathes both foods.
>
> （史密斯喜歡火腿，瓊斯喜歡雞肉，布朗討厭那兩種食物。）

即使是冗長複雜的段落，只要在核心嵌入簡單的對稱構句，也可以增添韻律感。我們再回頭看前面談「動感」時舉的伐木工人段落。這個段落因為結合重複的字詞和對稱構句，而充滿了抑揚頓挫和力道。

……森林讓他們為自己的愛好付出了代價，（森林）不僅奪走他的祖父、伯父、父親、兄弟的生命；（森林）也把魔爪伸向全美各地……

(...the forest has made them pay for their fascination with it. The forest has killed Spider's uncle, grandfather, father and brother. The forest has reached across the country ...)

擅長對稱構句的作者會發現，他可以用很長的句子，清楚又有韻律地表達複雜的素材。下面的段落描寫一個人面臨死亡威脅時，同時產生對抗、愣住、逃跑的衝動，平行結構有效地展現出這個複雜的句子：

哈里森知道老虎終究會發現他躲在樹叢中；他擔心現在衝出去，恐怕還沒逃到門口，就被生撲活逮；他已經感受到虎牙啃咬入骨，虎爪耙過血肉之軀；他身陷在恐怖的死寂中，呆立不動。

這種八十二字組成的長句通常不值得推薦，然而，由於結構良好，句子雖長，但句子結構增添了一番韻律。

第八章 長篇技巧

進階講座來了！前面我們提到一千兩百字到兩千五百字[1]的故事該如何處理，大致上那涵蓋了報章雜誌的多數特寫新聞。以那個長度來說，目前為止我們探索的一些故事還挺複雜的。不過，真正的長篇遠比一般的特寫新聞還要錯綜複雜。

本章中，我們來看一位天賦過人的記者，如何處理上下兩篇合起來逾一萬字的報導，那是我在報上讀過最引人入勝的人物報導之一。總的來說，這不是一篇讓編輯看了怦然心動的文章，它是描寫一位富有的德州寡婦在善良的修士及實業家的幫忙下，想把多數的遺產捐給助貧的基金會。豈料事與願違，她的遺產引發激烈的爭產風波。這個故事並未牽涉到名人，頂多只涉及一位實業家，而且整起事件發生在二十五年前。

誰會對這些人感興趣呢？除非新聞涉及名人或豪門，否則爭產問題並不值得媒體大書特書。就算涉及名人或豪門好了，既然是多年前的舊聞，放進歷史書裡不是更合適嗎？一樁二十五年前的陳年往事要登上報紙版面，最好有更多比表面上看來更吸引人的元素。

但本文的作者蓋茲喬（George Getschow）從爭產的本質和主角的組成中，看到一些值得報導的特

1 編註：此處及下一段「逾一萬字」指的是英文字數。

色。那些特色告訴他，這很可能是一個引人入勝的故事。一九八六年的多數時間，他不斷地走訪德州南部、紐約、智利的牧場和法院，甚至到塔伯特修道院（Trappist order）住了一陣子。底下是他為這個故事寫的第一篇報導：

「我行一件事，
雖有人告訴你們，你們總是不信。」
〈哈巴谷書〉（Habakkuk），《舊約聖經》（*Old Testament*）

（智利聖地牙哥報導）一位寡居的德州婦人是虔誠的天主教徒，一九五九年她在一位修士的陪同下，來到智利的聖地牙哥。她在這裡親眼目睹拉丁美洲赤貧者的處境，動了惻隱之心，決心幫助他們。這個善念成了某齣悲劇的開端，整起事件充滿了爾虞我詐、強取豪奪，以及無盡貪婪，也牽涉到幾樁在其他地方同時進行的插曲，故事發展至今仍未告終。

那些迅速跳出來爭產的人，動機各不相同，並非每個人皆自私自利。但婦人的善念最終演變成醜聞，從德州南部的地方法院和牧場一路牽扯到梵蒂岡，卻是不爭的事實。總計，共有數百人和多家機構捲入這樁醜聞，包括教會裡的神職人士。這起事件導致牧場的共同擁有者反目成仇，富人與窮人為敵，神父勾心鬥角。調查此案的德州總檢察長稱這起事件是德州史上「最灑狗血的醜聞」。

第一段是概述型導言，由於整起事件太過複雜，除了採用最概略性的摘要以外，別無他法。所以，這裡只告訴讀者「整起事件充滿了爾虞我詐、強取豪奪，以及無盡貪婪」，希望讀者的好奇心自然而然地吸引他們繼續讀下去。這有點近似吹噓型的導言，我在前面提過，這種導言最好能免則免。但這裡之所以能這樣寫，是因為它確實是一個很罕見的故事，而且故事的本體確實應證了導言的承諾，作者並未誇大其詞。

第二段繼續吸引讀者看下去，讓讀者知道故事的範疇，而且故事的核心議題充滿了反目成仇的敵對狀態。不過，請注意，這裡仍未揭曉問題究竟是什麼，繼續吊讀者的胃口，這也是故事的第一個謎團。

這個謎團要再等一段時間後才會解開，接下來是先按順序介紹三位主角出場。到這裡，我們才剛開始釐清故事的主線：有錢寡婦的遺願如何遭到破壞。在這個充滿多元人物、動機和事件的故事中，一開始就塞進太多的資訊，很容易混淆讀者。所以，作者選擇以按部就班的方式，陳述事件的發展，依賴導言裡那些強而有力的說詞來吸引讀者看下去：

> 這位寡婦名叫薩麗塔·肯納迪·伊斯特（Sarita Kenedy East），她家財萬貫，足以大幅改善窮人的生活。名下的拉帕拉牧場（La Parra）和聖帕布羅牧場（San Pablo）佔地逾四十萬英畝，規模僅次於國王牧場（King Ranch）。此外，牧場底下還蘊藏豐富的石油，產量遠比她最初料想的還多。
>
> 一九六〇年一月，從南美返國後不久，這位人稱「薩麗塔姨媽」（Aunti Sarita）的寡婦就廢除了一九四八年立下的第一份遺囑。她膝下無子，原來的遺囑主要是把一群親戚和地方的教會列為遺贈的對象，並以父母的名義成立一個基金會來紀念他們。在新的遺囑中，她大幅減少留給前述遺贈對象的內容，把絕大多數的遺產（包括開採石油的特許權利金）留給了基金會。在遺囑的附錄中，

她說她授權這個基金會去資助海外的窮人，而且她也多次告訴大家，她成立基金的主要目的是資助拉丁美洲的窮人，她是那個基金會的唯一受託人。

為了完成心願，她向這個故事裡的另兩位主角尋求協助，其一是克利斯多福・葛列格里（Christopher Gregory），人稱李奧弟兄（Brother Leo），他是塔伯特修道院的修士，也是當初帶她去南美的募款人。

塔伯特教派是天主教裡教規最嚴苛的教派，要求信徒緘口不言，過簡樸清苦的生活。不過，李奧弟兄為了完成修道院院長所指派的募款任務，暫時無需嚴守那些嚴苛的教規。但他其實不願到外地募款，只想回修道院過簡單的生活。

新的遺囑和基金會並未提供李奧弟兄或他的修道院任何好處。伊斯特太太是李奧弟兄的多年好友，她已經另外捐款贊助過塔伯特修道院好幾次了，其中包括資助他們一百萬美元，讓他們在南美興建新的修道院。伊斯特太太提出的捐款條件是，希望修道院批准李奧弟兄來幫她實現願望。後續幾年，李奧弟兄因一心只想幫她完成遺願，而在修道院裡吃了不少苦。

李奧弟兄介紹伊斯特太太認識實業家彼得・葛雷斯（J. Peter Grace），葛雷斯的律師為伊斯特太太提供了很多建議。葛雷斯榮獲馬爾他騎士團（Knighthood of Malta）的授勳，那是天主教頒發給顯貴的最高榮譽勳章。從世俗和宗教的角度來看，葛雷斯都有很多理由幫助伊斯特太太。他擔心貧困的拉丁美洲可能像古巴那樣淪為共產統治的地區，導致天主教會以及葛雷斯公司（W. R. Grace & Co.）在拉丁美洲的廣泛投資如他所說的「付諸東流」。然而，後來他也不得不屈服在壓力下，僅李奧弟兄堅持至今。

一九六一年伊斯特太太因癌症病逝，她的基金會交由這幾位朋友來掌管。但二十五年後，她想幫助窮人的遺願並未實現。

由於聖帕布羅農場底下發現龐大的石油蘊藏量，基金會如今的價值高達三億到五億美元。不過，伊斯特太太過世時，大家還不知道牧場底下的石油如此豐富。目前為止，基金會已捐款六千五百萬美元，其中有部分是捐給德州的宗教和世俗慈善機構，但沒有一分錢流入拉丁美洲窮人的口袋。

事實上，那六千五百萬美元中，有很大一部分被用來修繕德州南部的教堂，資助劇院公司、電信中心和電視節目（包括一支耗資十萬美元的德州宣傳影片）、蓋停車場。基金會的第一筆捐款（七百五十萬美元）是用來建立一間法律圖書館，「向法律人士致敬」，其中有些法律人士靠著幫伊斯特太太打理石油的特許權利金而翻身致富。

究竟發生了什麼事？大眾對爭產的內幕毫不知情，因為許多祕辛發生在遙遠的地方法院和教會的樞密院裡，並未攤在大眾的眼前。有些當事人如今已離世，有些人不願說出真相，包括葛雷斯。但記者訪問了數十位健在者，翻閱了上萬筆法律文獻、紀錄和信函後，發現一個事實：爭產者幾乎都認為，行善應該從周邊做起，最好先填飽自己的口袋。

約翰．穆勒（John Mullen）是德州艾利斯市（Alice）的律師，他代表一位當事人爭產，他表示：「大家眼看那裡有一桶黃金，就動了貪念。不久，已經沒有人在乎伊斯特太太想要什麼了，大家只問：『我可以從中得到什麼？』」

這個區塊和後面的區塊預示了將要發生的事情，但沒有講述細節，只說「李奧弟兄因一心想幫她完成遺願，而在修道院吃了不少苦」，以及葛雷斯「後來也不得不屈服在壓力下，僅李奧弟兄堅持至今」。故事的懸疑感仍在，順序也還在，但讀者已經開始瞭解這兩人的本質，以及驅動他們的原因。在這個故事中，人物是最重要的元素，必須儘早說明。

接著，故事突然跳回現在，我們從諷刺的概述中得知遺產的最終去向：沒有一個符合伊斯特太太的遺願。注意，這段總結最後的嘲諷句：伊斯特太太的部分遺產被用來蓋法律圖書館，向法律人士致敬，其中有些人就是靠違背其遺願而翻身致富的。

「究竟發生了什麼事？」這個問句呼應了讀者當下的感受，也開啟了故事的發展階段。讀者已經知道伊斯特太太的遺願是什麼，現在也知道她的願望並未實現。作者仍刻意不提事情究竟是怎麼發生的，以及為什麼會發生，所以這是故事拋出的第二個謎團。作者藉此告訴讀者，這個故事的核心是在「原因」上。接著，他以一句直接引述來佐證那段諷刺的概要，開始帶出故事的發展。剩下的文章都是用來說明，為什麼那段概述和那句引述所言不虛。

德州 VS. 紐約

瑪利亞諾．加利卡主教（Mariano Garriga）是德州聖體市（Corpus Christi）教區的負責人，住在龐大的海邊別墅裡。這個教區的居民大多是英裔的浸信會教友和貧苦的拉美裔，所以他把教區內少數幾位信仰天主教的富有牧場主人列為首要的關注對象。熟悉他的人都說，他覺得那些人的房產中，最後會有不少變成捐給教區的「遺產」。

伊斯特太太每年已經從石油的特許權利金中，撥款三十萬美元捐助教會。但加利卡主教眼看著塔伯特修道院積極地拉攏伊斯特太太，日益提高警覺。他勸伊斯特太太不要再跟那位修士見面了，但她並未接受建議。加利卡主教的法院證詞顯示，伊斯特太太曾告訴他，她想成立一個基金會，正考慮指派紐約的樞機主教弗朗西斯・史佩爾曼（Francis Spellman，葛雷斯的好友）擔任基金會的託管人。加利卡主教一聽，馬上勸阻她，並主動表示他願意協助她處理基金會的事宜。伊斯特太太僅回應：「好吧，我們再研究一下。」

從此以後，伊斯特太太就再也沒有和主教討論過慈善捐款的事了。在她去世不久前，她曾向分析其石油財產的地質學家透露，主教和助理曾來拜訪她，但她把他們「打發回家」了。其他人也曾打過基金會的主意，包括她的律師傑克・佛洛德（Jake Floyd）。佛洛德是附近吉姆維爾斯郡（Jim Wells County）的政治領袖，也是當地艾利斯國家銀行（Alice National Bank）的理事兼律師，同時身兼幾位銀行大股東的律師，伊斯特太太也是大股東之一。他以狡猾出名，有「老奸蛇」的綽號。

伊斯特太太擔心高額的稅金可能會耗光她的資產。佛洛德知道她的煩惱後，趁機騙她簽署文件，把基金會的指定託管人改成他自己和當時的同夥李・利頓（Lee Lytton Jr.）。佛洛德騙她說，不改的話，可能會失去免稅資格。利頓是肯納迪郡（Kennedy County）的法官，也是伊斯特太太的親戚和私人特助。肯納迪郡幾乎全郡都是伊斯特太太的拉帕拉農場，當地有很多伊斯特太太的娘家人，他們都住在她好心分享的牧場土地上。

為了掩蓋他單方擅自的行動，佛洛德刻意寫了一封信給葛雷斯的律師，並把日期回溯到更早之前。信中佯稱伊斯特太太日後會為基金會增設兩位託管人，但尚未披露姓名。然而，實際上他已經要求伊斯特太太指派他和利頓作為託管人了。不過，葛雷斯的律師馬上通知伊斯特太太，說她已經簽署轉讓基金會的掌控權，不得再指派託管人。所以，伊斯特太太要求佛洛德和利頓辭去託管人的職位，兩人因此在百般不願下遞出辭任書。

利頓寫了一封信給伊斯特太太，信中表示他對於她寧可聽信外面的律師，而不信任自己的律師佛洛德，「不得不感到憂心忡忡」。但他也說，他無意「干涉」她的決定。不過，伊斯特太太過世後，他並未堅持「不干涉」的立場。

伊斯特太太臨終前，感覺她的遺產可能淪為爭奪的目標。一位曾經為她提供諮詢的華盛頓稅務律師表示，她後來把很多前來探望她的人視為「一旁觀望的禿鷲」。但她很信賴李奧弟兄，並把基金會的未來託付到他的手中。

她草擬新的遺囑時，在遺囑的附錄中列出接替她擔任基金會託管人的名單，其中包括李奧弟兄、葛雷斯，後來又加入另一位跟他們有志一同的修士。但葛雷斯的律師不確定基金會的託管權能否列入遺囑中。所以，伊斯特太太過世六週前，一直在紐約醫院裡陪伴她的李奧弟兄，從她的手中取得另一份獨立的文件。那份文件在充分的見證下，指定李奧弟兄是伊斯特太太過世的唯一託管人。

一九六一年二月十一日，伊斯特太太過世。李奧弟兄立刻指派葛雷斯作為基金會的共同託管人，另一位修士也很快加入他們。於是，失望的德州人嘲諷，基金會完全落入紐約客的手中。

在伊斯特太太的葬禮上，加利卡主教的發言聽在某些人的耳裡，更像是誹謗，而不是悼辭。牧場主人托賓·阿姆斯壯（Tobin Armstrong）表示：「我簡直不敢相信我聽到的話。他顯然覺得薩麗塔姨媽刻意把財產留在他碰不到的地方，翻臉不認人。」

幾週後，加利卡主教與李奧弟兄及葛雷斯見面。葛雷斯的備忘錄顯示，主教痛斥李奧弟兄「在未經允許下，侵入他的地盤，當著他的面誘拐伊斯特太太」，並警告他們，除非李奧弟兄辭去託管人的職位，改派他接任，否則「一些急性子的人可能會提起訴訟」。李奧弟兄斷然回絕他的要求。如今，事情發展至此，大局已定，木已成舟，整起事情演變成德州和紐約之間的對決。

兩個寡婦的故事

伊斯特太太和弟妹艾蓮娜．肯納迪（Elena Kenedy）都住在拉帕拉牧場上。艾蓮娜也是寡婦，兩人的住處相距不到百碼，但關係不太親近。艾蓮娜出生於墨西哥索爾蒂洛市（Saltillo）的教區家庭，對於伊斯特太太主宰牧場的一切，感到很不服氣，她覺得自己深受壓抑，艾蓮娜的弟弟保羅．蘇斯（Paul Suess）回憶道：「艾蓮娜常說薩麗塔很專橫無理。」

伊斯特太太過世後，艾蓮娜成了牧場的主人。但她只是名義上的主人，因為牧場的管理權是轉移到基金會手中。一九六一年四月十五日，艾蓮娜在自宅內召開會議，她把爭產中失利的德州南部人都找來了，包括加利卡主教、利頓、佛洛德和其他人。

他們需要擔心的事情很多。伊斯特太太過世後，紐約人想把拉帕拉牧場出租給羅伯．科雷伯格（Robert Kleberg），亦即德州第一大牧場「國王牧場」的擁有者。艾蓮娜得知消息後相當擔心，她希望牧場是出租給比較和善的人，例如她最疼愛的侄子湯姆．伊斯特（Tom East）。那次會議中，湯姆也在場，他是科雷伯格家族的後代，他們家族從國王牧場分得五分之一的土地，打造了另一個牧場。湯姆對那個新牧場有很大的抱負，他希望有朝一日在更遼闊的土地上，畜養更多的牛隻，超越牧場大王科雷伯格舅舅，他非常渴望獲得拉帕拉牧場。

根據法院證詞、備忘錄和採訪紀錄，在那次會議上，湯姆曾經對加利卡主教激動地說：「主教，我們絕對不能把這塊牧場拱手讓給別人！」但主教看起來比較在乎教會沒分到伊斯特太太的遺產，他握緊拳頭，敲著桌子，談到他對伊斯特太太的看法：「你們都知道她這樣做太過分！太過分了！」

佛洛德和他的主要客戶艾利斯國家銀行也對這件事感到憂心忡忡。伊斯特太太是該銀行的股東與理事，她指定那家銀行作為遺囑的獨立執行人，把基金會的資產都存在那家銀行裡，後來由於牧場地下的石油蘊藏量超乎預期，基金會的資產因石油的特許權利金而大幅膨脹。但是那些財產現在由一群外人操控著，那些人早就很懷疑銀行對那些財產的管理了。二十二年後，州檢察長才在法庭上針對那個管理權提出質疑。

葛雷斯的律師提議，把基金會的收入（都是現金）投入付息的有價證券，但佛洛德斷然拒絕他的提議，所以這件事暫時告一段落。但這筆財富後來逐漸變成德州南部最大的鉅款，隨時都有可能遭到侵吞。

此外，佛洛德也想獨自掌管基金會。利頓的律師小派翠克・霍金（Patrick Horkin Jr.）也出席了那場會議，他說：「佛洛德深受權力慾望所惑。」律師穆勒曾是佛洛德的同事，他形容佛洛德是「對金錢和權力相當敏銳的人」，樂於趨炎附勢。他在選前甚至不惜買票，付錢給人力仲介者，請他們從墨西哥運許多非法移民過來投票（一人二十美元），幫他擊敗對手。

這一群聚在艾蓮娜家中開會的人，各有不同的動機，但是在佛洛德的號召下，他們決定提告，以阻止牧場出租給外人，並奪回基金會的掌管權。整起訴訟案將由渴望經營拉帕拉牧場的湯姆出資贊助，至於訴訟案名義上的原告，則由伊斯特太太的表甥兼特助利頓來擔任。

利頓表示，讓德州人掌管德州的財產，只是提出訴訟的原因之一。「他們（紐約人）想讓這筆基金廣泛用於全世界，」他說：「但我們家族認為，這筆錢應該只用於德州。我身為原告，只是為了達成那個目的的手段罷了。」他曾作證表示，他不記得自己宣誓過的起訴書有什麼內容。

注意，這個區塊是以大字的副標題（德州VS.紐約）來取代過渡句型。上一區塊的最後，我們引用穆勒對貪婪的看法作結，那時的故事是現在式。但接下來，故事又拉回過去，讓加利卡主教出場。下面第二個副標題（兩個寡婦的故事）也是發揮同樣的過渡作用。

但讀者不會覺得這種過渡很不順暢，因為這裡是以特殊的副標題來暗示故事的突然轉折。印刷排版的特殊設計告訴讀者：我們並未打算做到無縫過渡。這種方法，以及其他類似的方法（例如帶星的橫線或放寬段落的間距），就像電影裡突然切換到不同場景的技巧。使用得宜時，可為故事的形式增添迷人的變化，前面已經提過變化對讀者有吸引力。

在這個區塊中，作者在故事發展與人物發展之間來回切換。每次介紹重要的新角色上場時，都會暫時停下故事的動態，向讀者大略介紹這個新人物，以及他捲入故事的動機，這樣做很重要。讀者知道佛洛德的綽號叫「老奸蛇」後，接下來看到他刻意把重要信件的日期回溯到更早之前就不意外了。讀者知道湯姆希望像舅舅科雷伯格那樣，成為有名的牧場大王後，更能理解他的行為。讀者看到利頓根本沒閱讀他宣誓的起訴書後，更加確信這起訴訟案其實是一場騙局。

注意，這些介紹角色和動機的離題文字都不長，而且和故事的動態緊密地交織，不是全部集中在一起，整篇故事始終都有進展。

艾蓮娜家的聚會結束四天後，他們正式到吉姆韋爾斯郡（Jim Wells Country）的郡治艾利斯市的州地方法院提告。被告包括基金會的三位託管人，但主要目標是李奧弟兄。他們指控李奧弟兄「有強大的說服力」，對年邁病弱的伊斯特太太產生不當的影響，「因此如願以個人意念取代她的意念」。

在接下來的幾年內，這起訴訟案和其他爭產案子的訴狀，幾乎都把李奧弟兄描述成蠱惑人心的邪惡催眠師，利用類似催眠的詭計，迷惑愛喝酒的年邁老婦人。李奧弟兄當然會嚴詞否認這些指控，但他自始至終從未接受過公正的審判。

在利頓案中，原告指控李奧弟兄使用陰險的手段，說服伊斯特太太要求佛洛德和利頓辭去基金會託管人的資格。原告要求法院駁回他們之前的辭令，裁定他們兩人是基金會唯二的合法託管人。簡言之，他們這樣做，是為了完全控制伊斯特太太的德州遺產。

原告也要求法院下達禁令，禁止紐約人把拉帕拉牧場出租給國王牧場，也禁止把基金會的資金用於德州以外的地方。結果，他們勝訴了。紐約人雖然以高價聘請律師抗辯，但戰場是在德州人的地盤，吉姆韋爾斯郡幾乎可說是是佛洛德的縣郡。

「邪惡同盟」

德州南部向來是官官相護的地方。一九五三年，伍德羅・羅夫林法官（C. Woodrow Laughlin）第一次在州地方法院開庭審理時，就是駁回大陪審團對其兄弟的審查結果。這種包庇自己人的作法，在本地根本不足為奇。

羅夫林是民選法官，而不是官派法官，所以他對於佛洛德這種人，以及佛洛德所代表的艾利斯銀行，必須維持很高的政治敏感度。佛洛德曾是他的死對頭，試圖剝奪其法官的資格，但現在是他的支持者。所以，當利頓的訴訟案和禁令申請送到他的桌上時（而且也只能擺在他的桌上，因為他是當地唯一的地方法官），他做出政治正確、但法律上令人懷疑的判決。在完全沒有召開聽證會下，就批准禁令。

沃許・史托姆（Wash Storm）指出：「羅夫林的裁決向來是傾向權力那邊，李奧弟兄沒有權力，但艾利斯銀行有權力。如果羅夫林希望下居連任，他需要的是銀行的支持，而不是李奧弟兄。」史托姆非常瞭解羅夫林法官，當時他也在地方法院工作。

霍金是代表原告提出訴訟和禁令申請的律師，他與羅夫林法官的關係友好。然而，連他也坦言，沒召開聽證會聽取對方的意見就批准禁令，是很不尋常的作法。他表示：「要不是因為佛洛德，我想我應該拿不到禁令。」

李奧弟兄和葛雷斯的律師都認為，他們在吉姆韋爾斯郡永遠也得不到公平的審判（史托姆法官也認同他們的看法：「這裡不可能發生那種狀況。」）。他們試圖把官司轉移到其他地方，但沒有成功。所以，第一輪對決，德州勝出。

這場訴訟案令許多熟悉伊斯特太太的人感到噁心。威廉．謝利（William Sherry）是曾幫伊斯特太太評估牧場底下石油產權的地質學家，他寫了一封信給銀行，信中提到這場官司是「企圖破壞伊斯特太太遺囑的邪惡同盟」。至於葛雷斯，他很擔心這場官司萬一傳開了，可能會破壞他的聲譽。他亟欲說服教會相信，那起訴訟案對他和李奧弟兄的指控都是無中生有。所以，他和李奧弟兄一起向羅馬教廷求助，希望羅馬教廷能介入調解，私下解決這樁紛爭。為此，他們首先需要安撫的對象是加利卡主教。

加利卡主教和紐約人的立場可說是南轅北轍。他不僅堅持把紐約人趕走，現在更下定決心，非由他自己掌控基金會不可。佛洛德是這群德州人的主導勢力，他是浸信會教友。加利卡主教擔心，基金會若是由佛洛德掌管的話，可能不願讓大部分的資金流向聖體市教區。

這場寡婦遺產的爭產風波，導致現任主教公然地對抗修士和獲得教會動章的實業家，可能衍生驚世駭俗的後果，羅馬教廷當然無法置之不理。於是，一九六一年底到一九六二年初，隨著預審前的採證持續進行，羅馬教廷也開始行動了。在遠離德州的地方（羅馬、費城、紐約等地的塔伯特修道院），隨著教會的介入，新的故事主線也同步啟動。

這部分的事件發展，將於明天的下篇中詳細解說，重點包括逐出教會的威脅；李奧弟兄遭到噤聲，而且被送到偏遠的修道院，形同軟禁；扭曲是非等等。至於眼前這個案子，最後的結果是：在教會的大力施壓下，葛雷斯退出這場抗爭。他和德州人達成協議，私下達成和解。

一九六二年七月達成的協議規定：從石油的特許權利金中，最多撥出一四四〇萬美元，到葛雷斯為了紀念伊斯特太太而在紐約另外成立的基金會。原來的基金會保留剩下的基金，葛雷斯和他的律師辭去原基金會的職位，德州人可以任意提名託管人，人數不限。

李奧弟兄憤然辭去基金會託管人的職務，不願同意這種形同違背伊斯特太太意願的協議。剩下的最後一位託管人亨利艾塔．阿姆斯壯（Henrietta Armstrong）也跟進辭職，她是伊斯特太太生前的摯友。

新上任的託管委員會共有五人，由佛洛德主導。委員會底下還有一個擁有投票權的小組委員會，由三人組成，也是由他主導。這個小組有「艾利斯銀行團」之稱，三人皆是銀行的理事，其中包括艾蓮娜。加利卡主教雖有託管權，但是被排擠在三人小組外，不敵銀行團的投票決議（幾個月後，主教向法庭上訴，試圖取得基金會的掌控權，但未能如願）。

然而，事情並未就此平息。協議達成後，沒過幾天，又有一群覬覦伊斯特太太遺產的人出現了。他們前往德州肯納迪郡的郡治薩麗塔市（Sarita），向遺囑認證法院提起訴訟。這群人是所謂的「墨西哥後裔」，不久之後，其他因伊斯特太太廢除第一份遺囑而蒙受損失的人也加入他們，使他們的勢力迅速壯大起來。他們的指控不僅威脅到基金會，也讓利頓案的終審判決延遲了近二十年。

伊斯特太太是米福林．肯納迪上校（Miflin Kenedy）的最後一位直系後裔。肯納迪上校是國王牧場的共同創辦人，後來和國王牧場分家，以分割出來的土地成立拉帕拉牧場。肯納迪上校的第一任妻子是墨西哥人，所謂的「墨西哥後裔」約有一百五十人，就是那位墨西哥女人的後代。這些人中，只有少數人仍納入伊斯特太太的新遺囑中。他們也利用其他人對付李奧弟兄的方式，指控李奧弟兄對伊斯特太太產生不當的影響，要求廢棄新遺囑。而且，可能的話，最好連第一個遺囑也一併廢除。這樣一來，伊斯特太太的遺產將全部由血親平分。

伊斯特太太的一些親戚也加入「墨西哥後裔」，尤其是德科特人（Turcottes）。他們已獲贈土地，但是仍希望得到土地底下的石油開採權。此外，德州獻主會（Oblate Father ）也加入這場糾紛。在新舊遺囑中，伊斯特太太都把牧場的別墅捐給獻主會作為教堂，連帶別墅周圍的一萬英畝土地也捐給他們。不過，在一九六〇年制定的第二份遺囑中，她把獻主會的地下採礦權從百分之九十降到百分之十。所以，他們也對李奧弟兄提出同樣的指控，要求法院恢復他們的採礦權比例（他們最終同意減少持有的土地，換取原來一萬英畝土地下的百分之二十五採礦權。德科特人則未能如願取得石油開採權）。

這些突然冒出來爭產的人，使基金會託管人的法律立場變得很微妙。在利頓案中，他們對李奧弟兄提出的指控是宣誓證詞，結果卻被墨西哥後裔和其他人用來推翻第二份遺囑，而第二份遺囑是基金會握有遺產的唯一根據。所以，託管委員會只好更改原本的宣誓證詞。新的訴狀裡沒有簽章顯示那些內容宣誓過。對此，銀行的律師表示：「那個法律觀點很微妙。」

一九六四年，墨西哥後裔仍持續爭產。利頓案原則上達成的協議，終於變成法律判決。可惜，佛洛德沒等到這天來臨就過世了，他的法律合夥人肯尼斯．奧登（Kenneth Oden）取代了他的地位。當時，李奧弟兄在加拿大某座偏遠的修道院裡，過著形同軟禁的生活，無法出庭，但他還是差一點就阻止法庭判決了。

李奧弟兄撤銷了最初的辭職決定，使德州人和前盟友葛雷斯所達成的協議無法實現。此案的審理需要李奧弟兄提供授權書才行，但無論教會對他施加多大的壓力，他都拒絕提供。

最後是教會代替他提供授權書。修道院的院長未經李奧弟兄的認可，背著他向葛雷斯的律師發了一份電報。電報指出，院長根據他對李奧弟兄的「理解」，以李奧弟兄的名義認同協議的內容。勞克林法官也樂於順水推舟，馬上接受那份沒署名、也沒驗證過的電報作為有效的授權書，批准葛雷斯的律師以那份授權書為依據，把李奧弟兄從基金會除名。接著，法官正式把基金會的掌管權移交給德州人。

德州的州地方法官雨果．圖奇（Hugo Touchy）表示：「我絕對不會把教會高層發送的電報，當成另一人的授權書。這樣做不僅不對，也不正當。」

新成立的託管委員會重新制定規範，規定基金會的捐贈範圍只限於德州。伊斯特太太的夢想似乎已經完全破滅了。

但是在爭產風波塵埃落定以前，這個決定也無法確立，基金會無法動用那筆錢來執行任何捐款。一九七一年，銀行身為伊斯特太太遺囑的執行者，終於和墨西哥後裔針對石油的特許權利金達成協議，墨西哥後裔可分得約一千萬美元的價金。然而，後來油價突然上漲，土地下方又持續發現更多的油藏，最後墨西哥後裔分得的特許權利金是一千萬美元的好幾倍。有些律師當初接受以特許權利金作為勝訴費，他們都因此成了百萬富翁。

但是，其他的糾紛一直拖到一九八〇年代，長期癱瘓了基金會的運作。而且，隨著時光流逝，愈來愈多的當事人離世，其中包括如願經營拉帕拉牧場的湯姆，以及始終沒分到半毛錢的加利卡主教。主教死後，他的教區和他在基金會裡的託管人席次由湯瑪斯．德魯里主教（Thomas Drury）所取代。德魯里主教接任託管人後，對一九六〇年的第二份遺囑提出質疑，因為第一份遺囑賦予教區

> 較多的利益。最後，他獲得豐厚的補償：拉帕拉牧場底下百分之十五的特許權利金（僅一小部分的土地除外）。不過，他的繼任者甚至比他還厲害。

在這個區塊中，作者開始導入連串的人物發展和故事動態，以說明李奧弟兄從頭到尾都未參與那些指控他的審判。這一切不僅意味著整件事情極其不公，也讓讀者感到好奇，想一探究竟。作者藉此帶出後面有關德州南部司法狀況的素材。

在處理這些素材時，記者開始花心思引用專家的說法，以證實利頓案的處理不符合常規。我們不能預期讀者對某州的司法制度瞭若指掌，這些事情需要引用可靠的消息來源，才能建立可信度。

注意，作者如何處理葛雷斯中途改變立場這件事。他不是寫「再三思量後，他決定和之前的敵手達成協議」，而是寫「他和德州人達成協議，私下達成和解」。作者選擇捨棄正規用語，改用平實的寫法。這樣做更能吸引讀者，也為文字表達增添了一點變化。

兩個段落後，作者提到「艾利斯銀行團」。在整篇文章中，作者努力根據當事人的立場，把故事裡的人物分門別類，一一介紹他們登場。例如，前面提到紐約人和德州人，現在又多了一個德州人底下的小團體「艾利斯銀行團」。在這之後，作者又介紹「墨西哥後裔」登場。在充滿人物的故事中，這種分類方式可以幫讀者釐清人物，而且各組人物的名稱也可以幫讀者記住他們的動機。

這個區塊快結束時，作者實現了之前提過的承諾。這個故事剛開始時，作者提到，伊斯特太太的部分遺產被挪去向法律人士致敬了，有些錢是流入那些阻止其遺願實現的律師口袋。當時作者暗示，在後面的適當時機，讀者就會瞭解那些律師是如何做到那點的。那個承諾在這個區塊的最後終於實現了。

主教的勾當

勒內．葛雷西達主教（Rene Gracida）是二次大戰的戰機飛行員，手裡握著一根由撞球桿改造的權杖。一九八三年年中，他被指派為聖體市的新任主教，一上任就開始清理門戶。他開除了絕大多數的檔案處人員及教區的行政人員，以他從佛羅里達州首府塔拉赫西（Tallahassee）親手挑選的自己人取而代之，因為他自己就是來自塔拉赫西。他要求獻主會把伊斯特太太遺贈的拉帕拉牧場別墅，連同別墅周圍的一千英畝土地，全部捐出來。但獻主會拒絕了這個要求。

大衛．托納利神父（David Tonary）指出：「他做了許多不符合主教身份的事情。」托納利神父已經離開那個教區了，他覺得葛雷西達主教「膽子不小」。不僅如此，前幾任主教得不到的基金會掌控權，在他的任內搶到了。他接手教會在基金會的託管人席次時，基金會正面臨更多的法律糾紛。

葛雷西達主教上任時，幾乎同一時間，德州總檢察長到德州薩利塔市的肯納迪地方法庭，起訴艾利斯國家銀行，要求銀行詳細說明伊斯特太太遺產的處理狀況。總檢察長對於遺產處理的現況很不滿意。一九八四年初，總檢察長再次為了一些未指明的損失（逾四千萬美元）而起訴銀行。此外，總檢察長也懷疑吉姆維爾斯郡的司法公正性，所以他利用一項特殊法令，轉往德州奧斯汀的州地方法院起訴。

該起訴案指控，銀行以可疑的作法，犧牲伊斯特太太的基金，以求自肥。這類可疑的作法包括：銀行把基金會近一百萬美元的資金放在沒付利息的支存帳戶中；銀行向基金會索取七萬五千美元的託管費，此舉「不合常規」；銀行以低於市價的價格，出售伊斯特太太的牛隻，以及出租牧場給湯姆（湯姆是銀行理事兼基金會託管人奧登的客戶）；牛隻評價者「與奧登有私交」。該起訴案要求撤銷奧登的託管人資格。

總檢察長於一九八四年二月八日正式提起訴訟。奧登為免於遭到起訴，選擇主動辭職（但銀行否認失職）。此案原定於二月十三日開庭，那天正好是基金會預定召開託管人會議的日子。

二月十日，葛雷西達主教驅車七十英里，來到艾蓮娜的家中。艾蓮娜已居九十五歲的高齡，體弱多病。葛雷西達主教前來的目的，是為了取得艾蓮娜的委託代理權。葛雷西達這樣做的原因令人費解，畢竟託管委員會的會議一向都在她家召開。他走出艾蓮娜的家時，不僅拿到了委託代理權，還有她辭去託管人和主席職位的辭職信。

當時主教告訴一家在地的報社，艾蓮娜是自願簽署那些文件的（但後來主教拒絕為此受訪）。艾蓮娜的弟弟蘇斯表示，她簽字時，不知道那是辭職書。辭職書上的簽字很潦草，是斜簽在整個頁面上。

艾蓮娜立即親筆寫信給主教和其他的託管人，以取消原定在她家舉行的會議，並要求其他人也不准召開會議，除非奧登在場。但主教完全不理會艾蓮娜的要求，他趁著奧登和利頓到奧斯汀出庭，只有一個託管人（他自己）能出席會議的情況下，獨自召開會議。

由於主教無法進入艾蓮娜的家中，他直接在門廊自己召開「會議」，任命自己為基金會的主席，指派一位修女取代艾蓮娜的位置，並提名兩位親信接任託管人的位置，從此完全控制了基金會。他也立即通過決議，任命艾蓮娜為終身的榮譽主席。兩週後，總檢察長派調查員去造訪艾蓮娜，以瞭解她「辭職」的細節，卻得知她過世了，而且過世的日期就是主教召開會議那天。

＊ ＊ ＊

如今，葛雷西達主教常上電視節目《灣岸天主教時間》（*The Gulf Coast Catholic Hour*），談論尼加拉瓜和選民登記的問題。該節目是由新成立的伊斯特中心（Sarita Kenedy East Center）製作的。伊斯特中心是耗資一百一十萬美元興建的大樓，是主教定期從基金會撥款資助成立的機構，目前製作許多地方性和有線電視節目。此外，主教也加入聲援總檢察長發起的訴訟案，要求艾利斯銀行賠償損失。

李奧弟兄已經七十歲了，目前正在紐奧良。他針對伊斯特太太遺產的去向，向當地的聯邦巡迴上訴法庭再次提起訴訟，所以法院即將再次舉行聽證會，這可能是他這輩子最後一次放手一搏了。二十五年來，他努力爭取正義，但一再失敗。不過，對分散在各地的塔伯特修道院來說，他們不覺得他是失敗者。在許多修士的眼中，他的故事已近乎傳奇，傳遍了各地的修道院。

伊斯特太太過世後，在拉丁美洲的貧民區和殘破的村落裡，新一代的窮人已長大成人。在墨西哥的阿瓜斯卡連特斯（Aguascalientes），伊斯特太太曾幫助多明戈・穆諾茲神父（Domingo Munoz）成立一家毛毯編織廠，讓附近無業的村民得以謀生。但現年七十五歲的穆諾茲神父表示，他懇求基金會捐款資助工廠的營運，基金會卻無視他的懇求，如今工廠已難以為繼。

在聖地牙哥附近，伊斯特太太曾出資在四千英畝的土地上興建一座塔伯特修道院。現在，修道院裡的修士打算拍賣那座修道院，並以拍賣所得來安置窮人。理查・甘斯神父（Richard Gans）曾

> 是那裡的院長，他表示：「修道院是上天的恩賜，某種意義上來說，我們只是把它還給那些最初打動伊斯特太太的人。是那些窮困、飢寒交迫、無家可歸的人讓她動了惻隱之心，慷慨解囊。」

故事主線轉移到葛雷西達主教的身上，把讀者拉回到接近現在的時間點。作者並未明確描述主教的性格，只用暗示的方式。作者沒有說他離經叛道、野心勃勃，而是以他手拿權杖的樣子、清理門戶的舉動，以及引用曾在他底下工作的神父評語，營造出比直接描述更加生動精彩、令人信服的形象。

這個區塊的最後四段，以分隔記號和前面的段落隔開，使那四段看起來像結尾一樣。那四段的描寫不帶任何情感，也沒有摻入作者的感受，毫無花俏的點綴，讓文字充分發揮了力量。純粹陳述事實反而產生了一種自然的情感衝擊，那種衝擊是來自於讀者對前面故事的理解。這裡若再加入情感的渲染，只會破壞那種感覺。

結尾呼應了故事的開頭，我們又回到聖地牙哥的窮人之間，那裡是故事的源起。甘斯神父的話提醒我們，原本的善念卻衍生出那麼多的邪念，啟動了這個錯綜複雜的故事。讀者可以看到，塔伯特修道院在智利做的事情，可能是唯一符合伊斯特太太遺願的事。

＊＊＊

第一篇故事的內容主要侷限於德州的爭產風波，故事裡的神職人員也在世俗的圈子裡打滾。但是，這場爭端發生時，羅馬天主教會的內部也同時掀起另一場衝突。作者很聰明，選擇把兩個同時進行的故事分開來寫，帶領讀者深入一個鮮為人知的世界。此外，在第一篇故事中，李奧弟兄雖是主角，但基本上他在整起事件中有如任人擺布的棋子。在第二篇故事中，他有了鮮明的形象，是一位恪守原則、堅韌不拔、擇善固執的人。

這次我就不在文中進行點評了，我把評論放到故事結束後。

✻ ✻ ✻

「可敬的神父，我承諾服從善願，至死不渝。」摘自《塔伯特教派的神聖誓詞》（*Solemn Trappist Vow*）

（麻州史賓塞報導）在聖約瑟聖母院（Abbey of Our Lady of St. Joseph）宏偉的花崗岩牆內，正進行著一場古老的儀式。那個儀式的歷史，約有這座修道院的一半古老。此儀式不定期舉行，完成儀式後，那些合格的修士隨即展開遠離奢華的新生活，受到最嚴格的戒律管理，生活中充滿了奉獻與祈禱。這就是嚴規熙篤會（Cistercian Order of the Strict Observance）的世界，他們更廣為人知的名稱是塔伯特教派。

這也是李奧弟兄所屬的教派，這座修道院多年來一直是他的家，也是總會院[2]（mother house）。他以募來的善款打造了這座修道院，也在其他地方興建其他分院。然而，對目前掌管修道院的人來說，他是遭到教會驅逐的賤民。他遭到教派驅逐已逾二十年了，依靠那些依然對伊斯特太

2 mother house有兩個意思：(1)母院：指修會的第一所會院，有別於其他分院。(2)總會院：指修會總會長所駐之會院。

太心懷敬仰的人救濟生活，目前他獨自居住在阿根廷的山頂小屋裡。

一切之所以發展至此，都是一個原因造成的：李奧弟兄嚴格恪守信徒誓言，但急於迴避醜聞的教會無情地逼他只履行部分誓言。李奧弟兄說，服從善願，是啊。但是，萬一要求並不良善；萬一良知（如他所言是「上帝在我們內心的低語」）與命令相互抵觸，那該如何是好呢？

李奧弟兄的選擇，使他與整個天主教會及修道院裡的權勢人物為敵，包括教會派駐美國的教廷大使、費城大主教、史賓塞修道院的院長和副院長等等。他們為了使這個頑固不化的修士服從他們的意念，使盡一切手段，包括說服、和解，甚至威脅把他、他的第一位律師，以及其他參與此案的天主教徒逐出教會。

實業家葛雷斯後來迫於壓力，屈服於教會的淫威，但李奧弟兄堅持住了。在所有的手段都失敗後，教會高層選擇了最便宜行事的權宜之計：他們發送一份違背李奧弟兄意願的文件給德州的法院，他們知道那份文件也會用來破壞伊斯特太太的遺願。李奧弟兄後來針對那份文件所促成的和解提出抗議時，他們沒有舉行天主教法典規定的教會審訊，就把他逐出教會。

李奧弟兄尚未放棄，他仍在抗爭。他希望看到伊斯特太太的遺產最終用在她希望的地方——拉丁美洲窮人的身上。為此，他已經多次上法庭了，但連一次微小的勝訴也沒得到。他發起的訴訟，涉及教會權威和民事議題的糾葛，在世俗的法庭上是相當罕見的情況。教會曾暗示他，只要他不再抗爭，接受和解，就可以重返教會。為什麼他不願接受呢？

空虛的生活

克利斯多福・葛列格里生於加州的奧本市（Auburn），外型英俊瀟灑，從小備受呵護。一九三八年，他二十二歲，來到羅德島州的塔伯特修道院靜修。優渥的出生背景使他來這裡靜修顯得更不尋常，他的父親是著名的西部小說作家，他曾在法國就讀高級的寄宿學校，後來上大學，過著上流的生活。

但他覺得生活很空虛。李奧弟兄回憶道：「我漫無目的，茫然若失，找不到人生的意義何在，為此感到羞愧。修道院為我打開了一扇門，讓我看到生命充滿了道理，使我內心充滿了喜樂。」他的靜修始終沒有結束。在修道院住了五年以後，他立下神聖誓詞，從此成為修士。

那時的塔伯特修士已經適度調整了他們的修行方式，但嚴格的程度依然令人恐懼。除非院長或副院長要求你開口，否則修士必須永保緘默。他們僅有的身外之物是一件斗篷、一雙鞋、以及一套由麻布做成的內衣。他們幾乎只吃無肉的清湯、麵包和水。每週五以細鞭抽打自己（稱之為「戒律」）以提醒自己罪孽深重。

他們的生活受到聖本篤會規（Holy Rule of St. Benedict）的約束。此外，那套會規也衍生出兩百多條規定，要求「外在尊崇以及謙恭合宜的品行」。即使稍有違規（例如用餐時眼睛斜視），都必須在檢討會（Chapter of Faults）上公開檢討，並在院長面前跪拜頂禮，乞求同門修士的原諒。塔伯特教派的修行目的是為了鍛鍊堅毅如鋼的心智，他們確實做到了。

但塔伯特教派的地方有限，無法容納更多的修士。二次大戰後，許多有志者加入教派。這股趨勢促使該修道院的院長艾德蒙·福特勒神父（Edmund Futterer）做了一件前所未聞的事情：派一名修士到俗世募款，以便在美國和拉丁美洲建立新的修道院。神父挑中了李奧弟兄，儘管他百般不願意，但他只能放下靜修的生活，上路募款，每次出門募款都長達好幾個月。

出門在外不必受到嚴格教規的約束，但他仍努力維持生活的簡樸，住廉價旅館，在房內吃罐頭食物。路易士·夏恩（Louis Shine）當時在修道院裡負責管理財務，有時他會和李奧弟兄一起外出視察修道院的建地。他說：「我討厭和李奧弟兄一起出去，他總是住在最糟的地方。後來我終於受不了了，要求福特勒神父讓我獨自外出。」

李奧弟兄為塔伯特教派籌集了約八百萬美元的善款。福特勒神父對他讚譽有加，幾乎把他當成兒子看待，稱他是「獅子李奧」。意思是說，他一旦鎖定獵物，在讓獵物簽下支票捐款以前，絕不放手。

李奧弟兄溫文儒雅，年輕有為，在全美各地深受許多富有天主教徒的青睞。不過，與他關係最密切的是葛雷斯。葛雷斯捐了四十萬美元，讓教會在史賓塞（Spencer）興建新的總會院，好讓福特勒神父和其他修士可以一起遷居當地。李奧弟兄把葛雷斯視為摯友，所以伊斯特太太決定成立基金會時，他推薦葛雷斯來幫忙。

李奧弟兄第一次見到伊斯特太太是一九四八年，但十年後才開始花更多的時間與她相處。伊斯特太太只比李奧弟兄的母親羅特絲（Lotus）大兩歲，羅特絲畢生致力幫助窮困的墨西哥移民，把財產都投注在那上面，她為兒子樹立了典範，對他產生了深遠的影響。這兩位女人後來見面了，成為朋友。李奧弟兄寫信給伊斯特太太和母親時，都會冠上carissima（最親愛的）一字。豈料，後來這個敬語竟成了攻擊他的證據。

伊斯特太太也是塔伯特修道院的捐贈者，後來她愈來愈信賴李奧弟兄。「伊斯特太太是一位了不起的女性，她是我認識最卓越的女性之一。」他說：「她覺得上帝賦予她濟貧的責任，去幫助那些真正的窮人，無論是天主教徒或新教徒。她非常信任我，但我把事情處理得很糟，實在很對不起她。」

守寡的伊斯特太太獨自居住在德州龐大的拉帕拉牧場上，她在那裡有一棟別墅，裡面有三十個房間。她喜歡喝酒，後來日益提防那些覬覦其財產的有心人士。瑪麗亞．朗格麗亞（Maria Langoria）表示：「他們都想來分一杯羹。」朗格麗亞的先生曾是伊斯特太太的司機。李奧弟兄帶著伊斯特太太遠離那些紛擾，前往美國和拉丁美洲各地的修道院參訪，其中有些修道院就是她出資興建的。他們常和其他人同行，都住在同一間旅館裡。這些事情，以及伊斯特太太喝酒的帳單記錄，後來都成了攻擊李奧弟兄的證據。

伊斯特太太向福特勒神父暫時借用李奧弟兄，讓他來幫忙成立基金會。她知道這種請求非比尋常，所以承諾資助塔伯特修道院在南美發展的開銷，以作為回報。福特勒神父以書面文字同意了這番請求，李奧弟兄因此在教會上級的明文許可下，加入民間活動，他把那項工作視為「神聖的約定」。一九六一年二月十一日伊斯特太太病逝，開啟了他長達二十五年的抗爭，使他吃盡了苦頭。

燙手山芋

總主教艾吉迪歐．瓦紐集（Egidio Vagnozzi）是羅馬教廷派駐美國的教廷大使，也是這起爭產訴訟中涉入層級最高的神職人士。伊斯特太太剛過世兩個月，德州的律師就率領一群德州人向法庭提出起訴，以爭取基金會的託管權。原告是伊斯特太太的親戚兼私人特助利頓。瓦紐集擔心這起訴訟案將為教會帶來極度的尷尬，所以想儘早打發這起案件。

那群爭產的德州人中也包含加利卡主教。他是伊斯特太太所屬教區的主教，亟欲取得基金會的掌控權，但未能如願。現在，他和其他人一起對抗一位榮獲天主教榮譽勳章的實業家以及一位天主教修士。對教會的聲譽來說，這種情況已經夠糟了。更糟的是，那起訴訟案的指控：他們聲稱修士是蠱惑人心的邪惡催眠師，迷惑病弱的老婦人，從而掌控其大部分的遺產。加利卡主教向來不按牌理出牌，無視權威，他收集了各種對修士和寡婦不利的文件。這些證據一旦變成呈堂證供，對教會的打擊將不堪設想。

葛雷斯也不希望自己的名字上報，他非常希望教會能從中調解。此外，有人告訴他，使教會成員涉入民事訴訟，有違天主教法典。於是，他前往梵蒂岡向教會的高層求助，他總共去了二十二次。梵蒂岡把他交給派駐美國的教廷大使瓦紐集。

根據葛雷斯留下的備忘錄，總主教聽完他的訴求後，馬上寫了一份和解提案：讓加利卡主教獲得託管委員會五席中的兩席，剩下的三席仍留給葛雷斯、李奧弟兄和另一位神父，讓雙方都保留託管權。這個提案也獲得了教會高層的認可。

但是，那份備忘錄也顯示，總主教後來改變主意，屬意由加利卡主教掌控託管委員會，並把李奧弟兄趕出基金會。在一次會議中，總主教對葛雷斯說，李奧弟兄和伊斯特太太「可能有不潔的關係」。葛雷斯聽了非常震驚，他提醒總主教，伊斯特太太過世時已經七十幾歲了。但葛雷斯在備忘錄裡寫道，總主教聽完他的說法後，「立刻就年長婦女的愛好和慾望做了詳細的解說」。

被告方不願接受總主教的提案。葛雷斯在寫給紐約樞機主教史佩爾曼的備忘錄中提到，總主教「儘管語氣和善，但他揚言把我逐出教會。他也告訴我，他會向羅馬教廷提報，使教廷下令李奧弟兄從基金會請辭。」

總主教顯然看過加利卡主教收集的證據副本，裡面載滿了有關李奧弟兄和伊斯特太太過從甚密的不軌證據。主教的律師霍金表示，主教親自帶著那份文件到羅馬，提交給教宗若望二十三世（Pope John XXIII）。我們無法取得那份文件，據傳，裡面提到李奧弟兄和伊斯特太太有酒後放蕩的行為，並列出他們多次同住一家旅館（但沒提到同行還有其他的友人也住同一家旅館），以及伊斯特太太多次買酒的紀錄。

認識伊斯特太太和李奧弟兄的人裡，沒有人相信那份文件的指控。朋友都說，真要說李奧弟兄對伊斯特太太的影響，那都是正面的溫和影響。牧場主人阿姆斯壯說：「李奧弟兄帶她走出去看世界，他的出現也幫她擺脫了酗酒的問題。」

總主教把德州人對李奧弟兄和葛雷斯的「不當影響」指控，帶到修會聖部（Sacred Congregation of Religious）。那是天主教教廷中權力最高的機構，負責監控天主教內各教派及團體的一切作為。在那裡，塔伯特教派的總教長加百列．索泰斯神父（Gabriel Sortais）站出來說話了。

索泰斯神父認識李奧弟兄，而且在伊斯特太太過世的一個月前，也拜訪過她。他見到的伊斯特太太一點都不像指控的那樣，她並未因為服用止痛麻醉劑而變得神志不清。事實上，伊斯特太太還用法語和他交談，並多次提到她成立基金會的目的，以及李奧弟兄在基金會裡的角色。那次見面時，她看起來非常清醒。

索泰斯神父在修會聖部的面前，嚴詞譴責那些不實指控，以及對德州人有利的和解提案。他說那「有違公平正義，也竄改伊斯特太太的遺願」。他表示，良知使他無法同流合汙。他也警告，把伊斯特太太指定的李奧弟兄趕出基金會，意味著教會認同那些指控。在這件事情上的任何妥協，都違背「基本的道德準則」。

葛雷斯後來被告知，這些指控不會再追究下去，但不久之後索泰斯神父就過世了，那些指控並未撤銷。

「良心感化」

福特勒神父是史賓塞總會院的老院長，如今重病纏身，行將就木。李奧弟兄說，他和福特勒神父的關係，比父子還親。福特勒神父也很瞭解這位年輕修士擇善固執的性格及堅持的原則。

福特勒神父有個缺點：他喜歡宏偉的歐式建築。李奧弟兄回憶道，有一次他結束募款的旅程後，回到修道院，發現史賓塞正在興建豪華的招待所。他覺得那是浪費善款，應該把錢用在合理的慈善活動上。他因此告訴院長，他不會再為那種建築出去募款了。

當時，塔伯特教派的總教長索泰斯神父正好造訪史賓塞，他也支持李奧弟兄的主張。於是，建築工程就此停擺。福特勒神父覺得李奧弟兄違抗指令，對此怒不可抑，好幾個月不跟他說話。修士們都說，那是修道院裡最嚴厲的懲罰。但是，當福特勒神父的健康狀況日益惡化時，李奧弟兄不再堅持立場了。他告訴神父，如果他想興建那棟建築，就讓工程復工吧。

一九六一年八月，福特勒神父卸下院長職位，由湯瑪斯．基廷神父（Thomas Keating）接任。基廷神父的父親是知名的海事律師，葛雷斯正好是他的客戶，他的父親也在葛雷斯控股銀行裡擔任董事。後來，教會是透過基廷神父對李奧弟兄施壓。

一九六一年秋季，總主教瓦紐集看出他顯然無法促使利頓案達成和解。在一場巴黎的餐會上，李奧弟兄說他「告訴葛雷斯：『我認為總主教的提案不會有什麼好結果，我唯一能做的，是在法庭上為自己辯護。』」但葛雷斯不認同他的說法，他依然希望教會能從中調解。不過，李奧弟兄相信，葛雷斯明白他的觀點，依然與他的立場相同。

李奧弟兄記得那次他們是和善分手的（但葛雷斯不願受訪）。他們仍是朋友，葛雷斯把兒子命名為李奧，他和妻子也允許李奧弟兄的母親居住在他們位於史賓塞的度假屋裡。

然而，李奧弟兄表示，他回史賓塞時，新院長基廷神父「氣急敗壞地對我說，我的行為將會摧毀整個修道院。」

院長拿到葛雷斯口述的一份備忘錄，長達七十八頁。那份備忘錄聲稱，德州律師霍金正揚言再度提告，指控他對伊斯特太太造成不當的影響。這次提告是為了追討伊斯特太太生前捐給塔伯特修道院的所有善款（那份備忘錄後來成了利頓訴訟案的追補文件）。這次訴訟案中，史賓塞總會院將會變成責任主體，但那些善款早就用來興建新的修道院了。

葛雷斯在備忘錄裡表示，這個新發展讓他更希望早日與德州人達成和解。他明確表示，如果李奧弟兄不願主動和解，他的上司應該要求他那樣做。局勢發展至此，那些對李奧弟兄的指控是否屬實，已經不重要了。如今連教會和修道院都深受威脅，這已經夠糟了。

李奧弟兄正打算親自採取法律行動，以阻止德州人侵佔基金會，但基廷神父命令他「抽離」這場衝突。李奧弟兄仍謹記著他對伊斯特太太的承諾，深深覺得朋友背叛了他，所以拒絕服從基廷神父的命令。他表示，葛雷斯「沒有勇氣當著同伴的面說出真心感受，我深感受傷」。

基廷神父認為李奧弟兄的良知「受創」，下令他斷絕與外界的聯繫，並接受修道院內心理師的治療。所以，從一九六一年底到一九六二年初，連續幾個月內，李奧弟兄每天花數個小時進行「良心感化」，其中包括反復背誦「神聖誓詞」。「我重申了『承諾服從善願』的誓言。」李奧弟兄說：「但基廷神父和修道院的心理師拉菲爾・賽門神父（Raphael Simon）說我被自尊蒙蔽了，有喪失宗教天職的危險。」

多明尼克・休斯神父（Dominic Hughes）是在史賓塞傳授道德神學的神學家，他向院長表示他想見李奧弟兄，院長勉強同意他了。但休斯神父並未幫院長達成感化的目的，他告訴李奧弟兄，他不僅有權抗爭，而且有「神聖職責」抗爭到底。所以李奧弟兄經過幾個月的感化後，終究未被感化，他即將面臨最艱難的挑戰。

大主教介入主導

費城大主教約翰・克羅爾（John Krol）是美國教會裡的明日之星（後來升任為樞機主教），他也是訓練有素的教會法學家。羅馬教廷對於利頓案遲遲無法達成和解感到恐慌，一九六二年二月指派他去找德州人協商，以儘早達成和解。教廷也全權賦予他懲處所有涉案教士的權力，包括把教士逐出教會。

幾年前，大主教克羅爾曾見過代表德州人的加利卡主教。主教的律師霍金表示，兩人還成了朋友。霍金還有大主教的私人電話，他有時會住在大主教的費城別墅裡，也經常打電話和他商量此案。

根據葛雷斯寫下的多份備忘錄，大主教在達成最後協議時，只聽取德州人的單方意見，並要求基金會的掌控權歸德州人所有，葛雷斯只好服從那項協議（大主教多次拒絕受訪）。

根據一九六二年七月達成的原則協議書，葛雷斯得到五分之一的基金會資產，以另外成立獨立的紐約基金會，由葛雷斯管理。葛雷斯獲得的金額其實很少，因為那五分之一全是以石油特許權利金的形式轉讓，而且上限是一四四〇萬美元。

伊斯特太太的基金會則完全交由德州人管理，並保留剩下的所有資產，而且特許權利金的取得毫無上限。如今基金會的總資產是介於三億到五億美元之間（葛雷斯新設立的基金會名為「伊斯特基金會」，曾做出多筆捐贈，一部分流向塔伯特修道院，但幾乎沒用在拉丁美洲的窮人身上）。

李奧弟兄對此結果深感不滿，憤而辭去基金會的受託人職責，但後來為了阻止正式的和解生效，他又撤銷辭退的決定。一九六三年，他被送到智利聖地牙哥附近的橡林修道院（La Dehesa），那是史賓塞修道院的分院，是當初伊斯特太太出資興建的。他抵達當地不久，大主教克羅爾就有事相求。

利頓案私下達成的原則協議書，必須經過法庭的裁決才能生效。那必須先取得李奧弟兄在協議上的簽字，還要他辭去託管人一職。大主教克羅爾寫信給李奧弟兄，希望他「憑良知」在寄過去的協議書上簽字，因為這樣一來，「基金會的資金就能用於所有的教會，包括德州的教會」。

一九六三年九月，一位修士親自把那封信送到李奧弟兄的手中。那位修士力勸李奧弟兄不要讀信中的文字，趕快簽字，並聲稱那是「大主教克羅爾的命令」。李奧弟兄說服那位修士讓他閱讀那份文件，他發現伊斯特太太的絕大部分遺產都留在德州。

於是，他一邊拖延那位修士，一邊緊急徵詢艾篤奈特・里昂神父（Aldunate Lyon）的意見。里昂神父是智利耶穌會（Jesuit Order）的負責人，他告訴李奧弟兄，他可以簽署那份文件，但不要把文件送還給大主教克羅爾，而是直接送給教宗，並附上一張說明信，解釋李奧弟兄的簽名只有在教宗若望二十三世為這起竄改伊斯特太太遺願的事情負責之後，才能生效。李奧弟兄照著建議做了，並請另一位信使把那份文件送給曼紐爾・拉雷恩主教（Manuel Larrain）。拉雷恩主教是南美知名的高階神職人士，當時正好在羅馬。

大主教克羅爾得知他的信使竟然把文件弄丟了，暴跳如雷。他發電報給李奧弟兄：「極度震驚！立刻以電報告知那份文件以何種方式寄給了誰。」李奧弟兄回電報表示，他把文件寄給教宗了。大主教克羅爾聞訊後，連夜趕回羅馬，並及時攔阻了那份文件。

根據葛雷斯的信件，以及李奧弟兄與拉雷恩主教的談話，他們對後來的事情，描述略有不同，但有一點是相同的：梵蒂岡的國務卿當著拉雷恩主教的面，決定那封說明信應該和協議書分開，並讓當時也在場的大主教克羅爾帶回協議書。至於那封說明信，後來從未出現在德州的法庭上。

儘管如此，大主教克羅爾依然需要讓李奧弟兄正式辭去基金會託管人的職務，才能讓協議生效。辭職的方式可以是本人親自出庭，或是提交授權書。於是，大主教下令李奧弟兄到邁阿密，並要求他配合。李奧弟兄在道德神學家休斯神父以及史賓塞修道院的副院長盧克・安德森神父（Luke

Anderson）的陪同下，來到了邁阿密。他們告訴他，他可以憑良知拒絕大主教的要求，所以李奧弟兄拒絕合作。

史賓塞修道院的院長基廷神父得知此事後，下令安德森神父再也不准和李奧弟兄說話。基廷神父把不願服從的李奧弟兄送到偏遠的加拿大修道院，他在當地形同遭到軟禁，無法和外人聯繫。

李奧弟兄也說，多年來，大主教也多次威脅他，說要把他逐出教會。不僅如此，他的第一位律師小威廉．喬伊斯（William R. Joyce Jr.）也曾受到威脅。喬伊斯表示，大主教克羅爾派休斯神父傳話給他，如果「我提出任何文件，聲稱李奧弟兄不同意那份協議」，教會也會把他驅逐出去。

喬伊斯是華盛頓的知名律師，他義務擔任李奧弟兄的律師，分文不取。對於大主教克羅爾的威脅，他依然感到憤恨不平，他說：「他（大主教克羅爾）利用神職權力，干預民事訴訟，不讓李奧弟兄履行前院長福特勒神父同意他去做的事。即使你是一位大主教，也不能以那種方式干涉民事訴訟。」

在加拿大，李奧弟兄有好幾個月與外界失聯。他覺得自己彷如戰俘，並努力回想甘地鼓吹的「非暴力抵抗」，以維持神志的清醒。最後，他收到一封來自基廷神父的安慰信。神父在信中表示，他原本有意請他幫忙，讓協議儘早生效，但後來覺得「以你現在的精神狀態，似乎要求太多了」。他也提到，關於協議，已經沒有什麼需要補充了。

那封信標註的日期是一九六四年八月三十日。同一天，基廷神父發了一份電報給葛雷斯的律師。電報中說，根據他對李奧弟兄的「理解」，他以李奧弟兄的名義，授權同意協議書生效。法院立即接受了那份可疑的文件，並做出判決。基廷神父等一個月後，才告知李奧弟兄這個消息。

眾多失敗的第一次

哥倫班．霍金斯神父（Columban Hawkins）是李奧弟兄剛入教時的導師。他的任務是塑造及鍛鍊學生的良知，讓他靈敏地感受到上帝的旨意。李奧弟兄對霍金斯神父的崇敬，幾乎就像他對福特勒神父一樣。

如今，霍金斯神父是奧勒岡州瓜達盧普聖母院（Our Lady of Guadalupe）的院長，那裡也是史賓塞修道院的分院。基廷神父把如今在矛盾使命中難以抉擇的李奧弟兄送回恩師那裡，希望霍金斯神父再度改造他。

霍金斯神父向上級保證，他會盡力矯正李奧弟兄的心靈。但是，他和許多人一樣，最後也成了協助李奧弟兄的助力。霍金斯神父違背上級的指示，默許李奧弟兄的行為，並鼓勵他回德州，去捍衛基金會的財產，驅逐那些霸佔基金會管控權的德州人。

李奧弟兄找上當初根據修道院院長的電報，就裁決利頓案的羅夫林法官。他的律師要求法官駁回當初的裁決，但羅夫林法官否決他們的要求及上訴請求。這是李奧弟兄遭遇眾多失敗的第一次。

在此同時，伊斯特太太的墨西哥親戚（所謂的墨西哥後裔）和其他人也上了法庭，針對一九六〇年的第二份遺囑提出異議。第二份遺囑是基金會唯一的經濟來源依據，李奧弟兄代替基金會出庭作證，儘管他正設法驅逐那些基金會的託管人。一九六六年三月七日，他講完證詞後，從證人席走下來。霍金斯律師遞給他一封信，那是塔伯特修道院把他逐出教會的通知，信件標註的日期是一月十二日，是近三個月前發出的。

基廷神父得知李奧弟兄前往德州阻止協議生效並出庭作證後，大發雷霆，他覺得他已經受夠了。他發出那封信，命令李奧弟兄脫掉修士服，「回歸俗世」，直到大主教克羅爾認為「他被逐出教會的原因消除」為止。大主教克羅爾把那封信交給霍金，霍金顯然想等李奧弟兄完成出庭作證後，才把信交給他。

李奧弟兄馬上寫信給修會聖部，要求根據天主教法典舉行宗教審判，並表示他的天職「比生命還要珍貴」。但羅馬教廷也已經受夠了，他們宣布解除李奧弟兄入會時宣示的神聖誓詞，但他拒絕解除。

三月十八日，修會聖部雖然保留日後復議的空間，仍維持原來驅逐李奧弟兄的判決。當時的紀錄引用大主教克羅爾的說法，說李奧弟兄已經忘了「無條件服從的義務」。協助李奧弟兄抗辯的教會法學家湯瑪斯．布羅克豪斯神父（Thomas Brockhaus）表示，大主教的特使威脅他，要是他再繼續協助李奧弟兄抗辯，他也會被逐出教會。

「船底」

大舟（Grande Canoe）是一座遭到遺棄的修道院，位於法屬馬丁尼克島（Martinique）上某個破敗、生滿蜘蛛的垃圾區，當地人稱那裡為「船底」。李奧弟兄被逐出教會後，無法再待在修道院裡，便來到這個偏遠地區過著隱居的生活。他在這裡住了五年，依然延續簡樸的苦修生活。在他的眼中，自己仍是修士。

一九七一年，他搬到目前居住的阿根廷山頭，繼續隱居。他住在以煤渣磚砌成的小屋裡，長二十呎、寬十呎，裡面擺滿了書籍。他從眾人的眼中消失多年，目標似乎遙不可及。但是霍金斯神父，以及其他瞭解伊斯特太太遺願的德州人仍持續支持他。

一九七九年，年歲已大的李奧弟兄再次帶著伊斯特太太的遺願，出席羅夫林法官的開庭。歷經十七年的遺囑爭議，法官終於要宣布利頓案的最終判決，並安排了一場預審聽證會。羅夫林法官不顧李奧弟兄的律師提出強烈的反對，強行把預審聽證會直接改成開庭審理，並在一兩個小時內，就裁定協議生效。李奧弟兄上訴到德州的最高法院，但遭到駁回。

一九八〇年，他要求美國最高法院重新審查那項判決。這次他指控，他在德州法庭上被剝奪了民事權利。他說德州法庭未給他機會，針對多年前他遭到的「不當影響」指控，進行申辯，或是證明院長無權以他的名義代為行動，但法院駁回了他的申請。

在那次訴訟中，律師代替葛雷斯提出辯護狀。葛雷斯在辯護狀裡堅稱，李奧弟兄已經針對利頓案的裁決，做出「無條件的書面同意」。甘斯神父曾在智利擔任修道院院長，他始終大力支持李奧弟兄，當他讀到那份辯護狀時，簡直不敢置信。他寫信給葛雷斯：「你真的相信這些嗎？……你怎麼會和那些曾經聯手汙衊你的人同流合汙呢？你的良心能平靜嗎？」

葛雷斯回信強調，李奧弟兄當初若不想無條件同意協議書，就應該在那份文件上標明條件，而不是寫在另一封說明信上。他在信中也對教會的立場做出評論，他說「那是完全務實的作法，也許誠實，也許不誠實」，但由於他自己不是神學家，他把誠實與否的評斷留給他人去做。

至於他自己，葛雷斯表示：「以我自己的人生來說，我受到的教誨是服從位階高於我的人，除非他們有明顯不道德的行為，否則那是為人處世的原則。」

一九八一年，李奧弟兄再次針對民事權利提出訴訟。這次他是到德州聖體市的聯邦地方法院，對當時基金會的託管人、德州總檢察長、艾利斯國家銀行、基金會的基金保管人，以及伊斯特太太遺產的執行人提告。他指控他們聯手奪走他出庭的權利。一九八四年初，葛雷西達主教掌握基金會的權力時，這起訴訟案仍在法庭上爭論不休。主教只想趕快打發那個案子。

同年的四月五日，主教邀請李奧弟兄和甘斯神父到他的海邊別墅。根據甘斯神父事後為那次見面留下的紀錄，主教告訴他們，之前一直掌控基金會的「艾利斯銀行團」已經退出了，現在基金會由他掌管。主教認為，只要李奧弟兄撤銷訴訟，他可以幫李奧弟兄完全恢復在塔伯特教會的職位。

李奧弟兄和甘斯神父聞言，大為吃驚，因為他們覺得葛雷西達主教似乎不明白他們抗爭的目的。主教甚至還追問李奧弟兄：「告訴我，你想要什麼?你究竟想要什麼？」最後李奧弟兄告訴他，只要基金會可以遵照伊斯特太太的遺願，「捐出大筆資金」幫助拉丁美洲的窮人，他就撤銷訴訟。

根據甘斯神父的紀錄，當時也在場的主教祕書對他說：「關於那些窮人，你應該相信上帝會幫助他們。」由於雙方無法達成協議，會議就此破局。

＊＊＊

去年一月，聯邦地方法院駁回李奧弟兄的控訴，但未給出任何理由。昨日，李奧弟兄的律師出現在紐奧良的上訴法院，審判長直截了當地問他，他的委託人究竟想尋求什麼補償。他的律師回應：「我們希望有一場審判，一場李奧弟兄從來沒有機會參與的審判。」

這個故事的第三段切入了核心議題：在這個脈絡下，「服從善願」究竟是什麼意思？李奧弟兄和教會高層對這條塔伯特教派的神聖誓詞有不同的詮釋。他認為他對伊斯特太太的承諾是神聖的，但那個承諾拉扯著雙方詮釋的差異、雙方之間的衝突、以及修士內心的矛盾，這些形成了貫穿故事的主線，也賦予故事的內在邏輯。在接下來的幾段中，作者歸納事件的始末。這裡是故事的主題陳述，並以一個簡單的問題（「這個頑固的人為什麼不願屈服，解救自己？」），讓故事再度進入高潮，而接下來的故事就是這個問題的答案。

在第一篇故事中，作者為了營造故事的懸疑感，而採用預告的方式。在這篇故事中，作者再度採用同樣的預告手法。這裡作者小心強調，李奧弟兄從院長那裡獲得了參加民間活動的書面許可，而且他認為那是「神聖的約定」。接著，故事提到，「一九六一年二月十一日伊斯特太太病逝，開啟了他長達二十五年的抗爭，使他吃盡了苦頭」。「苦頭」一詞吸引著讀者繼續看下去。

在下一個段落中，作者在語言上又突然出現變化，從專業的措辭轉為口語的表達，他說總主教瓦紐集想儘早「打發」利頓案。後來，塔伯特教派的總教長在修會聖部上替李奧弟兄辯護時，作者也不多贅言，直接說「在那裡，塔伯特教派的總教長加百列．索泰斯神父站出來說話了。」這裡，故事之所以停下來描述索泰斯神父站起來，是為了對讀者暗示，這個人的話很有份量和力道。為了加強故事的力道，我們不惜在此稍做停頓，放慢故事的步調。

注意，後來作者介入故事中，以一句犀利的評論，一語涵蓋了連串事件的意義：「局勢發展至此，那些對李奧弟兄的指控是否屬實，已經不重要了。如今連教會和修道院都深受威脅，這已經夠糟了。」

在複雜的長篇故事中，要讓讀者持續關注故事，而且要使他們想要繼續看下去，作者最好偶爾出現在故事中，對讀者說話。多數的情況下，作者是為目前為止發生的事情做簡短的總結，以達到這種效果。

這一篇故事和上一篇一樣，人物發展至關重要。機靈的讀者可能有注意到，這篇故事中很少使用直接引述，即使是李奧弟兄，也沒有說很多話。但是，作者以一個又一個的行動，以及一次又一次的失敗，來詳細描繪李奧弟兄的角色。葛雷斯的引述遠比李奧弟兄還多，因為他正好為整個故事留下了大量的備忘錄，但是他究竟做了什麼及沒做什麼，才是讓那個角色更加鮮明生動的文字。在接近結尾的段落中，他寫信給甘斯神父，為自己的行為辯護，那一段是兩篇故事中最長的直接引述，也是最發人深省的部分。那段引述之所以突出，不僅是因為內容的本質，也因為它沒有被太多喋喋不休的談論所掩蓋。作者讓故事裡的人物一直講話時，讀者很快就麻木了，即使那些人有提到重要的內容，也無法發揮應有的影響力。

在本章的開頭，我問到為什麼有人會對修士和寡婦的故事、沒有人認識的人物、而且又是發生在二十五年前的往事感興趣。這兩篇故事提供了非常有說服力的答案：讀者深受這種故事的打動，因為它能夠帶我們洞悉人心，同時精要地呈現出是非善惡、弱勢與強勢的故事，是難得一見的優秀報導。它不是只做事件表面的報導，而是深入探索人性的根本核心，所以魅力不受時間的限制。

讀者不在乎他們從未在《時人》雜誌（*People*）上看到那些人物的名字，也不在乎事情發生在很久以前，因為他們從故事中看到自己和同伴的身影。稱得上卓越的故事，都是源自於卓越的構想。幾乎所有的卓越構想中，都可望看到人性的展現。

你說，沒錯，但身為新聞從業者，你一定很想知道李奧弟兄上訴後，最後怎麼了？結果敗訴了。

第九章　自我編修及風格

你終於把故事寫完了，雖然你對自己的要求一直很嚴格，但初稿可能還是長了一點、粗略了一些。即便如此，你還是迫不及待想趕快交稿了事，恨不得立刻把它送到編輯的手中。

千萬不要！除非編輯台正焦急地等候著你的稿子，否則你應該先把故事放進抽屜裡，好好去吃個午餐，喝杯啤酒，兩杯也行。犒賞一下自己，那可能是你唯一能得到的獎勵。你回辦公室後，也盡可能擱著故事，別去理它，去做別的事情一兩天。剛印出來或寫完的稿子，跟作者的距離太近了，你無法超然地進行編修。

當你終於冷靜下來，開始從編輯的觀點改稿時，也別心急，慢慢來就好。我每次看到有人花了好幾週、甚至好幾個月才完成一篇重要的特寫報導，居然只花一兩小時改稿就交差，這種人總是令我大惑不解。沒花至少半天修稿的人，要不是文字功力了得，就是有受虐狂，想看自己的作品被編輯改得面目全非。

故事的編修沒有一定的公式和步驟，所以我只能分享對我有效的方法。就某些方面來說，這也是化腐朽為神奇的改稿三步驟：

1. 編修內容

迅速讀過故事一遍，先找出需要增補的地方，而不是需要刪減的地方。如果當初寫稿時我省略了一些素材，但現在看來那些素材似乎可以支持立論薄弱的關鍵區塊，或有些地方需要更清楚的解釋，我會先增補那些內容。在這個時間點上，我只想確定，使故事更加清晰可信的素材都納入了。這個步驟不會花很久的時間。

2. 編修結論和流暢度

我特別注意結論和摘要，包括主題陳述。它們是否傳達了我想表達的內容？它們是否像佐證它們的素材那麼強而有力？我也會注意所有的過渡段落、消息出處和解釋。如果它們太囉嗦或模糊不清，我會加以刪減，儘量做到言簡意賅。在此同時，如果我覺得某個配角可有可無，他的存在只是拖緩故事的步調，我會刪掉他，或把他隱藏起來。

3. 修改步調和細節

很多作者一開始就先砍整句、整段、或是整個區塊，大刀闊斧地砍完後，才去做細部的修剪。我的作法正好相反，因為逐字刪減就能幫我刪掉冗詞贅字，把故事縮減到想要的篇幅，不需要大砍特砍。大幅刪減所帶來的問題，可能比解決的問題還多，因為你砍掉肥肉的同時，也把一些骨頭和血管砍掉了，只留下難看的傷口，必須下更多的工夫修補。

逐字編修比其他的步驟費時，雖然寫稿的過程中，我已經對自己做了嚴格的批評，但難免掛一漏萬，所以我通常可以在不刪除元素下，利用逐字編修的方式，把故事的篇幅刪減百分之十到百分之十五。

我會去找那些囉唆又多餘的句子架構。例如，把「基於這些事實」改成「因為」；把被動語態改成主動語態可以節省字數，又增加力道（把「他覺得自己被賦予義務」改成「他覺得義不容辭」）；找機會使用貨運列車句型和「掛鉤」；挑出贅字贅句；把連體嬰句子變成一句等等。我也會幫導言刪除多餘的元素。

慢慢的，更簡潔有力的故事就成形了。這裡我們無法比較「編修前」和「編修後」的文章，並說明每處修改的原因，那樣做太不切實際了。但我們可以挑出一個編輯前後的段落，讓大家感受一下差異：

> 新興城鎮常出現嚴重的人事問題，因為城市勞工離職到附近的能源公司上班，可以獲得更高的收入。在懷俄明州的埃文斯頓，席捲整個城市的石油榮景為市長丹尼斯．奧特利（Dennis Ottley）帶來了幾個超級頭大的問題。城市裡有一半的警力跑去石油公司上班了，因為石油公司支付保全人員的薪水比員警的薪資高出百分之二十五。許多老師也跑去油井打雜工了，因為收入比當教師還高。

這個段落不算太糟，但顯然很籠統粗略。自我編輯的重點，首先放在模糊不清的地方，例如「嚴重的人事問題」是指什麼？那是指員工流動率。接下來，「離職」可以改成「拋棄原職」。有人給你更高的薪水，只需要繞著圍欄巡邏幾個小時，不必半夜去酒吧調解紛爭，被打得頭破血流。你不是單純離職而已，而是飛快拋棄原職。「能源公司」是指什麼公司，可以更具體一點嗎？如果寫成礦場和油井，畫面感就出來了。「附近的」純粹是贅字，如果那個地方是新興城鎮，那些公司肯定就在附近。

好的，接下來我們來看這個叫「奧特利」的傢伙。他為人和善，樂於接受採訪，所以記者很想在故事裡提到他。但他只是跑龍套的角色，這裡甚至沒有直接引用他的話。你可以拿掉他，把他提供的資訊當成事實陳述。身為市長，他應該知道城內的警力和師資出了什麼問題。至於後面的「超級頭大的問題」，何不乾脆把問題說清楚呢？下一句就是在解釋那些問題，所以我們可以把那兩個連體嬰的句子合成一句。

自我編修後，那個段落改成下面這樣：

> 新興城鎮的員工流動率很高，因為城市勞工拋棄原職到附近的油井或礦場工作，可以獲得更高的收入。石油榮景席捲了懷俄明州的埃文斯頓，導致市內的半數警力跑去石油公司當保全人員，薪資比當員警高出百分之二十五。許多老師也跑去油井打雜工了，因為收入比當教師還高。

第一個版本用了一六二字，第二個版本只用一一九字，刪了約百分之二十六的內容，但主旨並未流失。你只要把這個改法套用在整篇故事上，就會產生令人振奮的效果。

如果這樣改完後，故事還是太長，我會刪除一些元素。最先鎖定的刪除目標，是次要區塊裡的東西，因為即使刪除這裡的內容，讀者也不會遺漏太多的資訊。這裡，我也許會用一句簡單的陳述句，取代原本列出的一段完整證據。如果這樣刪減之後，依然達不到篇幅的要求，那就不得不從故事的主要區塊刪減素材了，但我從來不需要走到這一步。

米開朗基羅曾說，他做雕塑時，不是在創作形象，而是把大理石塊中沉睡的強大形象釋放出來。自我編輯的工作跟雕塑有點類似，作者把內在那個藝術家所創造出來的作品加以琢磨，然後釋放出來。如此衍生的結果也許不是什麼曠世巨作，但總是比初稿更好。

你的成品現在具備了說故事的特質，也因為最後的編修而熠熠生輝，但它可能還有一種特質是我們尚未提及的：風格。那種風格可能不止是出色而已，可能是你自己獨有的。

我無法教你怎麼營造風格，那種東西是無法傳授的。不過，在這個脈絡下，我們可以輕易說明風格究竟是什麼。風格就是：讀者可以從字裡行間，清楚感受到作者綻放的特質和性格。不過，這只是單純的定義，風格是每個作者必須自己去探索的領域。

幾年前，我碰巧看到女兒寫的一篇日誌，當時她還在大學讀英語系。那篇日誌的主題沒什麼特別，只是描述她去探望祖父母的經過。底下是那篇日誌的核心內容：

……昨晚用餐前，爺爺帶領我們禱告。他感謝上帝賜給我們晚餐，讓我們相處一天，讓我去跟他們共度週末。接著，他停頓下來，我抬起頭來看他。他仍低著頭，但身子來回搖擺，以一隻手搓著另一隻手，他有時會這樣做，下巴顫抖著。他停了下來，嘆了口氣，想要繼續說下去，卻突然哭了起來。奶奶說：「好了，好了，蓋爾，我們都知道你的感受。」接著，她幫大家分配飯菜，晚餐就這樣開動了，但我覺得內心有股澎湃的情感。

> 今天下午也出現一次類似的時刻。我準備出去散步，奶奶決定跟我一起去。我們走到公園，空氣涼爽清新，和風習習。我們把手插在口袋裡，沿著小路漫步，踢著地上的落葉。我在一棵樹下發現了一個橡果帽，我把它撿起來，向奶奶示範如何用它來吹出哨音。接著，我們又四處找尋更多的橡果帽。她的步伐落後我一些，所以我停下腳步，轉身看她。我看到一個頭戴白色雨帽、身披藍色斗蓬的嬌小婦人。她彎下身子，雙手放在膝蓋上，專心地搜尋四周的地面。然後，她發現了一個橡果帽，把它撿起來，吹了又吹。橡果帽發出柔和的小小哨音，她瞪大了眼睛，又吹了一次，更加用力，這次哨音更響了。接著，她停了下來，以一種新奇的成就感，端詳著手中的橡果帽。我看到她內心的純真稚氣，不禁笑了起來。她抬起頭望向我這邊，意外發現我正在看她，也咯咯笑了起來。

這篇日誌顯然缺乏優美詞藻的潤飾，但寫得很好。你無法確切知道它有多好，因為你不認識文中的人物，所以你只能姑且相信我的說法。我覺得那兩段文字確實以細膩的筆觸及入微的觀察，充分勾勒出那兩個人物的特質。

第一段描寫的那個老人，幾乎無法以言語清楚地表達情感。事實上，我從未聽他談過內心的感受。但是，他和許多同齡人不同的是，他從來不怕真情流露，而且他是感情相當豐沛的人。他的妻子已經八十幾歲了，依然保有強烈的赤子之心。在這個讓許多年輕人感到陳舊過時的世界裡，她覺得每天都很新鮮，都是學習新知的好機會。這兩段是以動態描述來勾勒出主角的特質，而且讀者也可以明顯感受到作者的存在。

讀了這篇日誌後，我覺得很驚訝。我從來沒意識到我女兒如此觀察入微，或擁有如此細膩的描寫技巧。她曾讓我看過一些她寫的文章，大多寫得很糟，裡面很愛用一些佶屈聱牙的文字，複雜冗長的句子、迂迴難懂的邏輯。每次我指出那些缺點時（有個當作家的老爸挺煩的），她總是說：「噢，某某教授喜歡象徵的手法，所以我才那樣寫。」或者「某某教授很迷形而上學，所以我才那麼說。」

她總是為了迎合他人的偏好而寫作。當我看到她為自己寫下的文字時，我為她過去壓抑的才華感到遺憾，也覺得很可惜。於是，這讓我想起自己剛入行的時候。

我不是喜歡懷舊的人，即使我愛懷舊，早年剛入行的日子也沒什麼值得懷念的。當時我寫得還不錯，甚至特別擅長寫簡短的新聞，但我很少對那些作品感到滿意。我只記得大多時候我都覺得很痛苦和焦慮。痛苦是因為我必須絞盡腦汁，從毫無頭緒、雜亂無章的採訪素材中，寫出像樣的報導，我擔心我最終寫出來的東西會遭到拒絕或大幅修改。我女兒二十歲時，就開始抑制個人風格了，因為她擔心老師不接受她的作品——更確切地說，是不接受**她本人**。我自己二十六歲以及往後的多年間，也因同樣的原因而壓抑自己的風格。

我腦中的讀者，不是對我的文章感興趣的聰明讀者，所以我無法好好地做自己。當時我腦中預設的讀者，是由一群編輯帶領的群眾，他們欠缺個性與特徵。為了迎合他們，我覺得我必須壓抑自己最拿手的表達方式，設法揣測及採用他們想要的模式，儘管我從未見過多數的讀者。我以為我必須按照《華爾街日報》的模式寫作（無論那究竟是什麼），不然會失敗。

如今我培訓的同仁有成千上百位，他們也陷入同樣的陷阱。身為記者，他們大多有健全的自信，相信有新聞的地方，他們一定不會遺漏。但是坐下來寫稿時，他們大多覺得自己的文筆不夠。

這也是為什麼我一直強調，作者出現在自己的故事裡很重要。我一開始只敢偷偷地潛入我的故事裡，我發現編輯確實更喜歡那種寫法。於是，我膽子大了起來，開始更進一步。如今，雖然我遇到新的提案時，依然會有同樣的焦慮，但經驗告訴我，那些焦慮都是毫無根據的，只會壞了我的興致，所以我可以把焦慮拋諸腦後，好好地做自己。

我的經歷、我女兒的日誌，還有我和其他記者的共事經驗都在在證明了一點：我們大多比自己所想的，寫得更好。我希望本書提到的寫作技巧，可以幫你發揮潛力。但你必須明白一點：這本書所講的，其實只是以一連串系統化的步驟，描述我自然寫稿時，會考慮及從事哪些事情。我以前可能不知道怎麼稱呼那些直覺和感受，後來為了傳授寫作技巧，我加以分析，幫它們定義了名稱。但是為那些東西命名，並沒有使我變成更好的寫手。我之所以寫得更好，是因為現在我更能隨心所欲地運用那些技巧。

所以，這本書最重要的部分，其實是作者對自己、對讀者、對那些闖入對話的陌生人所抱持的態度。如果記者因為擔心冒犯對方，無法對那些陌生人置之不理；如果他寫作只想迎合一群人，而不是針對某個特定的對象，那有再多的寫作技巧和方法也幫不了他，他永遠無法寫出自己的韻味。在縮手縮腳、怕東怕西的情況下，永遠也無法發展出個人風格。

附錄一　寫作者的閱讀指南

大家常問道，若要提升寫作能力，該閱讀什麼呢？最簡單、也最不負責的餿主意是：抓到什麼都讀。沒有人有那麼多時間，花時間去讀文筆爛的東西，那幾乎跟完全不閱讀一樣，一無是處。那些累贅的文字，以及構句、強調、人物和步調上的錯誤使用，都會對讀者產生潛移默化的影響。劣文看多了，只會寫出更多的劣文。

對學習撰寫紀實寫作的人來說，有時候，連優秀的作家也不適合拿來當學習的榜樣。例如，假設你最感興趣的是新聞報導，我就不建議你讀名作家約翰・麥克菲（John McPhee）的作品。麥克菲的作品都很棒，但他主要是靠神乎其技的細節堆疊效果，來寫出精彩的作品，而且他常用很大的篇幅去講範疇很窄的故事。新聞記者需要以很小的篇幅，去講範疇很廣的故事。若是套用麥克菲那種寫法，整份報紙的篇幅也不夠用。

那該怎麼做呢？首先，先來點忠言逆耳的建議吧。放下你的寫作自尊，找一本詳細說明基礎英文文法的好書，然後做你意想不到的事：徹底緩慢地詳讀，一次看一節或一章就好，不要貪多。而且，反覆閱讀，一遍又一遍，如此持續幾年。

每次我深入研讀《理解和使用英語》（*Understanding and Using English*，Newman和Genevieve Birk合著）時，都會羞愧地發現，上次看完那本書後，這段日子以來，我一直在濫用文字。我們在無意間鄙視那些約束我們的規範，想要忘了它們，但除非我們已經把那些原則練到爐火純青，揮灑自如，否則我們不可能在突破常規下，達到生花妙筆的境界。認真的作者重新研讀基本文法書時，會感覺到有人狠狠地糾正錯誤，因此喃喃自語：「謝謝，教訓得是！」

每次我重讀另一本讓作家獲益匪淺的小書《英文寫作聖經》（*The Elements of Style*，William Strunk和E. B. White合著）時，也有同樣的感覺。如果作者只能讀一本有關寫作技藝的書，這本絕對是首選。它對行文明晰、簡練、優雅方面的指導，無人能出其右（如果作者可以再多讀一本，可以選讀懷特〔E. B. White〕寫的簡練小品文，看他如何實際運用那些原則）。

市面上充斥著其他教寫作的書籍，我覺得有一本特別實用，而且簡單好讀，那就是《非虛構寫作指南》[1]（*On Writing Well: An Informal Guide to Writing Nonfiction*，William Zinsser著）的第二版。〈精簡〉、〈贅字〉、〈風格〉、〈文字〉那幾章寫得特別好。

這些教材都很有幫助，但每次僅酌量閱讀，效果最好。一次讀太多指導寫作的書籍，難免會陷入眼神呆滯、腦袋麻木的狀態。所以，學習寫作的人應該是透過潛移默化的方式學習，把大部分的時間拿來閱讀那些擅長說故事的人所寫的文章。這種閱讀大多充滿了樂趣，但是為了學習而研讀這些作品時，你也需要下工夫。閱讀時，只要發現腦中浮現鮮明的影像，內心萌發強烈的感受，或腦中靈光乍現，你應該好好享受閱讀的當下。接著，再停下來，回頭探索作者究竟是以什麼方式，營造出那種效果。

在挑選學習對象時，應該先挑文筆平易近人、使用傳統結構的作家。你要能夠認同他們，覺得他們寫的東西並非遙不可及，而是你可以學習，對你的寫作有益的。

伊薩克．狄尼森（Isak Dinesen）的《遠離非洲》（*Out of Africa*）是我讀過最扣人心弦的書之一，但它不會讓初學者感到既羨慕又絕望。相反的，用字遣詞複雜又鮮活的作者，常給人那種感覺，初學者看了那種魔幻的文字後，只能望文興嘆：「我永遠不可能寫得那麼好。」亨利・米勒（Norman Mailer）、馬奎斯（Gabriel Garcia Marquez）、約翰・厄普代克（John Updike）等作家寫出的曠世巨作都令人讚嘆，也令人望而生畏，至少對初學者來說是如此。

我覺得，從報章雜誌中尋找優秀的作品是浪費時間。在眾多陳詞濫調及浮誇的文章中，可能偶爾會出現幾篇令人眼睛為之一亮的佳作，但是在茫茫大海中撈那種罕見的珍珠實在太費神了。如果你想學的是精彩的新聞報導，直接選讀優秀作家的作品是更簡單的方法。

我個人最喜歡的作家包括瓊・蒂蒂安（Joan Didion）、蓋伊・塔利斯（Gay Talese）、楚門・卡波提（Truman Capote）的《冷血》，以及湯姆・沃爾夫（Tom Wolfe）。沃爾夫的風格大膽浮誇（常用斜體字、驚嘆號、重複性的強調），所以乍看之下可能是很奇怪的選擇，但撇開那些特效不談，他的作品所展現的精準、犀利和緊湊感特別出色。

沃爾夫等人所寫的報導文學中，充滿了精彩小說的必備特質。任何人想以扣人心弦的方式，做真人實事的報導，都應該至少學一點寫小說的技巧。《小說技巧》（*Technique in Fiction*，Robie Macauley 與 George Lanning 合著）的第二版是一本技巧純熟的扎實作品，涵蓋了大部分的基本技藝。

另一本更深入、細膩、有意義的書——也許對初學者來說稍難一些——是《小說的技藝》（*The Art of Fiction*，John Gardner 著）。約翰・加德納（John Gardner）是罕見的才子，一流的小說家，也是卓越

1 編註：本書由臉譜出版社出版。

的創意寫作教師。他不是那種只受邀到學術界，為一兩學期的課程開一兩堂課的大作家，而是全職的寫作教授。

他的書在幾個方面寫得特別好：強調及說明描述性的細節該如何處理；如何營造一個帶讀者深入探索的世界（加德納稱之為「虛構的夢想」，但紀實寫作的作者必須營造自己的夢想）；如何建構優雅又有韻律的句子；品味的培養；維持懸疑感。〈常見錯誤〉那章特別實用。而且，加德納提供的寫作練習看似簡單，其實很難掌握，很適合每個人挑戰自己。

在《小說的技藝》中，加德納是和小說的寫手分享寫作的重點。但是對想要精進紀實寫作的人來說，那些重點也一樣受用。撰寫小說和紀實之間，沒有絕對的分隔，兩者的相通處其實比相異處還多。學習寫作的人在研讀——不是光閱讀，而是研讀——頂尖小說家的作品時，更能領會這個事實。

值得學習的紀實作家其實不多，但值得學習的小說家很多。有些作家特別擅長某種寫作技藝，但其他方面不太在行。約翰．奧哈拉（John O'Hara）現在看來已經老舊過時了，我覺得他的小說除了《相約薩馬拉》（*Appointment in Samarra*）以外，在他那個年代也很容易遭到遺忘。不過，他有許多短篇故事清新雋永，至今仍令人難忘，尤其他特別擅長寫對話，我從那些作品中學到很多引述的技巧。瑪格麗特．克雷文（Margaret Craven）的作品不多，所以幾乎沒有人把她列為頂尖作家，但她的精緻小品《聞見貓頭鷹喚我名》（*I Heard the Owl Call My Name*）是用字精簡的傑作。

我還是要再強調一次，學寫作的人應該避免接觸劣文。也就是說，儘量迴避目前市面上絕大部分的暢銷小說和許多作品（如果你覺得難以判斷，可以套用底下這條囉唆標準：任何超過五百頁的書，只要不是狄更斯或已故俄羅斯人寫的，最好別碰）。

初學者在尋找研讀的小說家時，應該選那些長期以來大家公認行文簡潔流暢、毫不費力的小說家。他們是最好的學習典範，加德納稱他們是寫作木匠。在學習搭建獨一無二的美好建築以前，我們都需要先看大師如何把兩片木板完美地釘在一起。

這種作家和寫作老師太多了，不勝枚舉。我不想在此提供一小串名單，而破壞了你自己去探索的樂趣，那會遺漏掉太多可能對初學者很有幫助的作家。

不過，我一定要趁這個機會，好好地感謝一位讓我學到很多寫作技巧的新聞界前輩。他很早就離開這一行了，但我可以毫不猶豫地推薦他。

他以精簡動人的文字，撰寫一些值得關注的主題，例如狂熱的愛情、出人意表的勇氣、絕望與憐憫，以及造化弄人的故事。他有一些著作帶著讀者深入荒涼的沙漠，看到間諜活動的真實場景，一般公認他是現代間諜小說之父。

他用極少的文字，傳達大量的訊息；用平實的字眼，描述錯綜複雜的情境。他只要寫短短幾行，甚至幾個字，就可以讓我頓時置身於墨西哥村落的廣場，我可以聞到那灰塵，感受到那熱度，覺察到那裡的物質與心靈匱乏。在另一本書中，他用一小段對話，就讓我頓時明白文字背後潛藏的情感。他筆下的人物充滿了缺陷及互補的優點，他透過人物的行動來彰顯那些特質，而不是用平鋪直敘的白描手法。他的著作繁多，在我看來幾乎很少失敗之作。即使是沒那麼膾炙人口的作品，依然讓我受惠良多。

格雷安．葛林（Graham Greene），謝謝你！

附錄二 樣本故事的全文

本書引用的六篇短文是以節錄版呈現，部分內容是採轉述的方式，而不是直接引述。為了方便有興趣的讀者深入研究，這裡附上那些故事的全文。

聖地牙哥的慘澹歲月

克里斯群·希爾（G. Christian Hill）

（聖地牙哥報導）若要針對市民的尷尬度或倒楣度頒獎的話，有幾個城市可以立即擠進候選名單，例如發生水門案的華盛頓特區、因汽車業危機而沒落的底特律，或是衰事層出不窮的費城。

當然，還有這個人口七十七萬一千人的美麗濱海城市，長久以來飽受無能、醜聞、災難頻傳的厄運，彷如被詛咒的城市。聖地牙哥的問題已糟到了極點，當地前衛報社《門報》（*The Door*）的前總編道格·波特（Doug Porter）現在把任何粗製濫造或失敗的事情都戲稱為「典型的聖地牙哥風」。

以夏令節約時間為例，今年一月開始，全美強制施行夏令節約時間以節約能源。然而，聖地牙哥仍有一些不明就裡的居民，過著比全美其他地方晚兩小時的日子，因為聖地牙哥的《聯盟報》（*Union*）叫居民把時鐘調慢一個小時，而不是調快一個小時。報社怎麼會犯下這種錯誤呢？市政編輯艾爾·賈科比（Al Jacoby）回應：「我無可奉告，別引用我的話。」

相較於企業界和金融圈的大老所搞出的連串醜聞及爛攤子，搞亂時間似乎沒什麼大不了的。公司倒閉和欺詐事件頻傳，導致聖地牙哥的《論壇報》（*Tribune*）評論該市已變成「美國西岸的騙徒盛產地，以及全國騙子比例最高的地方」。

史上最大的銀行倒閉案

幾起最引人熱議的破產案，是出自金融家安霍特・史密斯（C. Amholt Smith）所掌控的公司。幾年前，史密斯還被譽為該市的「世紀市民」，他的美國聖地牙哥國民銀行（U.S. National Bank of San Diego）是該市最大的銀行。金管人員發現，該銀行有半數未清償的貸款，是貸放給與他利益相關的單位，而且那些貸款大多收不回來了。金管單位公布檢查結果後，這家銀行於去年十月宣告破產，是美國史上最大的銀行倒閉案。

西門加州集團（Westgate-California Corp.）是該市第四大的企業，也是史密斯旗下的事業。聖地牙哥國民銀行宣告破產後，西門加州集團因得不到信用額度，於今年二月進入公司重整程序。在此之前，《君子》雜誌（*Esquire*）評選為全球三大頂級飯店的西門廣場飯店（Westgate Plaza Hotel），以及西門加州集團的相關財產，也進入破產接管的階段。

此外，史密斯本人也在一九七三年創下另一起財務災難紀錄。國稅局認定他一九六九年的收入逃稅，欠稅加計利息的總金額是二二九〇萬美元。國稅局表示，這是美國有史以來金額最高的個人欠稅留置權。

審理本案的聯邦地方法官認為，美國史上規模最大的公司重整案也是發生在聖地牙哥。那個案子的主角是該市最大的建商：美國金融公司（U.S. Financial Inc.）。美國證券交易委員會（ＳＥＣ）指控該公司做假帳以謊報利潤，儘管前任高管否認指控，公司不久即進入重整程序。聖地牙哥最大的連鎖汽車旅館業者「美國皇家旅館」（Royal Inns of America）於一九七三年初陷入財務問題後，現在也在債權人委員會的監督下進行重組。

難道是陽光的問題？

這裡也發生許多規模較小的倒閉事件，所以聯邦破產法庭總是門庭若市。諷刺的是，發生了這麼多起破產案，並未使破產法院所在的那棟大樓有所警惕，擁有那棟大樓的公司最近也申請破產保護了。

一位來自美國東岸的投資經理人仔細研究了這些敗象，他表示：「這裡的商業領導太差，而且這裡似乎很容易吸引營私舞弊的可疑份子。我不知道這是因為聖地牙哥靠近墨西哥邊界，還是這裡的陽光有什麼問題，又或者是別的原因？但感覺你在這裡詐騙胡搞，也不會有人在意。波士頓和芝加哥的朋友聽我這麼說，都深感不解，難以置信。」

其實連聖地牙哥的球迷也覺得難以置信，該市的職業球隊已經把輸球提升到一種藝術的境界。國家美式足球聯盟（ＮＦＬ）聖地牙哥閃電隊（San Diego Chargers）的上季戰績是二勝十一負一平，他們遭到休士頓油人隊（Houston Oilers）以些微的差距擊敗，成為ＮＦＬ中戰績最差的球隊。此外，ＮＦＬ的主委皮特．羅澤爾（Pete Rozelle）也對閃電隊展開藥品濫用的調查。

這起調查源自於閃電隊的防守絆鋒修士頓．瑞奇（Houston Ridge）對球隊提告。他聲稱，他服用球隊提供的止痛藥後，隨即上場比賽，結果受傷了。去年加州高等法院判他獲得二十六萬美元的賠償。

在此同時，羅澤爾的調查也發現，該隊的球員公開吸食大麻，因此對球員及球隊的高層開罰四萬美元。芝加哥的賽事評論員比爾．柯蒂斯（Bill Kurtis）不禁嘲諷：「從去年閃電隊的戰績來看，他們嗑的藥肯定是防腐劑福馬林。」

美國職棒大聯盟的聖地牙哥教士隊（San Diego Padres）在上個賽季的西部賽區中，也是墊底的球隊。戰績在大聯盟裡是倒數第二，而且觀眾最少。這支球隊本來是金融家安霍特．史密斯所有，最近球隊易主，改由麥當勞的執行長雷．克洛克（Ray Kroc）接手。克洛克很快就明白「典型的聖地牙哥風」是什麼意思。

新賽季一開始，教士隊在洛杉磯首戰道奇隊（Dodgers），結果連輸三場。接著，他們在主場開幕球賽中對抗休士頓隊，結果也是慘敗（失誤三次）。速食大王終於失去耐心，抓起球場的廣播系統，告訴現場的球迷：「我和你們一樣受罪……我這輩子沒見過那麼愚蠢的球隊。」最後，教士隊以九比五慘敗。

兩種成功

聖地牙哥最成功的職業運動員，是美國職籃的聖地牙哥征服者隊（San Diego Conquistadors），他們打進了季後賽，但敗給了猶他明星隊（Utah Stars）。儘管如此，去看征服者隊比賽的觀眾少得可憐，而且球隊還誇大了到場觀賽的人數，所以《聯盟報》不敢把報社估計的人數和球隊宣稱的人數放在一起刊出。在今年一月的某場比賽中，作家吉姆．哈姆林（Jim Hamelin）實際數了一遍現場觀眾，得到四七一人。但球隊公布當晚的觀眾人數是一千七百人。

聖地牙哥似乎從一九七二年以來便陷入衰頹，此後問題層出不窮。當時聖地牙哥取代邁阿密，成為共和黨全國代表大會的會址。ＩＴＴ公司（International Telephone & Telegraph Co.）捐款贊助共和黨大會在聖地牙哥舉行後，隨即傳出會址改變的消息。

接著，一九七三年爆發連串的醜聞和財務災難，並延續至今。市長皮特．威爾森（Pete Wilson）對此也感到很無奈，他說聖地牙哥實在運氣太差了，這裡不是特別吸引災難的地方。他表示：「或許是平均定律作怪吧，就像你多年沒感冒後，突然來個重感冒一樣。」

建築包商迪安．鄧菲（Dean Dumphy）是聖地牙哥的商會主席，他也認同市長的觀點。他說該市爆發連串的倒閉事件「只是遺憾的巧合」，他也補充：「你不能把問題都歸因於這裡缺乏領導，那種說法站不住腳。」

聖地牙哥何去何從

不管原因是什麼，聖地牙哥的不幸遭遇都對城市的形象毫無助益。這裡本來就不是充滿活力的重點城市，《洛杉磯時報》的體育專欄作家吉姆．默瑞（Jim Murrey）最近如此形容聖地牙哥：「兩面臨水、兩面臨山、四面楚歌的土地。在這裡只能做兩件事：逛動物園或參加海軍。」

不過，本地的多數居民似乎已找到自我安慰的方式。保羅．索特曼（Paul Saltman）離開南加州大學後，來到加州大學聖地牙哥分校擔任校長，他說：「這裡離布萊克海灘（Black’s Beach）只有三分鐘的路程，昨天浪高四、五英尺，生活美妙極了。」

作家、專欄作家及該市的非正式社會史學家尼爾．摩根（Neil Morgan）主張，聖地牙哥雖然遭遇連串的不幸，或許反而因禍得福。他提出所謂的「摩根法則」：聖地牙哥遭逢的不幸，也許正好避免該市成長失控，讓它以更溫和的步調成長，不會一下子出現太多的新工廠，興建太多的摩天大樓，湧入太多的新居民。摩根最近向一群當地的公關人員闡述這個理論，不過據可靠消息指出，現場有些人並不認同那番說法。

酒鬼公園

瑪麗琳・崔絲（Marilyn Chase）

（舊金山報導）這座城市不僅包容少數族裔，也歡迎他們。這裡的種族及社群多采多姿，市民為這種多元性感到自豪。

這裡有兩條街幾乎是同性戀社群，據傳他們還有自己的選舉。這裡有中國、愛爾蘭、義大利的遊行活動，有日本和薩摩亞的節慶活動，也有法式醫院和俄式山莊。舊金山的選票是多語並列，市政府甚至還討論當地的加油站是否應該採用多語標示。

不過，自從北非人來到這塊曾是沙丘的土地後，舊金山對酒鬼就特別禮遇。這裡所謂的酒鬼，不是那些躲在太平洋高地區（Pacific Heights）豪宅內享用美酒的人，也不是喝遍聯合街（Union Street）酒吧的醉漢，而是社會學家口中的「遊民酒鬼」。據估計，這個城市約有五千到七千名這種酒鬼。

長久以來，舊金山一直被譽為全球最容易喝醉以及持續酣醉不醒的城市，這裡具備了幾個必要的條件：美酒價廉；氣候溫和；遊客眾多，很容易被經驗老道的乞丐盯上。除了這些吸引酒鬼的條件以外，現在又多了一點：一座專為酒鬼打造的公園……

一瓶雷鳥

這座酒鬼公園的正式名稱是第六街公園（Sixth Street Park），是由舊金山市場南區（South-of-Market）的一塊空曠沙地改造而成的，周圍都是旅社、當鋪和酒鋪。酒鬼可以帶一瓶「雷鳥」（Thunderbird）或「夜間特快」（Night Train Express）來這裡歇息，生火煮飯，倒頭大睡，悠哉閒晃，或打排球打到汗流浹背，也不必擔心被逮。這裡還有一塊黃銅牌匾，上面刻著愛酒名人的名字。酒鬼喜歡大聲唸出這些名字，彷彿在宣讀酒國英豪的名冊似的，他們吟誦著：「致敬：邱吉爾、海明威、菲爾茲（W. C. Fields）、約翰・巴里摩（John Barrymore）、貝蒂・福特（Betty Ford）、珍妮絲・賈普林（Janis Joplin）、狄倫・托馬斯（Dylan Thomas）……」

十三・五萬美元的改造資金，再加上兩萬美元的聯邦補助，讓這片空曠的沙地變成了結合營地和露天休息區的地方，而且還有長椅、洗手間和樹木。公園的面積相當於一個小店家的規模，贊助者是貧民區的格萊德紀念教會（Glide Memorial Church），那個教會是由充滿群眾魅力及政治實力的黑人牧師瑟西爾・威廉姆斯（Cecil Williams）所領導。

威廉姆斯牧師稱教會會眾為「道德少數派」，他說這個公園的常客是「街頭酩酊大醉的人」。他的影響力為這裡帶來了市府和警長的支持。

不過，如果酒鬼公園有守護天使的話，那非佛朗西絲・皮維（Frances Peavey）莫屬了。皮維女士是三十九歲的寡婦，身形圓潤，頂著一頭金髮。她是格萊德教會的全職員工，做著類似社群工程師的工作：為公園設計加寬的長椅，以方便大家躺著睡覺；為踩爛的草坪重新播種；看到公園裡的樹木被排球賽破壞得七零八亂，或被砍下來當夜間防身武器時，她也會栽種新樹來替換。

信心和希望

「這個公園建好以前，這裡真的沒什麼美好的東西。」她說：「但我相信，只要你對這裡有點信心，再注入一點希望，就能喚醒這些人最美好的一面。」

她認為她做到這點了。皮維女士指派公園裡的十幾位常客擔任「工作人員」，並發送外套給他們，每週跟他們開會討論公園周邊的議題，例如最近跳蚤橫行、安裝淋浴設施的提案等等。她也賦予他們維持環境清潔和公共秩序的責任。

「他們都是熱心公益的市民，每天早上都會打掃公園，早上八點可以看到他們拿著掃帚掃地。」皮維女士說：「教會也提供他們非暴力訓練，以減少搶劫和毒品交易的現象。他們是穩定這裡的道德力量。」

哈格席德、S. Q.、米基、阿班、佩姬等人是一天到晚都待在公園裡的常客，皮維女士從未和他們起過爭執。

某個溫和晴朗的午後，有三十幾位常在這裡徘徊的酒鬼群聚在小公園裡。在外人眼中，乍看之下，那彷彿某種瘋狂的內陸沙灘派對：乾燥的地面吹起了風沙，正午升起的篝火飄著柴火的氣味，戶外煮食正熱絡地進行著，收音機播送著靈魂樂與福音歌曲，酒鬼拿著保麗龍杯飲酒作樂。

留著一嘴灰鬍子的S. Q.今年六十歲了，他是這個公園裡的大老，坐在篝火邊的椅子上。儘管春日和暖，他仍戴著仿羊皮的皮帽。帽子上有個紐扣，上面寫著舊金山格萊德教會的標語：「我還活著。」他緩緩說道：「這個冬天真難過，幸好沒事了，沒事了。」酩酊大醉的哈格席德一臉不爽地獨自坐在角落，他是這個公園的木材收集者。

約莫五十歲的阿班從S. Q.接手公園的領導權，他身強體壯，頂著一頭花白的頭髮，穿著印花的聚酯襯衫，套著一件背心，背心上的名牌寫著「格萊德人員：阿班」。他以一種類似領主的目光環視著公園，說這裡的醉漢永遠都在跟毒品販子搶地盤。

「我每天都會來這裡，每週七天，一大早六點半就來了。我只要拿起掃帚，其他人也會跟著做。」他一邊說，一邊張開臂膀揮向大家。

阿班的女友是三十四歲的佩姬，身材豐腴，滿臉雀斑，綁著馬尾，是個滿嘴缺牙的女酒鬼。她穿著毛茸茸的拖鞋和皺巴巴的格子襯衫，言談之間隱約可以聽出她有中產階級的成長背景。她還問記者能不能報一下股市明牌，記者沒回應時，她說：「我的股票經紀人在康乃狄格州，但我不相信他。我真要投資的話，會買金百利克拉克（Kimberly-Clark）的股票，因為Rely衛生棉條剛鬧出人命。」

大夥兒嘲笑她的投資策略時，她生氣了。阿班只好趕快出來打圓場，幫她消消氣。

設計師的資格

五十四歲的喬是紐奧良人，他悄悄地走過來，遞出他身上的最後一根香菸，熱情地問我要不要抽。他談到重新設計公園的計畫，並提到他的資格：「我坐牢時曾設計過小公園。」

這裡可以明顯看到大夥兒喝酒，沒有人遮遮掩掩的。不過，只要有人提起毒品，則會引起眾人的不悅及否認。阿班說：「他們只喝酒，但不吸毒。」帥氣的年輕人米基說：「也許只抽點大麻吧。」

三十六歲的米基是離鄉背井的討海人，專門跑商船。他有個鍾愛的妻子，但不在身邊。他正努力為妻子戒酒，已經戒了一天。他向皮維女士透露：「我擔心出現戒斷症狀，但目前的感覺還好，我吃了一些東西，也喝了很多水。」去年的冬天，一個外人把蝨子帶進了公園，米基從附近的診所取得半瓶除蝨劑，把公園的朋友帶到家中，幫他們洗淨身子。

皮維女士說那些舉動證明了理想主義確實存在，她問道：「萬一你身上長蝨子，你的朋友會幫你洗身子嗎？我的朋友不可能。」她試著鼓勵米基發揮領導潛能。

我問米基，在滴酒不沾的情況下，來到這個公園，看到所有的朋友都在喝酒，你難道不會覺得很難受嗎？他說不會。「我已經二十四小時沒碰酒了，現在感覺很好。」他堅定地說。

阿班聽完米基如此吹噓後，很不以為然，他正想喝點酒，不禁回嗆他：「少來了！你省省吧！幫我拿一瓶酒來。」

脆弱的秩序

儘管這裡有社會秩序的跡象，但這種秩序很脆弱，隨處可見公園的常客拒絕社交或不願接受管理。例如，阿班原本想在公園裡做擦皮鞋的生意，但去年的寒冬，有人把他的鞋攤拆去當柴火取暖了。他沮喪地說：「他們為了取暖，什麼都能燒。」另外，有一個回收資源的獲利計畫也失敗了。他們製造的空瓶數遠遠超過了舊金山市回收的能力。

此外，有些跡象顯示，這裡隨時都有可能陷入無法無天的無政府狀態。去年，公園的啟用儀式就是從好端端的媒體活動，變成失控的亂象。格萊德教會為了啟用儀式而召開記者會，事前他們一再叮嚀酒鬼要守規矩。但後來媒體來晚了，酒鬼已經恢復我行我素的樣子。某家電視台在幾小時後才趕到公園，並擅自闖入酒鬼的地盤拍攝。酒鬼們憤而驅趕記者，還想霸佔他們的攝影裝備。

格萊德教會宣稱，公園的設立有助於阻止搶劫和毒品交易。但警方去年的統計資料顯示，情況不是那麼確定。去年秋天，公園周邊的各類犯罪確實減少了，但今年最初的四個月，犯罪數量又飆升了百分之一百八十八。

附近的商家抱怨，公園的設立讓遊民變成合情合理的事。一位老闆說第六街是「通往城市廁所的走道」，他的妻子補充：「我們不得不鎖門，否則酒鬼會溜進來。」

一些以前常來第六街走動的人，也對酒鬼公園的設立感到不滿。某位肌肉發達、耳戴鑽飾的男人表示：「這裡跟芝加哥一樣亂。」他是格萊德教會救濟食堂的主廚，他悲觀地搖頭說：「這個公園沒什麼希望，大家正在摧毀它。」

酒鬼都知道這個公園尚未達到理想的境界，為了把這個目標放在心上，他們畫了一幅壁畫，畫中的公園像伊甸園那樣綠意盎然，畫中的他們看起來像模範管理員。

一位酒鬼說：「到時候我們就可以抬頭挺胸地說：『這才是這裡該有的樣子。』」

保險詐騙

哈爾・蘭卡斯特（Hal Lancaster）

（洛杉磯報導）酒吧裡的這名男子是某大公司的人事專員。他的衣著整潔，整個人梳理得乾乾淨淨的，像白開水那樣不起眼。這種裝扮很適合他從事的副業：向保險公司詐領保費。

他叫史泰德（W.T. Stead），這不是真名，而是他為本篇報導使用的化名，他是借用電影《鐵達尼號》裡某位不幸乘客的名字。他很擅長經營「詐領保費」這個副業，據他估計，過去幾年，他從十五起自導自演的跌傷和交通事故中，獲得了約六萬美元的賠償金。他對此毫無愧疚之意，他說：「我是徹頭徹尾的共產主義者。既然財力雄厚的保險公司願意支付那麼多錢，大家又何必客氣呢。」

如果超市的地板上有一顆葡萄，史泰德先生看到了，就會當著大家的面，朝著那顆葡萄踩去，讓自己滑一跤，導致腰骶扭傷，反正超市投保的保險公司會理賠，幫他療傷。如果某個心不在焉的母親，開著一輛坐滿孩子的旅行車，行駛在聖莫尼卡高速公路上，史泰德先生看到了，會突然更換車道，把車子轉到她的前面，刻意製造追尾碰撞事故。當然，那只是很輕微的碰撞，但他說他的頸椎屈伸損傷非常嚴重。

詐死三次

像史泰德先生這種保險詐騙者，至少從一七三〇年代就開始在保險業裡橫行了。當時，一位倫敦婦女為了詐騙保險金而三次詐死。這類詐騙為保險業者帶來了很大的損失，但沒有人知道這些詐騙者究竟讓保險公司損失了多少。不同的保險資料估計，多達百分之三十的保險索賠是誇大或虛構的；每一美元的保費中，有二十美分是用來補貼這類詐騙，這表示這些詐騙最終都是由誠實的保戶買單。

美國保險協會（American Insurance Association）的會長助理羅納德・克勞斯（Ronald Krauss）指出，保險詐騙五花八門，「只有想不到，沒有騙不到」。例如，一位保戶以膝蓋受傷為由，申請保險理賠，他宣稱膝蓋受損使他無法在天主教的彌撒活動中跪下，因此剝奪了他參與及體會宗教生活的權利。他把理由講得頭頭是道，但最後證實他是衛理公會的教徒。

有些詐騙則是令人毛骨悚然。印度一名男子每月收到保險公司寄來的年金支票，當地支票是以蓋指印的方式兌現。零售信用公司（Retail Credit Co.）是一家總部位於亞特蘭大的信評與商業資訊公司，旗下有龐大的理賠調查團隊。他們在一次例行的檢查中發現，該名男子已過世長達兩年。下葬前，親屬剁下他的拇指，泡在福馬林裡，以便繼續領取支票。

自殘豪賭

接下來還有更恐怖的案例，佛羅里達的某個小鎮有「斷肢城」之稱。由於這裡持續出現保險索賠糾紛，保險調查員不願說出這個小鎮的真實名稱。鎮上有五十多人遭逢「意外」，並在事故中失去各種不同的身體器官和四肢，保險業者的理賠總金額已達三十萬美元。調查人員很肯定那些損傷都是自殘造成的。許多「意外事故」的目擊者就是以前申請理賠的保戶，或是傷者的親屬。一名調查人員表示：「他們似乎都是傷到最不需要用到的身體部位。」

目前，保險業者的理賠審查日趨嚴格，雖然進度緩慢，但他們拒絕賠償那些看似可疑的案子，也針對更多明顯的詐騙個案提告（現在「斷肢城」的居民很難申請到意外傷害理賠金了）。業者對付保險詐騙的一項重要武器，是四年前成立的保險犯罪防制中心（Insurance Crime Prevention Institute，簡稱ＩＣＰＩ）。該中心共有七十位調查人員，大多是員警出身，現在負責在全美各地偵察汽車保險詐騙。

ＩＣＰＩ專門調查涉及詐騙集團的嚴重詐騙案，其最終目的是起訴騙子並加以定罪。ＩＣＰＩ希望能藉此嚇阻可能發生的詐騙行為，目前已破獲多個詐騙集團，並逮騙子多達八百一十五人。

一案起訴七十人

ＩＣＰＩ目前破獲規模最大的詐騙案，是一個底特律的詐騙集團。該集團從汽車保險業者詐騙的保費逾一百萬美元。該案自一九七二年破獲以來，已有七十餘人遭到起訴，其中包括擔任「牽引人」（亦即指引事故受害人去找特定的律師以賺取回扣）的醫生、律師、私家偵探和員警。

這個集團除了專門承攬車禍官司、慫恿事故受害者興訟以外，也擅長製造假車禍，提交偽造的就醫報告，以及四處尋找巴士車禍的「受害人」（那些人根本不在出事的巴士裡）。ＩＣＰＩ的負責人詹姆斯・艾亨（James Ahern）指出，這個集團中有些成員涉及幫派犯罪。據報導，目前幫派犯罪在保險詐騙案中成長迅速。

為ＩＣＰＩ承保的意外保險業，目前正考慮擴大承保的範圍，以涵蓋縱火、假竊盜之類的財產詐騙。評論家樂見這種作法，但他們也覺得那不足以解決保險業者長期以來蒙受的巨大損失。很多詐騙者是獨自涉案，申請小額理賠，但那些人合起來的詐騙金額相當可觀，難以估量。

一位保險公司的高管表示：「多數詐騙者的策略是，讓保險公司覺得不堪其擾而理賠了事。」

保險公司即使有充分的理由認定某些小額索賠是詐騙行為，但他們還是會選擇妥協讓步，支付賠償金。對此，調查員頗為不滿。ＩＣＰＩ的負責人艾亨表示，保險公司應該把更多的詐騙案送上法庭，才有殺雞儆猴的效果。他指出：「他們應該現在花小錢處理小案子，以後才能省大錢。」

或許吧，但保險公司並不認同這種說法。全國獨立保險人學會（National Association of Independent Insurers）的主席維斯塔爾・萊蒙（Vestal Lemmon）指出：「那樣做太不划算了，打官司的成本比直接理賠高出許多。」為了應付理賠遭拒的保戶，許多保險公司必須每天花一百到兩百美元聘請調查人員（有些公司設有調查部，但多數公司沒有），律師的報酬則是每小時五十美元以上。保險公司認為，如果索賠金很大，也許還值得忍受那些麻煩，但索賠金僅幾千美元時，沒必要那樣大費周章。

此外，保險公司也覺得，訴諸法庭其實對公司比較不利。一位調查人員語帶諷刺地說：「你即使打官司，最後往往還是要理賠，而且理賠的金額更高，陪審團會再加算一筆痛苦與創傷損失。」

像史泰德那種詐騙高手都深諳這點，他說：「你只要告訴理賠人員，保險公司不理賠的話，咱們法庭見，他就會理賠了。目前我還沒為索賠的事情上過法院。」

史泰德先生之所以每次都如願索賠，一個原因是他總是花心思去取得索賠的證據，有時他是向願意配合的醫生索取。他說，有一次他自導自演跌傷後，去找那位醫生看診；醫生沒做任何治療，也沒讓他複診，而是直接開了一張高達八百美元的醫療帳單。對史泰德先生來說，那不是漫天要價。他和保險公司都知道，這個案子一旦訴諸法院，保險公司穩輸無疑，陪審團還會根據醫生開的醫療帳單，訂一個「痛苦與創傷賠償金」，金額通常是醫療帳單的好幾倍。所以醫生開的醫療費愈高，賠償金可能愈高，最後保險公司選擇庭外和解，支付史泰德先生八千美元。

如果連保險公司都很難駁回保戶的索賠申請了，調查人員更難對那些無恥之徒提告並讓法院定罪。ＩＣＰＩ的艾亨先生表示，檢察官「寧可處理單純的斧頭殺人案」，也不願處理錯綜複雜的保險詐騙案，因為詐騙案的調查可能長達一年。

喬·希利（Joe Healy）抱怨道：「警方對這種事情沒什麼興趣，地方檢察官也是如此。即使你真的提告成功，那個傢伙可能也只是遭到輕微的懲處。」希利在ＣＮＡ金融集團下的ＣＮＡ保險公司擔任詐騙調查員，他設法把費城的一個詐騙集團移送法辦，法官宣判他們的罪名成立，卻全部處以緩刑，希利到現在仍為此憤恨不平。

希利先生非常健談，體重兩百四十磅，為了幫CAN調查，已經累計了十萬英里的飛航里程，而且這份工作也蘊藏著風險。有一次他去調查一名青年的死因，死者的父親在歐斯底里下，以槍口瞄準他十分鐘，逼問他是誰殺了他的兒子。還有一次，希利先生為了追蹤一個詐死的保戶，來到一家墨西哥酒吧，被一群流氓團團圍住。他和同伴敲碎啤酒的瓶底，虛張聲勢，才得以脫險。

他也破過幾個滿意的案子，例如一個「幽靈汽車」詐騙案。那是一個四處詐騙的慣犯，他先投保許多醫療險，再去租車，接著故意把車子開進溝渠裡，但報案時謊稱他是被其他的車子撞進去的。接著，他去住院，住夠長的時間，以便以背部和頸部受傷為由，向保險公司索賠。等保險金到手後，他又轉移到另一州，故技重施。希利先生一心想逮住他，但每次都被他溜走了。後來他找到那個騙子的前妻，並透過她找到他們婚禮上的攝影師。希利先生從攝影師那裡取得一張照片，把照片交給聯邦調查局，終於逮住那個無賴，並將他繩之以法，目前他正在服五至七年的刑期。

「傳福音」

不過，希利先生也坦言，這類成功起訴及定罪的案子少之又少。他估計，他經手的案子中，成功起訴的比例不到百分之十，最後定罪的比例更少。他常把自己的工作比喻成「傳福音」，聊以自慰。也就是說，他要讓詐騙者明白，他始終關注著他們的把戲，即使沒有足夠的證據可以告發他們，他們最好還是打消詐騙的念頭。

最近洛杉磯某個詐騙集團的案子就是典型的例子。希利先生知道他沒有足夠的證據可以提起訴訟，他乾脆把那群騙子找來，對他們說：「嘿，你們聽好，我們不是傻子，不會持續付錢的。」（CNA已支付約一萬美元的理賠金）

那群騙子欣然接受了這個消息。「那是一群好吃懶做的團體。」希利先生說：「我們其實都知道這一切是怎麼回事，其中有個傢伙還問我，是否知道哪家保險公司願意理賠。」希利先生說，一旦索賠停止（他覺得他們會找其他的保險公司下手），這個案子就可以結案了。他說：「我知道這不是完美的正義，但至少問題解決了。」

完全合法

還有一種最常見的保險詐騙形式，是所謂的「投機詐騙」，亦即買下多份保單後（通常是意外險和健康險或失能險），接著就發生意外事故，然後跟所有的投保單位申請理賠。

針對同一保險項目，購買多份保單，並不違法。資料顯示，有人買過五十幾份相同的保單。由於以背部及頸部受傷為由的案子，幾乎都能博取陪審團的同情，保險公司通常寧可支付賠償金，也不願打官司。

這種詐騙行為之所以如此普遍，原因之一是保險公司之間無法針對這些「投機份子」交換資訊，短期內也不太可能成立這種資訊交流系統。亞洲某家小公司的理賠代表齊安格（D.J. Chiango）曾寫信聯絡數百家保險公司，希望他們能支持成立一個資訊交換系統，他覺得那樣做有助於打擊投機份子。但他的構想並未獲得業者的認同，主要原因有兩個：第一，這種系統若要發揮效用，資訊收集必須徹底，那是很龐大的工作。第二，保險公司擔心外界指控他們勾結共謀。

有些保險公司自有一套對付可疑保戶的辦法。例如，一些保險公司的理賠經理表示，他們會揚言對那些索賠者提告，希望藉此發揮嚇阻的效用。一位理賠經理說，他的公司有時會「忘記」寄續保通知單給之前索賠過的保戶。「如果保戶也沒有注意到，因此忘了按時繳保費，保單就失效了。」他說：「這種結果，再好不過了。」

後援投手

哈爾・蘭卡斯特（Hal Lancaster）

（土桑市報導）這是週日晚上舉行的棒球聯賽，資深的後援投手在牛棚裡等待徵召。他坐在折疊椅上，雙臂倚著球場的低矮圍欄，坐立不安。他隨手撿起一顆球，拿在手上把玩，時而拋上拋下，目光盯著球不放。這是後援投手打發時間的方法，每個晚上他都必須想辦法和無聊對抗。

他曾是美國職棒大聯盟的先發投手，在洋基球場、芬威球場（Fenway Park）等著名球場上展露風采。如今他是在海寇貝特球場（Hi Corbett Field），打的是地方性的 3 A 太平洋海岸聯賽（triple-A Pacific Coast League），而且還只是後援投手。這裡的牛棚侷促狹小，年輕好奇的觀眾喜歡伸手抓球員，格格發笑，或搶他們的帽子，拔腿就跑。這位後援投手嫌惡地說：「這裡跟馬戲團沒啥兩樣。」

在第一場比賽和第二場比賽的前兩局，他都在牛棚裡，飽受無聊的煎熬。後來，上場的機會終於來了，他開始在攝氏三十二度的高溫下做熱身運動。播音員透過廣播系統，滔滔不絕地唸著五花八門的廣告：「皇家抽獎」，抽中的幸運家庭可獲得免費門票；可樂和花生；箭術表演；「食品巨人」猜謎比賽

（贏家可獲得五美元的食品和免費的糧票）；「幸運座位」抽獎，贏家可獲得免費的保齡球票、免費的洗車服務、免費的兒童看護服務。

小聯盟的球賽上，總是充斥著這種瘋狂的廣告促銷，連場外的牆壁上也掛滿了廣告，從熊貓牛排館到賈維斯房地產公司，什麼廣告都有。左外野圍欄的上方架著麥當勞的金色拱門看板；只要把球打進拱門內，即可獲得五百美元。三十歲的小盧・克勞斯（Lew Krausse Jr.）目前是土桑奔牛隊（Tuscon Toros）的球員。對他來說，這一切景象都很刺眼，彷彿在提醒他：以前參與的大賽事、大聯盟已是過眼雲煙。

克勞斯旋動著右手臂，拉起袖子，走向投手區。目前奔牛隊是以二比五落後，接下來的三局中，他只讓對手擊中一顆球。等他退場時，奔牛隊已把比數拉平，最後贏得了比賽。克勞斯希望他的表現能吸引大球隊的注意，他們也許在最後關頭需要一個後援投手，但是都沒有球隊找上他。

＊　＊　＊

克勞斯的父親曾是大聯盟的投手。一九六一年六月七日，克勞斯從賓州切斯特郡（Chester）的高中畢業，兩天後隨即加入當時隸屬於堪薩斯市的運動家隊[1]（Athelitics），瘋狂的球隊老闆查理斯・芬利（Charles O. Finley）以十二・五萬美元的簽約金簽下他，使他一舉登上報紙頭條。加入球隊三天後，他第一次上場，完全沒讓對手得分，立刻成為眾所矚目的焦點。

1　這支球隊換了多次名字，一九〇一年是費城運動家隊，一九五五年變成堪薩斯市運動家隊，一九六八年變成現在的奧克蘭運動家隊。本文講的是在堪薩斯市那個年代。

他以前的經歷就像今年十八歲的天才高中生大衛．克萊德（David Clyde）加入德州遊騎兵（Texas Rangers）的傳奇一樣。然而，當年克勞斯身為明日之星，卻無法適應大聯盟帶來的壓力。他回憶道：「第二次上場時，我連續七局沒讓對方得分，但最後還是輸了，我開始喪失信心。」那一季他的成績是二勝五負。賽季結束後，他被球隊租借出去，像摩西一樣在棒球界的沙漠中流浪，去了賓漢頓、波特蘭、達拉斯、溫哥華等地。在達拉斯打太平洋岸聯盟（ＰＣＬ）時，他參加了一四五場比賽，輸了一〇五場，還創下十九場連敗的紀錄，至今無人打破。「我的室友是四勝十七負。」他說：「那年夏天，我們喝了很多悶酒。」

不過，一九六五年運動家隊還是把他召回來了。後續幾年，他在大聯盟表現得還不錯，但從未發揮超級巨星的潛力。後來，運動家隊把他換給密爾瓦基釀酒人隊（Milwaukee Brewers），釀酒人隊又把他丟給紅襪隊（Red Sox），今年春天紅襪隊將他釋出。他在大聯盟裡的累計成績是六十四勝，八十八負。

他打電話到其他的球隊找工作，但沒有人回他的電話。克勞斯說：「沒有球隊想冒險找一個沒人要的三十歲球員進來。不過，我如果就這樣退出棒球界的話，我會一直很想知道，我究竟還有沒有能力重返球場。」後來，他和奔牛隊簽約了。奔牛隊是運動家隊底下的分隊，老闆就是以前的大恩人芬利。他現在的年薪是一．五萬美元，比紅襪隊給他的年薪少了三萬美元。即使薪資不高，但他的待遇已經比許多奔牛隊的年輕球員好多了。他們的薪資通常是每月七百五十美元到一千兩百美元之間，而且只有賽季那五個月支薪。

他三次代表奔牛隊擔任先發投手，但三次都輸了比賽。接著，他就轉任後援投手。改當後援投手後，他的戰績變成五勝一負，還有十三次救援成功，而且他的防禦率也是聯盟中最好的。儘管如此，依然沒有球隊來找他。克勞斯說：「我前些日子問過芬利，有沒有人對我感興趣，他說：『有呀，東京紅隊（Tokyo Reds）和諾加利斯鷹隊（Nogales Eagles）。』」克勞斯發誓，他絕對不能一直耗在小聯盟裡，像許多老將那樣，在小聯盟裡打到退休。丹尼·麥克勞（Denny McLain）就是一例，一九六八年他為底特律老虎隊（Detroit Tigers）贏了三十一場比賽，現在卻在2A聯賽的什里夫波特酋長隊（Shreveport Captains）裡努力挽回往日的榮光。克勞斯說，如果今年無法從土桑重返大聯盟，他就要退休了。他說這話時，賽季所剩的日子已經不多了。

* * *

奔牛隊的休息室狹隘，悶熱潮濕，堆滿毛巾。六呎高的克勞斯身材精瘦，他一邊思考著這個看似無法挽回的職業生涯，一邊擦去額頭的汗水。如今落到這步田地，只能怪他自己。「要是以前更努力一些，收入可以更多，現在還留在大聯盟裡。」他說：「一九六五年人稱『鯰魚』的杭特（Catfish Hunter，運動家隊的明星投手）加入大聯盟時，他才十九歲，那時他已經在場上練習曲球了。當時我只知道把球投給觀眾，現在我還是這樣。有些人就是如此。」

他怪自己太混，但語氣中仍帶有一些怨懟，言談裡不時提及大聯盟和小聯盟的天差地別。克勞斯腳下的釘鞋在地板上嘎嘎作響，他脫掉濕透的球衣，換上另一件汗臭味一樣濃厚的衣服。他說：「小聯盟就是這樣，球衣破爛，球鞋不合腳。你知道這個球隊的助理教練還在讀大一嗎！我們去外地打球時，每天的餐費才七·五美元，運動家隊每天的餐費是十九·五美元。在那裡，你上路是穿三百美元的西裝和鱷魚皮的鞋子，在這裡是穿牛仔褲和涼鞋。」

在大聯盟，多數球隊把週一定為休息日。去年整個賽季，奔牛隊才休息四天，今年是休八天。不斷上路的旅程是耐力大考驗，最近剛結束的外地比賽就是一例。他們在華盛頓州的塔科馬（Tacoma）結束夜晚的比賽後，翌日清晨五點四十五分搭巴士去機場，以便飛往同州的斯波坎（Spokane）。飛機在斯波坎又載了另一支球隊，接著在愛達荷州的博伊西（Boise）停留一個半小時，然後飛往猶他州的鹽湖城（Salt Lake），讓另一支球隊下機。接著，飛機前往亞利桑那州的鳳凰城，再飛回土桑，抵達土桑時已是下午三點十五分，他們晚上七點四十五分就要上場比賽，克勞斯只能隨便吃點「軟趴趴的麵包和堅果」充飢。

太平洋岸聯盟（PCL）只有兩個裁判，大聯盟有四個。PCL沒有教練，而且聯盟只有一個負責人，底下帶著兩名工作人員。幾乎每個球隊老闆和經營者的目標都是儘量節省一分一毫。奔牛隊的經理摩爾．米勒（Merle Miller）表示：「我不給任何人任何東西。」那是「錢只花在刀口上」的理念，因為在PCL和其他的小聯盟，頂多只能達到勉強糊口的生活水準。連那些從不間斷的促銷活動，也無法吸引到以前的人潮來觀賽。自從電視出現、聯賽擴張、其他的運動興起後，來看小聯盟球賽的觀眾就愈來愈少了。今年奔牛隊是聯賽中領先的球隊，還有一點獲利，但小聯盟球隊的經營者都知道，即使今年獲得冠軍，享有不錯的售票率，明年還是可能名次墊底，沒有人來買票觀賽。那是因為大聯盟球隊對他們是否奪冠並不感興趣，大聯盟球隊之所以擁有這種分隊，或是與他們簽合作協定，只是想藉此培養年輕的球員。

約翰．克萊本（John Claiborne）是運動家隊的分隊經理。他指出，球隊每年都會簽下四十到五十位有潛力的新球員。這表示運動家隊底下的四支分隊都必須騰出空間來容納新人。克萊本表示：「你必須為球隊迅速換血。雖然分隊裡保留經驗豐富的老將有助於贏球，但是那樣做對大聯盟毫無助益。」

所以，需要裁員時，通常都是走下坡的老將先遭到淘汰。小比爾．麥克尼恩（Bill McKechnie Jr.）是太平洋岸聯盟的負責人，也曾是分隊的球隊經理，他說：「以前我不得不裁掉老球員，有些球員因此哭了，但裁掉是最好的選擇。不及時引退的話，最後只會變成球場上的廢人。」

克勞斯對這一切都很清楚，他也知道回大聯盟的唯一途徑，就是他現在走的這條路，雖然很危險，但他還是很渴望重返大聯盟。坐在置物櫃的旁邊，他突然說：「想當年，我教『鯰魚』杭特如何穿著打扮，如何跟女人聊天。他現在年薪好幾十萬美元，我卻坐在這個鳥地方。」

* * *

土桑奔牛隊一週的活動，包括前往鳳凰城和阿布奎基（Albuquerque）出賽，每天的補助是七．五美元。

週日：對戰鳳凰城巨人隊（Phoenix Giants）時，克勞斯上場投了三局半，沒讓對方得分，他很滿意。他說：「上次我怎麼投也投不好，我氣死了，扯下身上的球衣，扔進啤酒冷卻機裡。」他向來脾氣暴躁。他回憶道，以前打少棒聯盟時，一顆高飛球落在中外野手的頭盔上，彈向場外，使克勞斯輸了那場比賽。克勞斯說：「中外野手看了我一眼，翻過圍欄。回家的路上，我追著他打了一整路。」在往後的歲月裡，他的暴躁脾氣有增無減，破壞了多個球隊的休息室，扯下牆上的電話，在酒吧裡打架鬧事。

週一：球賽是在海寇貝特球場舉行，由伍爾柯（Woolco）連鎖超市贊助。球場上的告示牌破破爛爛的，上面貼著手寫的字體，詳細描述即將登場的促銷活動，包括El Taco公司贊助的比賽、兒童歡樂夜等等。今天來看球賽的觀眾有四〇一九人，整場比賽幾乎都是在看兩隊的投手對決，兩隊幾乎都沒有得分。最後是由奔牛隊獲勝，但克勞斯沒上場。

週二：球隊搭巴士前往鳳凰城。車上總是有人打牌，拉美裔的球員彈著吉他唱歌。捕手荷西・莫拉萊斯（Jose Morales）覺得，太平洋岸聯賽的巴士旅程已經比德州聯盟舒服多了，他不禁抱怨：「從阿瑪里洛到曼菲斯有十六小時的車程，一路顛簸。」

球隊住在山茲旅館（Sands）裡，館內裝潢老舊，地毯千瘡百孔。用餐是去露天的燒烤區，服務生全副武裝在那裡服務。有些球員帶妻子隨行，那樣做其實很危險。鳳凰城的棒球追星族都長得很漂亮，不少球員偶爾會和她們調情，來一段露水關係。克勞斯說：「有些人這樣亂搞，被老婆逮得正著。」

今天，奔牛隊和排名第三的巨人隊比賽，地點在鳳凰球場。那是眾家投手都很喜愛的遼闊球場，半徑四一二英尺。賽前，活力十足的巨人隊行銷經理艾爾・史蒂文斯（Al Stevens）向球隊經理吉姆・達文波特（Jim Davenport）保證，一定會有大量球迷前來捧場。「吉姆，我們一定會大力宣傳。」艾爾說：「要是我能讓羅西（球隊總經理）批准，我甚至可以拉一些酒店小姐來共襄盛舉。」

結果當晚只有一三七八名球迷到場觀賽，巨人隊擊敗了奔牛隊，比數是七比四。克勞斯在第七局上場，投了四球，讓對手出局了。當晚比賽結束後，有人看到明天要當先發投手的查克・多布森（Chuck Dobson）在附近的酒吧裡，他是克勞斯的室友，也是被運動家隊解約的球員。「我限制自己當先發投手的前一天，頂多只能喝九杯。」他嚴肅地說：「九杯烈酒。」

週三：克勞斯一早起來打高爾夫球，他到外地比賽時，多數早上都是這樣度過的。如果是在土桑市，他會盡可能把時間留給妻子蘇珊和兩個孩子。這時夜貓子多布森還在熟睡，他白天大多在睡覺。他確實應該多睡一點，當晚鳳凰隊的投手約翰・德奎斯托（John D'Acquisto）在第五局結束前保送了十人，結果巨人隊依然打爆了多布森，最後以四比二擊敗奔牛隊。克勞斯在牛棚裡用搞笑的方式練投球，以排解時間，今天他沒有上場。

週四：葛蘭・艾博特（Glenn Abbott）是個身材瘦長的年輕投手，他在運動家隊只待了三天，又回到奔牛隊，隊友都笑他是去「喝杯咖啡」。這時，有人叫他去接聽電話，另一位球員故意在一旁大喊：「快收拾行李，『騾子』掛了。」騾子是指運動家隊的吉祥物查理歐（Charlie O）。當晚，奔牛隊在第七局連得六分，最終以十比四獲勝。克勞斯只被派去和右外野手練傳接球以及短暫暖身，後來他有點生氣。「我現在做的每件事，都是為了保持年輕。」他說：「我跑步是為了保持年輕，投球是為了保持年輕，也只能這樣了。」

週五：上午他們搭機前往阿布奎基，那是整支球隊都很畏懼的城市。恰克抱怨道：「在旅館裡看完A片後，根本沒事做，悶得發慌。」在機場的候機室裡，克勞斯做著他擅長的事情，為他身為後援投手的第一千場比賽做準備。他伸直雙腿，彎著腰，前身儘量前傾，彷彿不受重力影響似的。他大搖大擺地走過一群一臉迷惑的路人，其他的球員倚著柱子在一旁叫囂。

當晚，阿布奎基以六比一領先奔牛隊時，克勞斯登場了。他連投了近六局，只讓對手擊中三個球，但後來對手急起直追，他先前的努力都白費了。

週六：阿布奎基隊的總經理查理・布蘭尼（Charlie Blaney）談到，投手的技能可能是所有的運動中最細膩的，稍有失調就可能讓優秀的投手瞬間過氣。只要快速球的球速差一點，曲球差個百萬分之一秒，他就是不行了。布蘭尼說，桑迪．萬斯（Sandy Vance）就是一例，他曾是道奇隊旗下分隊（包括阿布奎基隊）的明星球員，加入大聯盟後，又退回分隊。今年，阿布奎基隊跟他解約，才二十六歲就遭到淘汰。布蘭尼說：「他不知怎的，一直走下坡，誰也不知道原因，反正他再也無法三振任何人了。」

當晚，阿布奎基隊的現役投手也沒有三振任何人。奔牛隊痛宰了阿布奎基隊，比數是二十比一。後來，在球隊的休息室裡，奔牛隊的投手蘭迪．斯卡伯利（Randy Scarbery）談到他打算怎麼運用簽約金。據報導，他在第一個賽季就拿到五萬美元的簽約金。克勞斯在一旁默默聽著，他稱不上貧困，但他的簽約金幾乎都揮霍在名車、華服和美酒上了，而且那筆錢還要先扣四萬美元的稅金。

退休後打算做什麼呢？他說：「我不知道，我投資了一家二手車經銷商，也有房地產經銷商的執照，可以試著做房地產的生意。不過，我很想當投球教練。」

這一週，克勞斯參加的比賽中，有九局半沒讓對方得分，但也沒贏得比賽，沒有精彩的救援。賽季已進入尾聲了，他重返大聯盟的希望日益渺茫。克勞斯說：「我想，到頭來都是徒勞無功，白忙一場。」他們在阿布奎基還有三場球賽，接著就要打道回府，回土桑市參加El Taco公司贊助的比賽。

迪士尼製作公司

厄爾．戈特夏特（Earle Gottschalk）

（加州柏本克報導）在糊塗蛋大街（Dopey Drive）和米老鼠大道（Mickey Mouse Boulevard）的交會處，有一棟淺黃色的大樓。在那棟大樓裡，有兩個奇特的房間，房內的時間似乎在行政命令下暫停了五年多。那是華特．迪士尼（Walt Disney）打造夢想的地方。

一九六六年，這位迪士尼製作公司的共同創辦人因肺癌過世，此後那兩個房間就沒再變過。他最後的筆記仍放在低矮的黑色桌面上，他正在評估的劇本分類擺放在桌後的書架上，這裡的擺設都和他離開時一模一樣。辦公室外有一架鋼琴，音樂家在此彈奏配樂，以徵求他的同意。鋼琴上擺著一個小巧的發條玩具，是兩隻關在金絲籠裡的小鳥。他創作的發聲機械動畫人偶（audio-animatronics），就是這個玩具給他的靈感。所謂的發聲機械動畫人偶，就是讓各種模型（從海盜到總統等等）像真實的生命那樣移動和說話，栩栩如生。

曾有人問迪士尼先生，他一生的最大成就是什麼，他回答：「打造一個組織並維持初衷。」他的辦公室彷如他的殿堂，即使斯人已遠，但他對整家公司的強大影響依然隨處可見。迪士尼製作公司的每間辦公室牆上，高掛著他微笑的照片以及米老鼠的掛鐘。許多高階管理者的手上戴著米老鼠的手錶。在這裡，員工獲得的最高評價是：「迪士尼先生一定會喜歡的。」

追隨迪士尼的夢想

他的繼承者依然堅守著他的理念。公司的總裁卡登・沃克（E. Cardon Walker）指出：「我們善用迪士尼先生的構想，沒有發展新的方向。」沃克和其他的管理高層都明確表示，他們無意做任何明顯的改變，他們的目標是巧妙地經營迪士尼先生已經實現的夢想，並幫他實現尚未完成的夢想——包括在佛羅里達州以現代科技打造一座城市，迪士尼先生希望藉此打造更美好的都市生活。

這一切讓迪士尼公司在美國的企業界，儼然成了明顯的異類。一般企業的領導者或創辦人過世後，不會對企業的政策產生長遠的影響，更不可能對員工的價值觀和態度產生潛移默化的效果。繼任者往往只是口頭上尊重前人留下的遺澤，過一段時間後，再以不同的產品、管理技巧和目標來建立個人的功績。

但是在迪士尼公司裡，沒有一位繼任者淘汰以前留下的構想，每個人都清楚表示：迪士尼先生**不會**喜歡那樣。連他的胞弟羅伊．迪士尼（Roy Disney）也不例外。羅伊在兄長過世後，接任董事長兼執行長，並於去年十二月過世。一般認為羅伊是兩兄弟中比較有商業頭腦的（佛羅里達州迪士尼樂園的建造，主要是靠他公開募資二．六二億美元），但羅伊也致力實現兄長的夢想。

改變的時候到了嗎？

然而，一些批評者認為，迪士尼模式確實需要改變了。他們覺得迪士尼現在變成一個龐大的多元事業，專門販售各種膚淺廉價的文化，包括娛樂、建築，藝術、電影、音樂等等，令人眼花撩亂。他們認為迪士尼的影響已經太大了。評論家理查．席克爾（Richard Schickel）在著作《迪士尼模式》（*The Disney Version*）中指出：

> 「迪士尼的機器是用來摧毀童年最寶貴的兩個東西——童年的祕密和安靜——迫使每個人從小到大都懷抱著同樣的夢想。它在每個小孩的頭上戴了米老鼠的帽子。從資本主義的角度來看，這簡直是天才之作；但是就文化來說，無異是驚悚的恐怖片。」

但迪士尼內部的人對這種說法提出強烈的反駁。他們質問：讓成千上萬的孩子接觸美國歷史、自然的本質、「健康、純潔」的娛樂，有什麼不好？

「我們提供健全的服務，並注入大量的啟發性和教育意義。」新任董事長唐恩．塔圖姆（Donn Tatum）表示：「我們建立一個大眾接受的平台，出售優質的商品，而且我們永遠不會辜負迪士尼兄弟留下的遺澤。」

討好大眾

即使評論家講得有理，迪士尼公司也確實正以大量逃避現實的美夢，灌輸著美國大眾，但那些美夢似乎正是大家想要的。這種現象在電影製作中尤其明顯，迪士尼的總裁沃克稱電影製作是「整家公司的基石」。

迪士尼那些唯美單純的電影都很賣座（其中有很多電影似乎是狄恩．瓊斯〔Dean Jones〕在跟馬兒、電腦和汽車說話），反倒是那些評論家叫好的製片商虧損連連。過去五年間，迪士尼製片公司推出了二十五部電影，僅五部沒有獲利。

但為什麼評論家會抱怨這些電影乏味老套、矯揉造作、耍小噱頭呢？「對，那些說法都是真的。」迪士尼副總裁兼執行委員會的成員朗．米勒（Ron Miller）和善地承認那些說法，他是迪士尼電影部的負責人，也是迪士尼先生的女婿：「但很多人來看電影，就是為了抽離現實兩個小時，以尋求慰藉、幻想的空間。如果《紐約時報》或《時代》雜誌說他們喜歡迪士尼的某部電影，我就知道那部電影麻煩大了。」

在加州安那翰（Anaheim）的迪士尼樂園，以及佛羅里達新建的迪士尼世界（佔地兩萬七千英畝）

也是如此。評論家席克爾把這一切歸因於迪士尼先生「一輩子熱切地追求居住環境的秩序、掌控與清潔」，他說迪士尼樂園裡「沒有性或暴力，沒有放縱壓抑，也沒有釋放壓力和緊繃，所以毫無療癒效果」。也就是說，這裡完全沒有反映現實生活，迪士尼樂園和迪士尼世界的內部確實是如此。

在迪士尼樂園裡，身穿白衣的清潔人員只要一看到路上有煙蒂，都會馬上過去清掉。佛羅里達的迪士尼世界也是同樣的清潔無瑕，同樣的不真實。從灣湖（Bay Lake）中製造假浪的機器，到當代飯店（Contemporary Hotel）的大廳裡每天以長杆清洗的塑膠樹，都給人類似的虛假感。這裡的書店禁止出現與性有關的書刊，你買不到封面性感的平裝書，可以買到《讀者文摘》、《華爾街日報》之類的報章雜誌，但想看《花花公子》的話，只能自己偷偷夾帶進去。

而且，大家似乎都很喜歡這種環境。聖誕假期期間，前往迪士尼世界的遊客可以在路上塞出十五英里長的車陣。迪士尼裡面的兩家飯店老早就預訂一空，所以公司宣布將盡快興建其他的飯店。未來三年，這裡已排好五百多場活動，以因應旅遊淡季。迪士尼懷爾德尼斯堡露營飯店（Fort Wilderness）有兩百六十個露營空間，每晚的住宿費是十一美元，如今天天爆滿，預計明年的露營空間將增至一千個。

沃克先生說，以目前的遊客人數來估計，迪士尼世界正式啟用一年的遊客總數，將大幅超過最初估計的一千萬人次。他也預期加州迪士尼樂園的遊客人數，比一九七一年的九三〇萬人次還多。此外，他預期其他附屬事業的獲利也會增加，例如音樂發行、教材出版，以及各種迪士尼服飾和周邊商品的銷售。

米老鼠擊敗不景氣

隨著迪士尼持續蓬勃發展，訪問那些追蹤迪士尼公司及娛樂業的證券分析師，感覺愈來愈像訪問迪士尼的熱情支持者。迪士尼公司已經變成華爾街的寵兒，股價從一九五七年的十五美元大漲至一六三美元，而且這還是股票分割兩次後的結果。

迪士尼先生過世後，公司的利潤逐年上升。一九六六年，迪士尼公司的年收是一・一六六億美元，淨利是一二四〇萬美元。去年迪士尼公司的年收是一・七六億美元，淨利是二六七〇萬美元。分析師預測，一九七二年該公司的每股盈餘是二・四到三美元，比一九七一年的二・〇七美元還高。吉德皮博迪公司（Kidder, Peabody & Co.）的分析師喬・富克斯（Joe Fuchs）指出，迪士尼世界是「這十年來最令人振奮的民營專案」，並預測它很快就會為集團貢獻許多獲利。

那些關注迪士尼發展的人直言，其實迪士尼內部已經看不到迪士尼先生留下的創意發明了。但他們稱讚這家公司的管理高層，也看到他們手握另一張王牌。懷特威爾德公司（White, Weld & Co.）的分析師邁克・德爾・巴索（Michael Del Balso）指出：「ＷＥＤ公司裡蘊藏著極大的創意，但外界幾乎對此一無所知。」

ＷＥＤ公司是華特・伊利亞斯・迪士尼（Walter Elias Disney）的縮寫，它是迪士尼公司的子公司，負責設計和工程，套用迪士尼的內部術語，就是一家負責「幻想工程」（imagineering）的公司。迪士尼先生於五〇年代初期創立ＷＥＤ，以便在迪士尼樂園裡製作發聲機械動畫人偶。這裡有兩百多位藝術家、建築師、工程師和其他員工，負責設計和規劃迪士尼的每個專案。迪士尼樂園裡的所有遊樂設施、園內布局，以及整個佛羅里達專案都是他們設計的。

日新月異的城市

現在ＷＥＤ公司正加緊實現迪士尼先生的另一個夢想：在佛羅里達的迪士尼世界裡，建立一個「明日實驗性的原型社區」（Experimental Prototype Community of Tomorrow），簡稱ＥＰＣＯＴ。迪士尼先生過世前不久，開始對城市規劃產生濃厚的興趣。他想出ＥＰＣＯＴ那樣日新月異的城市，裡面結合許多以前發現、但基於成本考量和其他限制，而未能充分研發的新技術和新素材。

他想像這個城市是罩在某個氣候圓頂裡，裡面的交通完全在地下進行，居民和購物者把汽車停在地下，地面上完全讓行人通行。ＷＥＤ公司表示，他們會在五年內積極規劃ＥＰＣＯＴ，並期望在十年內動工興建。

ＷＥＤ公司的第二把交椅是副總裁約翰．亨奇（John Hench）。他和迪士尼裡的許多人一樣，樂於創造出井然有序又整潔的夢想，不愛詮釋雜亂無章的現實世界。而且，他也跟很多人一樣，非常滿意迪士尼先生已經實現的夢想。他說：「你看我們的美國小鎮大街（Main Street）。」他是指迪士尼樂園裡那條兩邊都是奇妙小店的主要街道，「這世上找不到那樣的大街了，但小鎮大街本來就應該長那樣。」

他談到，他跟著一個來自俄亥俄州阿克倫市（Akron）的家庭參觀迪士尼世界的狀況。他說那家人看到迪士尼的單軌列車直接穿過當代飯店的龐大用餐區時，他們都「驚訝得合不攏嘴」。亨奇先生熱切地描述：「我可以想像他們回到阿克倫後，就像幾十年前小鎮居民剛去過歐洲一樣。他們的想法將會徹底改變，他們看見了一個新王國。」

迪士尼公司花了近五十年的時間，才打造出這個新王國。華特・迪士尼生於芝加哥，於密蘇里的農場上成長。一九二三年，他穿著破舊的西裝，口袋裡只有四十美元，帶著一些畫具和創意點子前往好萊塢。他去找已經在加州發展的弟弟羅伊，一起在車庫裡創立第一家公司。一九二八年，米老鼠首度在動畫片《汽船威利號》（*Steamboat Willie*）上亮相，那也是史上第一部有聲動畫。迪士尼先生一舉成名，但是他又花了好幾年，才讓公司的營運步上軌道。迪士尼公司早期的年收是在三百萬到六百萬美元之間，經常處於虧本狀態。

一九四八年，迪士尼公司苦苦請求加州帕薩迪納市（Pasadena）的一家戲院老闆，讓他們放映迪士尼第一部廣受各界好評的大自然紀錄片《海豹島》（*Seal Island*）。那部影片讓迪士尼贏得了一座奧斯卡獎，此後，該公司又拍了多部類似的影片。那些影片都是由極具耐心和毅力的攝影師拍攝而成，他們的耐心和毅力已經變成業界傳奇。有一次，攝影師艾爾・米洛特（Al Milotte）和妻子在一顆鱷魚蛋的附近整整守候了六週，等待小鱷魚破蛋而出。如今這些大自然紀錄片大多是為電視台拍攝的，當初是由副總裁羅伊・E・迪士尼（Roy E. Disney）監製。羅伊最近成為執行委員會的一員（羅伊的父親是已故的羅伊・O・迪士尼）。

與其競爭，不如加入

一九五二年，迪士尼先生提出打造迪士尼樂園的想法。他的弟弟羅伊說，那是「華特又一瘋狂點子」。羅伊只從公司撥出一萬美元讓他去發揮，於是迪士尼先生用妻子的保單去質借貸款，以設計草圖。兩年後，迪士尼公司和另兩位合作伙伴終於投入大筆資金，資助迪士尼樂園的興建。一九六〇年，迪士尼公司買下兩位合作伙伴的股份，成為這個熱門主題樂園的獨資股東。從此以後，迪士尼公司開始迅速成長。

分析師和競爭對手把迪士尼公司的成功，歸因於幾個精明的管理策略。電視問世後，他們不像其他的電影製片廠那樣與之對抗，而是選擇和電視聯手，製作迪士尼樂園和米老鼠俱樂部的節目。那些電視節目獲利微薄，但等於為公司提供免費的廣告。其他製片廠把電影版權賣給電視台時，迪士尼公司保留完整的影片版權，開始在戲院裡反覆地播放那些影片。

後來證明這個策略就像挖到一座無限量的金礦一樣。迪士尼電影部的管理者認為，他們的主要觀眾每隔七年就會換一批。一批兒童長大後，同樣的電影又可以吸引下一批兒童觀賞。

保留影片版權的作法，也符合迪士尼公司多年來培養的管理信念：無論參與任何事物，永遠要尋求絕對的掌控權。這樣一來，你就可以用你的方式做任何事情，有效地保護迪士尼的寶貴形象並提升獲利。

關於這點，佛羅里達的迪士尼保留地可說是最明顯的例證。那裡簡直可以稱為「迪士尼鎮」，迪士尼公司在當地取得警力以外的所有管理權，裡面有他們自己的建築和分區方式，可以在那裡測試公司的新產品、新建材或其他的發展——這一切對EPCOT的興建都是必要的。

迪士尼公司在那裡掌控及經營自己的電話公司、中央供電廠（由兩個巨型的噴氣發電機供電）、前衛的單軌列車、火車和船艇，還有自己的廢水處理和垃圾收集系統（有氣動式的導管，把垃圾直接掃到中央處理廠）。此外，那裡還有迪士尼洗衣廠、保險公司、建設公司，甚至還有一片佔地七千五百英畝的懷爾德尼斯堡露營飯店，那是專為保育人士設計的。

不過，迪士尼的世界裡，還是隨處可見外在現實事件侵入的狀況。迪士尼公司覺得，要找到適合改編成電影的小說和故事愈來愈難了。電影部的負責人米勒表示，大家「不再創作那種東西了」。迪士尼的動畫師是許多迪士尼動畫的幕後功臣，但他們年紀漸大，愈來愈難找到接替他們的人才。許多年輕的藝術家也不願以迪士尼的風格作畫。

不變的動畫

離開迪士尼的動畫家表示，迪士尼的動畫已經落伍了。一位曾在迪士尼任職的動畫家說：「我欣賞他們的畫技，但是這三十五年來，他們的思維一點也沒有進步，所以作品變得愈來愈乏味了。」他現在已轉往迪士尼的競爭對手上班。

大家對於迪士尼樂園招募人才的標準也頗有微詞。他們篩選應徵者的機制相當嚴格。外表邋遢、內向沉默、相貌平庸的人都會遭到淘汰。他們只錄取外型姣好、有「個性」、「符合迪士尼形象」的年輕人。

那套標準禁止蓄鬍及鬢角超過耳垂，而且後腦杓的頭髮必須梳齊。這表示留鬍鬚的羅伊．迪士尼也不能在迪士尼樂園裡工作（幾年前，迪士尼樂園還想要求遊客遵守他們的頭髮規定，後來發現那不符合時代潮流而作罷）。

曾在迪士尼樂園扮演熊兄弟（Brer Bear）的羅基．米勒（Rocky Miller）抱怨道：「現在連陸軍和海軍都已經修改頭髮規定了，迪士尼簡直比軍隊還要嚴格。」米勒去年參加迪士尼表演人員的罷工活動，他現在是美國多元影藝工會（American Guild of Variety Artists）的組織者，那是代表迪士尼員工的工會之一。

不過，這些問題在平靜的湖面上，只是微不足道的波紋罷了。迪士尼製作公司裡，有很多員工從未在其他的地方工作過，他們都很融入「迪士尼模式」。這套概念有部分是由迪士尼的檔案保管員負責保管，也持續反映在迪士尼「大學」的訓練課程中。雖然訓練課程主要是針對樂園裡的年輕工作人員設計的，但資深員工也會去上複習課程（主要是迪士尼先生的思想和理念的彙編）。一位年輕的迪士尼講師帶著參觀者瀏覽一系列說明「迪士尼模式」的海報，第一張就寫道：「我們是做什麼的呢？我們是製造歡樂的。」

農業部

凱倫・愛略特・豪斯（Karen Elliott House）

（華盛頓報導）達頓・威爾森（Dalton Wilson）的薪水優渥，頭銜很長，辦公桌整理得一塵不染。威爾森先生五十二歲，在農業部對外農業局（Foreign Agricultural Service）擔任助理管理局長的助理。前幾天記者來訪時，看到他的桌上只有三樣東西：一條糖果、一包煙和威爾森先生的腳。他正靠著椅背，瀏覽《華盛頓郵報》的房地產廣告。

記者問他，掛那個頭銜的人是做什麼工作呢？

「你是說我應該做哪些工作嗎？」威爾森先生笑呵呵地說：「我來說說去年我做了什麼吧。」

原來年薪二・八萬美元的威爾森先生去年花了一整年，評估農業部的油脂出版品是否恰當及其時效性。他說一九七七年的步調依舊緩慢，他正在規劃另一項研究，以證明利用衛星預測作物產量的合理性。

一個公務員服務三十四位農民

威爾森先生的步調是農業部運作的典型狀態，這裡有八萬名全職員工，等於每位公務員平均負責三十四位美國農民。現在卡特總統正準備改組政府，讓政府運作得更有效率。然而，仔細看一下農業部的狀況，可以清楚看出他改革時面臨的問題。

近幾年隨著農民數量的縮減，農業部開始加強宣傳，除了熟練地處理舊有的職務以外，也策劃了一些新的工作專案，結果導致大批官僚從事許多含糊不清、似乎毫無意義的工作。

「農業部長也管不了農業部。」民主黨的眾議院農業委員會主席湯瑪斯・富利（Thomas Foley）說：「這個部門太龐大了。」

農業部除了全職員工以外，還有四萬五千名臨時雇員，這些人佔據了華盛頓特區的五座大樓，另有一萬六千人分散在全美各地。這些員工負責開辦婦女自我認知專案，制定西瓜的標準，衡量十幾種作物的種植面積，儘管政府對農作物栽種面積的限制早已作廢了。

農業部是美國政府中最大的放款單位，一九七七年的放款總額將達到九十億美元。農業部也比其他的政府部門興建更多的水壩，目前為止已建了兩百萬個。農業部更是美國政府中的三大出版單位之一，每年的印刷費高達一千六百萬美元。那些印刷費中，有部分是用來印刷兩萬八千種不同格式的內部表單，以追蹤農業部裡的活動。

農業部長鮑勃・伯格蘭（Bob Bergland）表示，他很快就會要求每位職員，針對其工作存在的理由，提出書面評估報告。伯格蘭先生從六〇年代開始在農業部工作，他也直言農業部是以效率低落及缺乏明確目標出名。他表示：「我想找出哪些工作是必要的，然後砍掉其他的工作。」

但農業部的員工似乎一點都不著急。一位年輕的統計員說：「他不會那樣做的。」他的腳也是擺在桌上。另一人補充：「他沒時間讀那些報告。」第三人說：「別擔心，那些工作量最少的人，最有時間證明自己的工作有存在的必要。」

即使在農業部裡隨便逛一圈，也可以看出這裡有很多不對勁的地方。主要辦公大樓裡，每間辦公室的老舊時鐘各自停在不同的時間點上，彷彿時間已經停了。任何時間都有數百人在走廊或陽光明媚的自助餐廳裡閒逛。

去年這種打混摸魚的現象變得很嚴重，農業部長因此發了一份備忘錄給各處室的主管，要求他們嚴懲「總部辦公大樓內的嚴重蹺班現象」。部長也發了另一份備忘錄給所有的員工，警告他們「遲到、上班打卡後馬上去吃早餐、休息時間太久、午飯時間太長、早退」都「有損公共形象」。

然而，今天懶惰的現象仍十分明顯，而且已經變成辦公室裡的玩笑話題。一位年輕員工在自助餐廳外的長椅上休息，他說：「我對工作唯一在意的是早餐、午餐、兩次休息時間，以及每天下班第一個衝出辦公室。」有些玩笑甚至連當事人都不覺得奇怪，一位女員工對電梯裡的同伴說：「我真希望明天生病請假，可是我不行，因為我同事已經先請了……」

農業部的高階管理者博爾達克（J. P. Bolduc）很討厭這種漫不經心的工作態度，他說：「這裡的冗員實在太多了，唯一的解決辦法是，要求每個主管淘汰那些人，即使這樣做惹人厭也不能心軟。」

獎勵冗員

但農業部的現行作法正好相反，他們非但沒有淘汰冗員，還獎勵那些人。一份內部的備忘錄顯示，去年農業部有四萬九千人符合加薪的條件，其中有四四九五六人都獲得加薪了。我問起那份備忘錄時，博爾達克坦言：「我們根本沒有那麼多優秀的員工。」

許多員工很難找到工作動力，因為他們的工作似乎毫無意義。農業行銷處的保羅・畢透（Paul Beattle）去年大部分的時間都在為西瓜制定標準，包括畫出優良西瓜的樣子。那個標準是以西瓜的形狀、花紋斑點來區分西瓜的好壞。但他也坦言，瓜農或零售商幾乎不用那套標準。他說，大多數的消費者其實光看西瓜外表，就能辨別好壞了。

農業部家政局的副助理局長艾瓦・羅傑斯（Ava Rodgers）表示，她有一半的時間是在全國各地出差，協調四千位家政專家的活動。記者請她描述一下辦公室裡典型的一天，她說：「今天早上我接聽了幾通電話，平常大概就是這樣，普通的一天。」她的年薪是三・三七萬美元。

在農業部的其他地方，有兩千名員工正忙著規劃新的水壩專案，儘管那個計畫十年前就有了，一直等著興建。伯格蘭部長表示，幾週前他下達一項命令，停止進一步的水壩興建計畫。但水力資源助理局長喬・哈斯（Joe Hass）表示，他並未接到命令，所以計畫仍持續進行。哈斯解釋：「你需要新計畫來維持工作量。」

農業部之所以如此龐大，原因之一在於他們持續執行一些過時的任務。農村電氣化管理局（Rural Electrification Administration）就是一個明顯的例子，這個單位設於一九三五年，目的是為了促進美國農村地區的供電普及。如今百分之九十九的農村家庭都已經通電了，但這個部門依然存在，而且持續擴大。

現在這個部門不再只是放款幫助鄉村架設電路，今年他們將為發電擔保三十五億美元的政府貸款，這個金額比去年的十二億美元高出許多。農村電氣化管理局的副局長大衛．阿斯克加德（David Askegaard）表示：「今天上午我們剛貸放出一筆四千萬美元的貸款，根本沒想過那筆錢是用在哪裡。」

官員們擅長憑空想像出新任務，也是導致農業部如此龐大的原因。在經濟大蕭條期間，羅斯福總統成立移墾管理局（Resettlement Administration），如今改名為農家信貸管理局（Farmers Home Administration），以放款幫助農家繼續留在土地上耕種。貸款的資格是，農家雇用的人手不得超過一人，最多只能畜養兩頭騾子和兩頭牛。但現在即使貸款人不是農民，也可以申請。

農家信貸管理局和國會已經把貸款的對象擴大，只要是生活在居民不到五萬人的社區裡，又符合貧困條件，就可以申請貸款。而且貸款還可以用來興建排水和供水系統、休閒中心，以及商業和工業建築。今年，這種低利的農家貸款，總額將達到六十七億美元。

密西西比的民主黨議員詹姆斯．惠滕（James Whitten）表示：「現在城市有的東西，除了煤塵和犯罪以外，農村裡什麼都有了。」一九四九年以來，惠滕一直擔任眾議院農業撥款小組委員會（House Agriculture Appropriations Subcommittee）的主席。

留住保育費

有惠滕先生這種權勢過人的國會代言人，是這類過時計畫依然存在並持續擴大的主因。從杜魯門以降的每個總統，都曾試過縮減那些提撥給農民的土地保育費，因為農民往往運用那些錢來提高作物產量，而不是保護耕地。但惠滕先生總是阻止這類提案過關，今年農民獲得的土地保育費將達到一．九億美元。光是這些費用的發放，就足以讓土壤保育局（Soil Conservation Service）的一萬三千八百名員工維持忙碌狀態了。

國會也會影響農業部如何使用研究基金，今年這筆資金總計是五．九二億美元。由於國會的農業委員會主要是由南方的議員壟斷，農業部每年花在棉花上的研究資金多達兩千兩百萬美元，比花在玉米、小麥或大豆上的研究經費多了一倍，儘管玉米、小麥和大豆對美國農業收入的貢獻比棉花還多。

此外，還有其他的矛盾。農業部今年會投入四百萬美元做花生研究，包括如何提高花生的產量，但是在此同時，農業部又為生產過量的花生支付一．八八億美元的補貼。

另一項可疑的活動是農業部的市場研究。例如，一項專案的目的是為了生產大小一樣的橘子，以便統一包裝。最近農業部才花了四萬五千美元，為食品業做了一項研究，目的是瞭解美國家庭花多少時間做早餐。他們也正在規劃類似的研究，以瞭解美國家庭烹飪中餐和晚餐的時間。

農業部也花很多時間和金錢做自我推銷，每年的公關預算高達一千六百萬美元。農業部裡有六百位公關人員，他們每年以那筆公關預算舉辦兩千五百場記者會，拍攝約七十部的電視宣傳片。此外，每年還有另一筆預算也是一千六百萬美元，那是用來印製價值五千四百萬美元的書籍、手冊、宣傳單，以發放給大眾。

「庫存」帳戶

這些出版品大多是幫國會議員發放的。那些議員都很在乎自我宣傳，他們在國會裡投票表決農業部的撥款時，都會記住這件事。每位議員每年可向選民發送一萬本農業部的出版品。

農業部裡有六名全職人員，專門負責為每位國會議員寄送宣傳手冊給選民，並追蹤「庫存」數量。那些掌管庫存的人員表示，有些參議員會把每年分配到的庫存量，留到大選年才一次大量發給選民。還有一些城市的眾議員會跟鄉下的眾議員交換庫存量，以換取美式足球賽的門票。法律規定，這些交易紀錄都必須保密。

整體而言，現在的農業部和一〇五年前剛成立時的模樣，已經完全不同了。一開始農業部只有九人，而且目標明確具體：「為大家取得、散布、分配寶貴的新種子和作物。」

農業部長伯格蘭希望幫農業部瘦身，把資金集中在農村發展上。他說，如果卡特總統把林業局（四萬五千人）歸入內政部，他絕對不會反對。林業局主要是負責在美國各地的森林裡栽種及砍伐樹木。此外，他也同意從飼料計畫中撥出七十億美元到衛生教育福利部（Health, Education and Welfare Department）。這兩項改變可能讓伯格蘭消除一半的全職員工，也讓農業部每年一百五十億美元的預算減少約一半。

不過，這個轉變能否落實，熟悉農業部的人士都感到懷疑。他們覺得卡特和伯格蘭不太可能成功淘汰那些毫無用處的過時計畫。前農業部長厄爾・布茲（Earl Butz）表示：「在政府單位中，求生是最強大的動力。」他現在是普渡大學的教授，「卡特和伯格蘭會發現，改組農業部極其困難，因為國會不可能同意的。你可以把盒子挪來挪去，但最後的結果是，你有了新專案，但舊專案並未消失。」

臉譜書房 FS0077X

報導的技藝

《華爾街日報》首席主筆教你寫出兼具縱深與情感，引發高關注度的優質報導
The Art and Craft of Feature Writing: Based on The Wall Street Journal Guide

作　　者　威廉・布隆代爾（William E. Blundell）
譯　　者　洪慧芳
責任編輯　許　涵（一版）黃家鴻（二版）
行銷業務　陳彩玉、林詩玟、李振東
封面設計　朱陳毅

發 行 人　凃玉雲
編輯總監　劉麗真
總 編 輯　謝至平
出　　版　臉譜出版
城邦文化事業股份有限公司
台北市中山區民生東路二段141號5樓
電話：886-2-25007696 傳真：886-2-25001952
發　　行　英屬蓋曼群島商家庭傳媒股份有限公司城邦分公司
台北市中山區民生東路二段141號11樓
客服專線：02-25007718；25007719
24小時傳真專線：02-25001990；25001991
服務時間：週一至週五上午09:30-12:00；下午13:30-17:00
劃撥帳號：19863813　戶名：書虫股份有限公司
讀者服務信箱：service@readingclub.com.tw
城邦網址：http://www.cite.com.tw
香港發行所　城邦（香港）出版集團有限公司
香港灣仔駱克道193號東超商業中心1樓
電話：852-25086231　傳真：852-25789337
新馬發行所　城邦（新、馬）出版集團
Cite（M）Sdn. Bhd.（458372U）
41, Jalan Radin Anum, Bandar Baru Seri Petaling,
57000 Kuala Lumpur, Malaysia.
電話：603-90563833　傳真：603-90576622
電子信箱：service@cite.my
一版一刷　2017年12月
二版一刷　2023年9月
I S B N　978-626-315-361-5（紙本書）
978-626-315-362-2（EPUB）
售　　價　NT$ 480

國家圖書館出版品預行編目資料

報導的技藝：《華爾街日報》首席主筆教你寫出兼具縱深與情感，引發高關注度的優質報導／威廉・布隆代爾（William E. Blundell）著；洪慧芳譯. 二版. 臺北市：臉譜，城邦文化出版；家庭傳媒城邦分公司發行, 2023.09
352面；14.8×21公分.（臉譜書房；FS0077X）
譯自：The art and craft of feature writing : based on the Wall Street Journal guide

ISBN 978-626-315-361-5（平裝）

1.新聞寫作 2.新聞報導

895.4 112011304